KB034780

바람이
분다,
가라

한강 장편소설

바람이 분다, 가라

초판 1쇄 발행 2010년 2월 26일
초판 29쇄 발행 2024년 10월 30일

지은이 한강
펴낸이 이광호
펴낸곳 ㈜문학과지성사
등록번호 제1993-000098호
주소 04034 서울 마포구 잔다리로7길 18 (서교동 377-20)
전화 02)338-7224
팩스 02)323-4180(편집) 02)338-7221(영업)
전자우편 moonji@moonji.com
홈페이지 www.moonji.com

ISBN 978-89-320-2000-6 03810

바람이 분다, 가라

한강 장편소설

문학과지성사
2010

|차례|

1
450킬로미터

보도블록들은 희끗하게 얼어 있었다. 뒤축이 닳은 구두가 자꾸 미끄러졌다. 중심을 잡기 위해 나는 코트 주머니에서 두 손을 뺐다. 날카로운 바람이 손등을 깎았다. 금세 붉어진 주먹을 쥐고 나는 계속 걸었다. 버스 정류장의 푯대가 여남은 걸음 앞으로 다가왔을 때, 문득 간밤의 꿈이 떠올랐다.

꿈의 다른 정황은 흐릿해 잡히지 않고, 하얗고 목이 긴 새 한 마리가 마른 땅 위에 서 있던 것만 떠올랐다. 새가 우는 동안 새의 머리에서부터 흰빛이 빠져나갔다. 내 눈앞에서 새의 목 아래까지 투명해졌다. 흰 날갯죽지로 덮인 몸뚱이 아랫부분과 가늘고 긴 두 개의 다리만 남았다. 이제 더 노래하면 완전히 투명해지겠구나, 생각하다 눈을 뜨자 깊은 밤이었다.

투명하게 사라져버린 새를 새라고 부를 수 있을까? 입김으로 손등을 덮히며 정류장의 푯대 뒤에서 발을 구르는 동안, 그걸 만져보고 싶다는 생각이 들었다. 아무것도 남지 않은 그 차가운 공기를. 갑자기 두려워졌다. 이제부터 내가 쓰려는 게 그런 노래라는 걸 알려주는 꿈이었을까. 이 이야기를 다 쓰고 나면 나는 더 이상 흰 새가 아니게 될까. 차갑고 텅 빈 공기가 될까.

상관없어, 나는 입속으로 중얼거렸다. 흰 새로 사는 것, 좋지도 않았으니까.

마을버스가 다가와 멈춰 섰다. 앞문이 열리기를 기다려 나는 버스에 올라탔다. 손잡이를 한 손으로 붙잡고, 훈기로 흐려진 안경알을 닦기 위해 안경을 벗었다. 모든 것의 윤곽이 일제히 뭉개어졌다.

후회하지 않을 거다.

*

그는 늦는다고 했다.

어쩌면 늦을 수도 있다고 했다. 아니, 분명히 늦을 거라고, 많이 늦을 수도 있다고 했다.

그는 늦을 거다.

한 시간이 될 수도, 세 시간이 될 수도 있다. 밤이 될 때까지 오지 않을 수도 있다.

나는 기다리고 있다. 그가 오기를 기다린다. 아직 지치지 않았다.

*

두번째로 주문한 커피가 채 식기 전에 나는 머그잔을 들고 단숨에 들이켰다. 가슴이 뜨겁게 덥혀졌다. 유리잔에 담긴 찬물을 한 모금 마신 뒤 물기 묻은 손을 주먹 쥐어보았다. 그러자 싸우기 위해 여기서 기다리고 있나, 하는 생각이 들었다. 사실이었다. 나는 싸울 준비가 되어 있었다.

1층 카페의 유리문이 정면으로 보이는 자리였다. 짧은 해가 저물며 문 너머의 거리는 빠르게 어두워졌다. 얼어 죽지 않도록 밑동에 짚이 둘러진 나무들이 깡마른 검은 팔뚝 같은 가지들을 치켜올리고 있었다. 희끗희끗 세기 시작한 머리칼, 마른 체구에 검은 트렌치코트를 여며 입은 중년 남자가 유리문을 향해 큰 보폭으로 다가오는 것이 보였다. 상아 모양의 철제 손잡이에 그의 손이 얹힌 순간, 나는 일어설 때가 된 것을 알았다. 카페 안으로 막 들어온 그를 향해 걸어나가 물었다.

강석원 선생님이신가요?

오랫동안 이마를 찌푸려 생겼을 미간의 주름 세 줄을 깊게 만들며 그는 내 얼굴을 보았다. 그는 웃지 않았다. 나를 만나는 동안 결코 웃지 않으리라고 다짐하고 온 사람 같았다. 그는 사람들에게 호감을 줄 만한 인상의 소유자가 아니었다. 의심과 심각함, 피로, 초조함, 억제된 슬픔 같은 것들이 역한 담뱃진처럼 얼굴과 몸에 배어 있었다.

늦어서 미안합니다.

그는 의자에 앉자마자 트렌치코트 안주머니에서 담배를 꺼냈다. 가늘게 떨며 라이터의 불을 당긴 그의 오른손은, 그가 담배 연기를 깊숙이 빨아 마신 순간 갑자기 있어야 할 곳을 찾아낸 듯 탁자 위에 차분히 놓였다. 펜대만 잡고 살아온 사람의 말랑말랑한, 어쩐지 축축할 것 같은 손이었다. 내 시선을 의식한 듯 그의 손이 미끄러져 내려가

트렌치코트 주머니에 숨었다.

나는 그의 얼굴을 보았다. 심각하고 초조하던 표정이 얼마간 누그러져 있었다. 마치 방금 빨아들인 담배 한 모금으로 일종의 위로를 받은 것 같았다.

나는, 커피.

그 나이 또래의 남자들이 흔히 그렇게 하듯 그는 20대 초반의 여종업원에게 적당히 뒷말을 잘라 반말을 던졌지만, 그녀를 올려다보는 얼굴은 어딘가 불안해 보였다. 서둘러 변명하듯 그는 말을 이었다.

저, 재떨이 좀…… 가져다주겠습니까?

그에게는 첫마디를 입술에서 떼어놓을 때마다 망설이는 버릇이 있는 것 같았다. 한때는 실제로 말을 더듬었을지도 모른다.

종업원이 재떨이를 가져올 때까지 그는 내 뒤쪽으로 냉정한 시선을 꽂고 있었다. 내가 앉은 의자 뒤편은 흰 석회벽이었고, 어떤 액자도 걸려 있지 않았다. 은색 무광 테 안경 뒤에서 그의 눈은 그 벽 어디쯤의 한 점을 응시하고 있었다. 그의 눈두덩은 움푹 패었고 입술은 하얗게 말랐다. 숱 많은 수염이 깎인 파르스름한 뺨 여기저기에 불긋불긋 튼 자국이 보였다. 그는 한 번 더 깊게 담배 연기를 빨아들인 뒤, 젖은 냅킨이 깔린 재떨이에 담뱃재를 털었다.

……서인주 씨 친구 분이시라구요?

인주의 이름을 발음하는 그의 얼굴을 나는 숨죽여 살폈다. 어떤 착잡함과 피로가 그 이름과 함께 스쳐갔던가? 아니면 그는 다른 일로 이토록 피곤한 와중에 이 약속장소에 나온 것인가?

네. 중학교와 고등학교를 같이 다녔어요.

그랬군요. 그 시절 얘기는 통 하지 않아서.

나는 숨을 들이쉬었다. 짐작대로 그는 개인적으로 인주와 아는 사이였다. 얼마나 가까운 사이였을까. 작업실 열쇠를 가지고 있을 만큼. 유품들을 정리할 일차적 권한을 가질 만큼. 이런 경우에 누구나 추측할 만한 그런 관계였을까.

그는 세번째로 담배를 빨았다. 이제 그는 담배로부터 얻을 수 있는 위로를 거의 받은 것 같았다. 어조는 침착해졌고 눈빛은 안정되었다. 경우에 따라 웃음도 지을 수 있으리라 생각될 만큼 얼굴의 근육들도 편안해졌다.

어디에서 사셨습니까?

수유리, 같은 골목에 살았어요. 집이 이백 미터쯤 떨어져 있었어요.

그는 고개를 끄덕였다.

맞습니다. 수유리에 살았다고 했어요. 계속 연락하는 사이였던가요?

중간에 이 년 남짓 연락이 끊어졌던 것 말고는, 작년까지 자주 만났어요.

그랬군요.

그는 고개를 옆으로 돌리고 길게 담배 연기를 내뿜더니, 갑자기 내 얼굴을 똑바로 건너다보며 말했다.

그럼 오늘은……

이제 내 용건을 말하라는 것이다.

나는 가방에서 잡지를 꺼냈다. 인주의 1주기 특집기사가 실린 『미술정신』 1월호였다. 사흘 전 시내 대형서점에서 이 잡지를 발견했고, 네 페이지 분량의 원고를 쓴 강석원의 연락처를 묻기 위해 편집부에 전화를 했다. 알 만한 텔레비전 교양 프로그램의 이름을 대고 알아낸 그의 휴대폰 번호는 만 하루 동안 연결되지 않았다. 지난밤 10시경,

통화가 되리라는 확실한 기대 없이 신호음을 기다리고 있을 때 그의 목소리가 수화기에서 튀어 나왔다.

『미술정신』에 실린 서인주 추모 특집을 보고 전화드렸습니다. 서인주의 친구 이정희라고 합니다. 잠깐 뵙고 싶습니다.

준비했던 말을 던지자 그는 잠시 침묵했다.

무슨 일인지 지금 말씀하시죠.

빠르고 차가운 어조였다.

선생님께서 인주의 작업실에서 발견하셨다는 그림들에 대해서 알고 있습니다. 만나 뵙고 말씀드리겠습니다.

그는 뜻밖에 선선히 말했다.

……그렇게 하시죠.

그가 재직하는 대학의 연구실에 찾아가겠다고 내가 말하자 그는 그러지 말라고 했다. 대신 대학 앞에 있는 이 카페의 이름을 알려주고 오후 시간을 잡았다.

그럼 내일 뵙겠습니다.

내 인사에 그는 네, 하고 갈라진 음성의 짧은 대답을 남기고는 무례할 만큼 빠르게 전화를 끊었었다.

나는 책갈피를 끼워둔 자리를 펼쳤다. 강석원은 잠자코 내 동작을 지켜보고 있었다. 이십 년 만에 본 삼촌의 그림들이 거기 인쇄돼 있었다. 한 점은 한 페이지를 가득 채웠고, 나머지 두 점은 다음 두 페이지의 절반과 삼분의 일씩을 각각 차지하고 있었다.

이 그림들은, 인주가 그린 게 아니에요.

안경알 안쪽에서 강석원의 눈이 어렴풋이 빛났다.

지난 사흘 동안 나는 한 글자도 빼지 않고 그의 원고를 반복해 읽었다. 그가 붙였는지 편집부에서 붙였는지는 알 수 없지만, '어둠의 진앙, 피안의 주술'이라는 다소 관념적인 제목은 삼촌의 그림들—잡지에는 인주의 유고작이라고 소개된—이 죽음에의 경도에서 나왔다는 것을, 인주의 죽음은 자살이었다는 것을 상정하고 있었다. 그림 옆에 실린 인주의 흑백 사진은 제목과 어울리게 어두운 것으로, 마치 꺼져가는 내면의 생명을 보여주는 듯 우울한 시선으로 카메라 렌즈를 응시하고 있었다.

왜 그렇게 생각합니까?

그의 목소리는 긴장한 듯 미세히 떨렸고, 두 눈은 노골적인 의심과 반감을 싣고 내 얼굴에 꽂혔다. 그 강한 감정으로 인해, 반쯤 죽은 사람처럼 건조하던 그의 얼굴은 처음으로 생생하게 살아난 것처럼 느껴졌다.

이 그림을 그린 사람을 알아요.

그게 누굽니까?

그가 목울대를 떨며 침을 삼키는 것을 나는 보았다. 서두르지 않고 나는 물었다.

이 그림들, 지금 어디 있나요?

내 얼굴에서 시선을 떼지 않으며 그는 대답했다.

작업실 벽에 그대로 있습니다.

만 사흘간의 긴장이 무너지는 것을 느꼈다. 지난 사흘 동안 나는 거의 자지 못했고 먹지 못했다. 그래도 지치지 않을 만큼 팽팽한 고통을 느꼈다.

그러니까, 인주 작업실이 그대로 있나요? 제가 가서 직접 보고 싶어요.

그건……

그의 얼굴에 갑작스러운 분노가 떠올랐다. 이내 감정을 얼굴 뒤로 감추며 그는 가라앉은 어조로 물었다.

그게 누구라는 겁니까? 말씀해보시죠.

먼저 인주 작업실을 보게 해주세요.

나는 탁자 아래에서 주먹을 쥐었다. 미소 짓고 있었지만, 나는 싸울 준비가 되어 있었다. 유리잔을 들어 그의 얼굴에 차가운 물을 끼얹을 수 있었다. 유리잔을 깨고 예리한 사금파리로 그의 목을 겨눌 수 있었다. 인주가 자살했다구? 당신이 그걸 어떻게 알지? 그 그림에 대해서 뭘 알지? 확신할 수 없는 일을 떠벌이며 무슨 만족감을 느끼려는 거야. 그가 내 말에 반박한다면, 인주가 스스로 눈 쌓인 절벽 아래를 향해 운전대를 돌렸다고, 분명하다고, 인주의 작업실에서 발견된 그림들이 그 증거라고 말한다면, 그를 죽일 수도 있었다.

먼저 확인해야 할 게 있어요. 그림을 본 다음 설명해드리겠어요.

그쪽 얘기를 어떻게 믿지요? 여기서 못할 말이라면……

그의 미심쩍은 시선이 내 얼굴을 뜯어보는 것을 나는 느꼈다.

내 얼굴은 신경증적인 불안이나 공격성, 태만과 교활함을 품고 있지 않다. 특히 어머니를 빼닮은 눈매는 세심하고 정직해 보인다. 지금 그는 자신의 직관으로 나를 재려 하고 있다. 내 수수한 인상 뒤에 숨어 있을 위험을. 어두운 열기를. 그가 그것을 포착하기 전에 나는 말했다.

그 그림에는 화가의 서명이 없을 거예요.

말없이 그의 눈이 흔들렸다.

알고 계시겠지만, 인주는 언제나 자신의 그림 귀퉁이에 굵은 8B 연필로 구슬 주(珠) 자를 썼어요. 그 먹그림에 서명이 없는 건, 그걸 그린 사람이 그런 행위를 싫어했기 때문이에요. 자신이 완성해놓고도, 그게 자기가 한 일이라고 생각할 수 없었기 때문이에요. 그렇게 믿을 자격이 없다고 생각했기 때문이에요.

카운터에서 CD를 바꾸며 음악이 멎었다. 에스프레소 기계가 요란하게 돌아가고 있었다. 강석원은 볼이 움푹 파일 만큼 세차게 담배를 빨고는 재떨이에 비벼 껐다.

……그 사람이 누굽니까?

두번째 담배를 담뱃갑에서 꺼내며 그는 물었다.

마지막으로 그 그림들을 본 지 거의 이십 년이 되었어요. 선생님도 그 그림이 최근의 것이 아니라는 걸 짐작하셨을 거예요.

태연한 거짓말들을 키보드에 두드려갔을, 지금 담배를 집고 있는 그의 축축하고 말랑말랑한 손가락들을 차례로 부러뜨리고 싶은 충동을 누르며 나는 말했다.

직접 보면서 말씀드리겠어요.

그는 담배에 불을 붙이지 않았다. 대신 고개를 들어 내 얼굴을 꿰뚫을 듯 쏘아보았다.

*

고요하다.

컴퓨터의 기계음이 방금 멎었다. 불빛이 꺼진 검은 모니터를 향해 나는 굳은 자세로 앉아 있다.

두 통의 메일이 와 있었다. 모두 일에 관한 것이었다. 일주일 전에 인도 출신 명상가의 서한집을 번역해 넘긴 출판사에서 같은 필자의 다른 책을 의뢰해왔다. 나쁘지 않은 제의였지만 답메일을 보내지 않았다. 공격적으로 책을 내는 곳이니 빠른 시일에—길어야 4주 내에—작업을 끝내주기를 바랄 텐데, 당장은 어떤 일도 시작하고 싶지 않았다. 두번째 메일에는 영문의 뮤지컬 대본 파일이 첨부돼 있었다. 상연 여부가 확실치 않으나 일단 번역된 원고를 스태프들과 돌려 읽고 싶다는 기획자의 메일이었다. 기획사의 이름을 처음 들어보는 데다, 얼마의 번역료를 줄 것인지도 명시돼 있지 않았다. 상황이 이렇지 않다 해도 애써 맡고 싶지 않은 일이었다. 정중하고 간략한 거절의 내용을 담은 답메일을 보냈고, 로그아웃한 뒤 바로 컴퓨터를 껐다.

기다리는 답신은 오지 않았다. 내가 보낸 메일의 수신확인조차 되지 않았다. 메일을 보낸 뒤 사흘 동안 나는 수없이 컴퓨터를 켰다 껐고, 그때마다 몸속에서 무엇인가가 함께 켜졌다가 캄캄해졌다.

고요하다.

수유리의 집에서, 겨울이면 늘 바람 소리를 들었다. 긴 휘파람처럼, 멀리 있는 누군가의 비명처럼 바람 소리는 창틈으로 파고들었다. 새시는 낡았고, 미닫이 창문과 창틀 사이는 벌어져 있었다. 바람과 모기와 숱한 날벌레들이 그 사이로 드나들었다.

그 집을 떠난 지 십여 년이 지났다. 그 뒤로 네 번 더 이삿짐을 싸서 낯선 집들에 풀었다. 이 년 전에 세 들어온 이 빌라는 건축된 지 오 년이 채 지나지 않았다. 바람과 함께 거의 모든 소리를 차단하는 창 안쪽의 정적은 빈틈없이 단단하다.

나는 침묵을 겁내는 사람이 아니다.

내가 쉬지 않고 일하는 것은 침묵할 수 있는 공간과 약간의 돈을 갖기 위해서다. 음악을 크게 틀어놓은 채 하루의 일을 마치고 나면 어깨를 주무르며 오디오를 끈다. 어둠과 추위 속에서 두 손을 뻗어 불빛을 쬐듯, 한 끼니의 따뜻한 밥을 먹듯, 침묵의 연하고 막막한 파장 속에 몸을 담근다.

그러나 이제는 다르다. 이 정적을 견디기 어렵다. 그렇다고 음악을 들을 수는 없다. 나를 놓고 싶지 않다. 지금은, 나를 놓아서는 안 된다. 나는 팔을 뻗어 책장을 더듬는다. 책을 꺼낸다. 이런 순간에 읽을 수 있는 유일한 책이다.

모든 별은 태어나서 존재하다가 죽는다. 그것이 별의 생리이자 운명이다. 인간의 몸을 이루는 모든 물질은 별로부터 왔다. 별들과 같은 생리와 운명을 배고 태어난 인간은 별들과 마찬가지로 존재하다가 죽는다. 다른 것은 생애의 길이뿐이다.

어디서부터 펼쳐 읽어도 될 만큼 이 책을 잘 안다. 다른 책들과 함께 태연히 책장에 꽂혀 있을 때, 이 책의 좁은 등은 비밀을 나눠 가진 사람의 옆얼굴처럼 묵묵하다.

별은 어떻게 태어나는가.

우리 은하와 같은 나선은하들의 원반에는 젊은 별들과 밝은 구름 덩어리들이 실들에 꿰어져 돌고 있는 듯한 모습의 나선팔들이 있다. 이 나선팔들에서 지금도 수많은 별들이 태어나고 있다. 이미 태어난 뜨거운 별에서 나오는 강한 빛이 주위의 물질을 밀어붙인다. 늙은 별이 터지며 나온 충격파가 주위에 있던 성간구름을 수축시킨다. 자극받은 성간구름은 계속 수축한다. 이 수축된 성간구름이 별이 되기 위해서는 구름의 질량이 일정한 값보다 커야 한다. 이것이 중력수축에 필요한 '진스의 임계질량'이다. 구름의 질량이 임계질량을 넘어서는 순간 별의 일생이 시작된다.

마우스 패드 옆에 놓인 휴대폰을 본다. 자정이 가까워오지만 아직 휴대폰은 울리지 않았다. 그는 오늘 밤 연락하겠다고 했다. 논문심사와 뒤풀이를 마친 뒤 인주의 작업실을 보여주겠다고 했다. 나는 차가 없다는 말을 그에게 하지 않았다. 이미 버스나 전철이 끊겨 있을 시각이다. 콜택시 회사의 전화번호를 적은 쪽지가 휴대폰 옆에 놓여 있다. 그가 연락해오면 택시를 불러 타고 갈 것이다. 삼촌의 먹그림에게 간다.

나는 방금 읽은 부분 옆에 실린 컬러 사진을 본다. 초신성의 폭발 장면이다. 초신성이 폭발하면, 그 은하를 구성하는 10억 개의 별들의 밝기를 합한 것만큼의 빛이 수일 동안 방출된다. 지구가 속한 은하에서 초신성이 폭발했던 15세기의 기록들은 밤마다 그 빛으로 책을 읽을 수 있을 정도였다고 증언하고 있다.

흰 점 같은 별들 위로 거대하고 둥글게 퍼져나가는 불꽃을 나는 들여다본다. 붉으면서 푸르고, 희면서 검다. 죽음이면서 시작이다. 늙은 별이 폭발한 바로 그 에너지로, 희부연 성간구름들 속에서 새 별이 태어난다.

……인간에게는 느껴지지 않지만 지구는 하루에 한 바퀴씩, 멈추지 않는 팽이처럼 돈다. 적도 위에 있는 사람은 초속 460미터로 지축 둘레를 회전하고 있는 셈이다. 그와 동시에 지구는 한 해에 한 바퀴씩, 초속 30킬로미터의 속력으로 태양 주위를 공전한다. 인간이 만든 어떤 로켓보다 빠르게 지구는 우주 공간을 날아가고 있다.

눈으로 볼 수 있는 모든 천체들은 이와 같은 숙명적인 반복운동을 하고 있다. 지구가 태양을 중심으로 돌듯, 태양 역시 우리 은하의 중심을 축으로 공전한다. 태양의 공전 속도는 초속 250킬로미터다. 우리 은하에는 별들이 1천억 개쯤 있는데, 원반에 있는 별들은 모두 태양과 비슷한 속력으로, 같은 시계 방향으로 공전한다. 태양은 우리 은하의 중심으로부터 8천 파섹 떨어진 거리에 있으니, 약 2억 년 뒤에 우리 은하를 한 바퀴 돌고 현재의 자리로 되돌아올 것이다.

인주의 외삼촌이었던 그의 작업실 책장에서 이 책을 처음 꺼내 읽었을 때 나는 열여섯 살이었다. 그 후 한 달여 동안, 하루 스물네 시간이 지구의 자전 주기라는 것을 새롭게 실감했다. 얼마나 놀라운 속력인가? 스물네 시간은 긴 시간이 아니다. 그러고 보면 지구는 그리 큰 별이 아니다. 밤에 하늘을 올려다보면 그 광활한 어둠에, 빠르게 팽창하며 서로에게서 멀어져가는 수십억 개의 은하들에, 그 안에서 묵묵히 회전하고 있을 수천억 개의 별들에 가슴이 떨렸다. 외계의 생명체란 존재하지 않을 수도 있다. 지구는 아슬아슬한 우연으로 태어난 생명체들을 가진 단 하나뿐인 별일 수도 있다. 무섭고 외롭고 벅찼다. 12킬로미터 높이의 대류권과 그 너머의 성층권, 열권을 합한다 해도 대기권의 높이는 고작 450킬로미터, 서울에서 부산 가는 거리에 불과하다. 체육시간에 운동장에서 하늘을 올려다보면, 푸르고 환하고 납작한 대기 너머로 펼쳐져 있을 검은 우주 공간이 눈앞에 그려졌다. 교실에서도, 보도에서도, 새벽이 밝아오는 파르스름한 부엌에서도 그 공간은 어른어른 떠올랐다. 모든 것이 전체 속에 작게, 동시에 또렷하게 보였다. 거리와 사람들, 나무들과 흙. 살아서 움직이는 바람. 시시각각 다른 태양의 광선과 그림자의 각도. 그러나 한 달쯤 지나자 그 생생한 감각을 더 버티지 못하고 나는 다시 일상으로 돌아왔다.

삼촌은 돌아오지 않고 거기 머물렀던 걸까. 거기에도 머무르고 일상에도 머물렀던 걸까. 아침부터 밤까지 먹을 것을 만들고 산책을 하고 그림을 그리는 똑같은 리듬의 생활 한편에서, 은하는 돌고 초신성들은 폭발하며 우주는 팽창하고 있었을까. 충돌하지 않는, 그저 담담한 현실이었을까. 삼촌에게 그것들은.

*

입안이 바싹 마른다.

거실 책상의 스탠드만 밝혀놓은 17평 빌라의 내부는 어둡다. 책을 덮고 일어서자, 베란다 쪽 천장까지 뻗어간 내 그림자가 따라 일어선다. 일렁거리는 그림자를 끌고 주방의 식탁으로 걸어간다. 생수병의 물을 머그컵에 따라 마신다. 물의 맛은 차갑고 들큼하다. 나는 컵을 내려놓고 베란다 입구를 본다. 바닥에 엎어놓은 흰 사기대접이 눈에 들어온다.

거미는 어떻게 됐을까.

7, 8센티미터 크기의, 굵은 다리를 가진 시커먼 거미였다. 어떤 무늬도 없는, 흉측한, 불길할 만큼 느리고 살진 그것을 눌러 죽일 엄두가 나지 않았다. 사기대접을 들고 가 녀석을 가두며 생각했다. 열흘이 지나면, 이십 일이 지나면 굶어 죽겠지. 내가 굳이 네 몸을 터뜨려 죽이지 않아도, 그렇게 내 손을 더럽히지 않아도, 네 터진 내장을 수습할 필요도 없이 넌 깨끗이 오그라들어, 조용히 죽어 있겠지.

열흘쯤 지났으니 아마 녀석은 죽었을 테지만 나는 아직 그릇을 뒤집어보지 않았다. 네가 꿈틀거리며 빛을 향해 걸어 나오면 어떻게 할 건가. 다시 나를 향해 다가오면, 혹은 내 반대편으로 멀어지면, 널 죽일 수 있을까. 눌러 죽이고 터뜨려 죽일 수 있을까. 다시 어둠 속에 가둬버릴 수 있을까.

*

숨 가쁘게 왈츠를 토해내는 휴대폰을 향해 나는 빠르게 걸어간다. 방금 물을 마셨는데 다시 입이 바싹 마른다.

강석원입니다.

그의 목소리에는 취기가 없다. 다만 착잡하고 불안한 것 같다. 오늘 밤의 약속 때문일 수도 있고, 그가 원래 그런 사람이기 때문일 수도 있다.

작업실은 K동 Y여고 뒤편 주택가에 있습니다. Y여고 정문에서 만납시다. 얼마나 걸리겠습니까?

인주가 마지막으로 이사해 민서와 일 년여 동안 살았던 동네가 그곳이었다. 나는 그 집에 가보지 못했다. 늘 내가 인주의 집에 찾아가는 편이었는데, 마지막 일 년만이 예외였다. 인주는 자주 나에게 찾아왔다. 연락을 하고 올 때도 있었고 불쑥 들르기도 했다. 대체로 민서와 함께였고, 민서의 친가에서 아이를 데려간 날에는 혼자 왔다. 언제나 먹을 것을 들고 왔는데, 하다못해 감귤 두어 개라도 호주머니에서 꺼내 건네주곤 했다.

마지막으로 만난 12월의 밤, 인주는 초밥을 사들고 혼자서 왔다. 식탁 가득 색색의 초밥과 새우튀김, 미소 국과 노랑무를 펼쳐놓으며 인주는 낮은 휘파람을 불었다. 인주는 키가 큰 편이지만 동작이 가벼웠고, 동안의 얼굴은 소년을 연상시켰다. 그래도 시간은 비껴가지 못해서, 삼십대 중반을 넘기면서부터는 나이가 얼굴에 역력히 드러났다. 다만 그것이 부조화하지 않다는 것이 그녀에게서 신기한 점이었다. 그녀의 얼굴에서 가장 아름다운 부분은 눈이었는데, 그러잖아도 커다랗던 눈은 나이를 먹을수록 더 크고 서글서글해졌다. 그 눈가에 잔주름을 깊게 새기며 웃는 인주의 얼굴은 어딘지 상대를 안심시키는 데가 있었다.

그렇게 눈가에 잔뜩 잔주름을 만들며 인주는 말했다.

정희야. 겨울 가기 전에 우리 설악산 갈까?

인주의 목소리는 성악가처럼 깊었고, 음절 하나하나가 투명하게 느껴질 만큼 발음이 또렷했다.

……설악산은 갑자기 왜?

나는 초밥을 우물거리며 물었다.

얼음에 덮인 미시령 바위 사진을 봤는데, 느낌이 독특했어. 너, 여행 좋아했잖아.

인주는 맨손을 뻗어 노랑무를 집어먹으며 말했다.

그랬나…… 하지만 이젠 여행 같은 건.

나는 말을 끊고 식탁의 불빛을, 불빛의 가장자리에 술렁거리는 어둠을 바라보았다. 어떤 여행지보다 하루하루의 삶이 더 낯설고 위태해지는 나이를, 그런 해들을 통과하고 있다는 생각을 했던 것 같다.

너 안 가면, 혼자라도 가려고.

민서는 안 데리고?

인주는 대답했다.

일곱 살 난 아이한텐 춥고 힘들기만 할 텐데 뭘. 민서 친가 가는 날에 가면 되지. 그냥, 얼음에 덮인 미시령 바위만 잠깐…… 한두 시간만 보고 있다가 올 거야.

불빛을 받으며 웃음 짓는 인주의 얼굴이 문득 열여섯 살 즈음처럼 근심 없고 따스해, 나는 전염된 듯 무심코 따라 웃었던 것 같다.

삼십 분이면 되겠습니다.

나는 대답한다. 택시만 바로 오면 그 안에도 갈 수 있을 것이다.

그럼, 삼십 분 뒤에 만납시다.

전화를 끊자마자 나는 쪽지에 적힌 대로 콜택시 회사의 번호를 누른다. 신호가 가는 동안 의자에 걸쳐놓은 코트를 입고 목까지 단추를 채운다. 안녕하십니까, 고객님. 인공적인 젊은 여자의 목소리를 들으며 털목도리를 두른다. 영하 15도의 바깥 공기를 생각하는 것만으로 쭈뼛 머리칼이 곤두선다.

*

네 입술은 부드러웠다.

작고, 얇고, 좋은 냄새가 났어.

복숭아 통조림에서 나는 것 같은 달큼한 냄새.

한 번, 꼭 한 번이었지. 갑자기 네가 내 얼굴을 끌어당기고 입술을 포갰지. 나는 너무 놀라 네가 하는 대로 가만히 있었지.

왜 그랬어, 라고 내가 묻자 너는 말했지.

이해하고 싶어서.

나는 달아오른 뺨과 입술을 두 손으로 가리며 뒤로 물러나 앉았지. 열여덟 살이었지. 삼촌의 빈 작업실에서, 물건들을 정리하다가 갑자기, 네가 내 입술에 입 맞췄지. 그렇게 된 거였지.

더듬더듬 나는 물었어.

……뭘?

알고 있었어, 라고 너는 말했어.

알고 있었어. 두 사람…… 다 알고 있었어.

나는 멍해져서 네 야무진 입매를 건너다보았어.

미안해. 그냥 궁금했어, 삼촌이 뭘 느꼈는지. 나쁘지 않은걸. 한 번 더 해보고 싶은데…… 그러면 안 되겠지?

아무 일 없었다는 듯 너는 웃었어.

나는 웃지 않았어. 화를 내는 것은 물론, 어떤 반응도 격하게 보일 수 없을 만큼 지쳐 있었어. 나는, 더 이상 말하지 않았어. 아무것도 더 느끼고 싶지 않았어. 삼촌이 사라진 그 방에서.

하지만 네 입술, 기억해.

부드러웠어.

이 세상의 어떤 것보다.

사실은, 삼촌의 입술보다 더.

한 번. 그래, 꼭 한 번이었다.

*

그 새벽, 인주의 휴대폰에 마지막으로 찍혀 있던 번호가 내 것이었기 때문에 나는 속초의 병원에서 온 연락을 받고 달려갔다. 0시 47분으로 발신 시각이 기록된 인주의 마지막 전화를 나는 받지 못했다. 사고 시각은 약 세 시간 뒤인 새벽 4시경으로 추정되었다. 인주는 나에게 무슨 말을 하려고 했을까. 나는 왜 하필 그때 죽은 듯 잠들어 있었을까. 휴대폰은 왜 진동으로 맞춰져 있었을까. 내가 전화를 받았다면 무엇인가 달라졌을까.

내가 도착했을 때 인주는 의식불명 상태였고, 결국 깨어나지 못했다. 병원에는 나 말고도 연락을 받고 서울에서 온 사람들이 몇 있었다. 그중에 강석원은 없었다. 단출했던 장례식에서도 보지 못했다.

인주의 전 남편인 정선규와 갓 여덟 살이 된 민서가 모든 장례 절차들 가운데에 있었다. 유품들에 대한 권한은 당연히 민서에게 있었을 것이고 정이 그것을 대행했을 것이다. 인주의 마지막 개인전을 열었던 화랑의 관장이 검은 투피스에 검은 스카프를 두르고 정과 진지한 이야기를 나누는 것을 먼발치에서 보았다. 나에게는 그들의 일에 끼어들 생각도, 자격도 없었다. 나는 인주의 혈육도, 미술 쪽에 몸담은 사람도 아닌 것이다.

강석원의 글을 읽은 직후 나는 정이 일하던 건축사무소의 전화번호를 알아냈다. 인주의 유품들에 대해 묻기 위해서였다. 수화기를 들고 기다리는 동안 민서의 수굿한 어깨를, 무슨 말인가를 품고 있는 것 같던 얼굴을 떠올렸다. 외꺼풀에 긴 속눈썹. 막 갈아놓은 먹물 같은 눈. 그 아이는 인주와 삼촌의 눈을 닮은 유일한 피붙이였다.

전화를 받은 젊은 남자는 지난가을 정이 퇴사했다고 말했다. 지금은 어디서 일하시나요, 라는 내 물음에 친절하게 답했다.

호주로 이민 가신 걸로 압니다.

나는 잠시 말을 잇지 못했다.

그곳 연락처를 알 수 있을까요?

저에게는 이메일 주소만 있습니다. 전화번호와 주소를 알고 있을 만한 분이 있는데, 오늘 월차 휴갑니다.

정의 메일 주소, 휴가 중인 사람의 이름과 직통 전화번호를 메모한 뒤 나는 전화를 끊었다. 가슴에 불이 당겨지는 것 같았다. 조용하고 두려운, 온몸 구석구석의 혈관으로 숨죽여 번져갈 것 같은 불이었다. 나는 떨리는 손으로 미술정신 편집부의 전화번호를 눌렀고, 거짓으로 신분을 밝혔고, 강석원의 연락처를 알아냈다.

*

죽음은 인주와 어울리지 않았다.

둘 가운데 누군가가 꼭 죽어야 했다면, 먼저 죽었어야 할 사람은 나였다.

죽음은 내 뒤를 따라다녔다. 때로 앞서서 걸어가기도 했다. 잠을 잘 수 없는 밤, 좀처럼 새지 않는 밤에, 어둠 속에 누워 있다가 그것을 느낄 때가 있었다. 다리를 바꿔 꼬아가며 밤새 나를 건너다보고 있는 그것의 눈을. 나는 땀을 흘리며 뒤척였다. 때로 삼촌을 불렀다. 인주를 불렀다. 아니, 그들을 부르지 않았다. 아무도 부르지 않았다.

죽음은 인주와 어울리지 않았다.
먼저 죽었어야 할 사람은 나다.
인주는 내 죽음을 잘 살아 넘겼을 것이다. 언제나 그랬듯 슬픔이나 숙연함 따위는 숨기고, 영원히 안으로 숨기고, 겨드랑이에 작은 날개를 감춘 사람 같은 특유의 걸음걸이로 거리를 걸어 내려갔을 것이다. 조금씩 저는 왼다리를 아무도 의식 못할 만큼 활기차게, 지금도 걸어가고 있을 것이다.

나는 택시에서 내려 횡단보도를 건넜다. 깊은 밤의 학교는 을씨년스러웠다. 긴 걸쇠와 커다란 자물쇠로 잠긴 육중한 교문 앞으로, 검은 코트를 입은 남자가 유령처럼 서 있는 것이 보였다. 잠깐 사이 바람에 꺾인 빰이 쓰라려왔다. 가로수들이 잔가지들을 맞부딪치며 음산한 뼛소리를 냈다. 코트 주머니에 두 손을 찔러 넣은 채 나는 빠르게 걸었다.

*

2층은 피시방이고 3, 4층은 고시원인 4층짜리 상가 건물 앞에서 강석원은 멈췄다. 1층 점포의 쇼윈도는 짙은 푸른색으로 선팅이 되어 있었고, 앞쪽에서는 출입구가 보이지 않았다. 인주가 작업실로 쓰며 아예 앞을 막아버린 모양이었다. 뒤편으로 돌아가니 위층으로 올라가는 층계가 있고, 1층 점포로 들어가는 철제 출입문이 바로 보였다. 열쇠 구멍에 보조키를 꽂는 강석원의 몸에서 엷은 술 냄새가 풍겨왔다. 이곳까지 걸어오는 동안, 어두운 골목에서 그의 체구는 왜소해 보였고, 어깨는 굽었고, 두 눈은 음울하게 가라앉아 있었다. 문을 열고 열쇠를 코트 주머니에 넣은 뒤 그는 담뱃갑을 꺼냈다.

먼저 들어가시죠.

불을 붙이기 전에 그는 말했다.

나는 실내로 들어갔다. 예전 작업실의 두 배쯤 되는 삼십여 평의 공간이었다. 둘둘 말려 노끈으로 묶인 종이 그림 수십 점이 현관 옆으로 기둥들처럼 세워져 있었다. 캔버스 대신 값싼 산성지에 그림을 그리는 것은 인주를 아는 모든 사람이 말리던 나쁜 습관이었다. 커다란 종이의 네 귀퉁이에 압정을 꽂아 벽에 붙이고, 몇 시간씩 선 채로 겹겹이 크레용으로 선을 그어 완성한 이 그림들은 삼사십 년을 채 버티지 못하고 종이와 함께 변색될 것이다.

나에게 중요한 건 그리는 순간이니까. 그게 전부니까.

인주는 고집 센 음성으로, 그러나 얼굴에는 상대방이 더는 화를 낼 수 없게 만드는 서글서글한 미소를 머금은 채 나에게 말하곤 했다. 끝까지 싸워서 인주를 이겨야 했다고, 캔버스를 쓰도록 설득해냈어야 했다고, 인주가 죽은 뒤 나는 오래 후회했었다.

내가 얼어붙듯 멈춰 선 것은, 그 종이 그림들에게서 시선을 돌려 안쪽 벽을 건너다본 순간이었다. 동시에 누군가의 차가운 기척이 느껴져 나는 소스라치며 낮은 비명을 뱉었다. 강석원이 등 뒤에 서 있었다. 그렇게 놀라다니 내가 더 놀랐잖아,라고 말하는 듯 질린 얼굴이었다. 형광등의 해쓱한 불빛 아래, 그와 나는 귀신을 만난 사람들처럼 수초 동안 서로를 마주 보았다.

*

이십 년이 더 지났는데, 어떻게 저토록 깨끗하게 보존했을까. 인주는 왜 저 그림들이 있다는 말을 하지 않았을까. 반지하 작업실의 그림들이 '90년 여름의 폭우에 잠겨 모두 종이죽이 되어버린 것을 내 눈으로 보았다. 인주가 처음 문을 열고 들어가자 잿빛 흙탕물 위로 붓들과 담요, 플라스틱 통들과 함께 죽은 쥐들이 떠다니고 있었다고 했다. 그렇다면 1층에 올려놓아둔 그림들이 있어서 요행히 살아남았던 걸까. 그걸 인주는 왜 나에게 숨겼을까.

검은 먹을 입힌 거대한 이합 한지 위에서 흰 별이 폭발하고 있었다. 나는 다가가지도 물러서지도 못한 채 서 있었다. 이십여 년 전, 삼촌의 작업실에 처음 들어섰던 그 순간처럼.

그림에서 눈을 떼고 작업실 내부를 둘러보자 좀 전보다 아득한 경악이 생각을 정지시켰다. 이십여 년 전 삼촌의 방으로 돌아온 것 같았다. 종이죽으로 만든 원반 덩어리들과 정원용 분무기, 먹이 번진 담요, 주걱과 평붓. 바닥에 펼쳐놓은, 먹을 입힌 한지. 그 가운데 사람의 얼굴 크기만큼 번져 있는 흰 별의 형상.

나는 강석원을 돌아보았다. 그는 회색 시트가 깔린 알루미늄 접이의자에 앉아 손깍지를 낀 채 나를 건너다보고 있었다. 내가 틀렸다. 그는 거짓말을 쓰지 않았다. 이십 년 전의 그림들이 아니라 인주가 마지막까지 붙들고 있던 그림들이다. 그러니까, 인주가 삼촌의 그림을 그린 것이다.

나는 먹그림을 향해 다가갔다. 잇닿은 두 벽면에 모두 다섯 점의 그림이 걸려 있었다. 거대하고 검은 밤하늘에서 크고 작은 별들이 하얗게 타오르고 있었다. 어떤 별은 손바닥만큼 작아, 먹을 입힌 이백 호의 장지가 무한하게 깊고 어두워 보였다. 다섯번째 그림에 이르러 나는 걸음을 멈췄다. 비교적 작은 백 호쯤의 그림이었다. 역시 먹을 입힌 이합 장지였지만 흰 별 대신 푸른 별의 불꽃이 번져 있었다. 삼촌이 하던 작업과 방식은 비슷해 보였지만 분명히 달랐다. 먹의 가장자리 선만 남고 온전히 푸른색이 드러난 별의 형상이었다.

이해하기 위해 나는 거기 서 있었다. 무언가를 이해하려 할 때 나는 섣불리 움직이지 못한다. 그 대상을 보고, 들여다보고, 또 본다. 대체 이것들은 뭘 의미하는 건가. 이 작업들에 바쳐진 인주의 일 년은. 마지막이 되어버린 일 년은.

*

인주에게 외삼촌이 있었어요.

알고 있습니다. 이동주 씨, 1951년생. 37세에 뇌출혈로 사망했지요.

그걸 어떻게 아시나요?

책 때문에 자료 조사를 했습니다.

책이라니요?

서인주 평전입니다. 얼마 안 있어 출간됩니다.

그럼 그 특집 기사는……

그 책의 일부입니다.

이 그림들도 실리나요?

그렇습니다.

저 그림들은 삼촌이 그리던 것들이에요. 인주는 그 작업을 재현한 거예요. 그 이유는 모르겠지만, 어쨌든 그 사실을 빠뜨린다면 그 책은.

말씀하시죠.

오해와 거짓을 싣게 되는 거예요.

이동주 씨는 미술을 전공하지 않았습니다. 신병 때문에 물리학과를 중퇴했지요. 그게 제가 아는 전부입니다.

확실해요. 그 사람은 죽기 직전까지 그림을 그리고 있었어요.

그래요? 더 알아봐야겠군요. 어떤 단체에 소속되어 있었나요?

그렇진 않았던 것 같아요.

그림을 독학한 건가요?

이십대 중반에 일 년쯤, 담양에 살던 수묵화가에게서 사사 받았다고 들었어요. 그 외에는 거의 혼자 작업했던 걸로 알아요.

그러니까, 이동주 씨가 생전에 했던 작업을 조카로서 지켜보았던 서인주 씨가 기억을 되살려서 본떠본 거라는 주장이군요. 이동주 씨가 작업하는 모습을 직접 본 적이 있다면, 혹시 작업의 방법을 설명해줄 수 있겠습니까? 몇 사람에게 자문을 구해봤는데 그림만 봐서는 정확히 이해하기 힘들다고 하더군요. 마지막 일 년 동안 서인주 씨는 아무도 이곳에 찾아오지 못하게 했습니다. 이 그림들의 사진을 보여주면, 홀치기염일 거라고 말하는 사람도 있고, 판화가 아니냐고 묻기도 하고, 물방울의 입자를 찍어서 한지에 감광액을 발라 인화한 거라고 추측하는 사람들도 있습니다. 작업 현장을 봤을 때 가장 가까운 설명은 소금이나 세제를 사용해 화면에서 먹을 밀리게 했으리란 것인데, 소금이나 세제는 이곳 어디에서도 찾을 수 없더군요.

소금이나 세제 같은 건 필요 없어요.

그럼 어떻게?

먹과 물만으로 가능해요.

먹이 마르기 전에 물을 떨어뜨리는 것만으로 먹이 번져가게 하는 거란 말입니까? 세제나 소금, 아교를 쓰지 않으면 불가능할 텐데요.

아니요. 먹과 물의 농도가 다르니까, 삼투압의 원리와 모세관 현상을 이용하면…… 이만큼, 이 손바닥만큼 번져나가는 데 열흘이 걸려요. 그러니까 저만한 크기의 그림이 완성되려면 두 달에서 석 달쯤 걸렸을 거예요.

전문가들의 생각과 다르군요.

식물이 자라는 속도와 비슷한 거라고 했어요.

꽤 오래전의 일인데 또렷하게 기억하고 있는 모양이군요. 기억 말고 사진이나, 증거가 될 만한 것들을 가지고 있습니까?

……정확히 증거라고 할 만한 것들은 가지고 있지 않아요. 그런데, 선생님.

말씀하시죠.

왜 인주가 자살했다고 생각하시는 건가요? 어떤 증거도 없는데요.

그럼, 눈 덮인 미시령을, 그 새벽에, 체인도 없이 찾아갈 다른 이유가 있습니까?

인주에게는 스스로 죽을 이유가 없었어요. 그 애는 삶을 사랑했어요. 상투적인 말이 아니라, 정말 그랬어요.

서인주 씨의 아버지가 교통사고로 사망한 의사라는 사실을 알고 계시겠죠. 서인주 씨는 유복녀였습니다. 서인주 씨의 모친 이동선 씨는 그 후 10년간 보상금과 유산으로 생계를 유지했고, 알코올중독과 우울증으로 통원치료를 받다가 스스로 목숨을 끊었습니다. 그때 서인주 씨의 나이가 열한 살이었고, 그 후로는 외삼촌 이동주 씨의 보살핌을 받으며 자랐습니다. 이동주 씨가 서른일곱 살의 나이로 죽었을 때 서인주 씨는 열아홉 살이었습니다.

잠깐만요.

말씀하시죠.

인주가 어떻게 자랐는지에 대해서는 저도 대략 알고 있어요. 하지만 그게 인주가 자살했다는 증거가 되나요?

수많은 죽음들이 서인주라는 사람의 삶에 점철되었고 죽음에 대한 친화감을 가질 수밖에 없었으리라는 것을 누구나 추측할 수 있습니다. 더구나 서인주 씨의 결혼생활은……

그것들은 추측이고 상상일 뿐이지 증거가 되지 않아요.

서인주 씨의 전 남편도 자살인 것 같다고 했습니다. 그분도 이 책을 내는 것을 허락했습니다.

하지만 어차피, 그 사람은 인주를!

서인주 씨를 어쨌단 말입니까?

……그 사람은, 인주를 끝까지 오해했던 사람이에요.

그 사람의 방식으로 이해한 거였다고도 할 수 있겠지요.

그렇다면 그 사람의 방식이 틀렸어요. 인주는 자살하지 않았어요.

그걸 어떻게 알지요?

그렇다면 선생님은 그걸 어떻게 아나요? 선생님이 어떻게 그걸 결정할 수 있나요?

흥분을 가라앉히시죠.

……당신에게, 그걸 결정할 권리가 있다고 생각하나요?

서인주 씨는 어차피, 자신에 대한 책이 나오건 말건 상관하지 않을 겁니다. 그림을 보존하는 일에도 관심이 없었던 사람이니까. 그런 점에서 서인주라는 사람은 이미 오래전부터 이 세상에 속하지 않았습니다. 책을 쓴 건, 그게 나에게 남겨진 몫이었기 때문입니다. 나를 위해서 쓴 거라고 할 수도 있어요. 내가 설령 그 여자의 삶을 왜곡한다 해서, 그 여자가 살았던 삶이 조금이라도 달라지는 것은 아닙니다. 그러니까……

상관없다는 건가요?

그렇습니다.

하지만, 진실은? 그건 어떻게 되는 거죠?

이정희 씨 말대로 그 여자가 자살하지 않았다고 합시다. 그 여자가 자살하지 않았다는 게 그렇게 중요합니까? 그 여자가 자살했다는 의견을 내가 쓴다고 해서 뭐가 달라집니까? 어차피 그 여자는 죽었고, 다시는 살아 돌아오지 않습니다.

그건 도대체! 그런 궤변은! 무엇 때문에 당신은!

흥분하지 마시지요.

*

칼을 가져왔어야 했다. 유리컵이라도 주머니에 넣어 왔어야 했다. 저 궤변이 완성되기 전에 저 사람을 죽여야 한다. 그러나 늦은 것 아닌가? 원고가 이미 넘어갔다면, 저자가 죽는다 해도 책은 나올 것이다.

나는 민서의 눈을 떠올렸다. 인주는 자살하지 않았다. 결코, 죽음 따위로 그 아이를 버리지 않았다. 민서는 자랄 것이고 언젠가 그 책을 읽을 것이다. 저 사람에게는 그런 일 따위는 아무것도 아닌가? 진실 따위는 아무것도 아니란 말인가?

나는 조금 전까지 강석원이 앉아 있었던 접이의자에 걸터앉았다. 삼촌의 별이, 아니, 인주의 별이 눈에 들어왔다. 흰 불꽃이 암흑 속에서 타오르고 있었다. 천천히 호흡이 가라앉았다.

혹시……

내 모습을 지켜보던 그가 물었다.

십일 년 전에 「닥쳐」라는 희곡을 쓴 이정희 씨와 같은 사람입니까?

나는 대답하지 않았다.

연극을 잘 모릅니다. 그 공연을 본 것도 물론 아닙니다. 대본이 저기 꽂혀 있길래 서두만 읽어봤습니다.

나는 그가 가리키는 60센티미터 폭의 책장을 올려다보았다. 군데군데 흠집이 난 낡은 미송 책장이었다. 제각기 키가 다른 책들과 스케치북들이 칸마다 빼곡히 꽂혀 있었다.

서인주 씨가 여기저기 밑줄을 그어놓았더군요. 메모도 되어 있고…… 보시겠습니까?

……아니요.

가슴이 아프십니까?

그제야 내가 왼손으로 심장을 문지르고 있었던 것을 알았다. 익숙한 통증이 뻐근하게 지속되다가 차츰 가라앉았다. 심장의 감각에 집중하는 동안 흥분도 따라서 가라앉았다. 할 수 있는 최선의 일을 냉정하게 생각하기 위해 나는 잠시 눈을 감았다.

가라앉은 목소리로 나는 물었다.

책은 어떻게 쓰셨어요? 자료들이 있었나요?

지인들의 인터뷰, 주고받은 서신들, 서인주 씨가 썼던 글을 참고했습니다.

어렵지 않으셨어요?

어려웠지만 의미있었다고 봅니다. 지금은 마지막 마무리를 하고 있습니다.

내 태도가 가라앉자, 그는 갑자기 피로를 느끼는 듯 착잡한 얼굴로 담배를 피워 물었다. 그는 매우 논쟁적인 사람임이 분명했다. 긴 대화가 오가는 동안 그는 마치 다른 사람이 된 것 같았다. 한 번도 말을 더듬지 않았고, 공격적이면서도 침착했고, 확신과 힘을 가지고 있었다. 아마 그가 평생을 헤쳐나올 수 있었던 무기이자 연장이 그것이었을 것이다. 세 치의 혀와 능란한 글.

담배 연기가 그림에 밸까 봐, 이 안에서는 한 번도 담배를 피우지 않았습니다. 오늘이 처음입니다.

그는 변명하듯 말하고 인주의 그림들에게로 얼굴을 돌렸다. 그는 이발할 시기를 넘겼다. 반나마 희끗하게 센 머리털이 귀를 덮고 있었다. 그 순간 나는 깨달았다.

그는 인주를 사랑하고 있었다. 시작이 언제였는지는 모르지만, 어쨌든 아직까지도.

나는 잠시 침묵한 뒤 말했다.

인주가 그림을 그리기 시작한 뒤의 생활에 대해서는 저보다 잘 아는 사람들이 많이 있을 거예요. 하지만 그전의 일들은 다른 경로로는 알기 어려우실 거예요. 제 증언을 들어보고 싶지는 않으세요?

그는 생각에 잠긴 얼굴로 나를 건너다보았다. 창백한 형광등 조명 아래에서 그는 나이 들어 보였다. 낮에는 사십대 후반 같았는데, 지금은 오십대 중반쯤으로 보였다.

물론 듣고 싶습니다.

그렇다면.

나는 최대한 명료한 음성과 어조를 찾아내 말했다.

출간을 조금 늦춰줄 수도 있으신가요?

그는 떨리는 손으로 담배를 입에 물었다. 아마도 그는 오래 살 수 없을 것 같았다. 벌써 저렇게 손이 떨리고, 벌써 저렇게 무너져 있다면.

일단 말씀을 나눠보는 게 좋겠군요.

담배 연기를 뱉은 뒤 그가 말했다.

지금은 어렵고, 생각을 좀 정리해보겠어요.

좋습니다. 그럼 언제?

일주일쯤 시간을 주세요, 그리고.

나는 그의 흔들리는 눈을 향해 말했다.

오늘은 여기 좀더 있고 싶은데요, 혼자서…… 그래도 될까요?

안 됩니다.

그는 갑자기 단호하게 말했다.

미안합니다. 당신을 이해합니다. 하지만 안 됩니다.

그 순간 나 역시 그를 이해했다. 그의 고통을. 숨겨진 집착을. 더 이상의 요구는 불필요했다. 나는 일어서며 말했다.

그럼, 나가지요.

*

과속으로 달리는 택시 차창 밖으로 모든 것이 뒤섞여 있다. 먹처럼 엎질러진 어둠. 그 사이로 희미하게 빛나는 가등들. 텅 빈 거리. 셔터를 내린 상점들. 얼어붙은 분수대. 거대한 납골당 같은 아파트 건물들. 소리 지르는 것 같은 날카로운 나뭇가지들.

택시 요금을 치른 뒤 나는 빌라 현관을 향해 걸어간다. 내 구두 소리가 고요히 울린다. 취객 한 사람 보이지 않는 새벽 3시 20분. 불이 켜져 있는 창은 없다. 모두 잠들어 있거나 잠시 죽어 있다. 나는 열쇠로 문을 연다. 어둠이 숨을 조여오기 전에 거실의 불을 켠다.

세 시간 만에 돌아온 집의 정적은 여전히 단단하다. 잠이 부족해, 한순간 어찔해지며 머리가 휘휘 돈다. 코트와 스웨터를 벗고 욕실로 들어가 손을 씻는다. 손의 윤곽이 안 보일 때까지 비누 거품을 낸다. 드러난 어깨에 자잘한 소름이 돋는다. 세수를 하다 말고 거울을 보자, 속내를 보이지 않는 얼굴의 여자가 물끄러미 나를 건너다본다. 어깨를 덮는 숱 많은 머리칼이 가르마 오른쪽에서부터 희끗희끗 나이를 드러내고 있다. 얼굴 안쪽에서 스며나온 것 같은 차가운 물방울들이 끈질기게 흘러내려 가슴을 적신다.

얼굴의 물기를 닦아낸 뒤 나는 책상 앞에 가 선다. 읽다가 펼쳐둔 책을 덮는다. 성운들이 불타오르는 뒤표지를 내려다본다.

이것들은 아주 멀리 있다.

모든 도시들, 국경선과 흙과 바다, 숲과 골목과 시궁창, 무덤과 개들, 나무들, 연인들, 감옥, 전쟁터, 교실과 극장, 장례행렬, 덜컹거리는 지하철, 고함치는 노천 시장 들은 450킬로미터의 대기권 안쪽에 있다. 더러 융기하고 더러 가라앉은 지각 위에. 넓거나 좁은 무수한 도로들 틈에. 450킬로미터의 납작한 두께 안에 삶이 펼쳐져 있다.

납작함 속에서 치열하게, 납작함 속에서 안이하게, 납작함 속에서 웃고 말하고 병들고 춤춘다. 납작한 세계의 안쪽을 땀 흘리며 껴안는다. 죽음의 순간까지, 아니, 죽음 뒤에도 육체는 바깥으로 나가지 못한다. 다만 시선과 생각들, 의식들만이 이상한 생명처럼, 혼령처럼 성운 사이의 텅 빈 어둠 속을 헤엄쳐 다닌다.

지금 내 생각을 들었다면 삼촌은 고개를 저었을 것이다. 입가의 주름을 여러 겹으로 파이게 하는 부드러운 웃음을 머금은 채, 무언가를 수줍어하거나 미안해하는 듯 낮은 목소리로 말했을 것이다.

이제는 아니지…… 보이저호가 있으니까.

1978년 우주 공간으로 진수된 보이저호가 해마다 보내온 사진들이 신문들과 과학잡지에 컬러 화보로 실리면, 삼촌은 마음에 드는 사진들을 오려 작업실 책상 앞에 붙여놓곤 했다. 그는 호들갑스러운 사람이 아니었다. 깊은 감동이나 충격을 받은 일은 오히려 되도록 말하지 않았다. 그 사진들 앞에 말없이 앉아 있는 그의 모습을 종종 보았다. 꼭 한 번 그는 나에게 말했다.

앞으로 오십 년 안에 보이저호는 태양계를 벗어날 거야. 그때부턴 별들 사이의 무한하고 텅 빈 공간 속으로 끝없이 나아가겠지. ……그렇게 은하의 중심을 한 바퀴 돌고 돌아올 때쯤이면, 지구에선 수억 년이 흘러 있겠지.

*

나는 책을 집어 책장에 꽂는다. 책상 위의 메모지들을 서랍 속에 넣고, 커피가 바닥에 말라붙은 찻잔을 치운다. 수건에 물을 적셔와 책상의 먼지를 닦는다. 헝클어진 머리를 묶고 의자를 바짝 당겨 앉는다. 펼쳐져 있던 노트북을 접어 책상 아래에 내려놓고, 책상 위에 흰 A4용지들과 연필만 남겨놓는다. 컴퓨터를 사용하지만, 글을 시작할 때만은 종이에 쓰는 것이 희곡을 쓰던 때의 버릇이었다. 오래전 어머니에게 회초리로 손등을 맞으며 쓰지 않게 된 왼손으로. 거울에 비친 글씨 같은 좌필(左筆)로.

마지막 희곡을 쓴 것은 팔 년 전이었다. 그때나 지금이나 생계를 유지할 수 있게 해준 것은 번역 작업이었다. 아동물과 교양서, 대중적인 뮤지컬 대본들, 유행을 타는 팩션들. 한 시간에 두 페이지씩 속전속결로, 특별히 잘된 번역이랄 수는 없으나 그렇다고 지적할 만한 흠이 있는 것도 아닌 결과물들을 내놓았다. 다행히 아직까지 일거리가 끊긴 적은 없었다. 소박하게 살면 빠듯이 살아질 만큼의 수입이란, 불필요한 욕망을 일깨우지 않는다는 점에서 편안한 것이었다. 청약적금도 보험도 적립식 펀드도 들어본 적 없었지만 염려스럽지 않았다. 간혹 누군가가 다시 글을 써보는 게 어떠냐고 권고하면 무관심한 침묵으로 답했다. 누구에게도 설명할 수 없었다. 백지 앞에 앉는다는 것을 생각하는 것만으로 가슴을 짓누르는 공포를. 쓰레기 위에 덮인 눈 같은 생활의 고요가 물기와 썩은 고깃점들에 뒤범벅이 되는 순간의 예감을.

그러나 지금 나는 책상 앞에 앉아 있다. 팔 년 만에, 백지 위에 무엇인가를 쓰려고 한다.

무엇을, 어떻게?

모른다.

인주에 대해서?

삼촌에 대해서?

아니, 그들 모두에 대해서.

어떻게든, 강석원의 글과는 전혀 다른 것을. 전혀 다른 사실들을.

분명한 건 하나뿐이다. 내 말들은 그의 말처럼 매끄럽지 않을 것이다. 견고하지 않을 것이다. 일사불란하지 않을 것이다.

함부로 요약하지 마라. 함부로 지껄이지 마. 그 빌어먹을 사랑으로 떨리는 입술을 닥쳐.

나는 더듬을지도 모른다. 비명을 지를지도 모른다. 내 말들로 그의 말에 부딪칠 거다. 부서질 거다. 부술 거다. 조각조각 부수고 부서질 거다.

*

새벽의 정적 때문에, 두 블록 너머의 교외선 철로를 화물열차가 통과하는 소리가 지척에서처럼 들려온다. 가로대가 내려오며 새된 경종이 초조하게 울린다. 그 연약한 고음을 단호하게 부서뜨리며 기차의 굉음이 지나간다. 산산조각난 정적의 잔해 속에서 집요하게 돌고 있는 시계 초침 소리를 나는 듣는다.

목이 마르다.

생명이 타들어간다고 느낄 때 물을 마시게 되는 것은 물이 생명이기 때문일까. 몸의 대부분이 물로 이루어졌기 때문일까.

나는 일어서서 식탁으로 간다. 생수병의 물을 잔에 따르며 생각한다. 내일 인주의 방으로 갈 것이다. 열쇠 수리공을 불러 새로 열쇠를 맞춰서라도 들어갈 것이다. 삼촌의 그림을, 아니, 인주의 그림을 볼 것이다. 이해하려면 보아야 하기 때문이다. 이해하지 않으면 쓸 수 없기 때문이다.

그러나 그것은 내일 낮의 일, 강석원이 학교나 거리에 있을 낮에 내가 할 수 있는 일이다. 지금은 여기서, 아직 아무것도 이해하지 못한 채 모든 것을 기억해야 한다. 영원히 연장되는 시간을, 정적을 견뎌야 한다.

차가운 물이 목구멍을 타고 내려간다. 명치를 건너가 몸속에 고인다. 나는 베란다 입구의 흰 사기대접을 건너다본다. 녀석은 죽었을까. 아직 숨 쉬고 있을까. 거미도 동면을 할까. 그저 편안하게 잠들어 있다가 그릇 틈으로 빛이 들어오면 눈을 뜰까. 유유하고 소름 끼치는 걸음걸이로 다시 걷기 시작할까.

나는 힘주어 눈을 감는다. 털이 돋은 여덟 개의 검고 굵은 다리로 바닥을 짚으며 나아가던 녀석의 모습을 어두운 눈꺼풀 안쪽에 새긴다. 눈을 뜨고 나는 성큼성큼 걸어간다. 사기그릇 앞에 한쪽 무릎을 꿇고 앉는다. 팔을 뻗어 그릇을 뒤집는다.

2
플랑크의 시간

기원전 2세기 전한 시대의 책 『회남자(淮南子)』는 말한다. 아직 하늘과 땅이 생겨나지 않은 태초에, 어슴푸레한 모습만 있을 뿐 형체는 없고 어둑어둑할 뿐이었다고. 제주 무가에서는 하늘과 땅이 뒤섞여 사방이 캄캄했다고 말한다. 『산해경(山海經)』에서 이 혼돈은 한 마리 새로 묘사된다. 불덩어리처럼 붉은빛의 몸에 여섯 개의 다리와 네 개의 날개가 달린 이 새는 노래와 춤을 좋아했다. 혼돈이 부르는 노래와 혼돈이 추는 춤은 어떤 것이었을까. 가락이나 장단이 없는 노래, 춤사위가 없는 춤이었을까. 노래와 춤 이전의 열띤 덩어리, 붉은 불덩어리의 회오리 같은 것이었을까.

고대 바빌로니아 신화에서 젊은 신 마르두크는 모든 신들의 어머니 티아마트—혼돈—를 죽인 뒤 그 몸통을 반으로 갈라 하늘과 대지를 만들고 머리로 산과 강을 만든다. 몽고의 신 오치르바니는 태초의 바다에 사는 뱀—혼돈—로순을 잡아 우주의 중심인 수메르 산에 세 바퀴 감고 머리를 부서버렸다고 전해진다. 중국의 반고 신화에서는 오랜 세월 잠자던 거인 반고가 태어나면서 자신이 태어난 근원인 알을 깨뜨리는데, 맑은 기운은 위로 올라가 하늘이 되고 탁한 것은 가라앉아 땅이 된다. 후대로 내려와 장자에 이르면 혼돈은 숙과 홀이 뚫어준 일곱 개의 구멍 때문에 죽음을 맞는다.

붉은빛의 불덩어리 새든, 태초의 바다에 사는 뱀이든, 근원의 알이든 혼돈은 죽는다. 머리가 부서지고, 깨뜨려지고, 구멍이 뚫려 죽는다. 그 죽은 몸에서 하늘과 땅이 갈라지고 초목과 짐승들이 태어난다.

*

삼촌으로부터, 그리고 삼촌이 읽던 책들로부터 배운 바에 따르면, 우주의 시작은 양자역학적인 물리량이다. 시간적, 공간적으로 앞뒤를 따질 수 있는 고전적인 시공간은 태초 이전에는 무의미하다. 고전적인 우주가 태어나기 전까지 우주의 에너지는 0이지만, 시공간은 양자역학적 혼돈 상태에서 끊임없이 흔들리며 생성과 소멸을 거듭한다. 그러던 어느 확률적 순간, 에너지의 벽을 뚫은 시공간이 팽창하기 시작한다. 그 순간부터 고전적인 시간과 공간의 개념이 적용된다. 오랜 혼돈이 갈라지고 천지가 창조되는 짧은 시간, 우주는 급팽창하고 물질이 생성된다. 놀랍도록 신화에 가깝게. 플랑크의 시간이라고 불리는 10^{-43}초, 그 찰나의 찰나에.

*

나는 1970년 11월 27일생이다. 거기서 아홉 달을 소급해 내 부모가 몸을 섞었고, 어느 확률적 순간에 육안으로 볼 수 없는 세포 하나가 분열되며 급팽창했을 것이다. 물질의 벽을 뚫고 생명이 터져나왔을 것이다.

처음 내 생일을 삼촌에게 말했을 때, 삼촌은 잠시 생각에 잠겨 있다가 책장에서 두툼한 화집 한 권을 꺼내 왔다. 날카로운 책장에 손을 베이지 않기 위해 삼촌은 면장갑을 끼고 책장을 넘겼다.

마크 로스코라는 화가야.

삼촌은 말했다.

1906년 러시아에서 태어나 아홉 살에 가족과 함께 브루클린으로 망명했고, 1970년 2월 25일에 죽었어. 그러니까, 이 사람이 죽던 날을 전후해서 너는 처음 생겨났겠구나.

나는 잠자코 그림을 들여다보았다. 화면의 가운데가 분할되었고, 서로 다른 색채의 커다란 사각형 두 개가 바탕색을 향해 번지며 스며들어가고 있었다.

이렇게 색채가 번지게 하기 위해서, 붓 대신 스펀지를 쓰기도 했다고 해.

색채들의 충돌이 인간의 내부에서 스며나오는 감정처럼 느껴진다는 것에 나는 놀랐다. 시작도 끝도 없던 혼돈이 방금 갈라져 피 흘리는 것 같은 강렬한 느낌이, 그토록 단순한 구도의 비구상 화면에서 극적으로 뿜어져 나온다는 것이 기묘하게 느껴졌다.

이 사람은 그림을 배우는 정식 코스를 밟지 않았어. 당시로서는 퍽 큰 그림을 그렸지. 벽 전체를 덮을 정도였으니까. 큰 그림을 그리는 이유는 친밀하고 따뜻한 사람이 되고 싶기 때문이라고 이 사람은 말했어. 작은 그림을 그린다는 건, 스스로를 경험 밖에 두고 거기서 그 경험을 환등기나 축소경으로 바라보는 것과 같다고 했지. 하지만 큰 그림을 그리면, 자기가 그 안에 들어가 있어서 어떤 것도 한눈에 볼 수 없게 된다고 했어.

도록을 넘겨갈수록 로스코의 색채들은 어두워졌다. 말년의 그림들은 짙은 푸른빛과 검정, 회색, 진한 갈색으로 이루어져 있었다. 분할된 화면들은 어두운 정신과 더 극단적으로 어두운 정신의 끈질긴 대비처럼 보였다. 그 사이사이로, 불안할 만큼 밝고 생경한 색채의 그림들이 눈에 띄었다.

문득 나는 물었다.

어떻게 죽었어요, 이 사람?

잔잔하던 삼촌의 얼굴이 진지해졌다.

예순네 살에 자살했어. 작업실의 부엌에서 양쪽 손목을 그은 걸 조수가 발견했어.

왜 자살했대요?

글쎄. 그건 나도 모르겠다.

이 사람은 뭘 그리려고 했던 걸까요?

글쎄.

삼촌은 씁쓸한 미소를 지으며 대답했다.

자기 그림들의 모델은 인간의 경험 전부라고 이 사람은 말했어. ……사실, 나는 이 그림들을 직접 본 적이 없어. 이 작은 도록 속의 사진들만으로는 어떤 감흥도 느끼지 못했어. 그저 상상할 뿐이야. 캔

버스에 색채가 스며드는 동안, 색채 이상의 무엇인가가, 이 사람의 표현대로라면 인간의 경험 전부가 번져가게 하기 위해서 이 사람은 뭘 했던 걸까. 이 사람이 애써 고집했다는, 성소처럼 어두운 조명 아래 걸려 있을 거대한 그림들은 어떤 모습일까. 보고 있으면 이가 딱딱 부딪히고, 눈물이 흐르고…… 차가운 바닥에 무릎을 꿇고 기도하고 싶어진다는 그 그림들은.

그날 저녁 집으로 돌아오는 골목의 흙바닥 위로 로스코의 그림들이 밟혔다. 조금 진지해 보인다뿐 살집이 좋은 평범한 얼굴이던 유대 남자의 사진도 함께 어른거렸다. 얼핏, 그의 죽음을 즈음해 형성되고 있었을 내 첫 세포를 생각했다. 어머니조차 모르는 사이 연붉은 자궁 안에 막 한 점으로 맺혔을 그것을. 바로 그 무렵, 북반구의 2월 하순, 차가운 흙 속에서 아직 썩지 않았을 그의 손을.

*

수유리 언덕바지 동네의 그 골목은 거대한 환형동물처럼 구불구불했다. 평지에서 인주의 집까지 올라가려면 숨이 차기 시작했고, 숨을 몰아쉬며 올라온 만큼 더 오르면 작고 낡은 단층 벽돌집이 나왔다. 내가 태어나고 자란 집이었다.

어머니는 가까운 여자대학 앞에서 작은 레스토랑을 꾸렸다. 말이 레스토랑이지, 작은 테이블 열 개가 놓인 컴컴한 지하 양식당이었다. 수수한 옷차림의 여대생들은 대체로 수업이 끝나는 대로 학교를 떠났고, 주말의 등산객들은 산 아래의 대폿집들을 좋아했다. 어떻게 하면 손님을 더 불러들일 수 있을지 어머니는 늘 고심했다. 방학 때면 나에게 대학교 정문 앞에 서서 '점심 특선, 돈까스 1,900원, 후식 제공'이라고 인쇄된 유인물을 돌리도록 하기도 했다. 어머니는 오전 10시 반부터 새벽 1시 반까지 가게 문을 열었다. 간간이 밤늦게 양주를 찾는 손님이 있을 때는 새벽 3시를 넘겨 돌아왔다. 쉬는 날은 설과 추석 이틀뿐이었다. 근처의 카페들에 비하면 꾸준하게 손님이 들었지만, 몸을 혹사한 대가치고 매상은 빠듯한 편이었다. 일 년도 못 버티는 사업들에 골몰해 있던 아버지를 믿고 문을 닫을 수도 없었다.

자연히 집안일은 내 몫이었다. 가부장적이던 아버지나 오빠가 살림을 거드는 일은 없었다. 나의 하루는 새벽에 일어나 남동생까지 삼남매의 도시락을 싸는 것으로 시작됐다. 동향의 부엌 창으로 스며드는 파르스름한 새벽빛을 받으며 마늘을 다지고 돼지고기를 재웠다. 겨울이면 김장독의 김치가 차가워, 고무장갑을 끼고도 진저리가 쳐졌다. 어머니가 언제나 지쳐 있었기 때문에, 그녀의 몸에서 늘 찌든 담배 냄새와 파스 냄새가 뒤섞여 풍겨왔기 때문에 나는 불평하지 않았다. 주말이면 레스토랑에 갔다. 주방 한쪽에서 커다란 들통에 담긴 수프가 눌러붙지 않도록 여러 시간 저어주거나, 카운터에 앉아 계산을 하거나, 조잡한 프릴이 달린 앞치마를 두르고 서빙을 했다. 수프가 담긴 들통을 옮기다 반나마 엎지른 적도 있었다. 다행히 데진 않았지만 타일 바닥에 미끄러져 여러 달 허리에 침을 맞았다.

그곳이 레스토랑이기보다 컴컴하고 작은 지하 양식당이었던 것처럼, 어머니는 레스토랑의 여사장이기보다 누추할 정도로 수수하게 늙어가는 여자였다. 말수가 적었고, 평생 살집이 붙어본 적 없는 얼굴에 고단함이 그늘져 있었다. 피곤하면 윗입술이 종종 터졌는데, 얼마쯤 지나면 아랫입술까지 벌어져 붉은 딱지가 앉았다. 나는 어머니 같은 여자가 될까 봐 은밀히 두려워했다. 한없는 인내로 삶을 버티는 사람. 나는 이걸 하고 싶다, 또는 갖고 싶다, 라는 식의 말을 하지 않는 사람. 아버지에 대한 무조건적인 복종. 영민하고 잘생긴 아들들에 대한 숭배.

어머니가 이 세상에서 가진 단 한 사람, 무언가를 요구할 수 있는 존재는 나였다. 비 때문에 지하 레스토랑 가득 물이 고였을 때 전화를 걸어 '신문지 가져와라, 빨리! 가져올 수 있을 만큼 많이!'라고 울부짖듯 소리칠 수 있는 유일한 상대였다. 나는 등산용 배낭에 신문지를 가득 채우고, 보자기로 싼 신문지 묶음을 양손에 들고, 땀을 뻘뻘 흘리며 두 정거장 거리를 뛰어 레스토랑에 갔다. 시험 기간을 앞둔 일요일 내내 이십여 평의 가게 바닥에 신문지를 바꿔 깔고, 계단을 훔쳐냈다.

나는 어머니를 원망해본 적 없었다. 어머니에게 어떤 것을 요구한 적도, 어떤 단점을 고쳐주기를 바란 적도 없었다. 그런 점에서 나는 어머니와 가장 닮은 자식이었다. 어머니는 나에게 일종의 아킬레스건, 고난받는 자의 원형, 영원히 보호본능을 느끼게 하는 사람이었다.

내 어머니의 손을 닮았던 삼촌의 손을 기억한다. 인주의 집에서 처음 삼촌을 만난 날, 저런 손을 가진 남자도 있구나, 생각하며 놀랐다. 먹이 묻은 손. 음식을 만드는 손. 뜻 없이 인주의 머리를 쓰다듬는 손. 살결이 거칠어 보이는 손. 푸릇한 멍들이 손등에 앉은 손. 무언가를 많이 참아본 사람의 손. 불현듯 내 손을 뻗어 크기와 온기를 재보고 싶던 그 손.

*

오래 어둠 속에 앉아 있었다.

생각이 정리되면 책상의 스탠드를 켜려고 했는데, 아직 준비가 되지 않았다.

처음 불을 껐을 때 어둠은 지독히 더디게 마디와 결들을 드러내더니, 이제는 낱낱의 틈들과 모세관들이 들여다보인다. 어둠의 속은 고요하다. 사물들은 둥글거나 각진 자신들의 희미한 윤곽 안쪽에서 숨을 죽이고 있다. 고요하지 않은 것은 내 기억들뿐이다.

책장에 놓인 자명종 시계의 야광 바늘이 4시 30분을 가리키고 있다. 지금 걸어야 할 한 통의 전화가 있다. 지금을 놓치면 열두 시간이나 스물네 시간을 더 기다려야 한다. 세 시간의 시차가 나는 그곳은 아침 7시 30분, 이미 동이 텄을 것이다. 사람들은 서둘러 출근 준비를 하거나 집을 나섰을 것이다.

마침내 스탠드를 켜려고 손을 뻗는 순간 휴대폰 벨소리가 터져나온다. 나는 충전 중인 휴대폰을 집어 든다. 발신자 번호는 서울, K동이 위치한 지역의 국번으로 시작한다. 불빛이 점멸하는 액정 화면을 잠시 지켜보다가 나는 통화 버튼을 누른다.

여보세요.

전화기 저쪽은 침묵이다. 나는 다시 여보세요,라고 채근하는 대신 기다린다.

자명종 시계의 야광 바늘은 완고하게 새벽 4시 30분을 가리키고 있다. 이 시각에 전화를 걸 수 있는 사람은 연인이 아니라면 원수일 것이다. 밤새 뒤척이며 모욕을 곱씹은 자. 돌려받아야 할 전 재산 때문에 눈이 뒤집힌 자. 빼앗긴 애인 때문에 죽거나 죽이기를 결단한 자. *말해봐. 뭐가 당신을 잠 못 이루게 하는지. 어떤 죄, 어떤 후회인지.*

4, 5초의 침묵 뒤 전화가 끊긴다. 나는 스탠드를 켠다. 발신번호를 수첩에 적고, 전화번호 아래 연필로 꾹꾹 눌러 물음표를 그려둔다. 강석원의 집이거나 인주의 작업실이거나, 아니면 잘못 걸린 전화이거나. 아직은 알 수 없다.

나는 강석원에 대해 알고 있는 것이 없다.

만일 지금 전화를 건 사람이 그라면, 이유는 뭐였을까.

침묵은 이미 깨어졌다. 다시 울릴지 모르는 휴대폰을 옆에 두고 나는 호주의 국가번호와 지역번호 일곱 자리의 전화번호가 적힌 메모지를 들여다본다.

생각할 수 있는 가장 좋은 상황은 민서가 전화를 받는 것이다. 이모야? 라고 그 아이가 놀라며 부르는 목소리를 듣는 것이다. 그래 이모야. 잘못했어, 그동안 연락 못한 것. 내가 말을 채 맺기 전에 누구니? 하는 어른의 소리가 들릴 것이다. 정이 바꿔 받으면 말해야 한다. 민서 엄마의 친구 이정희입니다. 꼭 묻고 싶은 말씀이 있어서 전화드렸습니다. 메일을 보냈지만 답을 하지 않으셔서.

아직 동이 트지 않았다. 자명종 시계의 초침 소리가 귓속으로 파고든다. 나는 메모지를 내려놓고 일어선다. 스탠드의 불을 끄자 모든 것이 다시 어둠에 잠긴다.

어둠은 무겁지 않다. 단단하지도 않다. 허물처럼 가벼운 어둠의 속을 더듬어 옷장의 손잡이를 찾는다. 손이 스칠 때마다 소리를 내는 파카를 꺼내 스웨터 위로 걸친다. 턱을 치켜들고 목 끝까지 지퍼를 올린다. 현관으로 걸어 나와 러닝화를 신는다. 웅크린 자세로 러닝화 끈을 단단히 묶고, 파카에 달린 모자를 눈까지 덮어쓴다. 현관문을 열고, 추위 속으로 힘껏 몸을 밀어낸다.

*

일 년여 전, 네가 아직 육체를 가지고 있었을 때, 우리가 부엌에서 보내던 길고 조용한 저녁에, 너는 내 이름을 부른 적이 있지. 김치 한 포기를 도마에 놓고 썰고 있는 내 뒷모습을 향해서.

돌아봤을 때 너는 식탁 앞에 앉아서, 짧은 뒷머리칼 사이로 한 손을 넣고, 다른 한 손으로 비스듬히 턱을 고인 채 나를 바라보고 있었지. 우리가 피붙이가 아니라는 사실이 이상하게 느껴지던 저녁. 혼자서 너를, 그토록 방심하고 그토록 내면이 아무렇지도 않게 배어나온 너를, 그것이 너무 자연스러워 어쩐지 신비롭게 느껴지는 너를 보고 있다는 게 지나친 행복이라고 느껴지던 저녁.

너는 천천히, 정확한 단어를 고르기 위해 사이사이 침묵하며 말했지.

난 말이지, 정희야. 사랑한다는 말을 들으면 이상한 기분이 들어.

……나를 사랑한다는 그 어떤 남자의 말은, 자신을 사랑해달라는 말일 수도 있고, 나를 오해하고 있다는 말일 수도 있고, 내가 그를 위해 많은 걸 버려주길 바란다는 말일 수도 있지. 단순히 나를 소유하고 싶거나, 심지어 나를 자기 몸에 맞게 구부려서, 그 변형된 형태를 갖고 싶다는 뜻일 수도 있고, 자신의 무서운 공허나 외로움을 틀어막아달라는

말일 수도 있어.

그러니까, 누군가 나를 사랑한다고 말할 때, 내가 처음 느끼는 감정은 공포야.

*

내가 처음 인주를 보았던 날 그녀는 방과 후의 텅 빈 운동장 트랙을 달리고 있었다. 나보다 한 살이 많은 인주는 열네 살이었고, 나중에 그림을 그리게 될 거라고는 아무도 생각 못했던 단거리 육상 선수였다. 그녀는 초등학교 6학년 때 서울 대표로 소년체전에 나가 은메달을 받았다고 했다. 큰 키에 뚜렷하고 중성적인 이목구비의 인주는 여러 아이들의 동경을 받았다.

그런저런 이야기를 열의 있게 들려준, 그날 함께 주번을 했던 아이와 함께 운동장을 가로질러 교문에 이르는 동안 나는 인주에게서 눈을 뗄 수 없었다. 인주의 짧은 머리칼은 힘차게 허공으로 나부끼고 있었다. 꽤 빠른 속력인데도 표정이 침착했고, 숨 가빠하는 기색은 찾아볼 수 없었다. 이상한 모습이었다. 인주의 몸은 마치 보통의 사람들보다 중력을 덜 느끼는 사람처럼 가벼워 보였다. 달리기는 마치 날기 위한 예비동작인 것 같았다. 힘차게 달리다가 어느 순간 미끄러지듯 떠오를 것 같았다. 허공으로 유연하게, 끝없이 활공할 것 같았다. 기운찬 다리를 길게 뻗으며. 여전히 숨 한번 몰아쉬지 않는 침착한 얼굴로.

달리기를 시작했어, 라고 스물한 살의 내가 인주의 집 부엌에서 말했을 때 인주는 희미하게 웃었다. 달리고 있으면 언젠가부터 아무것도 두렵지 않아져, 라고 내가 이어 말하자 인주의 얼굴에서 웃음이 걷혔다. 난 이제 네가 생각하는 내가 아니야. 더 이상 아프거나 토하지 않을 거야. 모든 걸 잊고 달릴 거야. 여러 남자를 만날 거고, 밑바닥까지 내려가서 뒹굴 거고, 그러고도 끄떡도 안 할 거야.

인주는 천천히 일어나 기름이 끓기 시작한 튀김 팬을 향해 걸어갔다. 평소 눈에 띄지 않게 주의하던 왼다리가 부주의하게 절룩였다. 고개를 수그린 목덜미에서 어깨로 이어지는 좁고 강직한 골격이 삼촌과 닮아 있는 것을 나는 보았다.

……그래야지.

기름이 튀지 않도록 세심한 손놀림으로 부추만두들을 팬에 넣은 뒤 인주는 문득 고개를 돌려 나를 보며 말했다. 아직 가시지 않은 소년 같은 기민함과, 갑자기 늙어버린 사람의 체념이 뒤섞인 얼굴로 인주는 거짓말처럼 싱긋 웃었다.

*

물고기가 된 것 같다. 내가 마시는 공기가 검푸른 물 같다. 나는 폐가 아니라 아가미로 숨을 쉬는 것 같다. 아직 잠들어 있는 검은 나무들이 시야에서 흔들린다. 내 몸에서 나오는 소리들이 들린다. 숨소리, 발소리, 터질 듯 심장 뛰는 소리. 등에 맺히는 더운 땀이 지느러미 같다.

버스 정류장 앞에서 첫차를 기다리는 사람들이 가까워진다. 나는 서서히 속력을 늦춘다. 알록달록한 스카프로 머리를 싸매고 누비바지를 입은 저 중년 여인들은 아파트나 빌딩의 청소를 하러 가는 길일 것이다. 박명 속에서 얼어붙은 발을 구르는 그들의 옆모습이 조용히 눈을 찌른다. 자정 넘어 파스와 찌든 담배 냄새를 풍기며 돌아오던 어머니의 모습이 겹쳐졌다 지워진다. 그들 옆을 지나칠 때 나는 달리는 대신 빠르게 걷는다. 빠르게 그들로부터 멀어진다.

가게를 정리할 무렵 어머니가 얻은 무릎 관절염은 십여 년이 흐르는 동안 돌이킬 수 없이 악화되었다. 아버지를 먼저 여읜 뒤 오빠의 집에서 조카들을 키우며 지내는 어머니를 찾아가 주름진 손을 잡을 때면 나는 은밀한 고통을 느꼈다. 늙어가는 사람은 점점 어린아이 같아진다는 것이 느껴지기 때문이었다. 전화기를 움켜쥐고 '빨리, 신문지 갖고 와라! 아주 많이!'라고 울부짖던 어린아이가 느껴지기 때문이었다.

삶이 제공하는 당근과 채찍에 철저히 회유되고 협박당한 사람의 얼굴로 어머니는 작은 방에서 늙어가고 있었다. 따뜻한 아랫목에서 어머니의 살비늘 냄새를 맡고 있으면, 그녀에게 삶이 폭력이었다는 느낌을 지우기 어려웠다. 그녀는 어떤 희망에 그토록 교묘하게 회유당했을까. 가정의 평화. 아들들의 출세. 딸의 행복한 결혼. 오순도순한 노부부의 말년. 종내에는 무릎을 무너뜨려 계단조차 오르내릴 수 없게 만든 삶을 그녀는 한번도 원망하지 않았다.

한 번의 획에 모든 걸 담아봐, 하고 삼촌은 말했다.

네가 경험한 모든 것이 한 번의 획에 필요하다고 생각해봐. 자연, 너를 키운 사람, 기르다 죽은 개, 네가 먹어온 음식들, 걸어 다닌 길들…… 그 모든 게 네 속에 있다고. 네가 쥔 붓을 통과해 한 획을 긋는 사람은, 바로 그 풍만한 경험과 감정과 힘을 가진 사람이라고.

내가 풍만한 경험과 감정을 가진 사람이라고 생각해본 적이 없었으므로 나는 고개를 저었다. 그러나 처음 호흡을 참으며 선 하나를 그었을 때, 내 몸속에 미처 몰랐던 공간이 있었던 것을 알았다. 그 안에 숱한 요철과 구멍들이 울퉁불퉁하게 일그러져 있었던 것을 알았다. 잠자코 선을 그어가는 동안, 생각지 못했던 사소한 일들이 떠올랐다가 이내 침묵에 씻겨 사라졌다. 어머니가 깊은 밤 식탁에서 우는 것을 몰래 지켜보았던 기억. 화장실 문을 잠그고 김 서린 거울에 왼손으로 바보, 병신이라고 쓰던 기억. 마늘을 까다가 매운 손으로 눈을 훔쳤을 때 어머니의 거친 손바닥이 이끄는 대로 대야에 얼굴을 박고, 차가운 물속에서 처음 두 눈을 껌벅이던 기억.

*

꿈속에서 흰 새는 아무렇지도 않게 울었다. 그저 자신의 일이라는 듯이. 자신의 본성일 뿐이라는 듯이. 구슬프지도 처절하지도 않게 우는 동안 새의 머리에서 흰빛이 빠져나갔다. 모래시계의 모래알이 아래로 흘러내리듯이. 그저 담담히 중력의 법칙을 따르는 듯, 안 보이는 시간의 결을 어루만지는 듯 조용히.

나는 그 새가 완전히 사라지는 순간을 기다리며 서 있었던 것 같다. 그 순간에 찾아들 벼락같은 적막을 느끼고 싶었던 것 같다. 그러나 막상 어둠 속에서 눈을 뜨고 나자, 새가 사라지기 전에 꿈에서 깼다는 것이 서늘하게 다행스러웠다.

그 꿈은 뭘 말하려는 것이었을까. 내가, 무엇인가를 다시 쓰게 되리라는 것을? 하지만 나는 내 이야기를 쓰려는 게 아니다. 그 새처럼 몸을 비워내려고 하는 것이 아니다. 인주와 삼촌, 그들이 그린 그림—그것들이 내가 쓰려는 전부다. 단지 그들이 내 기억 속에 살고 있기 때문에 이 냄새, 소리, 색깔 들이 한꺼번에 뒤엉켜 불려나오는 것뿐이다.

잘 숨을 수 있을까.

얼굴도, 목소리도, 발자국도 없이 이 부서진 조각들 사이를, 아슬아슬한 난간들을 짚고 갈 수 있을까.

어두운 보도블록을 밟으며 나는 앞으로 나아간다. 인도의 움푹 들어간 곳마다 박혀 있던 얼음 조각들이 박명에 빛나며 생생히 살아난다. 걸음은 아래로 끌리고, 숨은 흰 불꽃처럼 흩어져 허공으로 올라간다.

고가도로 너머로 보이는 동쪽의 산등성이를 향해 나는 멈춰 선다. 땀이 식은 등으로 한기가 파고든다. 산등성이의 윤곽이 뚜렷해지고 있다.

삼촌이 그랬듯이, 인주는 이 시간을 좋아했다. 고요한 푸른빛을. 푸른 시간을. 밤의 비밀과 낮의 명료함이 맞바뀌는 지진 같은 떨림을. 피와 뼈까지 파랗게 배어드는 서늘함을. 잠든 사람들의 체온이 가장 내려가는 순간. 지표면이 가장 차가워지는 이 순간.

돌아서서 집으로 걷는 이십여 분 동안 천천히 그 시간은 사라진다. 거리는 언제 어둠과 한몸으로 섞여 있었느냐는 듯 태연히 제 빛을 띤다. 비밀이 사라진 거리는 헐벗어 있다. 그 헐벗음으로 뭔가를 집요하게 다그쳐 묻는 것 같다.

*

어두운 골목 모퉁이에서 네가 걸어 나온다. 길고 마른 몸. 부서지는 구두 소리. 흔들리는 짧은 머리. 아무렇지 않은 네가 걸어 나온다. 어둠보다 어둡게, 박명을 등지고 걸어 나온다. 이상하다. 아니, 당연하다. 얼굴에 눈물이 없다. 흐르는 피도 말라붙은 피도 없다. 너를 지나쳐서 나는 걷는다. 눈을 닫고 걷는다. 입을 닥치고 걷는다.

*

벽시계는 아직 8시 10분을 가리키고 있고, 서향의 베란다는 어둑하다.

배가 고픈가?

배가 고프지 않은가?

나는 커피통의 바닥을 훑어 원두커피 여과지에 붓는다. 검은 물방울이 뚝뚝 떨어지는 소리를 들으며 서 있다. 텅, 소리가 현관 쪽에서 들려온다. 나는 달려 나가지 않는다. 공포와 기대 사이에서 떨며 문구멍에 눈을 대지 않는다. 텅, 소리는 앞집 현관문을 발로 차며 그 집 남자아이가 걸어 나오는 소리다. 살아 있는 사람이라면 누구도 이 시간에, 이 집 문을 두드리지 않는다.

내려진 커피를 머그컵에 절반 붓고, 냉장고에서 우유를 꺼내 나머지 절반을 채운다. 커피도 우유도 아닌 미지근한 그것을 한입에 털어 마신 뒤 책상 앞에 앉는다. 밤새 아무것도 적히지 않은 백지를 들여다보다 밀어놓는다. 몸을 일으켜 블라인드를 올린다. 맞은편 빌라 건물이 정면으로 보이는 살풍경한 창밖으로, 색색의 코트를 입은 유치원생들이 달팽이 껍데기 같은 배낭을 둘러멘 채 셔틀버스를 기다리고 있다. 파삭파삭한 겨울 햇빛이 아이들의 머리카락 위로 쏟아진다.

발작적으로 나는 수화기를 들고 버튼을 누르기 시작한다. 열두 개의 버튼을 누를 때마다 각기 다른 음정의 기계음들이 이상한 멜로디를 만든다. 잠시 기다리자 묵직한 통화 연결음이 들린다. 한 번, 두 번, 세 번. 열 번까지 센 뒤 수화기를 내려놓는다. 손이 떨린다. 정오가 가까운 그곳의 탁자 위에서, 민서의 지문이 수없이 찍혔을 전화기도 소리치기를 멈췄을 것이다.

*

이모, 심장 소리 들려줘.

민서는 내 가슴에 귀를 대고 한참 있은 다음 상기된 얼굴로 고개를 들곤 했다. 윗옷을 열어 맨가슴에 그 애의 얼굴을 품고 싶은 이상하게 간절한 충동을 누르며 나는 민서의 가슴에 귀를 댔다. 심장은 규칙적으로 뛰었고, 부드러운 여름옷에서는 방금 쑨 밀풀 같은 몸 냄새가 났다.

오랜만에 만나면 꼭 치르는 그 의식을 마친 뒤 민서와 나는 제각기 할 일을 했다. 인주가 돌아오기 전에 나는 생선을 굽고 국을 끓이고, 민서는 원목 교구상자에서 꺼낸 나무망치와 스패너를 진지하게 두드려 작은 침대나 탁자를 조립했다.

이모, 인제 놀아줄 거야?

그래, 이거만 올려놓고.

이모, 이제 다 됐어?

그래, 조금만 기다려.

이모, 허전해. 우리 안자.

나는 가스레인지의 불을 끄고 민서를 안았다. 마른 곳에서 물에 돌아온 물고기처럼 민서는 내 가슴에서 연거푸 깊은 숨을 쉬었다.

엄마 보고 싶어.

그래, 곧 올 거야.

나중에, 엄마랑 이모가 머리가 하얘지고 힘이 하나도 없어지면, 심심하지 않게 내가 자꾸 놀아줄 거야.

그래…… 고맙다.

그래,란 말은 이제 그만해. 또 눈물 고이면 혼내줄 거야.

*

거실 구석구석을 방향 없이 서성거리다가 나는 입술을 물고 책상 앞에 앉는다. 책장에 꽂았던 책을 다시 펼친다. 오래전 밑줄을 그어놓은 부분들을 찾아, 삼킬 듯 빠르게 읽어내려간다.

우주의 나이는 얼마나 되었을까? 우주에서 가장 나이가 많은 천체들의 나이로 미루어 약 150억 년으로 추정된다. 예를 들어 우리 은하에는 수십만 개의 별들이 공처럼 뭉친 구상성단들이 있는데, 이들의 나이는 모두 100억 년이 넘는다. 그러나 150억 년보다 더 늙은 천체는 찾아볼 수 없다.

비록 우주 공간이 무한하다 해도, 우주의 나이가 유한하기 때문에 우리가 볼 수 있는 우주도 유한하다. 우리가 무엇인가를 '본다'는 것은 그 대상에서 나온 빛을 느껴 안다는 것이다. 이 빛의 속도가 초속 30만 킬로미터로 유한하기 때문에 우리는 빛이 150억 년간 달려온 거리보다 더 먼 곳에 있는 별을 볼 수 없다. 우주가 팽창하고 있다는 것을 고려하면, 우리가 볼 수 있는 우주는 약 390억 광년으로 한정된다. 이것이 우주의 지평선이다. 그 너머의 별들이 낸 빛은 미래에 우리에게 도달할 것이다.

천체물리학의 세계에 들어가면 시간과 공간이 같은 것을 말하는 지점을 만나게 된다. 멀리서 반짝이는 별은 오랜 과거의 별이며, 이미 존재하지 않는 별일 수도 있다. 더 멀리 볼수록 더 오랜 시간을 거슬러 올라갈 수 있다. 우주의 지평선은 그렇게 우리가 멀리 볼 수 있는 한계, 더 오랜 과거로 거슬러 오를 수 있는 한계다. 그것이 없다면 우주가 태어나는 모습까지 볼 수 있을 것이다.

열여섯 살의 가을이었다. 이 책을 비롯해 삼촌의 서가에서 빌려간 여러 권의 책을 홀린 듯 읽은 뒤, 여남은 개의 질문들을 쪽지에 적어가 삼촌에게 물었다.

그러니까, 혹시…… 이 우주의 물질은 원래 하나인 거예요? 같은 중성자가 어떻게 양자와 결합했느냐에 따라 수소, 탄소…… 그런 게 되는 거예요? 이 종이랑 담벼락이랑 사람의 몸이랑 물이랑…… 이 모든 게?

그렇지.

삼촌은 아무렇지도 않은 듯 대답했다.

같은 구슬을 이렇게 묶느냐 저렇게 묶느냐에 따라 달라지는 거지.

그 순간 나는 아득해져서 그의 얼굴을 바라보았다. 나의 몸과 그의 몸이 같은 물질, 같은 알갱이들로 이루어져 있다는 사실이 기적처럼 절실하게 느껴졌다.

그런데, 그 알갱이는 거의 비어 있다고, 이 책에는……

그렇지.

그러니까, $E = mc^2$이란 말은……

비어 있다고 해서 그게 정말 비어 있는 게 아니고, 에너지로 가득 차 있는 거지. 네가 말한 건 에너지가 곧 물질이라는 등식이니까.

수증기가 비어 있는 것처럼 보이지만, 기온이 내려가면 물이 되고 얼음이 되는 것처럼요?

적절한 예라고 보기는 어렵지만, 비슷해.

그러니까, 여러 조건들, 시간까지 모두 한꺼번에 볼 수 있는 눈이 있다면 이 세상은…… 한 점인 거네요. 빅뱅 이전의 한 점, 아니, 점도 아닌, 비어 있지만 비어 있지 않은 상태…… 그러니까, 우리가 산다는 건……

그는 웃음을 거두고 내 얼굴을 건너다보았다. 나는 설명할 수 없었다. 그 순간 내 머릿속에서 빠르게, 풍화되는 대지와 마르는 강물, 폭발하는 별들이 스쳐간 것을. 모든 것이 하나로 꿰어지는 순간의 격렬함을 경험한 것을. 슬픔도 고통도, 그렇다고 기쁨도 아닌 그 순간을.

그날부터였다고 생각한다. 그 순간 당신이 내 손을 잡았기 때문이라고 생각한다. 당신의 손의 원소가 내 손의 원소와 같다는 것을 간절하게 실감했기 때문이라고. 아니, 모르겠다. 많은 시간이 흘러서가 아니다. 당신에 대한 기억은 어떻게도 단언할 수 없다. 모른다고밖에는. 모든 것이 덩어리로 다가왔다고밖에는. 스며들고 번져갔다고밖에는. 당신의 그림 속에 떨고 있던 모세혈관들처럼.

*

깊이 숨을 들이마신다. 컬러사진들이 모여 있는 화보 페이지에 얼굴을 묻는다. 폭발하는 초신성의 불꽃들을 들여다본다. 당신의 그림을 보고 싶을 때마다 이 사진을 보았다. 이 세상에서 내가 찾아낼 수 있었던 단 하나, 당신의 그림과 닮은 형상이었기 때문이다.

먼저 고백해야만 한다.
나는 나를 믿지 않는다고.
내 눈물을 믿지 않는다고.
내 진실을 믿지 않는다고.
내 기억을, 고통을 믿지 않는다고.

모든 것을 믿을 수 없는 순간, 모든 것이 허깨비가 되는 순간, 세계 전체가 하나의 얇은 껍데기, 계란 흰자를 싸고 있는 하얗고 불투명한 막(膜) 같은 것으로 느껴지는 순간, 나는 믿지 않는다. 믿어지지 않는다. 어떤 의미도. 어떤 진실도. 어떤 투명함도. 당신마저도. 그렇다. 덜덜 떨리는 의심과 두려움으로 고백해야만 한다. 당신의 존재마

저도, 당신이 내 곁에 있었다는 사실마저도 믿어지지 않는다고.

*

그가 준 모든 것, 이 책을 제외한 모든 것을 나는 버렸다. 결국 허사가 된 내 미대 입시 준비를 위해 그가 체본을 떠주었던 오지 항아리와 국화 묶음. 붓꽃과 운동화, 양파와 북어, 순이 돋기 시작한 무들. 처음 필법을 가르쳐주며 쳐줬던 난 잎과 댓가지들. 먹의 농담과 채색의 농도를 조절하는 본보기로 찍어주었던, 무수히 빛나는 붓점들을.

짧거나 긴 그의 메모가 적힌 갱지 조각들, 그 나이에만 가질 수 있었을 경외와 열정으로 몰래 숨겨갔던 그의 머리카락 한 올, 스카치테이프로 수첩 안쪽에 붙여두었던 속눈썹 한 터럭까지.

누군가의 죽음이 한번 뚫고 나간 삶의 구멍들은 어떤 노력으로도 되살아나지 않는다는 것을, 차라리 그 사라진 부분을 오랫동안 들여다보아 익숙해지는 편이 낫다는 것을 그때 나는 몰랐다. 헤아릴 수 없는 시간을 그것으로부터 떨어져나오기 위해 달아나고, 실제로 까마득히 떨어져서 평생을 살아간다 해도, 뚫고 나간 자리는 여전히 뚫려 있으리란 것을, 다시는 감쪽같이 오므라들 수 없으리란 것을 몰랐다.

*

밥을 먹어.

지금 인주가 옆에 있었다면 화를 내며 나에게 말했을 것이다.

밥부터 먹고, 다른 건 나중에 생각해.

인주는 새우 초밥 하나를 집어, 아이를 길러본 여자답게 단호한 손동작으로 꼬리를 떼어내고, 휘휘 겨자를 풀어놓은 장을 찍어 내 얼굴 앞으로 내밀었을 것이다.

……팔 아파 죽겠다. 먹어.

인주의 입가에 가느다란 실주름들이, 보일 듯 말 듯한 기름한 볼우물이 패었을 것이다.

너는 아무래도 돌연변이야, 라고 인주는 고개를 저으며 말하곤 했다. 너처럼 예민한 사람의 유전자는 분명히, 진화과정에서 이미 도태됐을 텐데.

스물세 살이 되던 해, 충무로 대한극장의 객석에 인주와 나란히 앉아 「쉰들러 리스트」를 보았을 때였다. 다큐멘터리처럼 찍어 현실처럼 느껴지는 화면들을 더 견디지 못한 내가 화장실에서 노란 위액까지 토해내고 나왔을 때, 무릎이 해진 연한 청바지 차림의 인주는 내 것까지 가방 두 개를 양쪽 어깨에 둘러멘 채 화장실 문 앞에 서 있었다. 극장 밖으로 나오자 4월의 햇빛이 번쩍이며 술렁거렸다. 죽은 곤충의 날개를 눈에 댄 것처럼 모든 것이 이지러져 보였다. 아직 완전히 멈추지 않은 구역질 때문에 계단에 쪼그려 앉아 멍하게 행인들을 올려다보는 나에게 인주는 불쑥 등을 내밀었다.

업혀봐.

………

어서, 업혀봐.

나는 할 수 없이 웃었다.

예전의 네가 아니라고, 이제는 달라졌다고 했잖아?

인주는 갑자기 어린아이처럼 주먹을 들어 눈두덩을 훔쳐냈다.

내가 정말, 너 때문에.

입술을 악물며, 눈물이 그렁그렁한 눈으로 인주는 내 얼굴을 똑바로 쏘아보았다.

정말 너 때문에, 못 살겠다.

*

아무리 정밀하고 설득력 있는 가설들을 내놓았다 해도, 우주의 기원이 어떤 것이었는지 확신한 과학자는 없었다. 종말에 대해서도 마찬가지다. 우주는 시작도 끝도 없이 영원히 팽창하고 있는 것일 수도 있다. 지금도 작은 빅뱅들이 일어나고 있으며, 여러 겹의 우주가 동시에 존재하고 있을 수도 있다. 삼촌과 오랜 시간 토론했던 여러 가설들 가운데 내가 좋아했던 것은, 팽창하던 우주가 마지막 임계점에 이르러 수축을 시작하리라는 것이었다. 급속도로 수축된 우주는 마침내 한 점 이전의 무, 혼돈으로 돌아간다. 그 혼돈은 다시 양자역학적으로 흔들리며, 플랑크의 시간을 통과해 대폭발을 일으킨다.

지금의 우주가 그렇게 몇 번째로 태어난 것인가는 중요하지 않다. 우주란 단지 그렇게 수축과 팽창을 거듭하는 영원 속에 있을 뿐이다. 존재의 뭍으로 밀려온 시간이 흰 포말을 터뜨리며 부서지고, 그렇게 밀려난 파도는 다시 거대하게 밀려와 산산이 부서진다. 혹은 거대한 나비의 날개처럼, 오므렸다 활짝 펼쳐지는 날갯짓 속에 어디로 날아가고 있는 것일까.

모든 것이 수축되는 한 점에서, 시간과 공간, 물질과 비물질이 하나가 된 그 점에서 우리는 다시 만날 것이다. 그러니까 우리는 헤어진 적이 없었던 것이다. 죽은 적도 태어난 적도 없었던 것이다.

닥쳐, 라고 나는 이를 물고 중얼거린다. 산소호흡기 속에서 쐐액쐐액 숨을 몰아쉬던 인주의 부은 얼굴 위로, 이 모든 말들은 궤변에 불과하다.

*

옷장 안쪽에 걸린 연보라색 터틀넥 스웨터와 검은 모직 바지를 꺼내 입는다. 내가 가진 겨울옷들 중 가장 좋은 것들, 최근의 몇 년간 입지 않았던 것들이다. 머리를 빗고, 스웨터와 같은 색으로 입술을 바른다. 먹자줏빛 코트를 걸치고 큼직한 가죽 숄더백을 멘다. 누구도 도둑이나 가택 침입자라고 상상하지 않을, 단정하게 차려입은 여자의 모습이 거울에 비쳐 있는 것을 건너다본다.

『미술정신』 1월호를 접어 가방에 넣기 전에 나는 인주의 사진이 실린 페이지를 본다. 커다랗고 진지한 눈이 나를 올려다보고 있다. 아마 인주는 이 사진을 찍은 사람을 그다지 좋아하지 않았던 것 같다. 편안할 때 인주의 미간에는 이런 실주름이 새겨지지 않는다.

아마 삼 년 전에 찍은 사진일 것이다. 그 해에 인주는 머리를 이렇게 짧게, 머릿속이 희끗희끗 들여다보일 만큼 치켜 깎았다. 만일 그녀가 자살할 수 있었다면 바로 그 무렵, 민서를 처음 잃었던 때였을 것이다. 얼굴을 클로즈업한 이 흑백사진 속에서 인주의 눈은 카메라 렌즈를 꿰뚫을 듯 강하다. 오랫동안 잠들지 못한 사람, 떨쳐낼 수 없는 고통에 대해 알고 있는 사람의 얼굴이다. 낱낱이 알기는 하지만 한마디도 발설하거나 호소하고 싶지 않다는 듯 굳게 다문 입술을, 단호한 턱의 윤곽을 나는 들여다본다. 드러내지 않았을 뿐 인주의 내면에는 언제나 이런 얼굴이 들어 있었을까. 소년처럼 쾌활한 표정 아래. 생기 있게 빛나던 눈동자 속에. 고무공 같은 탄성이 느껴지던, 놀랄 만큼 선명한 목소리 뒤에.

나는 얼굴을 수그린다. 인주의 사진에 뺨을 대본다. 광택이 있는 얇은 종이가 얼음같이 매끄럽다. 몹시 차가운 것은 첫 순간 뜨겁게 느껴진다. 뜨겁고도 차가운 그 감각 속에 나는 까끌까끌한 눈꺼풀을 감는다.

이제 네 방으로 간다.

뒤축이 닳은 검은 구두에 두 발을 넣은 뒤 나는 뒤를 돌아본다. 밤부터 지금까지, 더듬이가 잘린 곤충처럼 꿈틀거리며 헤매 다닌 공간이 정적에 잠겨 있다. 나는 힘주어 문을 연다. 바깥으로 발을 내디딘다. 정오의 겨울 햇빛이 차갑고 예리한 칼날로 이마를 가른다.

3
먹은 붉고 피는 검다

그 시절의 수학 시간에 결코 이해해낼 수 없었던 숫자들이 있다.

0과 무한.

어떤 숫자든 0을 곱하면 블랙홀에 빨려든 듯 0이 되고, 0으로 나누면 반대로 무한이 된다. 가령 3이라는 숫자 속에 들어 있는 무한한 0을 생각하고 있자면, 서로를 끝없이 비춰주는 어두운 거울들을 지켜보는 것처럼 아득해졌다.

우주가 태어났다는 것은 0이 스스로 무한이 되었다는 걸 뜻한다. 우주가 팽창하고 있다는 것은 우주 공간 속에서 0이 끝없이 자리를 넓혀가고 있다는 뜻이다. 어떻게 그럴 수 있을까. 대폭발의 팽창하는 힘과 물질들의 끌어당기는 힘은 진작에 균형을 이루었을 텐데. 상체는 위로, 다리는 아래로 힘껏 뻗어 정지 자세를 만들어낸 무용수의 몸이 알 수 없는 이유로 하늘을 향해 끝없이 떠오르는 것만큼 이상한 일이었다.

우주의 비어 있는 공간을 0이라고 생각하니까 혼란스러운 것 아닐까?

감잎 한 줌씩을 넣은 머그컵 석 잔에 뜨거운 물을 부으며 삼촌은 나에게 말했다.

아마 물고기는 물이 텅 빈 공간이라고 생각할 거야. 우리가 공기를 마시면서도 허공이 텅 비었다고 생각하는 것처럼. 하지만 허공은 결코 비어 있지 않아. 바람이 불고, 벼락이 치고, 강한 압력으로 우리 몸을 누르지. 그러니까, 우리가 알지 못하는 눈…… 더 높은 차원의 눈으로 우주의 공간을 볼 수 있다면, 모든 건 다른 의미를 가지게 될 거야.

어떤 의미요?

탄식하듯 더듬더듬 나는 물었다.

너무 어려워요…… 어떤 의미를 가진다는 거예요?

그래, 어려운 얘기야. 나에게도 어려워.

세 개의 찻잔에서 김이 피어오르고 있었다. 부엌문 너머 마루에서 인주가 부는 휘파람 소리가 들렸다. 곧 끊어질 것 같은 높은 음조가 용케 끊어지지 않았다. 그가 얼굴을 들고 나를 바라보는 것을, 그 눈길의 담담함이 심장 언저리를 슴벅 베어내는 것을 나는 견뎠다.

삼촌의 책장에서 빌려간 딱딱한 책들을 건빵처럼 입속에서 불려 읽던 그 가을, 때로 나는 막막하게 되새겨보곤 했다. 내가 굳건히 딛고 걸어가는 땅이, 실은 전속력으로 회전하는 전자들이 결합한 것이라는 사실을. 핵과 전자들 사이의 공간은 소금 알갱이들이 흩어진 커다란 성당만큼이나 텅 비어 있다는 것을. 삼촌과 함께 있을 때 그것은 자연스러운 기적, 또렷한 현실이었다. 그러나 혼자서 집으로 돌아가는 골목에서부터 이미 나는 더 믿을 수 없었다. 0이 변한 텅 빈 무한 속에서 0을 딛고 걸어가는 0, 그것이 바로 나라니. 그 몸속에서 이토록 고통스럽게 두근거리는 심장이, 붉고 더운 피를 쉴 새 없이 뿜어내고 있다니.

*

왔니, 하고 그는 인사하곤 했다. 고개를 들고 웃을 때도 있었지만 고개를 들지 않을 때가 더 많았다. 네에, 대답하며 나는 책가방과 도시락 가방을 반지하 작업실의 문턱에 기대 놓았다. 검은 앞치마를 싱크대 서랍에서 꺼내 두르고, 먹 자국이 얼룩덜룩한 플라스틱 물통에 물을 받았다. 그의 그림으로부터 예닐곱 걸음 떨어진 곳에 담요와 흰 천을 깔고 먹을 갈았다. 먹이 적당히 진해지면 연습지에 선을 긋기 시작했다.

먹 냄새. 소매 스치는 소리도 크게 들리는 침묵. 세차게 뛰던 심장이 차츰 제 박자를 찾아갈 즈음 그는 어느새 내 어깨 뒤로 다가와 서 있었다. 아무 말 없이 있다가 가기도 했고, 그렇게 계속해봐, 라고 말하기도 했다. 가끔은 부드럽고도 무정하게 말했다.

이 선은 죽었구나.

'죽었다'는 말이 엄하고 예리한 날로 가슴을 긋는 것 같아, 나는 귓불을 붉힌 채 주먹으로 심장께를 문질렀다.

하루는 그림이 잘 되지 않아, 작업실 한쪽 벽을 가득 채운 화집들을 들여다보며 시간을 보냈다.

그래, 안 될 때는 쉬어야지.

위로 삼아 거들어준 삼촌의 말을 핑계로, 다음 날엔 아예 먹도 갈지 않고 저녁까지 책장 앞에 붙어 있었다. 어느 결에 어두워져서 그림들이 잘 보이지 않았다는 것을 깨달은 것은 삼촌이 형광등을 켜주었을 때였다. 주섬주섬 도록들을 꽂아놓고 일어서며 나는 물었다.

……삼촌은 이 중에서 어떤 그림을 제일 좋아해요?

그는 얼른 대답하지 않았다.

글쎄.

난처한 웃음이 그의 입가에 어렸다.

생각 좀 해보고.

그러곤 잊은 줄 알았는데, 며칠 뒤 먹을 갈고 있는 나에게 그는 세 권의 도록을 들고 왔다. 차례로 보여준 세 개의 도판 중 첫번째가 안견의 몽유도원도였다. 교과서에 실릴 만큼 유명한 그림이라 나는 조금 실망했다. 세종의 셋째 아들 안평이 서른 살에 꾼 도원의 꿈을 화가 안견이 사흘 만에 그렸다는 설명을 들을 때는 그만 앞질러 지루해졌다. 하지만 그의 얼굴은 진지했다.

구름을 닮은 이 바위들 좀 봐. 이 세상의 것 같지 않게 쓸쓸하지 않니? 꿈에서 깨기 직전의 마음이 느껴져. 무섭고 참혹한 세상으로 돌아오기 직전…… 그 비몽사몽의 순간에 마지막으로 눈에 새긴 풍경 같아.

*

열여덟에서 열아홉 살로 넘어가던 겨울에 그 그림을 다시 봤다. 인주는 위층의 안채에, 나는 주인 없는 반지하 작업실에 틀어박혀 있던 무렵이었다. 어쩌다 마당에서 두 사람이 마주치면 말없이 얼굴을 피했다. 화단에는 서리 낀 잡초가 우거졌고, 아무도 쓸어내지 않은 낙엽들이 발목까지 수북이 얼어 있었다.

삼촌의 방은 반지하치고 채광이 좋았다. 패딩 파카의 지퍼를 목까지 올린 뒤 해를 등지고 앉아 있으면 그다지 춥지 않았다. 삼촌의 손때 묻은 물건들에서 이상한 냄새가 난다고 느껴질 때마다 눈을 크게 뜨고 두리번거렸다. 마른 꽃이나 곰팡이 핀 헝겊 같던 그 냄새는 어디서 배어나온 것이었을까. 이따금 구역질이 났다. 무엇인가 썩어가는 냄새를 맡게 될지 모를 봄이 다가오는 것이 두렵고 싫었다.

왜 그렇게 오래 그 그림을 들여다보았는지 나는 모른다. 볼수록 이상하게 느껴지는 그림이었다. 화면에는 사람 하나, 짐승 하나, 발자국 하나 없다. 거대한 바위들은 곧 허공에서 얼어붙고 말 불길처럼 단단하게 타오른다. 왼쪽에서 오른쪽으로 그림을 읽으면 꿈속의 꿈으로 걸어들어가 마침내 복사나무 숲을 만나게 되고, 당시의 독법으로—오른쪽에서 왼쪽으로—읽으면 복사나무 숲을 빠져나와 현실의 벌판에 다다르게 된다. 가파른 협곡이 세로질러 삼킨 길, 화면 왼편의 먼 복사나무 숲으로 이어지는 길을, 나는 마치 꿈의 마지막 순간인 듯 거슬러 더듬어가보곤 했다.

안견은 왜 꿈의 처음이 아니라 마지막 부분을 그렸을까. 어떤 어두운 예감의 힘으로 꿈꾼 사람의 앞일을 그림에 담았던 걸까. 꿈을 꾼지 칠 년 뒤, 안평은 서른일곱의 나이에 친형 수양이 내린 사약을 받고 유배지 강화에서 죽었다. 당대의 명필이었던 글씨, 남다른 감각으로 수집한 수백 점의 서화들, 재주 있는 사람들의 발길이 끊이지 않았던 재동 집의 풍류로도 돌이킬 수 없는 경계를 넘어갔다.

그 그림의 원본을 본 것은 십 년 뒤, H미술관에서 열린 조선 국보전에서였다. 일본에서 반출을 꺼리는 작품이었으므로 드문 기회였다. 인파를 피하기 위해 나는 평일 오전에 미술관을 찾았다. 마지막 방에 전시된 몽유도원도 앞에 다다랐을 때, 가장 먼저 눈에 들어온 것은 화면 오른쪽에 무리 지어 선 복숭아나무들이었다. 비단에 그린 그림이니 물감들은 옷감과 함께 오랜 시간 퇴색해왔을 것이다. 그렇다면 처음 그렸을 때는 얼마나 선명한 붉은 꽃들이었을까.

삼촌이 들려주었던 인면도화(人面桃花)라는 말을 기억했다. 복숭아꽃처럼 어여쁜 얼굴이라는 뜻—사랑하는 사람을 다시 만나지 못하면 그리움 때문에 얼굴이 아름답게 기억된다는 뜻이다. 그 그림의 복사꽃에는 어떤 귀기도, 농염함도 없었다. 그저 다시 못 볼 사람의 얼굴, 누구의 생시에도 얼비치지 않을 꿈으로 늙은 비단 위에 무리 지어 피어 있었을 뿐이다.

전시실은 어두웠다. 그림이 담긴 유리 상자는 높고 단단했다. 조심스러운 조명으로 간신히 상자 가장자리까지 몰아낸 어둠이 숨죽여 술렁거리고 있었다. 그 앞에 선 나는 스물여덟 살이었다. 삼촌의 반지하방 창문으로 스며드는 햇빛을 등지고 도록에 실린 몽유도원도를 들여다보던 열여덟 살의 여자애와는 다른 사람이었다. 무릎을 덮은 검은 원피스에 굽이 높은 구두를 신었고, 일주일 전에 뚫은 귀에서 진물이 흘러나오고 있었다. 석 달 전에 두번째 유산을 했고, 미술관 밖 주차장에서는 아직 아내와 아들을 버리지 않은 K가 승용차 운전석을 뒤로 젖히고 누워 토막잠을 자고 있었다.

나는 그림에서 물러 나왔다. 삼삼오오 관람객들이 모여 있는 전시물들을 지나쳐 출구 옆의 화장실로 들어갔다. 뱃속에 있던 것을 모두 게워낸 뒤, 세면대로 걸어 나와 도금된 수도꼭지를 비틀었다. 얼음 같은 물로 입과 눈을 씻었다. 거울을 향해 고개를 들지 않았다.

*

이 선은 죽었구나.

온화한, 그 온화함 때문에 도리어 거역할 수 없는 목소리로 그는 나무라곤 했다. 죽은 선을 그은 나는, 그 선을 긋는 동안 죽어 있었던 나는, 믿을 수 없을 만큼 또렷하게 살아 있는 그의 눈을 올려다보았다. 두려움과 고통이 뒤섞인, 가장 끔찍하고 가장 달콤한 순간이 파르스름하게 흔들리는 것을, 두 사람 모두 조용히 외면했다.

알고 있었어, 라고 인주는 말했다.

두 사람, 다 알고 있었어.

인주는 무엇을, 어디까지 알았을까. 얼마나 어렵고 더딘 시작이었는지. 마지막 열흘 동안 우리가 얼마나 부끄러워했고, 얼마나 서슴없었는지. 서로의 몸에서 가장 부드러운 곳을 찾아 새들이 가슴털을 비비듯이, 불꽃이 당겨질 때까지 떨리는 손으로 성냥을 긋듯이, 어두운 방 가운데에서 어깨를 웅크린 채 수없이 입술을 포개었는지.

때로 믿을 수 없었다. 아니, 단 한 번도 믿지 못했다. 아무것도 없는 것에서 모든 것이 태어났다는 것을. 격렬히 고동치던 그 심장들이 실은 텅 빈 것이었다는 것을. 마른 입술, 두려워하는 손, 갓 꺼낸 밀빵 껍질같이 달아오른 네 개의 뺨조차, 어두운 꿈의 마지막 순간처럼 영원히 없는 것, 사라지기 전에 이미 없던 것, 없던 것이었다는 것을.

*

바람이 분다.

마른 나뭇가지들이 허공을 할퀸다. 긴 코트 차림의 여자들이 길고 곧은 머리칼을 나부끼며 종종걸음 친다. 어디선가 날아온 흰 전단지가 택시 앞유리의 와이퍼에 걸려 세차게 퍼덕거리다 찢기며 다시 날아간다.

……올겨울은 진짜배기로 춥네. 오늘은 바람까지 제대로 부는구먼. 그러니 죄다 차들을 갖구 나와 이 모양이지.

뒷머리가 허옇게 센 택시 기사가 소리 내어 혀를 찬다. 막대한 인내심으로 열을 맞춰 늘어선 차들의 행렬을 나는 본다. 쇼프로를 진행하는 연예인들의 웃음소리가 스피커에서 터져나온다. 광고들이 머리를 으깨며 지나간다. 억센 비트의 음악이 불을 뿜는다.

죄송하지만, 여기서 내려도 될까요?

대답이 없는 기사의 희끗한 머리칼을 향해 나는 지폐를 내민다.

빨리 가야 해서요. 거스름은 괜찮아요.

이마에 주름이 빽빽한 기사는 체념 섞인 표정으로 힐긋 나를 돌아보고는, 마지못한 듯 손을 뒤로 내밀어 돈을 받아 쥔다.

나는 차 문을 열고 나간다. 거센 바람이 순식간에 머리카락을 헝클어뜨린다. 티눈이 들어간 눈을 거푸 손등으로 비비며 나는 인도에 올라선다.

네거리까지 빽빽이 밀려 있는 차들을 앞질러 한 정거장 거리를 빠르게 걷는다. 우묵하게 어깨를 웅크린 사람들이 저마다 자신의 발치를 내려다보며 잰걸음을 걷고 있다. 귓바퀴가 도려내어지는 것 같다. 장갑을 끼지 않은 두 손이 코트 주머니 속에서도 시려온다.

마침내 Y여고 앞에 다다르자, 교복 위에 패딩 파카를 입은 한 무리의 여고생들이 학교 담장에 붙어 서서 누군가를 기다리고 있다. 담장 위로 현수막들이 요란한 소리를 내며 펄럭인다. 여학생들의 회색 체크무늬 치마도 함께 펄럭인다. 드러난 흰 종아리들이 잔혹해 보인다. 빨갛게 익은 뺨, 너무 짧아 얼마간 바보스러워 보이는 애교머리, 알록달록한 벙어리장갑 들을 나는 본다.

좁은 주택가 도로로 들어선다. 햇빛과 바람 속에서 모든 것이 지난밤과 다르게 보인다. 단단히 셔터를 내렸던 상점들은 남루한 내부를 열어 보이고 있다. 보도의 표면은 고르지 않고, 구겨진 검은 비닐봉지가 날리고, 누군가 뱉어놓은 가래침들이 빳빳하게 얼어붙어 있다. 그것들이 고스란히 이십 년 전의 수유리를 상기시키는 것에 나는 놀란다.

인주의 작업실은 상가 건물이 들어설 법하지 않은 외진 골목에, 가정집의 철제 대문 옆에 있었다. 비슷한 느낌의 골목이 보일 때마다 걸어 들어가보지만, 어떤 길도 지난밤과 닮아 있지 않다. 기억이 차츰 얼크러진다. 지난밤의 검고 또렷했던 풍경은 다른 차원, 다른 공간의 것이었던 것 같다.

이렇게 많이 걸었던가?

그랬다. 꽤 많이 걸어 들어갔었다.

이만큼이었던가? 오른쪽이 맞았던가. 이렇게 비좁고 외진 골목이었던가.

아니다. 이렇게까지 복잡하고 긴 길은 아니었다.

낯선 골목 가운데 나는 멈춰 선다. 여러 세대들이 불법으로 전력을 끌어내, 구제불능의 실타래처럼 전선들이 얽혀 있는 전신주를 올려다본다. 낮은 건물들의 유리창이 금방이라도 깨어질 듯 바람에 덜컹대는 소리를 듣는다. 다세대주택으로 들어가는 더러운 계단에 걸터앉는다. 생각을 모으기 위해 눈을 감는다.

이 어지러운 바람을, 쉴 새 없이 휘발해 날리는 수은색 햇빛을 지워야 한다.

듬성듬성 타일들이 떨어져 나간 건물 외벽을, 발목을 접질릴 뻔했던 마른 웅덩이를 기억해야 한다.

그 순간 믿을 수 없는 일이 벌어진다.

무자비한 흡반 같은 잠이 얼굴을 덮친다.

구두 속의 두 발은 얼어붙어 이미 감각이 없다. 끈으로 여민 코트 앞섶으로 살얼음 낀 바람이 파고든다. 나는 주먹으로 눈을 비빈다. 가까스로 눈을 뜬다. 꿈이야, 나는 생각한다. *대낮의 골목을 헤매다 잠드는 꿈. 말린 물고기처럼 빳빳하게 얼어죽는 꿈.*

나는 일어서다 말고 허리를 구부린다. 두 눈에 먹을 엎지른 것처럼 캄캄해진다. 끈질기게 다시 밝아진다.

일단 이 골목을 빠져나가야 한다. Y여고로 되돌아가 처음부터 다시 시작해야 한다. 아니, 먼저 가까운 슈퍼를 찾아야 한다. 뜨거운 캔커피를 사야 한다. 단번에, 물약처럼 들이켜야 한다.

한숨도 자지 않았던 지난 나흘이 폭약처럼 응축됐다 터지는 것 같다. 몰아치는 수면제 분말 같은 햇빛을 헤치고 나는 걷는다. 골목 입구에 다다라, 슈퍼마켓의 간판을 찾기 위해 좌우를 살핀다. 무딘 입술 사이로 다른 사람의 것 같은 머리카락들이 파고든다. 주춤 한 발을 내디뎠을 때, 맞은편 골목이 이상하게 쓰라린 윤곽으로 눈에 들어온다. 구부러진 좁은 길의 안쪽을 나는 건너다본다. 1층 쇼윈도에 청색 선팅이 된 상가 건물이 완고하게 서 있다. 두 손바닥으로 둔한 뺨과 눈꺼풀을 문지른다. 그쪽으로 걸음을 내디딘다. 허공을 디딘 듯 발에 감각이 없다고 느낀 순간, 움푹 파인 마른 웅덩이에서 내 구두 소리가 부러진다.

*

일어서.

소리치지 마.

참아.

다리를 끌지 마. 멈추지 마.

아픈 데를 만지지 마.

그래. 계속 걸어가.

너는 괜찮아.

계속 걸어간다. 다리를 끌지 않는다. 멈추지 않는다. 주머니를 더듬어 휴대폰을 찾아낸다. 차가운 폴더를 연다. 허공을 향해 내 혀가 길고 구불구불하게 뱉어내는 말들을 듣는다. 무엇이든 견딘다.

*

바람을 막기 위해 두툼한 스티로폼을 대고, 그 위로 김장용 비닐을 덮은 뒤 스테이플러를 박아놓은 창들을 올려다본다. 인적 없는 골목에서 움직이며 소리를 내는 것은 저 펄럭이는 비닐들뿐이다.

모든 사물의 운동 속도는 예외 없이—정지한 사물조차도—빛의 속도와 일치한다고 나는 읽었다. 공간 속에서 운동하는 속도와 시간 속에서 운동하는 속도를 합하면 일정하게 빛의 속도가 된다. 즉, 공간 속에서 빠르게 운동할수록 시간은 천천히 흐른다. 광속에 가깝게 비행하는 우주선을 탄 사람은 늙어가지 않을 것이라는 아인슈타인의 말은 이 방정식을 설명하기 위한 것이었다.

이따금, 움직이지 않고 무언가를 기다리고 있을 때, 나와 똑같이 멈춰 있는 보도블록들, 나무와 건물들을 바라보며 생각한다. 저들도 초속 30만 킬로미터로 흐르는 시간 속을 날아가고 있구나. 순수한 시간의 속력을 견디고 있구나.

그렇게 기다린다.

파고드는 발목의 통증, 추위, 달아난 잠 대신 밀려드는 허기, 타들어오는 갈증 속에서, 빛의 속도로 흐르는 시간 속에서 기다린다.

기다리고 있다.

*

원 세상에, 이렇게 추운데 계속 밖에서 기다린 겁니까? 잠깐 가게에라도 들어가 있지 그랬습니까? 그나저나 우리 전화번호는 어떻게? ……114? 그렇죠, 지역하고 업종 대면 알려주죠. 이 동네까진 스티커를 안 붙였는데 어떻게 아셨나 했습니다.

또 이런 일이 있을지 모르는데 아예 번호키를 달지 그러십니까? 1층인데 안전도 생각하셔야죠. 아니, 전세면 어떻습니까? 이사 갈 때는 떼어가지고 가고, 여기다간 싼 거 하나 달아놓으면 되죠. 정 부담스러우면 이 모델은 어떻습니까? 이스라엘에서 만든 건데, 복제할 수 없게 돼 있어서 번호키 다음으로 안전합니다. 가격은 번호키의 절반밖에…… 아, 물론 일반 보조키보다야 배 정도 비싸지만, 여자 분 혼자 사시는 집이면 적극 추천해드립니다. 열쇠를 잃어버리면요? 그럴 땐 한국 본사로 연락하면 됩니다. 여기 보이죠? 이 일련번호를 전화로 알려주면, 공장에서 열쇠를 제작해서 보내줍니다.

정말 잘 생각하셨습니다. 비싸도 제값 하는 제품입니다. 혹시 또 열쇠를 잃어버리면…… 사람이 살다 보면 그럴 수도 있지요, 다들 한두 번씩은 그런답니다…… 바로바로 연락주세요. 제가 복제는 못해도, 일단 안으로 들어갈 수 있게 해드립니다. 물론 출장비는 조금 주셔야죠. 많이는 안 받습니다.

검은 가죽점퍼 차림에 마스크를 턱 아래로 내린 남자가 명함과 거스름돈을 내민다.

밤 12시 이후만 아니면, 언제라도 달려옵니다.

장비 상자를 스쿠터에 싣는 남자를 향해 나는 고개 숙여 인사한다. 그럼 수고하세요, 시동을 걸며 남자는 칼칼한 목소리로 외친다. 눈을 크게 뜰 때마다 굵은 주름이 지는 이마, 변명하는 것 같은 눈매를 가진 사람이다. 그는 자신의 억센 억양을 서울말로 덮기 위해 최선을 다했을 뿐, 열쇠를 잃어버렸다는 내 말을 조금도 의심하지 않았다.

남자의 스쿠터가 멀어지는 것을 확인한 뒤 나는 은색 열쇠 꾸러미의 고리를 푼다. 손톱이 짧아, 번쩍이는 고리 끝이 살 속으로 파고든다. 다섯 개의 열쇠를 빼내 가방 뒷주머니와 지갑, 외투와 바지 주머니에 나누어 넣는다.

*

어둡다.

스위치를 찾기 위해 나는 다시 현관문을 연다. 바깥의 빛이 들어오자 회색 콘크리트 벽 위의 스위치가 보인다. 형광등이 진저리치며 켜지는 동안 문을 잠근다.

입을 열자 흰 입김이 나온다. 담요 옆에 놓인 플라스틱 통 속의 물이 얼어 있을 거라는 생각이 든다. 나는 단화를 벗고 실내로 들어간다. 가만히 발을 디디고 있기 어려울 만큼 바닥이 차갑다. 벽 쪽으로 가지런히 놓인 인주의 털슬리퍼를 신는다. 회색과 갈색 체크무늬의, 인주의 취향대로 날렵하고 실용적인 슬리퍼다.

잠시 주인이 자리를 비운 것 같은, 그러나 실은 모든 물건들 위로

재 같은 먼지가 내려앉아 있는 방 가운데로 나는 절름절름 걸어 들어간다. 무취에 가깝게 흔적으로 남은 냄새들을 분별하기 위해 깊이 숨을 들이마신다. 먹과 아크릴 물감, 말린 자스민 잎. 희미한 담배 냄새.

책장 옆의 낡은 책상에 전화기가 놓여 있다. 발신자 창이 없는 구식 모델이다. 딱히 설명할 수 없는 직감을 따라 나는 주머니에서 휴대폰을 꺼낸다. 지난 새벽 기록된 전화번호를 누른 뒤 기다린다. 얼마 지나지 않아 책상 위의 전화기가 날카롭게 울리기 시작한다.

뭔가.

나는 입속으로 묻는다.

그 시간에, 거의 완전한 타인인 나에게 전화한 이유가 뭔가.

이곳에서 지난밤을 보낸 건가. 난로도 없이, 그 얇은 트렌치코트 차림으로?

나는 휴대폰 폴더를 접는다. 잠시의 시차를 두고 전화벨이 끊기자, 여러 조각으로 깨어졌던 정적이 서서히 서로의 몸을 핥으며 물처럼 하나가 된다.

*

모든 것이 삼촌의 작업실과 흡사하다. 단 하나, 빛이 들지 않는다는 것만 제외한다면.

이곳과 꼭 같이 삼촌은 바닥에 담요를 깔고, 먹을 방금 입힌 이합 한지를 그 위로 펼치고, 원반 모양의 두툼한 종이죽 덩어리를 한지 가운데 붙여놓았다. 커다란 정원용 분무기로 종이죽 위에 흠뻑 물을 뿌리면 흰 물길들이 둥글게 먹을 밀고 번져나갔다. 수십 일이 흐른 뒤 마침내 물길이 다 번져간 자리가 불꽃의 가장자리처럼 보이는 것이 신기해, 나는 한 시간이고 두 시간이고 완성된 그림 앞을 떠날 줄 몰랐다. 나가서 조금 걸을까, 하고 삼촌이 물으면 그제야 정신이 들었다.

기억할 수 있는 그 시절의 모든 것 사이로 이 별의 형상은 스며 있다. 한지에 먹을 입히기 시작한 첫 순간 이후, 삼촌의 생활은 잠시도 그 그림과 분리되지 않았다. 그는 날씨에 극도로 민감했는데, 기압과 습도에 따라 물과 먹이 번져가는 양상과 속도가 달라지기 때문이었다. 물기가 마른다는 것은 모세관 현상이 완전히 멈춰버리는 것을, 그림이 종결되는 것을 의미했다. 이만 됐다는 결단을 내리기까지는 수시로 그림의 물기를 확인해야 했고, 적절한 시기에 물을 더 뿌려줘야 했다. 더 힘 있게 번져가도록 할 부분과 얼마 안 있어 멈춰야 할 부분을 택해 물의 양을 조절해야 했다. 콩알만 한 종이죽 뭉치에 물을 흠뻑 적셔 그림에 붙이면, 그 부분의 물의 밀도가 높아져 그쪽으로는 더 이상 물이 흐르지 않았다. 시각적 예민함 이상의 감각이 필요했다. 먹의 감각, 종이의 감각, 물과 공기의 감각, 무엇보다 시간의 감각이 필요했다. 밥을 먹을 때, 잠을 잘 때, 누군가와 이야기를 나눌 때조차도 그것들을 놓쳐선 안 되었다.

*

두 개의 의문이 있다.

첫째는 왜 인주가 삼촌의 먹그림을 그렸는가. 둘째는, 왜 그날 밤 미시령에 갔는가.

이 방에 들어오는 것만으로 그 의문들을 풀 수 있으리라고 기대하지는 않았다. 그러나 오히려 더 복잡한 의문들이 가지를 뻗어갈 줄은 몰랐다.

재료부터 전혀 다른 작업을 해왔던 인주가, 어떻게 일 년 만에 삼촌의 작업을 완벽하게 재현해낼 수 있었을까. 단순히 새로운 작업을 한 것이라면 왜 아무도 이 방에 들어오지 못하게 했을까. 얼음에 덮인 미시령을 보고 싶다던 인주의 말은 단순히 심기일전이 필요하다는 뜻이었을까. 어떤 식으로든 이 작업과 관련이 있는 생각이었을까.

*

책상에 놓인 250밀리리터들이 생수병을 집어 든다. 반쯤 물이 담겨 있다. 유통기한이 아직 많이 남은 것으로 미루어, 인주가 아니라 강석원이 마시다 만 물일 수도 있다. 뚜껑을 열고, 부리에 입술을 대지 않고 마신다. 입가에 흐른 물을 손등으로 닦아낸다. 얼음 조각 같은 차가움이 명치를 할퀴고 내려간다.

졸음도, 허기도 느껴지지 않는다.

모든 감각이 바늘 끝처럼 또렷하다.

현관 옆으로 기둥들처럼 서 있는 종이 그림들을 본다. 인주는 완성된 그림을 벽에서 떼어낸 뒤 기름종이로 양면을 싸서 둘둘 말고는, 흰 노끈을 적당히 끊어 야무진 솜씨로 묶어두곤 했다. 매듭을 짓는 방식에도 드러날 만큼 인주의 성격은 분명했다.

지금 저 그림들을 느슨히 묶어놓은 솜씨는 모두 다른 사람의 것이다. 누군가가 일일이 풀어서 그림들을 펼쳐본 것이다. 알고 있다. 죽은 사람의 물건은 무방비 상태로 저런 일을 당한다. 심지어 육체가 부검당하기도 한다.

정은 인주의 그림을 좋아하지 않았다고 했다. 굳이 그가 저것들을 열어 확인할 이유가 있었을까. 누군가에게 팔기 위해서? 내가 알기로 인주의 그림들은 생전에 단 한 점도 팔리지 않았다. 콜렉터들이 소장하기에 너무 컸고, 더구나 너무 어두웠기 때문이다.

그렇다면 강석원일까. 그가 저 그림들을 모두 펼쳐보았을까. 사진작가를 들여, 필요한 것들을 택해 촬영했을까. 그가 계획하는 평전의 도판으로 사용하기 위해.

입술을 다문 채 나는 서 있다. 어떤 분노는 이렇게 지속된다. 혼란과 무력감, 고통을 연료로 밑불처럼 낮게 탄다. 머리를 뜨겁게 하지 않고, 오히려 얼음처럼 차갑게 한다.

*

내가 특별히 좋아한 인주의 그림이 있었다. 예전의 작업실에 찾아갈 때면 가끔 인주에게 그 그림을 보여달라고 했다. 인주는 기뻐하지도, 귀찮아하지도 않는 담담한 웃음을 지으며 그림을 골라냈다. 내가 창고에서 접이식 철제 사다리를 꺼내오면 둘이서 서로 도와가며 벽에 그림을 붙였다. 네 귀퉁이를 압정으로 고정시킨 뒤 인주는 작업실 밖으로 나갔고, 그녀가 돌아오기까지 이십 분간 나는 그림을 볼 수 있었다. 그림과 내가 완전히 섞여 어느 쪽이 나인지 알 수 없게 되는 순간이 지나갈 즈음, 인주는 바지 주머니에 두 손을 찔러넣은 채 낮은 휘파람을 불며 나타났다. 우리는 아무 말없이 다시 사다리에 오르고, 압정을 뽑고, 그림을 둘둘 만 뒤 흰 노끈으로 묶었다.

그 그림을 사고 싶다고 내가 말했을 때 인주는 대답했다.

뭐 하러. 가끔 이렇게 보면 되잖아.

토끼처럼 넓적한 흰 떡니를 드러내며 인주는 웃었다.

……어디다 걸어놓으려구?

삼백 호에 가까운 그 그림은 누군가의 집에 걸리기에는—내 집에는 물론—너무 컸다. 이상하게도 나는 그것이 미술관보다 지하철 환승구간 어디쯤의 벽에 어울릴 거라는 생각을 했었다. 어둡고 살풍경한 지하의 통로에 걸린 그 그림을, 그 옆으로 걸어가는 사람들의 뒷모습을 상상하면 가슴 한편이 떨렸다.

내면의 살과 근육을 으깨어놓은 듯 겹겹이 덧그은 어두운 선들 아래, 마치 스스로 어둠 속에서 태어난 것 같은 빛이 어려 있고, 한 사람의 검은 형상이 두 팔을 아래로 뻗고 그 빛을 향해 내려간다. 얼굴도 이목구비도 없이, 육체의 세부도 없이, 그 역시 어둠에서 스스로 태어난 듯, 그 으깨어진 선들 사이에서 형상이 태어났다는 사실이 기적인 듯, 그러나 결코 뭉개어지지 않은 단단한 윤곽으로, 예의 자생(自生)한 것 같은 빛이 어린 곳, 수만 킬로미터 아래의 심해를 향해 내려가는 사람. 어떤 소리도 들리지 않는, 아니, 아직 소리가 태어나지 않은 곳으로, 헤엄치는 것이 아니라 다만 거대한 고요함, 무서운 고요함으로 내려가는 사람.

언젠가 삼촌은 나에게 말했다.

네가 그리는 모든 게 실은 네 자화상이야.

내가 마당의 목련나무를 조촐하게 그려 보여주었을 때였다. 눈가에 잔뜩 잔주름을 새기며 삼촌은 웃었다.

이 나무는 무척 예민하구나. 어깨가 천근만근이고…… 그런데 제법 골기가 느껴지는걸.

이상했다. 삼촌이 나에게 체본으로 그려준 그림들은 저마다 그윽하고 따스한 데가 있었는데, 내가 베껴 그린 그림에서는 한결같이 고집센 무엇인가가 배어나왔다. 그의 둥근 연잎과 오지 항아리, 근심 없이 누운 매화 가지들을 닮고 싶었지만, 화선지를 위에 놓고 그 선들을 베껴서라도 닮고 싶었지만, 끝내 같은 것이 되지 않았다.

당연한 거야,라고 삼촌은 말했다.

같게 나온다면 그게 더 이상한 거야. 네 얼굴인걸.

물속의 사람을 그린 인주의 격렬한 그림들 중 가장 고요한 것이었던 그 그림은 어떤 순간의 자화상이었을까. 얼마나 깊이 숨겨놓은 얼굴이었을까.

저 종이 기둥들 속에 그 그림이 있을 테지만, 하나하나 펼쳐보지 않는 한 내 힘으로 찾아낼 수 없다. 사다리 위에 서서 비스듬히 균형을 잡고 그림 모서리에 압정을 꽂던 인주의 담담한 옆얼굴이 손톱처럼 내 눈을 후벼판다.

*

의자를 끌어당겨 책상 앞에 앉는다. 책상 오른편으로 도록들이 무질서하게 쌓여 있다. 모두 인주와 관련된 것들이다. 첫 개인전의 도록을 찾아 펼친다. 오래전에 읽었던 기억이 나는 큐레이터의 해설을 빠르게 넘긴다.

존 애덤스가 피아졸라의 음악을 평하며 네루다의 시를 인용한 부분이 있다. 피아졸라의 음악은 '흠집 많은 인간의 혼란, 땀과 연기에 찌든, 백합 향기의 오줌 냄새를 맡는, 음식 자국과 피에 물든, 낡은 옷처럼, 주름진 육신처럼, 감시, 꿈, 불면, 예언, 사랑과 증오의 말들, 어리석음, 충격, 목가, 정치적 신념, 부정, 의심, 긍정 따위로 순결을 잃은 영혼'의 음악이라고.

그 말을 그대로 서인주의 그림에 적용할 수 있다.

해설 말미에 한자로 적힌 큐레이터의 이름을 확인하고 나는 책장을 넘기던 손을 멈춘다.

강석원이다.

아무렇지도 않게 박혀 있는 이름 석 자를 나는 곰곰이 들여다본다. 도록을 덮고, 표지에 적힌 전시 연도와 날짜를 확인한다. 그러니까 그와 인주 사이에는 최소한 칠 년간의 인연이 있었던 셈이다.

같은 화랑에서 열렸던 기획전의 도록을 꺼내 기획자의 이름을 확인한다. 역시 강석원이다. 인주의 첫 개인전보다 일 년 앞서 있었던, 몸을 주제로 한 그 전시에서 인주의 그림 두 점은 한눈에도 낯설고 독특한 것이었다. 도록의 앞부분에 강석원은 이례적으로 긴 분량을 할애해 인주의 그림을 언급해놓았다.

……흡사 잘못 찍힌 동판화처럼 어두운 이 그림들과 처음 대면할 때, 빛에 익숙해 있던 우리를 엄습하는 것은 경악과 압도감, 그리고 불가해함이다.

짙은 색의 크레용을 격렬하게 겹쳐 칠해 거의 검어져버린 화면 속에서, 욕망 없이 벌거벗은 몸들이 칼자국처럼, 깊은 흉터처럼 꿈틀거린다. 성별도, 나이도 분명치 않은 사람들의 이 고통스러운 육체를 몸이라고 불러야 하는가, 정신이라고 불러야 하는가. 수직 또는 수평으로, 때로 비스듬한 대각선으로 몸을 뻗고 구부려 마침내 그들이 다다르려 하는 곳은 어떤 심연의 수심인가.

분명하게 기억한다. 약 일 년을 사이에 두고 열린 그 기획전과 첫 개인전은 인주에게 중요한—돌이킬 수 없는—전환점이었다. 남은 두 번의 개인전 도록들에는 강석원의 이름이 없는 것을 확인한 뒤에도, 요약하기 어려운 착잡함과 불안이 가슴을 누른다. 그는 인주의 그림을 세상으로 끌어낸 장본인이었던 건가.

*

책상 앞서랍을 열자 회색 계열의 자투리 천으로 만든 퀼트 필통이 눈에 띈다. 키 큰 4B와 8B 연필이 각각 두 자루씩, 모서리가 닳아 거의 완전한 원형이 된 회색 지우개가 하나 들어 있다. 필통 옆으로는 인주의 전시에 맞춰 포스터와 함께 제작된 엽서들이 차곡차곡 정리되어 있다. 향도 색도 없는 립밤과 자일리톨 껌 뒤로, 퇴색한 연둣빛

닥종이로 만든 주머니가 있다.

손을 뻗어 주머니를 열어보자, 말린 산수유꽃 한 줌과 낡은 흑백사진이 들어 있다. 연한 색 반소매 블라우스를 입은 젊은 여자가 흰 연산홍 관목 앞에 눈썹을 약간 찡그린 채 서 있다. 인주의 어머니일까. 눈매와 이마가 낯익다. 주머니 안쪽에는 아마도 식당에서 받았을 자두맛 사탕과 박하 사탕이 하나씩 들어 있다. 민서의 것으로 보이는, 발치(拔齒) 연도와 날짜가 적힌 조그만 비닐팩이 있고, 흰 쌀알 같은 아랫니 하나가 담겨 있다. 여러 번 접힌 누런 갱지가 그 옆으로 보인다. 꺼내서 펼쳐보자 진한 푸른색 잉크로 씌어 있다.

삶은 계란은 소금에 찍어 먹고, 두 번 먹은 다음엔 꼭 물을 한 모금 먹으렴.

일부러 또박또박 쓴 삼촌의 글씨를 나는 뚫어지게 들여다본다. 자음이 크고 각이 둥글어, 누가 보아도 여자의 것이라고 생각할 서체다. 도시락에 넣어 보낸 쪽지일까. 글씨의 크기로 보아, 인주가 초등학생일 때.

*

어떤 날이었는지 모른다.

어느 계절, 어느 해였는지도 모른다.

생각나는 것은 부엌의 빨랫줄에서 마르고 있던 얼룩진 흰 행주, 삼촌의 오른손에 끼워져 있던 얇은 면장갑, 흰 사기그릇에 담긴, 반으로 가른 삶은 계란 세 개뿐이다. 간장 종지에 소금을 소복이 부어 접시 옆에 놓고 삼촌은 인주와 나를 식탁으로 불렀다.

세 개뿐이야? 더 없어?

입술에 노른자 가루를 묻힌 인주가 물잔에 주전자 부리를 기울이며 묻자, 삼촌은 얼마간 순진한 어조로 얼버무렸다.

계란은 하루에 한 개 이상은 안 된다던데, 독이 있어서……

인주는 나를 향해 웃음을 터뜨렸다.

봤지! 소심한 사람이랑 살면 이렇다구! 하루쯤 계란을 서너 개 먹는다고 죽진 않아.

유리잔을 두드리는 것 같은 인주의 웃음소리가 짜랑짜랑 부엌을 울렸다. 삼촌이 인주의 얼굴을 향해 왼손을 뻗는 것을 나는 보았다. 웃고 있는 인주의 입술에 묻은 노른자 가루를 그는 가만히 훔쳐냈다. 소리 없이 웃으며, 어머니들이 그렇게 하듯 아무렇지도 않게 그 손끝을 빨았다.

*

또렷하게 기억하고 있다.

기와지붕은 청색이었고, 현관문에는 노랑과 주황색 계열의 색유리들이 끼워져 있었다. 감나무와 목련나무, 대추나무가 마당에 심겨 있고, 화단의 모란들은 거짓말같이 커다란 꽃송이들을 피워냈다. 차가운 물처럼 선명한 그 정적 속에, 삼촌이 평상 앞에 서서 하늘을 올려다보고 있었다.

뭘 봐, 삼촌?

인주가 큰 소리로 묻자 그는 깜짝 놀라 약간 어깨를 떨고는 이내 멋쩍은 듯 웃었다. 목둘레가 잔뜩 늘어난 흰 티셔츠 여기저기 먹물이 얼룩져 있는 게 보였다. 인주의 뒤에 선 나를 조심스러운 눈길로 반기며 그는 말했다.

그냥, 하늘.

나는 하늘을 보았다. 바람이 별로 없는 날이었는데, 높은 곳의 기상은 이곳과는 다른 모양이었다. 뭉클뭉클한 흰 구름이 무척이나 빠르게 흘러가고 있었다.

친구 있으면 한 명이라도 데려와보라고 했지? 그래서 납치해왔어.

거침없고 친근한, 내가 가족 중의 누구에게도 써본 적 없는 어조로 인주는 말했다.

그런데, 아침에 내가 말한 잡채는? 다 해놨어?

아니. 아직……

그는 싱겁게 말끝을 흐리더니, 인주와 나를 번갈아 보며 물었다.

저녁 시간은 아직 멀었는데, 먼저 고구마 삶아놓은 거 먹을래?

마치 땅이 다칠까 봐 조심스러워하는 것 같은 그의 걸음걸이를 따라가자, 반지하 방과 통하는 좁은 계단이 집 오른편으로 보였다.

그는 조금 이상했다. 도무지 남자 같지 않았다. 마치 이모처럼 접시에 고구마를 내오고 물을 갖다주고는, 온화한 미소를 띠고 인주와 내 말에 귀를 기울였다. 그 무렵의 나는 퍽 낯을 가리는 편이었는데도, 낯선 남자와 함께 있다는 긴장을 거의 느낄 수 없었다.

이거, 다 아저씨가 그린 거예요?

내가 물었을 때 삼촌은 대답했다.

물이 그린 거지. 난 잘 흘러가게 터주고 막아주고 한 것밖에 없어. 식물 키우는 거랑 비슷한 거야.

갓 태어난 별의 불꽃이 하얗게 타오르는 그의 그림을 향해 나는 다가갔다. 닥나무 껍질로 만든 한지에는 모세혈관들 같은 무수한 섬유질의 길들이 있다고 그는 설명했다. 그 길들을 따라 퍼져가는 먹의 모양을 이런저런 방법으로 잡아주는 것이 자신의 일이라는 것이었다. 가끔은 그의 몸에서 피가 흘러나와 종이의 핏줄들을 타고 흐르는 것 같이 느껴진다고도 했다.

1밀리미터 두께도 안 되는 한지가 마치 한없는 깊이를 가진 듯 물과 먹이 흐르는 공간이 된다니, 어쩐지 나에게는 아득하게 느껴졌다. 내가 그의 그림에 너무 몰두했기 때문에 인주는 놀란 것 같았다.

……또 와서 그림 봐도 돼요?

어렵게 내가 물었을 때 그는 선선히 말했다.

조용히 와서 그림만 보고 가면 괜찮아. 말은 붙이지 말고.

인주는 그의 작업실을 좋아하지 않았다.

삼촌은 너무 그 방에 틀어박혀 있는 게 문제야. 어떻게 사람이, 종일 집안일 아니면 그림뿐이야.

진심으로 화를 내는 인주를 1층에 남겨두고 나는 작업실 구석에 앉아 있곤 했다. 조심스럽게 서가를 뒤져 화집을 보고, 삼촌의 그림을 보고, 작업에 몰두한 그를 보았다. 사실상 그의 작업이란 바닥의 담요 위에 펼쳐진, 먹을 입힌 이합 한지를 내려다보는 일이 대부분이었지만.

워낙 물길이 번져가는 속도가 느려, 날씨가 습할 때면 나흘 만에 찾아가도 변화가 느껴지지 않을 정도였다. 그래도 그는 마치 높은 확대율의 렌즈라도 눈에 대고 있는 듯 끈기 있게 그림을 들여다보았다.

물을 뿌려야 할 정확한 시점이 존재하는 듯, 마른 입술을 혀끝으로 축이며 서둘러 분무기에 물을 받았다.

그곳에서 오후를 보낸 날에는 먹 냄새가 옷 속 살갗까지 배었다. 내가 먼저 침묵을 깰 수는 없었지만 그는 가끔 나에게 이런저런 말을 붙였다. 조용하고 짧은 대화가 오가고 나면 그는 다시 작업을 했고, 나는 화집이나 그림을 보았다. 그가 작업에 열중해 있는 듯싶으면 나는 인사 없이 인주에게 올라가 얼마간 시간을 보낸 뒤 집으로 돌아갔다.

내가 계속 그곳에 드나들 수 있었던 것은, 아마도 침묵하겠다는 처음의 약속을 지켰기 때문이었을 것이다.

*

또렷이 기억한다.

그 방에 들어서는 순간부터 나는 콧잔등에 여드름이 익은 중학생이 아니었다. 붓을 먹에 적셔 첫 점을 찍을 때, 주말마다 습기 찬 주방에서 수프를 젓는 양식집 딸이 아니었다. 검은 먹 속에 미량으로 들어 있는 청색과 갈색이 엷은 농담 속에 번져갈 때, 귀가 먹먹해지는 침묵이 폭우처럼 이마를 씻을 때, 열다섯 살이 아니고, 이정희가 아니었다.

잠깐 걸을까, 그가 물으면 그제야 정신이 들었다. 인주를 데리러 안채로 가는 짧은 시간 동안, 마당에 있는 모든 것들이 양각으로 새긴 듯 생생해 보였다. 주황빛 색유리에서 햇빛이 튀어오르는 현관문을 반쯤 열고 나는 인주를 불렀다. 심심해 죽겠다는 듯 마룻바닥에 손바닥을 짚고 팔굽혀펴기를 하고 있거나, 대자리를 펴고 엎드려 소설책을 읽고 있거나, 박하향 나는 빼끔담배 연기를 마당 쪽으로 뿜어내고 있던 인주는 용수철 인형처럼 튀어 일어나 운동화를 꿰어 신고 나왔다.

담장 밖으로 뻗어나간 나뭇가지들이 하늘을 가려, 대문 밖의 골목은 한낮에도 저녁 같았다. 두 사람이 어깨를 붙이고 지나기에도 비좁은 길이었다. 인주가 스스럼없이 내 어깨에 팔을 두르면, 살가우면서도 어쩐지 부끄러워 나는 몸을 움츠렸다.

비좁은 길을 따라 조금 올라가면 작은 절집이 있었고, 거기서부터 차츰 골목이 넓어졌다. 여남은 채의 집들을 지나고 나면 버려진 땅이 나왔다. 길도 없이 풀이 무성한 언덕을 넘으면 밭들 사이로 작은 개울이 흘렀다.

걷다가 문득 햇볕에 달궈진 머리카락을 만지며 뜨겁구나, 생각했던 오후를 기억한다. 땀에 젖은 목덜미를 함부로 훔쳐내고는 티셔츠 옆구리에 문질러 닦던 인주의 뒷모습을 기억한다. 무허가 블록집 마당에 가난한 속옷들이 널려 있던 것을, 덜 자란 백일홍 나무가 무더기로 붉은 꽃을 피웠던 것을 기억한다. 세 사람이 식구처럼 나란히 돌아오던 길, 저녁 해에 비껴 빠르게 색을 바꾸던 나무 잎사귀들을 기억한다. 집 없는 개가 멀리서 뒤따라오며 늑대처럼 길게 짖던 소리를 기억한다. 야생 벌집이 있는 나무 아래를 지날 때, 서로서로 눈을 맞추며 걸음 소리를 죽이던 것을 기억한다. 소리 없이 웃던 얼굴들, 그 눈들을 기억한다.

*

너도 그 방의 냄새를 맡았니.

무언가가 조용히, 끈질기게 부패해가던 냄새.

내 시선이 그림의 왼쪽 가장자리에서 빠져나오는 순간, 바로 그 순간을 기다리고 있던 냄새가 삽시간에 진원지로부터 범람할 것 같았어. 그 방의 모든 걸 핥고, 으깨고, 내 오그린 발가락부터 썩어가게 만들 것 같았어.

추웠어. 목이 말랐어. 견딜 수 없는 요의를 참으면서 내가 기다린 건 어둠이었어. 무더기로 핀 복사꽃들이 더 이상 붉게 보이지 않게 되는 순간 그림을 덮었어. 어둠 속 어디선가 내 것 아닌 숨소리가 들려올 것 같아서, 더 크고 거칠게 숨을 몰아쉬었어. 떨리는 손으로 바닥을 더듬었어. 두 손, 두 무릎으로 기어서 그 방을 도망쳐 나왔어.

너를 부르지 않았어. 불 꺼진 현관문을 두드리지 않았어. 어두운 문 안쪽을 보고 싶지 않았어. 너를 보고 싶지 않았어.

*

크고 작은 붓들, 뜯지 않은 아교 봉지, 분채 물감 들이 담긴 두번째 서랍을 열었다가 곧 닫는다. 인주가 편지를 넣어두었던 가장 깊은 세번째 서랍을 열자, 서른 통이 채 되지 않는 편지들이 무질서하게 흩어져 있다. 용의주도한 손길이 이미 지나갔다. 봉투에 적힌 발신인들의 이름을 훑어보다 말고, 일단 그것들이나마 가방에 쓸어 담는다. 미리 담았던 닥종이 주머니는 구겨지지 않도록 가방 깊숙이 따로 둔다.

이것들을 가져가서 어떻게 할 것인지 아직 나는 모른다. 무엇을 알아낼 수 있을지, 무엇을 써낼 수 있을지 모른다.

의자에서 일어나 책장 앞에 선다. 빼곡히 꽂힌 도록들과 책들의 등을 손바닥으로 훑는다. 알 만한 책들도 있고, 낯선 제목의 책들도 있다. 둘째 칸 가장자리에 가로가 긴 판형의 책자가 튀어나와 있다. 십일 년 전 상연됐던 연극의 대본이다. 은박을 입힌 표지에 뉘어쓴 서체 '닥쳐'는 요즘 감각으로 보니 어색하다. 겉표지를 넘기자 '인주에게, 정희'라고 내가 플러스펜으로 적은 속표지에 3×5 사이즈의 사진이 꽂혀 있다.

그 집 마당이다.

감나무 아래의 평상에 인주와 내가 어깨를 두르고 앉아 있다. 인주의 커다란 눈이 조숙한 얼굴 속에서 빛난다. 옆에 앉은 나는 어색하게 웃고 있다. 앳된 뺨이 통통하고 붉어, 전혀 다른 사람의 얼굴 같다.

강석원의 말대로 밑줄과 메모의 흔적이 있는 대본을 가방에 넣었다가 다시 꺼낸다. 사진이 빠지거나 구겨지지 않도록 장지갑 뒤쪽에 따로 끼워 넣는다. 셔터를 누른 사람의 손이 조용히 눈을 가려, 힘주어 눈을 감았다 뜬다.

먹 자국인지 피멍인지 알 수 없는 파르스름한 것이 번진 손.

이마가, 영특하게 생겨서.

열을 재려는 듯 서늘히 내 이마에 얹힌 손.

소리 없이 떨며 떨어져나간 손.

*

아무렇지도 않은 어조로 인주는 그 손의 피멍에 대해 말해주었다.

뭐, 네가 특별하게 마음 쓸 일은 아니지만.

그 집에 드나든 지 한 해가 더 지난 초가을, 학교에서 돌아오던 토요일 오후였다. 이제 헤어져야 할 골목 입구에서, 마치 가볍게 지나가는 말을 했을 뿐이라는 듯 인주는 활짝 웃으며 전신주를 운동화 끝으로 찼다. 열여섯 살이던 인주는 나보다 두 뼘쯤 키가 컸다. 따라 웃어야 하는 것인지 알 수 없어 나는 인주의 눈을 올려다보았다. 투명하고 깊은, 동시에 마음을 읽을 수 없는 눈이었다.

오늘도 가게 가?

인주는 서글서글하게 화제를 돌렸다.

나도 한번 데리고 가. 딴 건 몰라도 설거지는 잘해.

나중에……

나는 얼버무렸다.

내가 나중에 부를게. 엄마한테 물어보고.

인주는 갑자기 걱정스러운 얼굴이 되어 내 표정을 살폈다.

정희야.

응?

마음 쓰지 마.

한 해 일찍 학교에 들어간 나는 열다섯 살이었고, 특별히 조숙한 아이가 아니었다. 목소리가 떨려 나올 것 같아 나는 대답하지 못했다. 내 눈길과 인주의 눈길이 허공에서 만났다. 무슨 말인가를 해야 했지만, 그 말이 무엇인지 알 수 없었다.

……바보같이.

미간을 찌푸리며 인주가 중얼거리는 소리를 나는 들었다.

인주는 돌아서서 집을 향해 성큼성큼 걷기 시작했다. 골목 양쪽의 담장에서 뻗어나온 나뭇가지들이 길을 덮고 있었다. 초저녁처럼 검푸른 그늘이 인주의 후리후리한 뒷모습을 삼켰다.

삼촌의 피는 잘 굳지 않아서, 손끝을 베거나 코피만 흘려도 수혈을 받아야 한다고 그날 인주는 말했다.

신경 쓸 건 없지만, 너도 알아는 둬야 할 것 같아서.

말끝에 인주는 콧잔등을 찡그리며 웃었다. 어딘지 무표정한 데가 있는 웃음이었다.

마치 땅이 다칠까 봐 염려하는 것 같던 삼촌의 걸음걸이가, 어린 시절부터 모든 것을 조심하며 살아와 생긴 습관들 중 하나였다는 것을 그렇게 알았다. 무엇에 부딪히지 않아도 늘 몸 어딘가에 가벼운 멍이 들어 있던 이유도.

위출혈은 생명까지 해칠 수 있으므로 그는 늘 부드러운 음식만을 적당히 먹었다. 충분히 숙면을 취했고, 술담배는 전혀 하지 않았다. 여행이나 수영, 자동차 운전도 시도하지 않았다. 군대는 물론, 초등학교부터 고등학교까지 체육과 교련 시간을 모두 면제받았고, 그나마 학창 시절의 절반은 병원에서 보냈다.

그렇게 몸에 밴 조심스러움 때문이었을까. 스무 살에 가까운 나이 차이에도 불구하고 나는 그에게서 명령을 들은 적이 없었다. 자신의 의지가 실린 충고도, 은근한 강요도 들어보지 못했다.

그림을 배우고 싶으면, 지금부터라도 여기서 시작해보면 어때?

오늘은 늦었으니까 밥 먹고 갈래, 하고 묻는 듯한 말씨로 그는 제안했다.

정리만 잘하고 가면 돼.

인주의 말이 맞았다.

나는 바보 같았다.

삼촌의 병을 알게 된 뒤, 그와 함께 걸을 때면 나는 언제나 조마조마했다. 조마조마한 마음을 들킬까 봐 더욱 안절부절못했다. 그가 못이나 압정을 밟을까 봐. 풀에 베일까 봐. 골목에서 아이들이 차는 공에 맞아 멍이 들까 봐. 내 불안을 모르는 채 그는 종종 감탄하곤 했다.

……이것 좀 봐.

그러고는 어떤 설명도 없이 골목 끝의 어떤 나무, 어떤 꽃, 어떤 곤충 앞에 서 있었다.

나에게는 그것들에 집중할 만한 마음의 여유가 없었다. 어떤 나뭇잎의 끝, 어떤 곤충의 침이 삼촌을 찌를까 봐 두려워, 그와 함께 밖에 있는 시간이 차라리 빨리 지나가버리기를 초조히 빌고 있었을 뿐이다.

*

그해 겨울 새벽, 도시락에 넣을 오뎅을 썰다가 가운뎃손가락을 베었다.

부엌의 동쪽 창은 아직 캄캄했다. 식구들은 잠들어 있었다. 수험생이던 오빠가 쓰는 건넌방에서 영어 단어를 외우는 소리만 어렴풋이 들려왔다. 홧홧한 아픔을 참으며 나는 손가락을 들여다보았다. 선명한 피가 솟아나와 방울방울 개수통으로 떨어지는 것을, 개수통 바닥의 물기와 섞이며 붉고 기묘한 무늬를 만들어내는 것을 지켜보았다. 무엇인가가 피에 섞여 흘러나가고 있다고, 영원히 빠져나가고 있다고 느꼈다.

삼촌을 이해하고 싶었지만, 동시에 이해하고 싶지 않았다. 더 피를 흘리고 싶었지만, 더 이상 피를 흘리고 싶지 않았다. 맞은편 산비탈의 집들은 모두 불이 꺼져 있었다. 드문드문 세워진 외등들의 주황색 불빛이 어둠 속으로 부옇게 번져 있었다.

더 견디지 못하고 나는 약상자가 담긴 찬장 문을 열었다. 과산화수소수를 상처에 뿌리자 흰 거품이 끓어올랐다. 거품이 가라앉는 동안에도 피는 멈추지 않았다. 슷, 혀를 끌어당겨 신음하며 나는 힘껏 밴드를 둘렀다.

*

바닥의 이 그림은 완성되지 않았다.

불꽃이 아직 작고, 위치와 조형성이 모두 어설프다. 먹이 마르기 전에 곧 돌아올 생각이었을까. 아니, 겨울에는 습도가 낮아서 길게 잡아도 일곱 시간 이상 자리를 비워서는 안 된다. 이 그림은 여기서 포기하고 간 것이다. 최소한 이십여 일간 흘러왔을 물길을 마르게 한 것이다.

그래야 할 갑작스러운 이유가 있었을까.

그게 뭐였을까.

인주가 앉았을 자리에 나는 무릎을 세우고 쪼그려 앉는다. 먹물이 말라붙은 벼루와 반 이상 닳은 먹을 내려다본다. 손을 뻗어 싸늘한 이합지를 쓰다듬는다. 태점을 만들기 위해 콩알만 한 크기로 빚은 종이죽 덩어리를 집어든다. 수분이 깨끗이 증발해, 작은 현무암 조각처럼 딱딱하고 가볍다.

인주의 손가락에도 먹이 묻었을까. 투명한 현미경 렌즈를 눈에 댄 사람처럼 물길의 속을 보고 또 보았을까. 삼촌이 그랬듯이, 장마철에는 곰팡이가 잔뜩 핀 그림을 버리기도 했을까. 그 와중에 건진 것이 벽에 걸린 저 그림들인 건가.

인주도, 자신의 피가 먹이 되어서 종이 속을 흐른다고 느꼈을까. 멎지 않는 피처럼 시간의 혈관을 더듬어 간다고 느꼈을까.

모르겠다. 네가 왜 갑자기 이 일을 한 건지. 대체 왜.

*

누구의 것과도 닮지 않은 그림을 인주는 그렸다.

삼촌의 그림과도 닮지 않았던 것은 물론이다.

인주의 그림은 너무 어둡고 탁해, 가까이서 손전등을 켜고 내부를 들여다보고 싶은 충동을 느끼게 했다. 반면 삼촌의 그림은 멀리 떨어져 서서 전체를 파악해내야 하는 것이었다.

물론 비슷한 점도 있었다. 유혹하지 않는다는 것. 이 세계에 없는 것을 그린다는 것. 보는 사람으로 하여금, 그제야 그것이 이 세계에 부재한다는 것을 깨닫게 하는 어떤 것을 그린다는 것. 그러나 그것들을 구체적인 공통점이라고 부를 수 있을까.

인주의 그림은 초월적인 것과 거리가 멀었다. 그림 속의 사람과 나무는 마치 검은 불꽃들처럼 타올랐다. 팔과 다리, 가지와 뿌리가 투쟁하듯 화면의 다른 끝을 향해 뻗어나갔다. 격렬한 그 불길을 타고 하늘과 땅이 맺어졌다. 검은 피로 범벅이 된 그 결혼을 지켜보는 것만으로 숨이 막혔다. 다만 이상한 것은, 그 그림들을 오래—충분히 오래—바라보고 나면 예상치 못했던 고요함을 느끼게 된다는 것이었다. 그러나 삼촌의 그림에 배어 있는 침묵과는 다른 종류의 고요함이었다.

인주의 그림과 비교한다면, 삼촌의 먹그림은 계단 없이 천장에 그려진 그림 같았다. 육체 없이 태어난 그림, 혹은 육체의 과정이 완전히 제거된 뒤 정신만 남은 그림이라고 할까. 별들은 하얗게 타올랐지만, 그 불꽃에는 어떤 고통도 배어 있지 않았다. 그의 그림들은 고통 너머에 있거나, 그것이 무화되는 곳에 있거나, 엄청난 밀도로 응축돼 보이지 않게 되는 곳에 있었다.

*

더구나 인주는 삼촌의 그림을 좋아하지 않았다.

좋아하지 않는다는 것을 숨기지도 않았다.

맨날 똑같은 그림! 나 같으면 지겨워서 못 하겠다.

혼잣말처럼 인주는 투덜거리곤 했다. 먹 냄새도 싫어해서, 어쩌다 작업실에 들어오면 창문을 열고 환기부터 시켰다.

왜 싫을까? 좋은 냄샌데.

웃으며 내가 물었을 때 인주는 또렷한 목소리로 반박했다.

네가 좋다는 그건 향료 냄새야. 먹 자체는 하나도 향긋하지 않아. 오래된 먹그림에 코 대본 적 있어? 향료 냄새는 다 날아가버리고, 이상한 물비린내 같은 것만 난다구.

하루는 내 옆에서 재미 삼아 체본을 따라 그리다가 고개를 흔들었다.

도무지 두 사람은 정말…… 어떻게 이런 걸 종일 그리고 있는 거야?

인주는 날듯이 문턱으로 달아나 운동화 뒤축을 꺾어 신었다.

나, 간다.

인주의 감색 체육복 바지가 불투명한 창문 밖으로 펄럭이며 달려가는 것을 나는 올려다봤다. 햇빛이 미지근한 물처럼 흘러들어오는 실내를 둘러보았을 때, 삼촌은 물통에 물을 받다 말고 고개를 뒤로 젖히며 스트레칭을 하고 있었다. 인주의 몸이 빠져나간 허전한 옆자리를 나는 내려다봤다. 처음 그려본 거라고 믿어지지 않는 섬세한 채색의 붓꽃 아래, 장난스러운 먹선으로 이마를 과장해 그린 내 옆얼굴이 만화 속 여자아이처럼 웃고 있었다.

*

딱딱하게 곱은 엄지와 검지손가락을 편다. 벼루 옆에 놓인 두툼한 스케치북의 표지를 펼친다. 앞의 넉 장만 사용한 새것이다. 얼마나 큰 그림을 계획했던 것인지, 두 페이지씩에 걸쳐 각기 다른 크기의 별들이 서너 개씩 배치되어 있다.

스케치북을 들어올리자 끼워져 있던 화선지가 바닥에 떨어진다. 두 번 접힌 화선지를 펼치자 거친 연필 선으로 무엇인가 그려져 있다. 어떤 암석의 덩어리처럼 보이는 형상이다.

먹은 검고, 피는 붉지.

불현듯 생시처럼 또렷한 목소리를 향해 나는 고개를 든다. 마치 누군가 두드리는 듯 유리문이 덜컹거리고 있다. 높은 비명 같은 바람 소리가 안 보이는 틈으로 파고든다.

하지만 때로는 반대로 생각돼.
먹은 붉고, 피는 검다고.

나는 가방을 열고 스케치북을 밀어넣는다. 너무 크고 두꺼워 지퍼가 잠기지 않는다. 형광등 불빛이 가늘게 떨고 있다. 검은 물속 같은 침묵이, 날카로운 바람 소리에 수없이 갈라졌다가 다시 하나가 된다.

*

정신 차려.
시간이 없어.

서둘러 나는 싱크대로 다가간다. 이곳에서 음식을 만든 적이 없는지, 낡은 싱크대에는 변변한 주방도구가 없다. 물이 끓으면 휘파람 소리가 나는 작은 주전자가 가스레인지 위에, 약간의 물방울이 바닥에 고인 1리터들이 생수병 두 개가 선반에 놓여 있을 뿐이다. 손잡이가 떨어져나간 서랍 속에는 중국집의 상호가 찍힌 나무젓가락과 전화번호부, 코팅된 식당 전단지 들이 흩어져 있다.

가벽을 돌아가니 폭이 좁은 2단 행거가 서 있다. 모자가 달린 검은 더플코트, 회색 카디건과 고동색 털목도리가 낯익다. 나는 코트를 옷

걸이에서 벗겨내 내 코트 위로 입는다. 헐렁한 외투라 단추가 넉넉히 잠긴다. 당장은 등에 선득하지만 곧 따뜻해질 것이다.

빠르게 사방을 둘러보다가, 이상한 것을 발견하고 나는 그쪽으로 다가간다. 짙은 청색 선팅지로 완전히 빛을 차단한, 애초에 점포 입구로 설계된 유리문의 뒷면이다. 선팅지의 가장자리를 네모꼴로 오려낸 자리에 뢴트겐 사진 두 장이 겹쳐진 채 붙어 있다. 비슷한 계열의 색이라 자칫 눈에 띄지 않을 뻔했다. 깊은 물속 같은 청색 필름들 속에, 희끄무레한 무릎과 다리뼈의 윤곽이 불분명하게 겹쳐 있다. 사진을 촬영한 병원에서 기록했을 일곱 자리의 일련번호가 상단에 날짜와 함께 적혀 있다. 그것이 삼촌이 죽던 해의 겨울이라는 것을 나는 곧 알아본다.

이것들이 왜 여기 붙어 있을까.

생각을 이어가는 대신 뢴트겐 사진들을 떼어낸다. 잘 말아지지 않는 그것들을 가방의 빈틈에 밀어넣는다. 선팅지가 오려내어진 자리로 오후의 햇빛이 밀려들어오는 것을 본다. 크게 숨을 내쉴 때마다 흰 김이 흩어져 나오지만, 인주의 코트 때문에 더는 춥지 않다. 곱았던 손가락들이 차츰 부드러워진다. 폭약 같은 잠이 전조처럼, 독한 술을 한번에 들이켜고 난 직후처럼 조용히 기다리고 있는 것을 나는 문득 깨닫는다.

*

벽 가운데 걸린 먹그림 앞에 선다. 가장 균형 있게, 마치 생명을 가진 것처럼 흰 불꽃이 번져나간 그림이다. 삼촌이 가장 마음에 들어

했던 마지막 해의 그림들과 소름 끼치게 닮아 있다.

이제 맑은 정신으로 판단해야 한다.

이곳에 내가 다시 들어와 이 그림들을 볼 수 있는 가능성은 얼마나 될까.

열쇠를 가진 강석원은 언제든 이곳을 다시 찾을 것이다. 간밤에 그랬듯이 오늘 밤도 이곳에서 새우려 할지도 모른다. 열쇠가 바뀐 것을 아는 즉시 그는 이곳의 주인—그게 누구든—과 상의해 새로 제작할 것이다. 침입자가 다시 있을 것을 염려해, 중요한 그림들을 다른 곳으로 옮겨놓을 수도 있다.

그는 경찰에 신고할까. 몇 통의 편지와 스케치북, 이십 년 전의 뢴트겐 사진 따위가 아니라 그림이 도난당했다면 경찰은 성의 있는 수사를 할 것이다. 나는 무수한 지문들을 남겼다. 열쇠포 남자는 내 얼굴을 똑똑히 보았다. 빠져나갈 길 따위는 없다. 체포는 두렵지 않다. 그 이상의 것도 두렵지 않다. 하지만 행동이 자유로운 상태에서만 할 수 있는 일, 만나야 할 사람, 알아내야 할 사실 들이 남아 있지 않을까.

푸른 별의 그림을 향해 나는 다가간다. 간절함과 체념 사이에서 내 손은 떨며 별 가운데 닿는다. 인주는 먹이 밀려나간 중앙의 흰 부분에 푸른 칠을 하지 않았다. 먼저 푸른 물감을 입힌 뒤 바싹 말려 그 위로 먹을 입혔을 것이다. 다른 그림들과 같은 과정으로 물을 떨어뜨렸을 것이고, 먹이 밀리며 처음의 푸른빛이 드러났을 것이다.

오직 하나, 이것만 가져간다면.

발소리가 현관 앞에서 멈춘 것은 그때다.

피시방과 고시원이 위층에 있기 때문에 간혹 발소리나 이야기 소리가 들려왔고, 그때마다 예민하게 신경을 곤두세우곤 했다. 그러나 문 앞에서 멈춘 발소리는 이번이 처음이다. 쪼개지는 것 같은 발목의 통증을 느끼며 나는 현관으로 달려간다. 형광등 스위치를 내린다. 유일하게 달아날 길은 선팅지가 붙은 유리문을 깨는 것이다. 그렇다면 무엇으로? 사방을 살피는데 초인종이 울린다. 순간 몸에서 힘이 빠진다.

초인종을 눌렀다면, 강석원은 아니다.

나는 오목렌즈가 박힌 조그만 문구멍에 눈을 댄다. 작고 다부진 체격의 중년 여자가 북실북실한 털 칼라가 달린 무스탕 코트를 입고 서 있다. 남자처럼 짧게 자른 머리, 유난히 붉게 칠한 입술, 누구와 맞서 싸워도 쉽게 지지 않을 것 같은 눈매를 나는 본다. 여자의 붉은 입술이 우물거리며 혼잣말로 무언가를 불평한다. 가스 검침원도, 교회에서 나온 사람도 아니다. 그렇다면 통장이나 이웃일까.

좁은 우물 같은 렌즈 바깥을 뚫어지게 쏘아보다가 나는 자물쇠를 연다. 누구에게든 내 인상착의를 드러내는 것은 위험한 행동이다. 하지만, 지난 일 년간 이곳에 드나든 사람들의 윤곽을 알아낼 유일한 기회일지도 모른다.

어머나아, 계셨군요.

여자가 화들짝 놀란 얼굴로 나를 뜯어본다.

주인이 바뀌었나요? 아니, 자매세요?

어떻게 오셨나요?

요 위 고시원에서 왔어요. 글쎄, 피시방하구는 얘기가 다 됐는데, 이 집은 통 사람을 만날 수가 있어야지. 요샌 낮에 늘 아무도 없나 봐요? 동생인가, 언닌가? 키 큰 분 말예요…… 많이 닮았네. 하여튼 오며 가며 인사도 많이 하고 그랬거든? 왜, 쬐끄만 아들내미도 몇 번 봤는데.

뜻밖이다. 일 년이 더 지났는데, 여자는 아직 인주가 이곳에 산다고 생각한다. 인주는 여기 민서를 데리고 온 적도 있는 모양이다.

혹시 얘기 들었어요? 요번에 이 건물 주인이 세를 올려도 너무 올려서, 다 같이 얘기 좀 해보게. 사실 이 건물이 좀 오래됐어요? 봄만 되면 외벽에서 타일들이 떨어져대서, 지나가는 사람들 여태 머리 안 깨진 게 신통하잖우. 도대체가…… 보일러구 새시구 오죽 불편했어요? 우리가 죄다 수리해가지구 사니까 그거 아까워서 못 나갈 줄 알구 그러는데, 정말 너무하지 않아요? 안 그래요?

악의를 가진 것 같지는 않지만, 마주 보고 서 있는 것만으로 기운이 빠지는 사람이다. 쉴 새 없이 눈을 굴리며 나를 뜯어보고, 내 어깨 뒤쪽을 엿보려 애쓰며 빠르게 이야기를 이어간다.

그런데 왜 이렇게 힘이 없어 보여요? 어디 아파요? 불 끄고 나가던 길이에요? 캄캄도 해라…… 왜 저렇게 햇빛을 다 막아놓은 거예요? 아니, 찬바람 좀 봐! 난방을 아주 안 하고 살아요?

끝없이 이어지는 질문을 멈추기 위해, 여자가 넘겨짚은 대로 나는 얼버무린다.

저, 언니는 잠깐 나가서…… 밤에 만나면 아까 하신 말씀 전할게요.

그럼, 전화번호. 언니 전화번호 좀 일러줘요. 집 전화 말고, 휴대폰! 당장 찾아가서 드잡이해야 할 사람인데, 주인한테 전화해서 물어볼 수도 없고, 오며 가며 몇 번씩이나 벨을 눌러봐두 깜깜 무소식이니…… 이런 일 아니더래두, 같은 건물 살면서 알고들 지내야지.

문 뒤로 한 발짝 물러서며 나는 변명한다.

얼마 전에 휴대폰을 바꿨는데, 저도 번호를 못 외워요. 이따 만나면 한번 올라가보라고 할게요.

아니, 그러지 말고 내 번호를 찍어두면 안 될까? 자기 휴대폰에.

망설이다 코트 주머니에서 휴대폰을 꺼낸 순간, 여자의 통통한 손이 날아들어 휴대폰을 채간다. 내가 어떻게 할 겨를 없이 자신의 번호를 찍기 시작한다. 나는 다급히 손을 뻗어 휴대폰을 도로 빼앗는다.

……마지막 번호만 불러주세요.

불쾌한 기색이 역력한 여자의 얼굴을 향해 나는 애써 미소 짓는다. 여자가 통화 버튼을 누르기 전에 빼앗을 수 있어 다행이다. 문을 연 것만도 실수였는데, 휴대폰 번호까지 남길 수는 없다. 저장 버튼을 누르는 손이 나도 모르게 떨린다.

요 위 3층, 미래고시원이에요. 아무리 늦어두 좋으니까 전화 주라고 전해줘요. 오늘 밤에라도 꼭. 알았지?

마지막은 숫제 반말이다. 미심쩍은 듯, 무안한 듯 잔뜩 찡그린 여자의 얼굴을 향해 나는 고개를 끄덕인다.

*

자물쇠를 잠그는 손에 땀이 배어 있다.

경솔했다. 저렇게 말 많은 이웃이라면, 이곳에 들어서는 누구든 발견하는 순간 나에 대한 이야기와 질문들을 끝없이 던져놓을 것이다. 후회해도 이미 늦었다.

나는 차가운 철문을 팔꿈치로 짚으며 돌아선다. 어두운 실내를 둘러보다 숨을 멈춘다.

불을 켜고 있을 때는 몰랐는데, 짙은 청색으로 선팅된 유리를 투과해 들어오는 빛이 마치 이른 새벽이나 저녁 같다. 벽에 걸린 먹그림들은 파르스름한 박명 속에 잠겨 있는 것 같다. 수천 배로 확대한 밤하늘을 보는 듯, 아득하게 현실감이 사라진다.

여기가 어딘가.

내 몸이, 언제로 와 있는 건가.

힘주어 눈을 감았다 뜬다. 검푸른 사물들의 윤곽이 부풀어오른다. 바싹 마른 표면들이 갈라지며, 안에 갇혀 있던 끈끈한 액체들이 일제히 흘러나온다. 차가운 문에 등을 기댄 채 나는 미끄러져 앉는다.

하나, 둘, 셋까지 세고 일어설 것이다. 나는 눈을 부릅뜬다. 단단한 타일 바닥을 두 손바닥으로 짚는다.

*

누가 먼저였는지 모른다.

누구에게도 배운 적 없는데, 어떻게 서로의 입술을 찾게 되었는지 모른다.

누구의 것인지 구별할 수 없는 따스한 입속에서, 갓 태어난 물고기 같은 혀들이 어떻게 더듬어 헤엄쳐 다녔는지 모른다.

그는 서른일곱 살 난 소년이었다. 스웨터 위로 내 몸을 껴안은 채 차가운 바닥에 웅크려 누워, 목마른 듯, 배고픈 듯 거푸 입술을 포갰다. 더 가까워지고, 더 따뜻해져야 했다. 하지만 방법을 몰랐다. 알았다 해도 두려웠다. 그의 떨리는 손을 무작정 끌어 내 스웨터 안에 넣었을 때, 그는 눈물이 그렁그렁한 눈으로 내 얼굴을 들여다봤다.

왜 울어요, 내가 묻자 그는 대답했다.

모르겠다.

차갑고 야윈 손가락들이 떨며 스웨터 밖으로 빠져나갔다.

아무것도 모르겠어.

아무 말도 하지 않았다.

아무도 움직이지 않았다.

불투명한 창으로 파르스름한 저녁 빛이 새어들어왔다. 어떤 발소리도, 바람 소리도 들리지 않았다.

……혹시 그런 생각 해본 적 있어?

그의 손이 내 까슬한 스웨터 위에, 아직 다 부풀지 않은 젖가슴 위에 얹혀 있었다. 귀가 아니라 그의 손을 통해 목소리의 울림이 전해졌다. 나는 손을 들어 그의 머리카락을 쓸었다. 점점 어두워지는 그의 귓불을, 따스한 목덜미를 어루만졌다. 그의 턱과 어깨 사이 오목한 곳에 얼굴을 묻자 미미하게 씁쓸한 냄새가 났다. 내가 모르는 가루약. 자스민과 감잎.

이맘때의 어둠엔 혈관이 있는 것 같아.

움직이는 목줄기의 체온을 타고 그의 목소리가 건너왔다.

파랗게 피가 번지는 것 같아.

*

빛도 형체도 부피도 없는, 동시에 어마어마한 질량과 자력을 가진 검은 구멍들이 은하 곳곳에 숨겨져 있다. 그 안에서 시간은 어떻게 흐를까. 영원히 멈춰 있거나, 영원히 연장될까. 검은 구멍의 입구에서부터 끝없이 형체를 늘어뜨리며 빨려들어간 죽은 별은, 마침내 구멍의 심장부에 다다랐을 때 무엇을 만나게 될까. 부피 없이 뭉쳐진 전 세계의 그림자를, 무자비한 암흑의 총량을 통과하게 될까. 수억 년 전에 폭발한 별의 형상이 어둠의 핏속을 더듬어 우리에게 오는 동안, 죽은 별의 몸이 검은 구멍 속에서 겪는 것은 무엇일까.

삼촌의 흰 별이, 아니, 인주의 흰 별이 검푸른 먹 속에서 타오르고 있다.

오래전, 삼촌의 방을 나오면서 뒤돌아보고는 저건 보석 같아, 하고 중얼거렸었다.

물의 결정이자 불의 한순간.

0과 무한.

나는 움직이지 못한다. 너무 많은 기억이 한꺼번에 덮쳐오고, 미처 들여다보기 전에 바스라지며 사라진다. 사라지는 짧은 틈마다 흰 별이 먹 속에서 타오른다. 타는 듯한 뜨거움이 두 눈에 고였다 사라질 때마다, 이지러졌던 모든 사물이 얼음처럼 선명해진다.

*

문을 두드리는 소리가 아니었다면 그 속에서 뭔가를 발견했을지도 모른다. 뭔가를 이해해냈을지도 모른다.

소스라치며 나는 흔들리는 문에서 등을 떼어낸다. 거칠게 문을 치는 소리, 들어가지 않는 열쇠를 억지로 넣으려고 달그락거리는 소리, 낮은 욕설 들이 들이닥친다.

나는 슬리퍼를 벗어 원래의 자리에 놓는다. 발소리를 내지 않고 구두를 신는다. 스케치북의 윗부분을 억지로 말아 가방의 지퍼를 잠근다.

두렵다.

두렵지 않다.

아니, 두렵다.

일 분이 채 지나지 않아 두드리는 소리가 멈춘다. 욕설도 들리지 않는다. 불길하고 단단한 정적 속에서, 나는 선팅지를 벗겨낸 뒤 유리를 깨고 달아나는 시간과 위험을 계산한다. 알고 있다. 나는 탐정 영화나 추리소설의 명석한 주인공이 아니다. 머릿속은 타다 만 기억들로 이글거리고, 주먹은 유리처럼 나약하다. 달려야 할 발목은 삐어서 절름거린다.

나는 차가운 철문에 얼굴을 댄다. 볼록렌즈가 붙은 구멍으로 바깥을 살핀다. 아무도 없다. 백 미터 달리기의 호각 소리를 기다리듯 나는 몸을 앞으로 구부린다. 숨을 들이마신다. 떨리는 손으로 자물쇠를 비튼다.

4
마그마의 바다

그의 턱이 경련한다. 안경알 뒤로 한쪽 눈꺼풀이 세차게 떨며 깜박인다.

무, 뭐, 뭐요.

그는 심하게 말을 더듬는다.

지, 지금 여, 여기서…… 무, 뭘 한 겁니까?

방금 그의 손아귀에 잡혔던 왼쪽 팔뚝이 욱신거린다. 아픈 자리를 주무르며 나는 한 걸음 뒤로 물러선다.

그는 초인종이 있는 쪽의 벽에 기대 서 있었던 것 같다. 자물쇠가 열리는 소리를 그쪽에서 먼저 들었을 테니, 아무리 날랜 사람이라도 달아나는 것은 불가능했다. 삽시간에 그는 내 팔뚝을 움켜잡았고, 던지듯 실내로 밀어 넣은 뒤 문을 잠갔다. 마치 여러 명의 침입자를 같은 방식으로 붙잡아본 듯 단호한 동작이었다.

그, 그거, 그 옷…… 벗, 벗어요.

방금 자신의 육체가 보여준 힘과 능숙함을 부인하듯 부들부들 떨리는 손으로 그는 내 가슴께를 가리킨다. 외투 위로 덧입은 인주의 검은 더플코트를 나는 내려다본다. 흡사 귀신을 마주친 사람처럼 희번덕이는 그의 눈을 본다. 나는 발치에 가방을 내려놓는다. 목까지 채웠던 인주의 코트 단추들을 푼다. 코트의 온기가 몸에서 떨어져나간 순간, 그는 그것을 빼앗아 두 손으로 거머쥔다.

여…… 열쇠는, 어떻게…… 도, 도대체, 왜.

문을 가로막고 선 채 그는 인주의 코트를 겨드랑이에 끼운다. 파들거리는 손가락으로 담뱃갑을 꺼낸다. 담배 한 개비가 바닥으로 떨어진다. 그는 줍지 않고 새 담배를 꺼낸다.

이 상황의 모든 것이 이상한 비현실감을 띠고 물러서는 것을 나는 느낀다. 그가 체머리를 떨며 담배에 불을 붙이는 불과 몇 초의 시간 동안 깨닫는다. 두렵지 않다는 것을. 내 삶이 얼마나 헐벗어 있었는지를. 잃거나 부서질 것을 겁낼 어떤 귀중한 것도 가지고 있지 않다는 사실을.

너무 어둡다.

차가운 벽을 손끝으로 더듬어 나는 불을 켠다. 그가 연달아 두 모금의 담배 연기를 들이마시는 것을, 돌연 단단해진 시선을 내 얼굴에 꽂는 것을 본다.

자, 말해봅시다.

그는 더 이상 말을 더듬지 않는다. 담배를 쥔 손만은 아직 여진이 남은 듯 떨린다. 바싹 마른 입가에 희고 작은 거품들이 맺혀 있다.

여기서 뭘 한 겁니까.

보고 있었어요.

뭘?

그림을 봤어요.

간밤에, 보여주었잖습니까.

이제 그는 손도 떨지 않는다. 두 사람 사이에서 움직이는 것은 수직으로 피어오르는 담배 연기뿐이다.

만약, 인주가 살아 있었다면.

딱딱하고 뜨거운 덩어리가 조용히 목구멍을 비집고 올라오는 것을 나는 삼킨다. 주물을 떠낸 것처럼 단단한 그의 얼굴을 향해 고쳐 말한다.

만약 인주에게, 그림을 더 보고 싶다고 했다면.

그의 눈이 차가운 적의를 드러낸다.

……언제든 제가 여기에 들어오게 해줬을 거예요.

신랄한 웃음이 그의 입술에 어렸다 걷힌다.

멋대로 자물쇠를 바꿔 달아서라도 말입니까?

이곳은 인주의 가족의 소유 아닌가요? 선생님이 관리를 맡으셨나요? 제가 직접 정선규 씨에게 사과하고, 허락을 얻어보겠어요.

아니.

그가 내 말을 가로막는다.

현재 이곳은 서인주 씨의 유족과 무관합니다.

더 이상 묻거나 덧붙이는 것을 허용하지 않겠다는 듯, 완강히 결론을 짓는 어조로 그는 말한다.

이곳에 있는 어떤 것에 대해서든, 이정희 씨가 원하는 일이 뭐가 됐든, 그걸 허락해줄 사람을 찾을 수는 없을 겁니다.

외국어처럼 낯설게 들린 그 문장을 이해할 때까지 나는 잠자코 서 있다. 조명 때문에 평면적으로 보이는 그의 콧날, 질긴 가죽 같은 이마, 윗입술과 아랫입술이 갈라지는 곳에서 꺼져가는 회색 침방울 들을 본다. 어렴풋하던 어떤 사실의 윤곽이 차츰 또렷해지다가, 한순간 초점이 맞으며 완전해진다.

그러니까, 그는 이 작업실을 산 것이다. 정으로부터. 아직 아무것도 모르는 민서로부터. 인주의 그림들까지 모두. 하지만 얼마의 대가로? *어떻게 그게 가능했을까.*

……이런 경우, 혹여 내가 이정희 씨를 다치게 한다 해도 나에게는 죄가 없다고 사람들은 판단할 겁니다. 경찰에 알린다면 체포되는 쪽은 이정희 씨뿐일 겁니다. 내가 어떻게 말하느냐에 따라 실형을 치러야 할 수도 있습니다. 사건이란 진술되기 나름이니까요.

아까보다 더 낯선 외국어처럼 들린 문장들을 머릿속에 입력하기 위해 나는 천천히 눈을 깜박인다. 파르스름한 담배 연기와 함께 흘러나온 그의 목소리는 굵고 또렷했다. 조금의 침묵도 단어들 사이에 고여 있지 않았고, 냉혹한 요지에 방해가 될 만한 어떤 감정도 실려 있지 않았다.

그렇게 되기 전에 물읍시다. 여기서 뭘 한 겁니까.

나는 뒤를 돌아본다. 책상도, 책장도, 싱크대도 뒤지고 나서 모두 처음의 모습대로 돌려놓았다. 그림을 벽에서 떼어내지 않은 것은 잘한 일이었다. 뢴트겐 사진을 떼어낸 자리는 멀어서 잘 보이지 않는다. 만의 하나, 이대로 가방을 들고 나갈 수 있다면.

바람이 새어들지 않는 내 집의 정적을 나는 생각한다. 먼지를 닦아낸 책상, 수년 된 노트북 컴퓨터, 아직 한 줄의 문장도 써내지 못한 한 묶음의 백지를 생각한다. 이 가방에 들어 있는 모든 것을 무사히, 빠짐없이 거기 옮겨놓고 싶다는 분명한 욕망을 느낀다.

목소리를 낮춰 나는 대답한다.

죄송합니다. 그림을 봤어요. 허락을 구하고 볼 수는 없을 것 같아서…… 저에게는 중요했어요.

어떤 점이?

그가 천천히 내 앞으로 다가온다.

……어떤 점이 그렇게 중요했습니까? 범법 행위를 저지르면서까지 여기 들어온 이유가, 고작 그림을 보고 가려는 거였다는 말을 누가 믿겠습니까?

그가 선택한 단어들은 완벽하게 정연하지만, 으르렁거림이나 욕설보다 무자비한 분노가 배어 있다. 코앞까지 다가온 그의 눈이 은밀한 광기로 번득이는 것을 나는 알아본다.

나는 자세를 낮춘다. 접질리지 않은 발로 뒤쪽 바닥을 힘껏 디딘다. 그 탄성으로 문을 향해 몸을 밀어낸다. 스패너처럼 억센 그의 손이 내 어깨를 움켜쥔 것은 그때다. 상체를 틀어 손을 뿌리치려 한 순간 몸뚱이가 내동댕이쳐진다. 외마디 비명 같은 통증이 허리를 쪼갠다.

*

지금, 저 축축한 두 손이 내 목을 조를 수 있다.

손을 바닥에 짚고 상체를 일으키기 전에 시야가 하얗게 탈색된다.

날카로운 손톱들이 가슴 안쪽에서 심장을 움켜쥔다. 달궈진 쇳조각들이 박히는 것 같다. 더 깊이 후비며 파고드는 것 같다. 초점이 맞지 않는 허공을 향해 나는 눈을 부릅뜬다. 뱀처럼 소리 없이 그의 두 손이 내 어깨에 닿는다.

어떤 말도 입 밖으로 새어나오지 않는다.

*

심장을 움켜쥔 손톱들이 마지막으로 헐거워졌을 때 나는 눈을 뜬다.

식은땀으로 눅진하게 젖은 등에서부터 오한이 온몸으로 번진다. 나는 의식을 잃지 않았다. 흉통이 지나갈 때까지 무릎을 세우고, 등과 목을 둥글게 말고 현관 바닥에 앉아 있었을 뿐이다.

강석원은 나를 방관했다. 손끝 하나 건드리지 않은 채 십여 분의 시간이 무사히 흘러가도록 버려두었다. 방임이 살인 행위에 포함된다면 그는 이미 나를 죽였고, 어떤 형태로든 치명적이었을 더 이상의 자극을 가하지 않은 점에서 나를 살렸다.

불룩한 내 가방이 발 옆으로 보인다. 고개를 들자 서너 걸음 앞에 그가 있다. 접이의자를 현관 쪽으로—내 쪽으로—놓고, 검은 구두를 벗지 않은 채 다리를 꼬고 앉아 나를 건너다보고 있다. 형광등의 불빛을 역광으로 받아, 그가 어떤 표정을 하고 있는지 정확히 알아볼 수 없다. 수없이 반복해 꾸었던 악몽과 맞아떨어지는 기시감을 나는 느낀다.

그는 움직이지 않는다.

숨쉬는 기척도 느껴지지 않는다.

더 고개를 들어 그의 어깨 너머를 올려다보자, 오른편의 먼 회색 벽 위로 인주의 먹그림들이 보인다. 이백 호 한지의 어둠 속에서 별들이 하얗게 타오르고 있다.

모든 언어가 단 하나의 단어로 압축된다면, 그런 단어가 존재한다면, 우리가 입술을 열어 그걸 발음할 때 무슨 일이 벌어질까. 마찬가지로, 세계의 모든 형상이 하나의 결정, 단 하나의 점으로 응축된다면, 그때는……

링거 병에서 떨어지는 수액처럼 느리고 조용하게 삼촌의 목소리가 잦아든다. 인주의 또렷한 음성이 그 위로 겹쳐진다.

왜 이렇게 말랐어.

땀에 젖어 잠든 돌배기 민서를 포대기로 업은 인주가 현관 문을 열었을 때였다. 나는 눈을 믿을 수 없었다. 두 해 남짓한 시간에 인주는 다른 사람이 되어 있었다. 기미투성이의 여윈 얼굴에, 보이는 것은 더 커다래진 눈뿐이었다. 열두 평이 채 안 될 듯한 아파트의 내부는 뙤약볕이 내리쬐는 바깥과 다름없이 무더웠다.

네가 더 말랐어, 라고 내가 대답하자 환한 웃음이 인주의 얼굴을 밝혔다. 기미로 거뭇거뭇한 관자놀이를 타고 굵은 땀방울이 흘러내렸다. 한 음절 한 음절 둥근 얼음알 같은 목소리가 달아오른 공기를 건너왔다.

안 들어오고 뭐 해. 그러고 있을 거야?

문을 닫고 들어가 샌들을 벗으려고 고개를 수그렸을 때 인주의 손이 내 뺨을 쓸었다. 무심할 만큼 짧게, 거의 순식간에. 마치 시간을 거슬러 안 보이는 눈물을 닦아내듯, 정확하게 눈물이 흐르는 길을 따라.

*

인주는 자살하지 않았어요.

싸늘한 바닥에 손을 짚고 나는 몸을 일으킨다. 천천히 움직여 상체를 편다. 강석원의 시선이 내 움직임을 따라 위로 올라오는 것을 본다.

저 그림들에서, 정말 죽음이 느껴지던가요?

완전히 가시지 않은 통증의 흔적을 느끼며 나는 왼주먹으로 심장께를 문지른다. 오른팔을 들어 푸른 불꽃의 형상을 한 먹그림을 가리킨다.

짙은 청색 쇼윈도들의 틈으로 바람이 새어 들어온다. 높고 가냘픈 신음 같은 소리가 끈질기게 침묵을 할퀸다. 먹 가운데 타오르는 푸른 불꽃의 둥근 모양이 마치 무언가의 배꼽 같다고 문득 나는 느낀다.

그는 대답하지 않는다.

내 손을 보지 않는다.

그림을 돌아보지도 않는다.

발치에 쓰러져 있던 가방을 들어 어깨에 둘러메며 나는 말한다.

가보겠습니다.

갑자기 그의 입술이 열리며, 예상치 못했던 사무적인 음성이 튀어나온다.

열쇠를 주고 가시죠.

그는 빠르게 의자에서 일어서서 나에게 성큼성큼 다가온다. 그렇게 하면 다가오는 그의 속력을 늦출 수 있을 것 같은 어리석은 희망으로 나는 앞으로 손을 뻗어 제지한다. 남은 손으로 코트와 바지의 주머니들을 뒤져 네 벌의 열쇠를 꺼낸다. 그의 손이 서슴없이 내 손바닥에서 열쇠들을 채간다. 잠깐 스친 손가락들이 따스하다. 차가움보다 더 소름 끼치는 온기다.

나머지도 주시죠.

이게 다예요.

그는 키가 크지 않다. 나 역시 키가 큰 편이 아니지만 힘겹게 그의 얼굴을 올려다보지 않아도 된다. 빈틈을 발견해내기 위해 나는 그의 얼굴의 잔주름 하나하나, 모공 하나하나를 시선으로 훑는다. 틈 따위는 없다.

가방을 주시죠.

나는 뒤로 물러선다.

가보겠어요.

내가 뒷걸음질 치기 전에 가방이 나동그라진다. 그는 가방의 지퍼를 열고 거칠게 거꾸로 털어낸다.

모든 것이 쏟아져나온다. 닥종이 주머니, 뢴트겐 사진들, 십일 년 전의 연극 대본, 휴대용 티슈와 지갑. 억지로 말아 넣었던 스케치북이 바닥에 떨어지며 아까 보지 못했던 페이지가 펼쳐진다. 붉은 수성펜으로 적힌 인주의 필체가 보인다. 너무 작은 글씨라 어떤 단어도 읽을 수 없다. 거칠게 휘갈겨 쓴 흔적이 핏자국처럼, 무더기로 떨어진 새빨간 꽃처럼 보인다.

그는 내 지갑과 휴대용 티슈를 주워 빈 가방에 넣는다. 밀어내듯 가방을 내 가슴에 안긴다.

경고한 대롭니다.

그의 잇사이로 거친 숨이 뱉어져 나온다.

다시 여기 들어오면 경찰에 넘길 겁니다, 그때는 결코.

위협하듯 앞으로 기울인 그의 상체가 나에게 바싹 가까워진다.

용서하지 않을 거요.

번득이는 그의 눈을 본다. 그의 숨에 섞인 담뱃진 냄새를 맡는다. 소리 지르고 싶다. 튀어오르고 싶다. 꿈틀거리고, 퍼덕이고 싶다. 그러나 한 번 더 홍통이 덮쳐오기 전에 내가 한 일은 몸을 돌린 것이다. 돌아보지 않고, 문을 열고 나간 것이다. 온 힘을 다해 그곳으로부터 멀어진 것이다.

*

짧은 날이 저물고 있다. 후락한 거리에 불빛들이 밝혀진다. 달콤해 보이는 빵들이 진열된 제과점, 영세한 서점, 24시간 편의점과 분식집, 검은 타일이 깔린 패스트푸드점을 지나 나는 왼발을 절며 걷는다.

저녁 바람이 뺨과 귀를 깎는다. 속력은 누그러졌지만 습기 때문에 더 차갑게 느껴지는 바람이다. 허름하고 한산한 식당이 눈에 들어와 나는 멈춰 선다. 무엇을 생각하기 전에 손이 뻗어나가 유리문을 연다. 바깥이 보이는 자리에 앉아 멸치국수를 시켜놓고 얼어붙은 거리를 내다본다. 빠른 속력으로 밤이 오고 있다. 밥을 먹을 시간, 허기져서는 안 될 시간이다.

건너편 탁자에 놓인 스포츠신문의 헤드라인들을 먼 눈길로 읽어 내려간다. 누군가의 연봉이 상한가를 기록했고, 주가가 급락했고, 누군가는 누군가와 결별했고, 누군가는 여러 달째 의식불명이다. 천장을 올려다보자, 긴 형광등 유리 속으로 지난여름에 죽은 날벌레들의 형상이 거무스름하게 비쳐 보인다.

치욕은 조용하다.

조용한 우물 밑을 들여다보듯 나는 치욕을 들여다본다.

가슴이 아프십니까,라고 강석원은 지난밤 물었다. 냉정하게, 경멸하듯. 아니, 어떤 감정도 없이. 내가 주먹으로 심장을 문지르고 있었던 것을 그때야 깨달았다.

어떻게 이해해야 할까.

이 년 동안 잠잠했던 심장의 달궈진 손톱들이, 처음 인주의 방에 간 밤 깨어나 움직이기 시작한 것을 어떻게 받아들여야 할까. 태연한 얼굴의 쌍둥이처럼 흉통과 치욕이 함께 돌아온 것을. 걷어차인 허리, 거머잡힌 팔뚝, 가만히 두어도 소리치는 발목의 통각들을 나는 묵묵히 들여다본다.

미리 삶아놓은 국수가 있었는지 식사가 곧 나온다. 뜨거운 김이 오르는 대접을 앞에 놓고 나는 기도하듯 앉아 있다. 김이 공기 속으로 흩어지는 모습을 지켜보다가 젓가락을 든다. 국수는 맛이 있다. 아니, 맛이 없다. 그저 평범하다.

반쯤 국수를 먹었을 때 휴대폰이 울린다. 액정에 강석원의 번호가 찍혀 있다. 나는 폴더를 열고 기다린다.

어디 있습니까?

나는 대답하지 않는다.

듣고 있습니까? 어디 있습니까.

나는 대답한다.

밥을 먹고 있어요.

돌아오시죠. 할 말이 있습니다.

이것은 예상하지 못했다. 잠시 생각한 뒤 다시 대답한다.

밥을 먹고 있어요.

어딥니까?

나는 식당의 상호를 말한다.

그리 가겠습니다.

전화가 끊긴다.

*

낮고, 지치고, 차가운 목소리.

누구와도 혼동될 수 없는 목소리.

짓누르는 목소리.

숨을 조이는 목소리.

휴대폰을 탁자에 내려놓고 지갑을 연다. 유일하게 무사히 그 방에서 빠져나온, 인주와 내가 나란히 찍힌 이십 년 전의 사진을 꺼낸다. 동전 주머니의 지퍼를 열자 강석원에게 주지 않은 마지막 열쇠가 나온다. 이것들을 나에게 남겨둘 만큼 그는 치밀하지 못했거나, 관대했거나, 무엇인가를 미리 계산했다.

나는 주위를 살핀 뒤 상체를 테이블 아래로 숙인다. 스웨터 속을 더듬어, 브래지어 안쪽에 사진과 열쇠를 각각 밀어 넣는다. 빈손으로 바닥을 짚고 올라온다.

*

주방의 작은 창 안쪽에서, 희끗한 짧은 머리를 파마한 늙은 중년 여자가 긴 국자로 육수를 휘휘 젓고는 입술을 반쯤 적시고 간을 본다. 정수기 옆에 놓인 18인치 텔레비전에서 고교생 퀴즈프로가 방영되고 있다. 딸로 보이는, 갈색으로 물들인 머리를 높게 묶은 스무 살 즈음의 여자애가 카운터 앞에 앉아 휴대폰을 만지작거리고 있다. 바깥은 이제 완연한 밤이라고 할 수 있을 만큼 어둡다. 헤드라이트를 밝힌 차들이 빽빽히 밀린 채 조금씩 앞으로 굴러간다.

이런 시간.

어린 동물처럼 연약해진 삶이 떨며 손바닥 위에 놓이는 시간.

국수 그릇에서 아직 김이 오른다. 희고 반투명한 열기가 끈질기게 피어오른다. 낮게 너울거리다 사라진다.

*

흉통이 처음 찾아온 것은 십 년 전의 이즈음, 이른 새벽이었다.

수유리 집을 나와 원룸 아파트에 살던 무렵이었다. 일주일에 한두 번 들르던 K는 네 시간 전에 자신의 집으로 떠났다. 통증의 격렬한 심장부를 통과한 직후, 나는 네 발로 바닥을 기어가 인터폰으로 손을 뻗었다. 길게 선이 늘어진 수화기를 움켜쥔 채 옆으로 누워 기다렸다. 잠에 취한 야간 경비원의 목소리가 들린 것은 막 의식이 나가려던 찰나였다. 육십줄의 선량한 경비원은 최선을 다했다. 잠옷 위로 코트만 걸친 나를 업고 큰길로 나갔고, 택시를 잡아 뒷좌석에 나를 밀어 넣었다.

택시 안은 싸늘했다. 인조 가죽 시트는 딱딱했다. 시큼한 LPG 가스가 엔진에서 새어 들어왔다. 숨을 참고 웅크려 누운 채, 올려다보는 각도 때문에 더욱 거대하게 보이는 아파트 공사장이 뒤로 흘러 지나가는 것을 봤다. 살려줘. 누구에게인지 모르는 채 나는 입속으로 중얼거렸다. 캄캄한 구멍들이 벌집처럼 뚫린 건물들도, 수십 미터 허공에 멈춰 있는 부계도 한 겹의 껍데기였다. 심장 박동이 멈추는 동시에 꺼져버릴 거품이었다.

창을 열고 싶었지만 손이 닿지 않았다. 목소리가 나오지 않았다. 더 이상 눈을 뜰 수 없게 되자, 숨을 막는 가스와 엔진 소리만 남았다.

거대한 얼음에 실려 떠내려가는 것 같았다.
택시는 끝없이 원을 그리는 것 같았다.
영원히 그 새벽을 빠져나가지 못할 것 같았다.

*

더 이상 국수에서 김이 오르지 않는다.

교복 위로 패딩 파카를 입고 색을 둘러멘 여고생들이 머리칼을 날리며, 들리지 않는 웃음을 터뜨리며 유리문 앞을 지나간다. 귀마개를 한 중년 남자가 깃에 털을 덧댄 외투를 여미며 그 뒤를 따라간다.

그는 아직 오지 않는다.

*

식은 국수 앞에서 생각한다.

왜 그를 기다리고 있는가를 생각한다.
그와 나, 둘 가운데 누가 더 이상한 사람인가를 생각한다.
그의 손이 스패너처럼 내 어깨를 비틀던 순간을 생각한다.
사신(死神)처럼 형광등 불빛을 등지고 앉아 나를 내려다보던 얼굴을 생각한다.
꿈에 본 흰 새를 생각한다.
목까지 비워진 투명한 새를,
이상하게도 전혀 기억할 수 없는 울음소리를 생각한다.

멈추지 않고 생각한다.

작업실 바닥에 엎드려 있었다는, 오직 상상 속에서 본 뒷모습을 생각한다.
머리칼을,
목덜미를,

먹이 번진 면바지를 생각한다.

*

교사 뒤뜰의 갈탄 저장고 앞으로 인주는 나를 불러냈다. 일주일간 인주가 학교에 나오지 않고, 아무도 전화를 받지 않고, 집에 가봐도 문이 잠겨 있어 영문을 모르던 참이었다. 거두절미하고 인주는 설명하기 시작했다. 삼촌의 뒤통수에 피가 고여 있었다고, 5천이 채 되지 않는 혈소판 수치 때문에 피를 뽑아내는 시술도 받지 못했다고 또박또박 말을 이었다.

그래서,라고 나는 물었다. 정말로 알지 못해서였다.

그래서 어떻게 됐어?

방금 말한 대로야. 뒤통수 안쪽에, 작은 우유팩 하나만큼 피가 고여 있었대. 내가 저녁 먹자고 부르러 갔을 때 이미.

핏발 선 인주의 눈에 눈물이 고이는 것을 나는 멍하게 건너다보았다. 한참 뒤에야 나는 말했다.

왜 부르지 않았어?

내 목소리는 떨려 나왔다.

왜 날 부르지 않았어? 지금 삼촌 어디 있어?

그 순간, 냉정할 만큼 인주의 얼굴은 침착했다.

와봤자 소용없었어. 끝까지 의식을 못 차렸어. 다 끝났어.

*

오랫동안 인주를 이해하지 못했다.

용서하지 못했다.

삼촌의 피붙이가 아닌 나를, 그 순간 인주가 굳이 부르지 않아도 되었던 나를 용서하지 못했다.

오랜 시간이 흐른 뒤에야 생각했다.

작업실 바닥에 쓰러진 삼촌을 발견했을 때 인주는 열아홉 살이었다. 구급차가 올라올 수 없는 비좁고 가파른 골목을, 어떻게 삼촌을 업고 달려 내려갔을까. 그날을 대비해 서랍에 두었던 비상금을 외투 안주머니에 찔러넣고, 수십 년간 정기적으로 삼촌을 지켜본 늙은 의사가 있는 병원을 향해 전속력으로, 어떤 괴력으로 달렸을까. 응급실을, 중환자실을, 피가 마르는 복도의 기다림을 버텼을까. 누구도 끌어들일 틈 없는 불붙은 터널을 혼자서 통과했을까.

*

팔에 힘 빼봐요,

삼촌에게 말했었다.

무거울 텐데.

얼마나 무거운지 보게.

힘을 뺀 삼촌은 생각보다 무거웠다. 점점 무겁게, 간신히 숨을 쉴 수 있을 만큼 내 가슴을 눌렀다.

무거울 텐데.

안 무거워요.

입술과 입술이, 혀와 혀가 한 번 더 섞였다. 이 무게를 기억해두겠다고, 눈을 감은 채 생각했다. 까슬한 스웨터 아래, 가슴뼈와 늑골들이 소리 없이 눌리는 만큼 그의 무게를 쟀다.

*

체구에 비해 큰 가방을 멘 중학생 남자아이가 지친 듯 천천히 자전거를 밀고 간다. 긴 가죽 부츠를 신은 초로의 여자가, 너무 붉게 볼터치를 해 광대처럼 보이는 얼굴로 식당 안쪽을 힐끔거리며 지나간다.

목이 마르다.

투명한 플라스틱 물병의 뚜껑을 열고 사기잔에 물을 따른다. 그러려던 게 아니었는데, 금방 넘칠 만큼 잔이 그득 찼다. 물이 흘러내리는 대로 잔을 들어올린다. 손등을 흠뻑 적시고 탁자로 떨어지는 물이 차갑다. 이상하게 손이 떨려, 입술을 적시다 말고 물잔을 내려놓는다.

*

흉통이 처음 심장을 찔러왔을 때.

처음으로 죽음과 생명이, 세계와 내가 대등해졌을 때.

흔들리던, 깜박이던 목숨의 촉이 끝내 끊어지지 않았을 때.

그때 삼촌을 이해할 수 있었을까.

단 한순간.

아주 짧게.

*

유리문이 소리 내어 열린다. 거리의 소음이 삽시간에 밀려 들어온다.

강석원이다.

반백의 머리 색깔과 같은 회색 스웨터 위로 검고 긴 코트를 입고, 얼굴에 밴 무거운 피로와 대조를 이루는 힘 있는 걸음걸이로 나를 향해 다가온다. 내가 앉은 탁자 맞은편의 의자를 끌어당겨 앉는다. 찬 기운과 담배 냄새가 그의 몸에서 날아온다. 검은 코트를 벗어 옆 의자에 걸쳐놓는, 조금도 떨지 않는 그의 손을 나는 본다.

밝게 물들인 머리를 높게 묶은 주인집 딸이 그 앞에 물잔을 내려놓는다.

나는, 국밥.

그럴 줄 알았다는 듯 고개를 끄덕이며 여자애는 주방을 향해 소리친다.

엄마, 삼 번에 국밥 하나 추가.

국밥이 나오기까지 그는 뚫어지게 나를 건너다보고 있기로 한 모양이다. 한동안 그의 눈길을 맞받아 바라보다가 나는 젓가락을 든다. 이미 식어버린 국숫발을 앞니로 끊는다. 그의 시선을 아랑곳하지 않고 깍두기를 씹고 차가운 국물을 마신다.

국밥이 나오자 나는 젓가락을 내려놓는다. 그가 그랬던 것과 꼭 같이, 국밥을 먹는 그의 얼굴을 잠자코 건너다본다. 처음에 그는 내 시선을 의식하는 듯 자주 국을 흘리고 깍두기를 헛집는다. 질감이 거친 냅킨으로 거듭 입가를 닦아내며 국밥을 입에 떠 넣는다. 그러나 곧 더 이상 나를 의식하지 않고 먹는 일에 집중한다. 그는 혼자 하는 식사에 익숙한 것이다. 허기에 굴복하는 사람의 내키지 않는 손놀림, 맛을 모르는, 혹은 맛이 중요하지 않은 의무적인 저작을 나는 지켜본다.

*

이상한 사람이다.

한때는 빈틈없는 달변가였고, 다른 한때는 턱을 떨며 말을 더듬었다.

서슴없이 완력을 휘두르는 사람이었다가, 하얗게 센 머리를 수그리고 앉아 밥을 먹는다.

두꺼운 국밥그릇 바닥을 숟가락으로 긁는 그의 손놀림을 나는 묵묵히 건너다본다.

*

내가 그 일을 할 겁니다.

서인주라는 이름을 불멸하게 할 겁니다.

서인주가 가진 건 단순한 미술적 재능만이 아니었습니다. 신화가 될 수 있는 모든 조건을 그 여자는 가지고 있습니다. 젊은 나이, 아름다움, 압도하는 그림, 불행한 개인사, 자동차 자살이라는 극적인 최후까지…… 그 여자를 신화로 만들 겁니다. 그걸 위해 내 전 재산을 바쳤습니다. 재산 이상의 것을 바쳤습니다. 앞으로도 바칠 겁니다.

국밥을 남김없이 비우자마자 그는 돌연 얼굴에 생기를 띠며 말을 쏟아낸다. 마치 좀 전까지는 먹은 것이 없어 그 말들을 만들어내지 못했던 것 같다. 사기잔에 담긴 물을 단숨에 들이켜는 그의 목울대가 환형동물처럼 꿈틀거린다.

지금부터 내가 하는 말을 어떻게 생각할지 모르지만.

물잔을 내려놓으며 그는 말을 끊는다. 뚫을 듯 내 얼굴을 쏘아본다. 감정을 싣고 싶지 않다는 생각이 오히려 강한 감정으로 읽히는 표정이다.

그러니까, 사적인 이야기입니다만.

안경알 뒤에서 그의 눈이 소리 없이 이글거린다.

우리는 함께 살기로 약속했었습니다.

그의 눈 속의 불이 흔들린다.

그 사람을 처음 만난 뒤부터 줄곧, 내가 할 수 있는 모든 일을 했습니다. 그 사람을 발굴했고, 개인전을 주선했습니다. 오래전에 가정도 버렸습니다. 그렇게 갑자기 그 사람을 잃게 될 거라고는 생각지 못했습니다.

그의 목소리가 떨린다. 비밀스러운 열기를 띠며 차츰 높아진다.

하지만 아직 끝나지 않았습니다. 할 수 있는 일들, 해야 할 일들이 남아 있습니다. 지상파 방송사의 피디와 연락을 취하고 있습니다. 책이 출간되면 서인주 특집 프로그램이 제작될 겁니다. 평전을 극화할 사람을 물색해뒀습니다. 일이 진행되는 대로 적당한 영화사를 찾을 겁니다. 유고전이 예약돼 있습니다. 미술관을 지을 겁니다. 그 여자의 이름을 딴 미술관이 될 겁니다. 그 여자의 그림들이 거기 상설 전시될 겁니다. 모든 일이 막힘없이 굴러가고 있습니다. 내 손으로 그 여자를 불멸하게 할 겁니다. 나를 막을 수 있는 사람은 없습니다. 방해하는 어떤 사람도 용서하지 않을 겁니다.

*

나는 압도되지 않았다. 그의 광기와 고통, 집착에 압도되지 않았다. 핏물이 어린 것처럼 충혈된 그의 눈을 향해 나는 묻는다.

그걸 위해서 인주가 자살한 사람이 되어야 하는 건가요?

식당은 조용하다.

주방에 있던 여자는 카운터로 나와 두런두런 딸과 이야기를 나누고 있다. 텔레비전은 낮은 볼륨으로 오락 프로 방청객들의 웃음소리를 내보내고 있다. 구석 자리에서 한 중년 남자가 국밥을 거의 다 먹어가고 있다.

강석원은 내 말에 대답하는 대신 묻는다.

실례지만, 결혼했습니까?

나는 결혼한 적이 있다. 이 년 전에 끝난 일이다. 그러나 그것을 지금 그에게 말할 필요는 없다. 그는 곧 바꿔 묻는다.

결혼했다면, 자정 넘은 시각에 잘 알지도 못하는 남자를 만나러 오기는 어려웠겠지요. 그럼 부모님과 함께 지내고 있습니까?

지금 그는 호의나 호기심으로 내 시시콜콜한 사생활을 듣고자 하는 게 아니다. 그는 나를 증오한다. 왜, 무엇을 알고 싶은 걸까.

선생님은, 혼자 지내고 계신가요?

대답 대신 나는 묻는다.

매일 밤 저 작업실에서 주무세요?

그는 순순히 대답한다.

집에 가서 잘 때가 더 많습니다. 기다리는 사람은 없지만.

이제 내 차례의 대답을 재촉하는 그의 눈을 나는 말없이 마주 본다. 빽빽한 침묵을 깨며 그는 묻는다.

이정희 씨와 서인주 씨의 관계를 아는 사람이 있습니까?

나는 천천히 대답한다.

……제 주변의 모든 사람이 알아요.

이상한 한기가 끼쳐와, 머리칼이 조용히 곤두선다.

지금 이정희 씨가 여기 있는 걸 아는 사람도 있습니까?

나는 잠시 생각을 다듬는다.

남동생이 오늘 아침 전화를 했길래, 이쪽으로 오는 중이라고 얘기했어요. 동생이 인주를 많이 따랐는데…… 직장 일만 아니면 같이 오고 싶다고 했어요.

그는 말없이 고개를 끄덕인다. 의자에 걸어둔 코트의 안주머니를 뒤적여 담뱃갑을 꺼낸다. 여전히 축축해 보이는 손가락으로 담배 한 개비를 끄집어낸다.

금연이에요!

카운터 앞에 서 있던 주인집 딸이 조심스럽게, 그러나 다급하게 소리친다. 그는 느리고 착잡한 손동작으로 담배를 담뱃갑에 밀어 넣는다. 나는 플라스틱 물병을 끌어와 뚜껑을 연다.

드시겠어요?

그는 대답하지 않는다. 나는 그의 빈 잔에 물을 붓는다. 찰랑거리는 내 물잔을 들어올려 한 모금 마신다. 차가운 물이 몸속의 길을 타고 내려가는 감각에 집중한다. 눈을 들고, 소름 끼치게 싸늘한 그의 시선이 내 일거수일투족을 지켜보고 있었던 것을 확인한다.

*

이십여 년 전, 삼촌의 서가에서 빌려온 책들을 읽으며 생각했다.

일반상대성의 원리대로, 물질의 질량에 비례해 주변의 공간이 휘어진다면—그게 행성처럼 거대한 것들에만 적용되는 원리가 아니라면—타인의 몸 주위로 구부러진 공간의 만곡 안으로 들어갔다 나오며, 자신의 구부러진 공간 속으로 타인을 불러들였다 내보내곤 하며 우리는 살아가는 것이리라고.

한 사람이 가진 고유한 파동이 그 휘어진 공간의 경계까지 퍼져나가는 거라면—그 경계의 윤곽을 아우라라고 부르는 거라면—삼촌의 그걸 아마 나는 느껴보았다고. 눈도 귀도, 코도 살갗도 아닌, 설명할 수 없지만 분명하게 존재하는 감각으로.

삼촌의 몸과 내 몸이 아직 닿아본 적 없을 때, 손끝 한번 스쳐보지 않았을 때에도 느낄 수 있었다. 믿을 수 없게 낮고 연한 그 파동을. 한없이 따스한, 부드러운 공기의 기척을.

똑같은 감각으로 강석원의 그것을 느낀다.

좁은 탁자를 건너 내 얼굴까지 번져온 오싹한 기척을.

살기, 억제된 고통, 끈적이는 슬픔으로 얼룩진 덩어리를.

*

마치 격식을 차리려는 듯 그가 어깨를 바로 편다. 깍지 낀 두 손을 탁자에 얹는다. 취조하듯 묻는다.

재작년 한 해 동안 서인주 씨가 한 일들에 대해서, 서인주 씨가 만난 사람들에 대해서 알고 있습니까?

재작년이라면 인주의 마지막 해다.

마지막이 된 그해에 서인주 씨는 마치 다른 사람이 된 것 같았습니다. 그때까지 알고 지냈던 모든 사람과 연락을 끊었습니다. 입시 미술학원 일도 그만뒀습니다. 이정희 씨는 재작년에도 서인주 씨를 만났다고 말했습니다. 그렇다면 그해에 서인주 씨와 연락하고 만났다고 주장하는 유일한 사람인 셈입니다.

그의 방식대로, 취조에 응하듯 생각을 더듬어 나는 대답한다.

민서가 곁에 있었고…… 이 주에 한 번씩 민서를 친가에 데려다줄 때마다 불가피하게 정선규 씨를 만났을 거예요. 그리고, 말씀하신 대로 두 사람이 깊은 관계였다면 선생님을 만났겠지요.

그의 눈이 불안정하게 흔들리는 것을 나는 본다.

물론 서인주 씨는 아이와 함께 살았고, 나를 만났습니다. 그걸 제외한다면 이정희 씨뿐이라는 얘깁니다, 그러니까.

그의 목소리가 낮아진다.

가족과 나, 이정희 씨 말고 서인주 씨가 만났던 사람을 알고 있습니까?

나는 몰랐다. 그해에 인주가 모든 사람과 연락을 끊었다는 것도 몰랐고, 지금 내 앞에 앉은 충혈된 눈의 남자를 만났다는 것도 몰랐다.

편안하게 말씀해보십시오.

침착하게 그는 몸을 뒤로 뺀다. 그의 흰자위의 충혈된 부분을 나는 본다. 저절로 터져서 저렇게 반듯한 붉은 선이 그어질 수도 있을까. 예리한 면도날로 정밀하게 그어놓은 것 같다. 그 선을 따라 엷은 핏물이 번져나온 것 같다.

모르겠습니다. 인주는 어떤 사람에 대한 이야기도 저에게 한 적 없어요.

그럼, 두 사람이 만나면 무슨 이야기를 했습니까?

어떤 생각이 떠올라 나는 숨을 멈춘다. 이 남자는 어떤 형태로든 인주를 불행하게 했을 것이다. 인주의 남모르는 근심, 오래 곪은 환부였을 것이다. 연인이었다는 그의 말이 사실이든, 절반의 사실이든, 전혀 사실이 아니든.

*

제가 가방에 넣었던 것들을 살펴보셨나요?

봤습니다.

뢴트겐 사진도 봤나요?

봤습니다.

그게 뭔지 알고 계세요?

그의 얼굴이 일그러지는 것을 나는 본다. 모른다면 그는 인주의 남자가 아니다. 인주의 허벅지를 관통한 것이 무엇인지, 이십 년 동안 인주의 다리를 절게 한 것이 무엇인지 모른다면. 그 흉터를 한번도 보지 못했다면.

다리를 찍은 사진입니다.

인주의 남자가 아니라도 그것은 알아볼 수 있다.

누구의?

그 사람의 것입니다.

인주의 남자가 아니라도 그것을 짐작할 수 있다.

왜, 어떻게 다친 건가요?

오래전의 사진이라고 알고 있습니다. 어떤 일이 있었는지 나에게 이야기해주지 않았습니다.

다리의 흉터를 본 적이 있나요?

그는 대답하지 않는다.

그게, 어떻게 생겼던가요?

뚫어지게 나를 응시하던 그의 왼쪽 눈꺼풀이 곤충의 날개처럼 자발적으로 경련하기 시작한다. 손을 뻗어 그 눈꺼풀을 감기고 싶은 충동을 나는 억누른다. *눈을 감아.* 그는 눈을 감지 않는다. 깜박임이 멈추지 않는다. 찔린 듯 내 눈이 대신 감긴다.

*

감긴 눈꺼풀 안쪽으로 달린다.

네가 달린다.

우우우 바람이 소리친다. 반소매 흰 체육복이 펄럭인다. 허벅지 근육이 꿈틀거린다. 창 같은 장대가 손아귀에서 휘청인다.

세차게 장대를 꽂는다.

튀어오른다.

날아오른다.

허리가 거꾸로 호(弧)를 그린다.

눈을 감는다. 눈을 감지 않는다. 넘는다. 넘지 못한다. 소리친다. 떨어진다. 떨어지지 않는다.

*

여기, 재떨이 없습니까?

카운터를 돌아보며 그가 소리쳐 묻는다.

금연이라니까요?

주인집 딸이 눈을 동그랗게 뜬다.

다른 손님도 없지 않습니까? 한 대만 피우겠습니다.

동의를 얻기 전에 그가 라이터의 불을 당긴다. 냅킨 서너 장을 집어 탁자에 깔고, 거기 재를 떨어낼 수 있도록 흠뻑 물을 뿌려 적신다.

납득할 수 없는 점은 이겁니다.

담배 연기를 허공으로 뿜어내며 그는 재차 가슴을 편다.

스스로 목숨을 끊었다는 사실이 서인주의 명예를 더럽힌다고 생각합니까? 왜 그렇게 생각합니까?

인주는 자살하지 않았어요.

끈덕지게 튀고 있는 시디처럼 나는 말한다.

그렇게 친구의 명예를 소중하게 여기면서, 경력도 없는 아마추어 화가를 친구가 표절했다는 주장을 하고 있습니까? 그런 주장이 오히려 더 치명적인 결과를 부를 수 있다고는 생각하지 않습니까?

완력과 무례함이 동시에 느껴지는 손놀림으로 그는 거푸 담뱃재를 턴다.

이런 상황에서, 이십 년 이상 서인주의 친구였다는 그쪽의 주장을 어떻게 신뢰할 수 있겠습니까?

거칠게 날아드는 주먹들을 피하듯 나는 뒤로 물러나 앉는다.

서인주가 자살하지 않았다고 당신은 필사적으로 주장합니다. 그만큼 그 사람을 잘 알았습니까? 모든 걸 확신할 수 있습니까?

*

확신할 수 있는 것 따윈 없어.

확신할 수 있는 건 모두 죽었어. 썩어서 사라졌어.

하지만 지금, 두 사람이 마주 앉은 이 공간에, 일그러지며 겹쳐진 두 개의 만곡이 있고, 그 경계를 따라 다른 차원의 투명한 막이 잇닿아 있다면. 태연한 얼굴로 네가 막을 걷고 들어와 내 옆의 의자를 끌어당겨

앉는다면. 산 자보다 생생한 커다란 눈으로 두 사람을 번갈아 보고, 네가 가진 진실의 패를 가만히 펼쳐 탁자에 내려놓는다면. 순식간에 뻗어나온 네 손이 내 마른 뺨을 쓸고 간다면.

*

부루퉁한 얼굴의 주인집 딸이 그의 국밥그릇, 반찬, 숟가락과 젓가락들을 쟁반에 옮겨 담는다. 담배 연기를 뿜어내는 그의 얼굴을 곁눈질로 쏘아보고는, 담뱃재가 쌓인 냅킨을 그대로 두고 슬리퍼 소리를 내며 사라진다. 나는 가방을 추슬러 무릎에 올려놓는다. 의자에 걸쳐놓은 검은 코트로 그의 손이 향하는 것을 본다. 그래, 그만 일어나자.

그러나 그는 일어나는 대신 외투 안주머니에서 흰 봉투를 꺼낸다.

읽어보겠습니까?

나는 그것을 받아든다. 주소도, 이름도 적히지 않은 봉투를 열자 가로로 네 번 접힌 A4용지가 나온다.

미시령으로 가기 며칠 전의 편집니다.

빠르게 그는 덧붙여 말한다.

사본입니다.

연필로 쓴 편지였거나, 토너가 부족한 복사기로 사본을 뜬 것 같다. 모음은 기름하고 자음이 새 발자국처럼 분방한 필체는 인주의 것과 흡사하지만, 전체적으로 글씨가 너무 흐려 정확히 알아보기 어렵다. 편지의 초안이거나 두번째 장인지, 앞과 뒤의 맥락이 끊어지고 한 단락만 남아 있다. 남은 공간은 모두 여백이다.

한번도 종교를 가져본 적 없지만, 알 수 없는 누군가에게 기도해본 적은 있습니다. 가장 많이, 간절하게 기도한 내용은 죽게 해달라는 것이었습니다. 기도를 들어주는 누군가가 정말 존재했다면 난 이미 여러 번 죽었을 겁니다. 지금 내가 살아 있다는 건, 그때마다 내가 그만큼 더 강하게 살아 있길 택했다는 걸 뜻합니다. 이건 말장난이 아닙니다.

고요해진다.

식당의 회벽과 천장이 사라진다. 빈 탁자와 의자들, 멸치 국물과 국밥 냄새, 앞에 있던 사람이 사라진다. 내가 앉은 의자가 느껴지지 않는다.

토씨와 어미가 외워질 때까지 나는 그 다섯 개의 문장들을 반복해 읽는다. 이것은 진짜다. 정확하게 인주의 어법이다. 에두르지 않고 상대와 자신의 가슴을 동시에, 깊게 찌른다.

마침내 편지에서 눈을 들었을 때, 그가 사라지지 않고 거기 앉아 있다는 사실이 이상해 나는 잠시 멍해진다.

정말 그 그림들에서 죽음을 느끼지 못했습니까?

아직 먹먹한 고막을 두드리는 그의 목소리를 나는 듣는다.

대체 뭡니까? 당신이 표절이라고 주장하는 그 그림들에서, 죽음 대신 읽었다고 믿는 것은?

*

얼음을 머금은 바람이 분다.

식당을 나선 지 얼마 되지 않아 몸이 떨리기 시작한다. 때늦은 크리스마스 장식들과 네온사인, 노점상의 불빛 들이 거리 곳곳에서 흔들리며 깜박인다. 가등이 없는 좁은 골목들의 내부는 함정처럼 깊고 어둡다.

그가 입을 벌리자 흰 입김이 어둠 속으로 흩어진다.

그날 약속한 것을 잊지 않았겠지요?

나는 대답하지 않는다.

평전을 쓰는 데 협조하겠다고 당신이 자청해서 말했습니다. 당신이 알고 있는 서인주에 대해서 이야기하겠다고 했습니다. 약속은 다음 주 금요일인데, 오늘 이렇게 만나게 될 거라고는 짐작하지 못했습니다.

나는 대답하지 않는다.

다음 주 금요일까지 당신을 다시 보게 되지 않기를 바랍니다. 금요일에 만날 때는, 재작년에 당신이 서인주 씨와 주고받은 이야기들을 함께 듣겠습니다. 당신에 대한 의심이 풀릴 수 있기를 나도 바랍니다.

차도 가운데에서 요란한 경적 소리가 터져나와 그는 말을 멈춘다.

씹새끼야, 운전 똑바로 해!

운전석 차창을 열어젖힌 택시 기사가 팔을 내밀고 삿대질을 한다. 접촉사고를 면한 옆 차선의 승합차 차창이 열리며, 불끈 쥔 주먹이 허공으로 튀어나온다.

씨팔새끼! 너나 잘해!

펄럭거리는 비닐 천막 안에서 풀빵을 굽던 노파가 흐릿한 시선으로 그들을 돌아본다. 풀빵이 구워지기를 기다리던, 포대기로 아기를 업고 그 위로 코트를 걸친 여자의 얼굴도 그쪽을 향한다. 몇 마디의 욕설, 두어 번의 경적 소리가 덧붙여진다. 강석원과 나는 더 이상 아무 말도 주고받지 않는다. 차들이 빽빽이 멈춰 선 도로를 따라 걷는다.

지하철역으로 들어가는 입구 양쪽으로 그와 나는 떨어져 선다. 세상의 모든 미지근한 것들을 집어삼켜 태워버릴 듯 그의 두 눈은 이글거리는 열기를 뿜어내고 있다. 동시에 무자비할 만큼 냉철한 턱의 윤곽선을, 굳게 다물린 희끗한 입술을 나는 본다.

나는 고개를 숙여 그에게 인사한다.

그는 인사하지 않는다.

나는 돌아선다.

그는 돌아서지 않는다.

*

형상도, 소리도, 빛도 아직 태어나지 않은 태초에, 양자역학적으로 진동하는 혼돈이 있었다. 확률적인 한순간이 찾아와, 10^{-43}초의 침묵을 뚫고 존재가 뛰쳐나왔다. 시공간이 씨앗처럼, 모든 것이 들어 있는 소금 한 알처럼 던져졌다. 그 소금이 충분히 부풀 때까지 빛은 없었다. 어마어마한 밀도 속에서 빠져나오지 못했기 때문이다. 마침내 빛이 새어나오기 시작했다. 뜨거워진 원소들이 서로 몸을 부딪쳐 응결됐다. 불에 싸여 태어난 별들이 전속력으로 회전했다. 은하가 소용돌이쳤다. 태양이 핵융합 반응을 시작했다.

원시 지구는 끓어오르는 별이었다. 붉은 마그마가 바다를 이루며 넘실댔다. 마그마의 열기 때문에 증발해 올라간 원소들이 허공에서 결합했다. 태고의 비가 지상에 뿌려졌다. 펄펄 끓는 비였다. 아무리 비를 맞아도 마그마의 불길은 꺼지지 않았다. 수천만 년을 변함없이, 끓는 비는 내리고 마그마의 바다는 일렁였다. 마침내 임계점에 이르자 서서히 비가 식어갔다. 비를 맞은 지구도 함께 식기 시작했다. 생명체가 생길 수 있을 만큼 지구가 식는 데 수천만 년이 더 걸렸다. 수천만 년의 비와 수천만 년의 불이 만나 끓어오르는 증기를 뿜었다.

지하철 승강장을 향해 절며 계단을 내려가는 동안 왜 그 영상이 떠올랐던 걸까. 일렁이는 마그마의 붉은 바다, 그 위로 펄펄 끓으며 내리는 비가 망막에, 정수리에 끼얹어졌다. 얻어맞은 듯 두 뺨이 확확 달아올랐다.

그는 나를 따라오지 않았다. 어깨를 잡고 끌어내지 않았다. 뒤에서 내 목을 조르지 않았다. 그는 인주의 방으로 돌아갈 것이다. 인주의 별은 아직도 그 방에서 타오르고 있을 것이다. 먹을 밀고 수십 일을 나아간, 물만이 가질 수 있는 느리고 집요한 힘으로 일렁거리고 있을 것이다. 물이 만든 불꽃의 환한 가장자리를 나는 기억으로 더듬었다. 기억만으로 더듬었다.

입술을 악물었다. 딱딱한 손들을 주머니에서 꺼내 뜨거운 두 뺨에 얹었다. 더 차가운 것이 필요했다. 얼음들, 가장 냉혹한 눈발, 무자비한 비난과 손가락질이 필요했다. 모든 것을 잃은 것 같았다. 모든 것에 굴복한 것 같았다. 모든 것에 버림받은 것 같았다.

5
검은 하늘의 패러독스

정희야,

하고 인주는 나를 불렀다.

민서야,

하고 부를 때와 다르지 않은 다정함으로.

피로를 견디느라 낮아진 목소리로.

동트기 직전의 하늘,

막 암전되려 하는 화면처럼 어둑하게 빛나는 눈으로.

입시가 가까워진 11월, 언제나처럼 자정 넘어 미술학원에서 돌아와, 잠든 민서를 들여다보고 나와서는 추운 듯 식탁 의자에 무릎을 안고 앉아, 저민 모과가 담긴 잔에 뜨거운 물을 따르는 나를 불렀다.

정희야.

성스러움이란 뭘까, 가끔 생각해.

이 세계에 없는 것…… 우묵하게 파이고 구멍 뚫린 윤곽으로만 가까스로 모습을 드러내는 어떤 것 아닐까. 장님처럼 우린 그 가장자릴 더듬으면서 걸어가는 것 아닐까.

그러니까, 인파에 떠밀려 지하철을 탈 때, 혼잡한 환승 구간을 어깨로 헤치며 나아갈 때, 매표구 앞에서 길고 무질서한 줄이 줄어들기를 기다릴 때 난 성스러움을 느껴. 인간을 믿을 수 없어질 때, 흉폭한 모서리가 가슴을 찢고 튀어나올 때 성스러움을 느껴. 차가운 장판 바닥에, 씻지도 않고 코트도 안 벗고 웅크리고 누워서 내 안의 마모된 부분을 들여다볼 때, 영원히 망가졌거나 부서져버린 그것들을 들여다볼 때 성스러움을 느껴. 어떤 종교 서적에서도 아니고, 신앙 회합의 자리에서도 아니고, 예배당도 고적한 기도처도 아니고…… 너덜너덜 찢어진 이 삶 가운데서.

*

몸의 열 때문에 차갑게 느껴지는 이불 홑청에 뺨을 비비며, 강석원의 얼굴이 눈을 가릴 때마다 나는 이를 물고 앓는 소리를 삼킨다. 그는 인주가 남긴 모든 걸 가졌는데. 그림들을, 기록들을, 체취까지 가졌는데. 차가운 방에서 광인처럼 밤을 새우는데. 명징한 논리로 인주의 죽음을 자살로 몰고 가고, 인주의 삶을 한 편의 신파극으로 만들고, 인주의 영혼이 자신의 것인 듯 언어로 주물을 뜨고 있는데. 그의 말에 모두 고개를 끄덕일 텐데. 그의 책의 페이지를 넘기며, 도판으로 실린 인주의 그림들을 들여다보며, 비극의 주인공에게 그렇게 하듯 연민하고 전율할 텐데. 사진 속의 우울한 눈길을 마주 보며 은밀한 만족감을 소비할 텐데, 탕진할 텐데. 나에게는 힘이 없다. 이 모든 걸 부수고 갈 힘이 없어.

이불 속에 몸을 웅크리고 누운 채 나는 죽고 싶어,라고 중얼거린다. 마치 이 순간을 기다려온 것처럼 그 말은 서슴없이 새어나온다. 어금니를 악물며 나는 그 말이 누구의 것인지 알아내려 한다. 말하는 사람, 누구야. 죽고 싶은 사람, 아무것도 할 수 없는 사람. 이미 죽어 있는 사람. 누구야. 나와서 얼굴을 보여. 나는 숨을 참는다. 고개를 젓는다.

*

커튼을 달지 않은 창문으로, 밤늦게 빌라 주차장으로 돌아오는 차들의 불빛이 드문드문 들어왔다 사라지곤 한다. 천장의 미색 벽지가 한순간 밝아졌다 다시 어두워진다. 초배지들이 정방형으로 겹쳐지는 부분은 어둠 속에서도 유난히 희다.

치욕은 너덜너덜하다.

그 너덜너덜한 것의 밑바닥을 들여다본다.

부릅뜬 눈이 감기지 않는다.

*

인주는 예쁜 여자였던 적이 없었다.

해진 청바지와 운동화, 흰 티셔츠를 이십대 중반까지 고수했고, 좀 더 나이를 먹은 뒤에는 머리끝부터 발끝까지 검은 옷만 입었다. 머리를 길렀던 적은 거의 없었다. 화장을 한 모습은 한번도 보지 못했다. 여름이면 자외선 크림조차 바르지 않아, 6월만 되면 외국인처럼 까맣게 얼굴이 그을렸다. 그런데도 사람들은 인주가 매력적인 여자라고, 심지어 미인이라고 생각했다.

인주의 목소리에는 이상한 데가 있었다. 유혹적인 구석이 전혀 없는, 누군가를 설득하거나 자기편으로 만들려는 의지가 느껴지지 않는 목소리였다. 하지만 사람들은 그 목소리에 설득당했고, 거의 예외 없이 인주의 편이 되었다. 인주가 진지한 이야기를 할 때 이따금 나는 눈을 감고 음조를 따라가보았다. D음계의 도와 낮은 라 사이를 또렷하고 완만하게 오르내리는 음성. 정확한 단어를 골라내기 위해 삼 초쯤 지속되는 휴지부. 때로 섞여 나오는, 비음이 섞이지 않은 낮은 웃음.

스무 살이 되기 전에—삼촌을 잃기 전에—인주의 목소리는 달랐다. 그때도 또렷한 음성이었지만, 비교할 수 없을 만큼 음색이 밝았다. 성량이 몹시 커서, 마당은 물론 골목까지 짜랑짜랑한 울림이 퍼졌다. 음조는 순간순간 변하며 가파르게 오르내렸다. 휴지부는 길지 않았다. 일단 흥분하면 이야기에 흠뻑 빠져, 듣는 사람에게까지 열기를 전염시키는 어조로 빠르게 단어들을 쏟아냈다.

……빨리, 높이 뛰기만 하면 될 줄 알았는데, 문제는 상체야. 복근 운동을 더 해야겠어. 허리가 최대한 거꾸로 휘어져야 해. 안 그러면 바가 떨어져. 최악의 경우엔, 장대나 바 위로 떨어져서 몸이 찔릴 수도 있대. 쉽지 않았어. 오늘만 세 번 연속으로 바와 함께 떨어졌어. 하지만, 첫날 뛴 것으론 최고였대! 일본엔 여자 육상에도 장대높이뛰기 종목이 있대. 정말 하고 싶으면 거기로 가면 돼. 상상할 수 있어? 내가 오늘 가장 높이 넘은 게 2미터 20이야. 1미터 20이 아니라, 2미터! 내 키보다 40센티도 더 뛴 거야.

운동장을 함께 쓰는 남자고등학교 육상부 선배들에게 끈질기게 부탁해 처음으로 장대를 꽂고 뛰어본 날, 인주는 늦은 저녁까지 흥분을 가라앉히지 못했다. 삼촌과 나는 얼마간 얼이 빠져서 인주의 빛나는 눈을, 열에 들떠 말들을 쏟아내는 입술을 바라보았다.

믿을 수 있어? 세르게이 부브카란 러시아 사람은 작년에 6미터를 넘었대. 6미터! 육교보다 2미터 높은 데까지 날아오른 거야. 그 사람 별명이 인간새래…… 인간새라니! 인간이 새라니!

인주의 눈은 어둠 속에서도 스스로 빛을 내는 검은 광석 같았다. 어깨와 팔의 움직임은 무용수처럼 곧고 활기찼다. 보통 사람보다 중력을 덜 느끼는 것 같은 걸음걸음이 고무공처럼 튀어올랐다. 극도로 행복할 때면, 유리잔이 가볍게 부딪히는 것 같은 웃음소리가 단어와 단어 사이로 쉴 새 없이 터져나왔다.

삼촌이 죽은 뒤 인주는 변했지만—걸음걸이도, 목소리도, 웃음마저 달라졌지만—한순간 눈부시게 끝까지 기쁨을 느끼는 성격만은 변하지 않았다. 재능이라고 불러야 할, 광대처럼 사람을 웃기는 법도 잊지 않았다. 민서와 셋이 놀다 보면 웃다가 배가 아파 제발 그만, 하고 애원할 때가 한두 번이 아니었다.

압권이라 할 수 있는 장면은, 상상 속의 텔레비전 리모컨을 민서가 쥐고 단추를 누를 때마다 인주가 각 채널을 일인 다역으로 보여주는 것이었다. 인주는 마이크를 쥔 리포터가 되어 화재 사건을 취재하고, 소방관이 되어 불 속에 뛰어들고, 구조된 사람의 숨 넘어가는 인터뷰를 음성 변조했다. 민서가 깔깔 웃으며 "삑!" 허공의 단추를 누르면 순식간에 음악 채널의 시건방진 래퍼가 되고, 애니메이션의 어린 명탐정이 되어 고개를 갸웃거리며 허공의 수첩을 넘기고, 아이스바 시엠송에 맞춰 오리춤을 췄다.

나에게 자주 찾아왔던 마지막 일 년 동안 인주의 일인 광대극은 점점 노련해지고 눈부셔져서, 종내엔 두 사람만 보기 아까운 작품이 되었다. 이따금 나는 웃다 말고 인주의 흐트러진 짧은 머리칼을, 땀을 흘리며 숨을 몰아쉬는 옆얼굴을, 민서의 웃음에 집중하며 빛나는 눈을 보았다.

연기 비결이 뭐야, 라고 언젠가 내가 물었을 때 인주는 진지하게 대답했다.

연습, 부단한 연습이지.

어깨를 들썩이며 우리는 웃었다.

정말이야. 엘리베이터 타고 올라오는 동안 표정 연습을 해. 아에이오우, 발성 연습도 하고. 웃었다 찡그렸다, 악당처럼 눈을 부라렸다 치켜떴다 해.

인주의 눈이 악당처럼 치켜떠졌다.

……CC티브이엔 제발 안 찍혔길 바래.

잠든 민서의 머리를 웃으며 쓰다듬다 말고, 인주는 광대의 얼굴을 벗고 문득 말했다.

목말라. 물 좀 줘.

한번도 고백한 적 없지만, 이십여 년 동안 가까이 있었지만, 인주와 함께 있는 것은 언제나 특별한 경험이었다. 아나운서처럼 공식적인 목소리, 성우처럼 다듬어진 음성이 아니면서도 단어 하나하나, 음절 하나하나가 그토록 선명하게 들리도록 말하는 사람을 나는 다시 만나보지 못했다. 진지한 검은 눈이 나를 향해 깜박이고, 침묵에 씻긴 듯 또렷한 목소리가 낮은 D음계를 짚으며 천천히 흘러나오면, 그때마다 처음인 듯 놀라며 나는 매혹되곤 했다.

*

어두운 눈꺼풀 속, 너덜너덜 찢어진 치욕의 한가운데에서, 조그맣고 따스한 것의 형상이 불쑥 튀어나온다. 흠칫 놀라 나는 눈을 뜬다. 말랑말랑한 살결. 갓 쑨 풀 같은 몸 냄새. 두근두근 귓속으로 파고들던 심장 소리. 희고 종종한 앞니가 드러나는 웃음. 그 웃음을 한번 더 보기 위해 가상의 마이크를 움켜쥐고 맹렬히 리포터 흉내를 내던 얼굴을 기억한다. 다가가서 손을 뻗어 닦아주고 싶었던, 관자놀이로 흘러내리던 땀방울을 기억한다.

*

먼저 죽었어야 할 사람은 나다.

외투 호주머니에 칼을 품고 지하철을 탔다.

내가 누군가를 정말 죽일 수 있었던 그 오후, 그렇게 하기 전에 인주가 일하던 미술학원에 갔다. 두려웠던 건지도 모른다. 단지 마지막으로 인주를 보고 싶었던 건지도 모른다. 그 순간에 만날 수 있는 유일한 사람이었는지도 모른다.

이 년 전 12월이었다. 연말의 인파로 승강장도, 환승 구간도 발 디딜 데가 없었다. 너무 뜨거운 난방, 빽빽이 들어찬 사람들의 입김에 질식할 것 같은 객차를 빠져나와 가까운 출구로 나갔다. 출구도 붐볐다. 구둣발 사이사이, 더러운 계단 위로 바싹 마른 햇빛이 부서졌다. 난간에 붙어 서서 인주의 휴대폰으로 전화를 걸었지만 연결되지 않았다. 막 끊으려 하는 순간 인주의 목소리가 들렸다.

어디야?

삼선교 역이야.

인주는 놀란 것 같았다.

어디로 나가야 돼?

여러 번 반복해 설명해본 듯 빠르고 야무진 말씨로 인주는 대답했다.

4번 출구로 나와. 70미터 직진해서 바이더웨이 골목으로 들어오면 오른쪽 네번째 건물 3층이야.

학원 문을 열고 들어가자, 평일 낮 시간에 나온 것으로 미루어 재수생이거나 편입 지망생일 여학생 두 명이 이젤 앞에 앉아 있었다. 인주는 둘 사이에서 뭔가를 설명하고 있었다. 나를 본 순간 인주는 말을 멈추고 일어서서 다가왔다. 무슨 일이야, 라고 묻지 않았다. 얼굴이 왜 그래, 라고 하지 않았다. 대신 내 손을 잡고 사무실로 들어가 문을 잠갔다.

죽일 거야, 라고 내가 말하자 인주는 내 얼굴을 똑바로 건너다보았다. 침묵 속에서 인주의 눈과 내 눈이 만났다.

……그 사람을 죽이면, 너도 죽어.

인주는 검고 헐렁한 스웨터에 먹색 청바지를 입고 있었다. 검은 옷 때문에 더 야위어 보이는 손등에 초록색 아크릴 물감이 묻어 있었고, 엄지와 검지손가락은 목탄 자국으로 새까맸다.

꼭 죽여야 한다면 내가 죽일게. 네가 죽는 건 싫으니까. 그 자식이 무슨 짓을 했어?

인주는 손을 뻗어 내 얼굴에 얹었다. 떨리지 않는, 이루 말할 수 없는 침착함이 어린 손길이었다.

널 죽이려고 했니?

널 강간했어?

널 때렸니?

나는 대답하지 않았다.

인주는 나를 안았다.

한 번. 꼭 한 번이었다. 인주와 내가 그렇게 깊게 포옹한 것은. 짧게 자른 인주의 머리카락에서 희미한 박하 냄새가 났다.

낮은 목소리로 인주는 말했다.

죽이지 마, 정희야.

인주의 말에 나는 복종했다.

대신 내가 죽여도 좋은 유일한 사람, 나를 죽였다.

*

두 개의 주저흔이 손목에 남아 있다.

가장 깊은 흉터를 남긴 세번째 시도도 완전하지 않았다.

눈을 뜨고 가장 먼저 본 것은 한 쌍의 눈동자였다. 그 눈이 민서의 것이라는 것을 알아보기까지 수초의 시간이 걸렸다. 생시가 아니라고 생각될 만큼, 그 나이의 어떤 아이도 가질 수 없을 담담한 눈으로 민서는 나를 내려다보고 있었다.

이모, 피 많이 났어?

내 몸이 살아 있다는 것을 받아들이기까지는 시간이 더 걸렸다. 눈과 입술, 무거운 두 다리. 링거 바늘이 꽂힌 오른손. 민서의 눈길이 내 왼쪽 손목의 붕대에 머물러 있는 것을 나는 보았다. 이런 곳에 여섯 살 난 아이를 데려온 사람에게—인주에게—분노를 느꼈고, 격렬한 부끄러움이 머리를 뜨겁게 했고, 돌연 전기가 들어오듯 온몸에 생명의 불이 켜졌다.

이모가 고래가 아니라서 다행이야.

민서는 수줍게 웃었다. 아이답게 또랑또랑한 목소리가 점점 커졌다.

고래는, 상처가 나면 피가 멈추지 않는대. 작살을 맞으면, 워낙 커서 바로 죽진 않는다 해도, 계속 계속 피를 흘리면서 다니다가 나중에 죽는대. 이 세상 고래들은 전부 다, 태어나면서부터 그런 병에 걸렸대.

병실 문을 열고 인주가 들어오는 것을 나는 보았다.

……깼구나.

입가에 엷은 웃음이 어린, 그러나 이상하게 서름서름하고 굳어 보이는 얼굴로 인주는 침대 가까이 다가왔다. 인주가 이렇게 나이 들어 보였던가? 핏기 없는 뺨 위로 눈밑 그늘이 두드러져 보였다.

정우한테만 알렸어. 어머님은 모르시는 게 나을 것 같아서.

정우는 내 남동생이다. 처음으로 입술을 달싹여, 갈라진 목소리로 나는 말했다.

……오지 말라고 해.

인주는 고개를 끄덕였다.

너도 가.

인주는 고개를 끄덕이지 않았다.

지금 가.

인주는 대답하지 않았다. 한 손을 민서의 어깨에 얹고, 다른 한 손으로는 자신의 허리를 짚은 채 핏기 없는 얼굴로 서 있었을 뿐이다.

퇴원한 뒤 두 달 가까이 인주는 민서와 함께 내 집에서 지냈다. 환부가 아물고 주변이 정리될 때까지,라고 처음에 말했지만, 모든 것이 정리된 뒤에도 떠나지 않았다. 나를 혼자 두지 않기 위해서였을 것이다. 그때만큼 내가 인주를 미워했던 때, 존재감마저 견딜 수 없어 했던 때는 없었다.

민서 유치원 안 보내? 왜 안 돌아가는 거야?

머리가 뜨거워진 내가 소리쳐 물었을 때 인주는 완강히 고개를 저었다.

네가 선생님 해줘. 원비 너한테 줄게.

인주는 정말로 나에게 민서를 맡겨두고 학원에 나갔다. 일 년 중학원이 가장 바쁠 무렵이었다. 인주는 주말도 없이 아침부터 집을 나갔다. 작업실과 살림집을 함께 옮길 계획이라는 K동의 부동산 사무실들을 짬짬이 헤매다 지쳐서 돌아오기도 했다. 새벽 2시까지 거실에서 무언가를 스케치하고 메모하다 소파에서 새우잠을 자고, 6시면 일어나 잡곡밥을 짓고 국을 끓였다. 참기름과 소금에 김을 재워 굽고, 밑반찬들을 만들어 차곡차곡 냉장고에 넣었다. 잠옷바람에 후들거리는 다리로 서서 지켜보는 나에게 말했다.

꺼내 먹는 건 할 수 있지? 설마 여섯 살 난 애를 굶기진 않겠지? 그랬다간 나한테 정말 죽어.

주먹을 쥐어 보이며 인주는 웃었다. 웃음이 걷히자 말없이 내 눈을 들여다보았다. 어떤 의심도 불안도 없는, 다만 굳세고 담담할 뿐인 그 눈길을, 그 후 오랫동안 나는 잊을 수 없었다.

*

이모, 자?

아니.

엄마는 자기 전에 맨날 재미있는 얘길 해줘.

그래? 민서는 좋겠구나.

그런데 이모는 아프니까, 내가 재미있는 얘길 해줄게.

…….

이모, 자면 안 돼.

왜?

내가 재미있는 얘기를 할 거니까.

그래.

엄마가 해준 얘긴데.

그래.

고래들은 초음파로 말을 한대. 아주아주 낮은 음파를 보내면, 지구 반대쪽 바다에 있는 고래한테까지 말할 수 있대. 음, 그러니까 고래들은 핸드폰이 필요 없어. 엄마 고래랑 아이 고래랑 헤어져도 걱정 없어. 평생 얘길 주고받을 수 있어, 이렇게 맨날.

잘 있니? 예, 잘 있어요. 점심은 먹었니? 그쪽 바다는 너무 차갑지 않니? 참을 만해요, 맛있는 물고기가 많거든요. 언제 돌아올 거니? 음, 정어리 백 마리만 더 잡아먹구요.

*

……이모, 자?

그래.

자는데 어떻게 대답을 해.

그래. 네 말이 맞다.

한 번만 더 그래, 그러면 화낼 거야.

안 그럴게.

어두워도 난 다 보여. 이모 입 여기 있지?

그래.

이건 이마지?

그래.

또 그래, 그래, 그랬어. 이제 정말 화났어.

*

병아리들처럼 줄을 서서 운동장으로 나오는 1학년생들 틈에서 키 큰 아이 하나가 쏜살같이 뛰쳐나왔을 때 나는 바로 알아보지 못했다.

이모.

숨차게 달려오다 말고 멈춰 서서 민서는 희미하게 웃었다. 장례식장에서 헤어진 뒤 겨우 사 개월이 지났는데, 그사이 5센티미터는 큰 것 같았다. 소년처럼 갸름해진 얼굴에 연회색 점퍼와 검은 바지를 입고, 마치 귀신을 기대하는 듯 내 뒤를 살피며 물었다.

……혼자, 왔어?

고구마순처럼 낭창하고 얇은 민서의 손목을 잡고 나는 가까운 제과점에 들어갔다. 민서는 소보로빵의 껍질을 일일이 손톱 끝으로 벗겨냈다. 달고 파삭파삭한 부분만 먹고 안쪽은 남겨놓았다.

지금 몇 시야? 영어학원에 가야 돼.

영어학원이 멀어?

셔틀버스가 요 앞으로 와. 음, 저기 온다.

종업원이 데워온 우유를 입에 대보지도 못하고 우리는 제과점을 나왔다. 셔틀버스 앞에서, 나는 민서의 얼굴을 끌어당겨 내 심장에 귀를 대게 했다. 내 차례가 되어 아이의 빳빳한 점퍼 위로 귀를 댔다. 두꺼운 옷 때문에 풀 냄새가 희미했다.

이모, 내 심장에 누가 살아.

나는 귀를 떼고 아이의 얼굴을 올려다봤다.

누가 살다니?

가슴 안에서, 누가 자꾸만 주먹으로 두드려.

……주먹으로?

그래서 아파.

나는 손을 뻗어 흰 솜털이 돋은 민서의 뺨을 만지려 했다. 주춤 물러서는 민서의 얼굴에 조숙한 부끄러움이 어렸다.

언제?

항상.

밥 먹을 때도?

밥 먹을 때도.

잠잘 때도?

……지금도.

*

누군가가 스스로를 죽여야 했다면,

그 사람은 나다.

더 이상 차들이 빌라 주차장으로 들어오지 않는다.

어떤 소리도, 빛도 새어 들어오지 않는다.

열이 오를수록 차갑게 느껴지는 이불 속에서 나는 뒤척인다. 수천 겹의 살얼음이 가슴 안쪽에서 부서지는 것 같다. 턱이 떨린다. 소리 내어 이가 부딪힌다.

밤이 지나갔는지 나는 모른다. 빛이 돌아왔는지, 다시 어두워졌는지 모른다. 여기가 어딘지 모른다. 신음하는 법을 모른다. 깨어나는 법을 모른다.

*

……이모, 자?

어두워도 난 다 보여.

이건 이마지.

이건 눈꺼풀이지.

이건 속눈썹이고.

……눈물이야?

안 돼.

혼자 잠들면 안 돼.

너무 어두워.

*

머리맡에 두었던 안경을 더듬어 쓴다. 자명종 시계의 야광 바늘이 8시 40분께를 가리키고 있다.

눈이 오나.

흐린 날씨라기에는 지나치게 어두운 창문을 바라보다가, 아침이 아니라 밤 8시 40분이라는 것을 깨닫는다. 스무 시간 가까이 깨지 않고 잔 것이다.

매트리스를 짚고 일어선다. 조금 수월해진 왼발을 끌고 부엌으로 나간다. 하루 동안 끄지 않은 식탁 위의 백열등이 달궈진 빛을 뿜고 있다. 생수병은 비어 있다. 마지막 남은 몇 방울의 물을 털어 혀를 적신 뒤 싱크대 앞에 선다. 주전자에 물을 받아 가스레인지에 올린다. 푸른 불꽃이 주전자 밑면에 부딪히며 일렁이는 것을 본다.

심한 허기가 느껴져 쌀을 꺼내려고 싱크대 문을 열다가, 퍼뜩 이상한 생각이 들어 돌아선다. 식탁 의자에 걸쳐놓은 외투 주머니에서 휴대폰을 꺼낸다. 배터리가 방전된 그것을 충전기에 끼운다. 전원 버튼을 누르고 기다리자 날짜가 파랗게 찍힌다. 하루가 아니라 이틀 동안 죽은 듯이 잠들어 있었다는 것을 확인한다.

*

밥을 먹어야지.

누군가 귀에 속삭여준 것 같은 말을 중얼거리며 주전자의 물을 잔에 따른다. 홍차 티백을 담그자 뭉게뭉게 붉은빛이 번진다. 뜨거운 차를 한 모금씩 마셔가며, 그 훈기의 힘으로 쌀을 씻어 전기밥솥에 안친다. 냉장고를 뒤져 오래된 감자와 말라붙기 시작한 양파를 꺼낸다. 감자 껍질을 깎고 양파의 마른 부분을 벗겨낸 뒤 도마에 놓고 채썬다. 프라이팬을 꺼내 올리브유를 두른다. 긴 나무 주걱으로 감자채를 볶으며 삼촌을 생각한다. 나와 인주를 등지고 가스레인지 앞에 서 있던 뒷모습, 잔털이 돋은 목덜미를 생각한다. 문득 손을 뻗어 가만히 얹어보고 싶었던 수굿한 어깨를 생각한다.

삼촌은 칼을 쓰는 요리를 하지 않았다. 칼을 쓰는 공정은 늘 나와 인주의 몫이었다. 삼촌은 고구마, 계란, 단호박을 삶고, 생선을 굽고, 국수를 삶고 오뎅을 볶았다. 그가 음식을 만드는 모습은 마치 한 편의 팬터마임 같았다. 흰 목장갑과 고무장갑을 끼었다가는 벗고, 손을 적셨다가는 마른 수건으로 닦아내며, 쉴 새 없이 공처럼 오므라졌다가 활짝 펼쳐지는 손놀림을, 나는 칼질을 하다 말고 넋 없이 훔쳐보곤 했다.

*

눈을 감는 것만으로 떠올릴 수 있다.

서쪽으로 창이 난 삼촌의 부엌은 해가 넘어갈 때까지 밝았다. 싱크대 위로 매달아놓은 줄에 흰 행주들이 바싹 말라 있고, 창틀에서는 유리병에 담긴 감자와 당근, 무 들이 쑥쑥 자라났다. 식탁 위에는 인주가 산에서 꺾어온 강아지풀과 억새풀이 옹기 화병에 꽂혀 있었다. 삶은 고구마나 단호박, 팥고물을 넣은 밀빵 따위의 간식이 대나무 소반 위에, 젖은 행주에 덮여 있었다.

부엌의 미닫이문을 열고 거실로 나가면, 문과 창문 자리만 남겨놓고 오래된 책장들이 들어서 있었다. 인주가 게으름을 피우며 엎드려 있는 돗자리 위로는 두서없이 LP판들이 흩어져 있고, 산이 보이는 북쪽 창을 열어놓은 인주의 방에서 서늘한 바람이 몰아쳐 들어왔다.

인주의 방은 두 평이 채 되지 않았는데, 한쪽 벽면 가득 희귀한 새와 식물들의 사진, 신문이나 잡지에서 오린 기사들이 분방하게 붙어 있었다. 가장 인상적인 것은 벽에 붙어 있던 4절지 크기의 인쇄물이었는데, 서른 가지의 바벨 체조 동작이 상세하게 그려져 있었다. 바벨을 들고 진지하게 호흡을 조절하며 한 시간 가까이 인쇄물에 적힌 갖가지 동작을 취하는 인주의 모습을, 삼촌과 나는 마루에서 찐 감자를 후후 불어 먹으며 바라보곤 했다. 체조가 끝난 뒤 인주는 숨 한번 몰아쉬지 않고 백 회 이상 팔굽혀펴기와 윗몸일으키기를 했고, 흥이 나면 마루로 뛰어나와 앞으로, 뒤로, 옆으로 덤블링을 해 삼촌과 나를 감탄시켰다.

창틀에 놓여 있던 재떨이와 라이터도 인상적이었는데, 그것들을 처음 본 내가 입을 떼지 못하자 인주는 웃었다.

그냥 겉멋이야. 속으론 안 들이마셔.

열네 살의 인주는 태연하게 말했다. 더듬더듬 나는 물었다.

왜 안 들이마셔?

잊었구나! 난 육상 선수야. 폐활량이 얼마나 중요한데.

……술도 마셔봤어?

정신을 흐리게 하는 건 재미없어.

늘 부산스럽게 어질러져 있던 인주의 방과는 달리, 현관문을 열면 바로 왼쪽에 있던 삼촌의 방은 단출했다. 귀를 맞춰 개켜놓은 회청색 이불과 짙은 녹색 베개, 작은 좌탁, 그 위에 놓인 물잔, 그때그때 읽는 책들과 수첩이 전부였다. 펼쳐진 연습장에는 여러 페이지에 걸쳐 긴 방정식의 풀이가 빼곡히 적혀 있었다.

그냥, 머리가 맑아지라고.

과연 그렇게 긴 수식으로만 씻어낼 수 있을 것 같은 눈으로 삼촌은 말했다.

인주의 어머니가 썼다는 안방에는 아무도 출입하지 않았다. 꼭 한 번 몰래 들어가 보았는데, 먼지 낀 화장대와 오래된 자개 장롱뿐인 텅 빈 방이었다. 불투명한 창으로 스며들어온 햇빛이 뽀얀 먼지와 함께 노란 장판 바닥을 굴러 다녔다. 누구도 그 방에 대해 이야기하지 않는다는 것을, 인주의 어머니가 화제에 오르는 일도 없다는 것을 알아채는 데에는 많은 시간이 걸리지 않았다.

*

눈을 감는 것만으로 떠올릴 수 있다.

뉘엿뉘엿 날이 저물거나, 햇빛이 눈을 찌르거나, 부슬비가 뿌리거나, 소슬하게 추워 어깨를 웅크려야 하거나, 뒤축을 접은 운동화를 끌며 그 비탈진 골목을 걸어 올라갔다. 아무렇지도 않은 마음으로 그 길을 걸었던 적은 한번도 없었다. 터질 듯 심장이 뛰거나, 얼굴이 붉어지거나, 몰래 불빛을 품은 듯 가슴이 환하거나, 무심코 삼촌의 손에 닿았던 내 손을 들여다보거나, 은밀히 인주를 질투하거나, 은밀히 그들의 피붙이가 아니라는 것을 실감하거나, 내가 그었던 먹선들, 뜻대로 되지 않았던 농담(濃淡)과 형태에 절망했다. 마침내 대문 앞에 다다르면, 아버지의 이름이 새겨진 가난한 문패, 시멘트가 얇게 발라진 마당, 나를 기다리는 살풍경한 부엌, 아무도 말하지 않을 저녁 식탁, 부르튼 입술에 검붉은 딱지가 앉았을 어머니의 얼굴 앞에서, 그 모든 은밀한 격렬함은 조용히 얼어붙었다.

*

밥 뜸 드는 냄새가 부엌에서부터 자욱하게 번져온다. 허기진 허리가 구부러진다. 얼굴을 책 속에 묻고 나는 읽는다.

밤하늘은 왜 어두운가.

1800년대 독일의 천문학자 올버스는 물었다.

태양이 사라지고 지구의 모든 불빛들이 꺼진다면 검은 하늘에 별들이 나타날 것이다. 우주가 무한하고, 무수히 많은 별들로 가득 차 있다면 어째서 하늘이 어두운가? 울창한 숲을 바라볼 때 우리가 온통 나무로 뒤덮인 모습을 보게 되는 것처럼, 하늘 역시 별들이 내뿜는 빛으로 가득 차야 하지 않는가?

화보들이 모여 있는 가운데 부분을 넘긴다. 달에서 본 지구는 파란 얼굴의 아랫부분이 그늘져 잘려 있다. 안드로메다의 성운들은 노란빛과 붉은빛의 거친 소용돌이다. 점점이 낟알처럼 뿌려진 별들이 암흑 속에서 거대한 무리를 이루며 흘러간다.

우주에 들어찬 성간먼지들이 별의 빛을 흡수하기 때문이라고 이 역설에 대답한 사람들도 있었다. 그러나 그것은 별빛을 약하게 하는 요인일 뿐, 빛을 사라지게 하지는 못한다. 근본적인 두 개의 대답은 20세기에 이른 뒤에야 나왔다.

첫째는 우주의 나이가 유한하다는 것이다.

빛의 속도는 초속 30만 킬로미터라는 유한한 것이므로, 밤하늘을 눈부시게 밝히려면 무한대의 거리에서 오는 빛이 있어야 한다. 즉, 무한한 과거에 형성된 은하가 있어야 한다. 지금과 같이 밤하늘이 어두운 것은 우리의 시선이 어떤 별의 표면에도 영원히 닿을 수 없는 순간—별들이 아직 태어나지 않은 시간이 존재하기 때문이다. 우주가 시작된 시점이 존재하는 것이다.

왜 천체물리학을 배웠어요, 라고 내가 물었을 때 삼촌은 대답했다.

처음과 끝을 알고 싶어서.

왜 그걸 알고 싶었어요?

어둠이 왜 어두운지, 빛이 왜 밝은지 알고 싶었어.

그의 얼굴 뒤로 파르스름하게 어두워지는 창을 나는 보았다.

목소리를 죽여 나는 물었다.

그래서 그걸 배웠어요?

배웠지.

처음과 끝을 알았어요?

아니.

두번째이자 더욱 결정적인 대답은 허블에 의해 관측되었다. 바로 은하들이 우주의 팽창 때문에 서로에게서 멀어지고 있다는 사실이다. 은하가 우리의 눈으로부터 멀어질수록 은하가 뿜어내는 빛은 약해진다. 눈부신 은하가 아무리 많다 해도, 거리가 먼 은하들은 더 빨리 멀어지므로 밤하늘은 어두울 수밖에 없다.

허블과 동시대 사람이었던 벨기에의 사제 르메이터는 이 두 개의 대답들에 대해 숙고하다 조심스러운 가설을 내놓았다. 우주가 시작된 시점이 존재하고 은하들이 팽창해왔다면, 최초의 폭발이 있었던 것 아닐까?

어둠이 왜 어두운지 알기 위해 어둠을 들여다본 사람들이 있었다. 빛이 왜 밝은지 알기 위해 태양을 올려다본 사람들도 있었다. 실제로 뉴턴은 태양을 관측하다 홍채를 다쳤다. 별들의 움직임을 관측하는 데 평생을 바쳤던 케플러는 올버스가 태어나기 전 이미 갈릴레오에게 장문의 논쟁적인 편지를 썼다. 우주의 시작이 없다면, 왜 밤하늘은 어두운 것입니까.

케플러의 세번째 법칙을 배웠을 때를 잊을 수 없어.

어두운 창을 등진 삼촌의 눈이 빛났다.

그 수식은 마치 음악 같았어. 간결하고, 고유하고, 아름다웠어. 별들의 궤도가 저마다 그 음악을 변주하고 있다는 걸 믿을 수 없었어. 우주의 모든 것이 그 음악 속에 존재한다는 걸 잊을 수 없었어.

*

수유리 집의 어두운 방에 누워, 불 꺼진 천장의 벽지 무늬를 곰곰이 올려다보다가 그 수식을 생각할 때가 있었다. $T^2 = ka^3$. T는 행성의 공전주기, a는 타원궤도의 긴반지름, k는 모든 행성에 공통적으로 적용되는 상수다. 그 간명한 수식에 별들의 시간과 공간, 힘과 운동, 음악적인 규칙과 조화가 압축되어 있다.

검고 끝없는 밤하늘을 눈앞에 그리고, 무수한 별들의 궤도를 그리고, 그들의 태양을 중심으로 제각기 공전하는 주기를 골똘히 따라가다 보면, 삼촌이 사는 세계가 어떤 것인지 어렴풋이 짐작되는 순간이 찾아왔다. 어둠과 빛의 비밀에 잠시 손이 닿았다고 느껴지는 짧은 순간. 들리지 않는 수(數)의 음악이 우주의 무한까지—우주의 시작은 있지만, 끝은 없다고 삼촌은 믿었다—퍼져 있다는 것이 믿어지는 순간. 그대로 잠들고 싶지 않아 나는 눈을 깜박였다. 감겨오는 눈꺼풀을 거푸 두 손으로 비볐다.

*

……여덟 살 때였어.

처음으로 장기 입원을 했는데, 창밖으로 하늘을 보는 것 말고는 할 일이 없었어. 아파서가 아니라, 심심해서 죽을 것 같았지. 날마다 하늘이 어두워진다는 것에 대해서 그때 처음 생각했던 것 같아. 그 속에서 빛나는 점들이 대체 무엇인지에 대해서도.

입술과 입술, 손과 손에 이어 더 깊이 섞을 수 있는 건 옷 속의 몸, 한없이 따스한 몸뿐인 것을 다시 깨달았을 때. 그래서 누가 먼저랄 것 없이 멈추었을 때. 전날 저녁 그랬던 것처럼 뒤로 물러나 앉아 고개를 돌리고, 밀빵처럼 뜨겁게 부풀어오른 뺨을 주먹으로 꾹꾹 눌렀을 때. 당신은 문득 아이를 안듯 두 팔로 내 몸을 안고, 목에서부터 허리까지 천천히 등뼈를 쓸어주었다. 튀어나온 하나하나의 뼈를 둥글게 매만지고, 새들이 그렇게 하듯 길게 목을 감고 경추에, 목덜미에 오래 입맞추었다.

……별들은 보석이 아니고, 천사들의 눈이 아니고, 소금도 설탕도, 큰곰도 국자도 아니라는 것을, 매 순간 핵융합 반응을 일으키는 불덩이라는 것을 알았을 때, 이상하게도 설명할 수 없는 안도감을 느꼈어. 보석이 아니라서, 천사들의 눈이 아니라서, 활 쏘는 사람도, 전갈도, 쌍둥이도 아니라서 별들은 아름다웠어. 타오르는 불덩이라서 아름다웠어.

*

책을 밀어놓고 책상에 엎드린다.
단단하고 서늘한 나무의 질감이 뺨과 눈꺼풀에 느껴진다.
몸을 일으켜 식탁으로 걸어간다.
벽에 걸린 시계를 들여다본다.
한 걸음 한 걸음 힘겹게 떼며 회전하는 초침을 본다.

시간이 무한히 느려지는 이런 밤에, 기억들은 스스로 살아나 움직인다.
부서진 조각들이 서로 부딪치며 나아간다.
끝나지 않는 돌림노래처럼.

몸속에 바람이 멎지 않는 것처럼.

*

허기로 떨리는 손을 뻗어 숟가락을 쥔다.

주발에 소복이 담긴 밥에 윤이 흐른다. 물을 먼저 마시고 밥 한 숟가락을 입에 떠넣는다. 젓가락의 키를 맞춘 뒤 아삭아삭한 감자채를 집어 먹는다.

괜찮아, 라고 인주는 나에게 말했다.

링거 바늘이 꽂힌 오른손으로 내가 처음 숟가락을 쥐었을 때였다.

가장자리에 더운 물방울이 맺힌 스테인리스 밥공기를, 낮게 김이 오르는 쇠고기 무국을 들여다보았을 때였다.

먹어도 괜찮아.

맛이 있어도 괜찮아.

윤이 흐르는 밥 한 공기를 비울 때까지 그 목소리를 듣는다.

*

차가운 물로 그릇과 접시를 씻어 스테인리스 선반에 올린다. 붉어진 손을 마른 수건으로 닦아낸다. 싱크대 위로 난 작은 창을 내다본다. 자정이 지난 골목에는 인기척이 없다. 어둠도, 정적도 다 얼었다. 전구가 깨진 외등 언저리의 어둠 위로 어른어른 인주의 입술이 움직인다. 인주의 입가에 겹겹의 주름이 진다. 어렴풋한 볼우물이 뺨 가운데 파인다. 어떤 말인지 읽을 수 없다. 스스로 빛을 내는 광석 같은 눈이 유리에 얼비친다. 읽을 수 없다.

너는 아름다움이었지. 숨겨지지 않는 뜨거움이었지. 높은 휘파람은. 좀처럼 젖지 않는 눈시울은. 단단한 팔, 민첩한 손놀림은. 꽉 다문 입술은.

너는 이제 차가움이지. 죽음이지. 불룩한 호주머니는. 아무렇게나 걷어올린 소매는. 땀 맺힌 콧잔등은. 웃음은. 그 모든 안간힘은.

*

간절한 기도,

어떤 신앙도 가져본 적 없는 사람의 기도를 생각한다.

강석원이 식당에서 보여준 편지의 사본, 거기 적힌 인주의 필적을 생각한다. 그 자리에서 문장부호와 토씨까지 외워버린 문장들을 생각한다.

가장 많이, 간절하게 기도한 내용은 죽게 해달라는 것이었습니다.

그렇지 않다.

죽음은 너와 어울리지 않았다.

*

그림은 이제 안 그려?

인주가 나에게 처음이자 마지막으로 물은 것은, 미대가 아닌 문과대 영문과에 합격했다는 소식을 전하러 간 늦은 밤이었다. *그러는 너는, 이제 다시는 집 밖으로 나오지 않을 거야?* 그렇게 되묻는 대신 나는 잠자코 식탁 앞에 서 있었다.

……그만두자.

웃는 것도 찡그리는 것도 아닌 이상한 표정으로 스물한 살의 인주는 말했다. 마치 지우개가 있다면 방금 한 말을 지워버리겠다는 듯, 자신의 질문에 화가 난 얼굴이었다.

자정이 가까운 부엌은 황량했다. 살림에 관심이 없는 새 주인의 성격을 말해주듯, 제자리를 찾지 못한 주방기구들이 싱크대 여기저기 흩어져 있었다. 냄비에는 새카만 그을음이 앉았고, 행주들에는 검고 붉은 얼룩이 졌다.

모든 게 엉망이구나, 생각하고 있을 때 인주가 불쑥 말했다.

모든 게 엉망이야. 그렇지?

소년과 늙은 여자가 뒤섞인 것 같은 얼굴로 인주는 웃었다.

나는 따라 웃지 않았다.

삼촌이 죽은 뒤 얼마 지나지 않아 인주는 부상을 입었으므로, 육상을 그만둔 것은 어쩔 도리 없는 일이었다. 그러나 한 학기만을 남겨둔 채 고등학교를 중퇴하고, 삼 년 가까이 집 밖으로 나오지 않으며, 검정고시도 입시도 취업도 준비하지 않는 인주의 고집을 나는 이해하기도, 꺾기도 어려웠다. 가까운 슈퍼에서 장을 봐오거나 배달을 시키는 모양으로, 인주는 굶지만 않을 만큼 조금 먹었다. 걷는 법을 잊지 않을 만큼 집 안에서만 움직였다. 그제야 나는 의문했다. 돈벌이와 무관한 작업을 하며 삼촌은 어떻게 생계를 꾸릴 수 있었을까. 특별히 윤택한 것은 아니지만 부족함도 없어 보였던 그들의 생활을 뒷받침해준 누군가가 있었을까. 인주를 이대로 방치하는 것은 옳은 일일까. 나는 그 누군가에게 도움을 청해야 하는 것은 아닐까.

언젠가 용기를 내 그 의문들을 꺼냈을 때, 인주는 뚫어지게 내 눈을 들여다보며 말했다.

쓸데없는 걱정을 하는구나.

더 이상 어떤 질문도 던질 수 없게 하는 단호한 어조였다.

바람 쐬러 나갈래? 우리 집에 올래? 볼만한 영화가 있는데 같이 갈래? 그 모든 질문들에 인주는 잠자코 고개를 흔들거나, 고갯짓조차 하지 않았다. 강의가 일찍 끝난 날이나 휴일 저녁에 찾아가보면 스물한 살, 스물두 살의 인주는 대문도 현관문도 잠그지 않고, 캄캄한 부엌의 식탁 앞에 불도 켜지 않고 앉아 있곤 했다. 뭐 했어? 물으면 침묵 뒤에 대답이 흘러나왔다.

그냥 있었어.

나는 인주가 미칠지도 모른다고 생각했다. 하지만 인주는 미치지 않았다. 다만 변했을 뿐이다. 성격과 표정, 웃음소리가 바뀌었을 뿐이다. 그러던 어느 날, 그림을 그리기 시작했다고 말했을 뿐이다.

*

거의 시간이 흐르지 않는다.

일 초의 십분의 일, 아니, 더 작은 조각까지 만져진다.

초조한가.

초조하지 않다.

잃을 게 있는가.

없다.

*

수화기를 들고 열두 개의 숫자를 누른 뒤 나는 기다린다.

Hello.

수만 킬로미터 저편의 전화선 끝에서 나이 든 여자의 밝은 목소리가 흘러나온다.

나는 한국어로 말한다.

정선규 씨 부탁드립니다.

미안합니다만, 영어를 말할 수 있어요?

여자가 영어로 묻는다.

느린 영어로 나는 정선규 씨를 바꿔달라고 말한다.

그 사람을 모른다고 여자는 대답한다.

그렇다면 정민서를 아느냐고 나는 묻는다. 여덟 살 난 사내아이라고 말한다.

여자가 대답한다.

Sorry, I have no idea.

*

다섯 통의 스팸 메일을 삭제하고, 출판사들에서 온 세 통의 메일을 열어보지 않은 채 정선규에게 두번째 메일을 쓴다.

전화번호를 알고 싶습니다.
긴하게 상의드릴 것이 있습니다.
곤란을 드리려는 것이 아닙니다.
잠시라도 좋으니 통화하고 싶습니다.
도움이 필요합니다.
긴급합니다.

살인과 방화, 유기된 시체들, 눈을 가린 피의자들로 가득한 인터넷에서 오래 길을 잃었다가 빠져나온다. 모니터의 푸른빛이 깜박이다 캄캄해진다.

*

잘 있니.

잘 있어요.

언제 돌아올 거니.

참을 만해요. 맛있는 물고기들이 많아요.

*

의자에 걸린 코트의 주머니에서 지갑을 꺼낸다. 구겨진 사진—유일하게 인주의 방에서 빠져나온—을 꺼낸다. 손바닥만 한 화면 속에 이십 년 전의 여름 감나무가 있고, 평상이 있고, 인주와 내가 있다. 없는 사람은 삼촌뿐이다. 이마에 여드름이 익은 내가 어쩔 줄 모르며 웃고 있다. 인주는 웃을까 말까 궁리하는 듯 태평한 얼굴이다.

사진을 찍던 정황은 기억나지만, 삼촌이 왜 카메라를 가지고 있었는지는 기억할 수 없다. 특별한 날이었는지, 단지 날씨가 좋아서였는지, 안 쓰던 카메라를 우연히 찾아낸 기념이었는지 모른다. 휴일이나 방학이었는지, 그저 여느 평일 오후였는지도 모른다. 감나무 아래 놓인 평상에서 인주와 나는 발바닥을 맞대고 길이를 재고 있었는데, 그걸 본 삼촌이 다급히 말했다.

그러지 마. 발은 맞춰보는 거 아니란다.

왜요?

명을 맞춰보는 거란 옛말이 있어.

삼촌, 촌스러워. 그런 걸 믿어?

방금 내 발바닥에 닿았던 인주의 맨발을 나는 내려다보았다. 스포츠 샌들의 끈 자리만 남겨두고 발등 전체가 아이처럼 새까맣게 그을려 있었다.

미안해서 어쩌지, 내 발이 더 커서. 설마 삼촌 말 믿는 건 아니지?

콧잔등을 찡그려 잔주름을 만들며 인주는 웃었다.

삼촌, 그런 건 잊어버리고……

날렵하고 단단한 팔이 내 어깨를 둘러 안았다.

우리 사진 한 장 찍어줘.

*

웃어봐.

삼촌의 손가락이 셔터 위에 멈춰 있었다. 인주의 뺨은 거의 내 얼굴에 닿아 있었다.

웃으라잖아.

인주의 손가락이 느닷없이 내 겨드랑이를 간질였다.

*

……기도를 들어주는 누군가가 정말 존재했다면, 난 이미 여러 번

죽었을 겁니다.

의자 아래 차가운 바닥으로 내려와 무릎을 안고 웅크려 앉는다. 언제 아침이 될까. 숨을 쉴 수가 없다. 모로 몸을 눕히자 옆구리에, 어깨에 찬결이 든다. 네 발로 바닥을 짚고 나는 일어선다. 거실과 부엌을 절름절름 헤맨다. 언제 밝아질까. 언제 밖으로 나갈까. 부엌의 작은 창을 열어젖히자 무수한 고드름 파편 같은 바깥 공기가 얼굴을 후려친다. 돌아서서 절름절름 책상으로 돌아온다. 삼촌의 책을 닥치는 대로 넘기다 덮는다. 연필을 움켜쥐었다가 놓는다. 순식간에 식어가는 실내의 공기를 들이마신다. 차가운 장판 바닥으로 미끄러져 내려와 앉는다.

어떤 것도 무디어지지 않는다.

*

떨리는 목소리를 높여 내가 외친 것은, 대학에서 보낸 첫 학년이 끝나가던 늦가을이었다.

도대체 어쩌겠다는 거야? 이렇게 집 안에만 틀어박혀서 모든 걸 끝내자는 거야? 이러고 있는 널 삼촌이 본다면!

인주는 놀라운 완력으로 나를 현관 밖까지 밀어냈다. 눈앞에서 요란한 소리를 내며 문이 잠겼다. 나는 유리문을 주먹으로 쳤다. 깨지기를 바라며 발길질을 했다. 깨지지 않았다.

다신 여기 안 와! 기다리지 마!

한 달 가까이 그 약속을 지켰다. 홀가분했다. 다시 가고 싶지 않았다. 다시는 보고 싶지 않았다.

우표가 붙지 않은 채 떨어져 있는 편지를 대문 안쪽에서 발견한 것은 일요일 아침이었다. 받는 사람과 보낸 사람의 이름이 적히지 않은 흰 봉투를 뜯자, 스프링에서 뜯겨 나온 자리가 너덜너덜한 연습장 종이가 여러 번 접힌 채 담겨 있었다. 마당 가운데 선 채로 종이를 펼쳤다. 베껴서 다시 썼다곤 생각되지 않는 초벌의, 격렬하게 휘갈겨 쓴 편지였다.

편지를 카디건 주머니에 넣고 나는 집에 들어갔다. 전화기 앞에서 심호흡을 한 뒤 인주의 집 번호를 눌렀다. 신호음이 아홉 번을 넘겼을 때 인주는 전화를 받았다. 여보세요, 라고도, 네, 라고도 하지 않았다.

그리 갈게, 라고 나는 말했다.

인주의 낮은 숨소리가 들렸다.

지금 간다.

나는 전화를 끊고, 카디건 위로 점퍼를 걸치고 골목으로 달려 나갔다.

인주는 현관 앞의 석조 계단에 쪼그리고 앉아 있었다. 늦가을 오전의 햇볕 아래, 삼촌의 회색 단벌 외투 속에서, 이마가 쪼글쪼글해질 만큼 얼굴을 찡그리고 있었다. 인주의 얼굴은 먼지투성이였다. 창백했고, 더러웠고, 넋이 나간 것 같았다. 인주는 나를 올려다보고는 천천히 일어섰다. 눈빛만은 또렷했다. 입술은 굳게 다물려 있었다.

우리 집에 가자, 나는 말했다.

고구마 삶아줄게.

마치 찡그리듯, 인주는 입술을 움직여 웃으려고 했다. 나이 든 여자 같은 주름이 인주의 입가에 패었다.

*

……틀렸어, 네 말은.

난 집 안에만 틀어박혀 있지 않아. 밤마다 집을 뛰쳐나와서, 새벽까지 골목을, 거리를 헤매 다녀. 네 집 앞을 지날 때도 있어. 네 방에 불이 꺼져 있으면 생각해. 넌 자고 있을까. 네가 꾸는 악몽을 내가 지금 살고 있는 건가.

큰길까지 걸어 내려가면 상점들은 모두 셔터가 내려져 있어. 차가 다니지 않는 도로 한가운데를 걷고 또 걸어. 다리가 아파지면 밤고양이처럼 중앙선에 웅크리고 앉아서 힘이 돌아오길 기다려. 죽음 따위 무섭지 않아. 강도나 치한 같은 것, 겁 안 나.

그렇게 걷다 보면 갑자기 깨닫게 돼.

정말 두려운 사실을.

……어디도 더 갈 데가 없다는 걸.

*

정희야, 하고 인주는 나를 불렀다.

민서야, 하고 부를 때와 다르지 않은 다정함으로.

피로를 견디는 목소리, 검게 그늘진 눈자위로.

다인용 병실이 모두 만실이라 급하게 얻었다는 일인실은 지나치게 고요했다. 낮게 웅웅 소리를 내며 돌아가던 라디에이터도 꺼졌다. 민서는 보조 침대에서 인주의 코트를 덮고 잠들어 있었다. 저러다 감기 걸리겠어, 어서 데리고 들어가, 라고 내가 수차례 말했지만 인주는 듣지 않았다.

정희야.

넌 몸이 작고 말랐으니까 아마 오래 살 거야. 백 살, 백이십 살씩 사는 사람들 봐. 다 체형이 너 같아. 머리는 새처럼 희어지고, 여름에도 긴소매 털옷을 입고, 겨울이면 온종일 창문 밖을 내다보며 지내겠지. 그 성격에, 백 년씩 쌓인 기억들하고 씨름하면서 살아가자면 꽤 힘들 거야.

문득 인주는 웃었다.

난 말이야, 그렇게 늙어갈 거야.

민서 머리가 희끗희끗해질 때까지 지켜보다가, 느릿느릿, 게으르게 죽을 거야. 사고 같은 걸로 겨를 없이 죽는 건 싫어. 단 한 번의 마지막 호흡이라는 걸 또렷하게 느끼면서, 최선을 다해 그걸 뱉어내면서…… 끝까지, 침착하게 죽을 거야.

*

변기 뚜껑을 올린 뒤 나는 허리를 수그리고 토한다. 간밤에 먹은 모든 것을 게워낸다. 맑은 물로 입을 헹구고 얼굴을 씻는다. 의자에 걸어뒀던 외투를 바닥으로 끌어내린다. 벌레처럼 그 위로 기어가 눕는다. 눈을 감는다. 모든 사물이 천천히 회전하기 시작한다.

*

강석원이 나를 내려다본다.
사신(死神)처럼 낮은 목소리,
땅 아래에서부터 올라오는 소리로 묻는다.

대체 뭡니까,
저 검은 그림들 속에서 죽음 대신 당신이 읽었다고 주장하는 것은?

물이 먹을 밀고 번져간 마지막 흰 자리, 가냘픈 손끝 같은 흔적이 불꽃의 가장자리가 된다. 몰두한 삼촌의 이마에서 땀방울이 떨어진다. 먹 냄새 가득한 그 방의 구석에서 붓을 쥐고 있는 내 손이 떨린다. *떨지 마라.* 그가 했던 말을 생각한다. *숨을 참고, 담담하게 그어.* 나는 숨을 참고 항아리의 윤곽을 긋는다. 연한 피가 번지듯 먹이 번진다. 이제 돌이킬 수 없다. 지울 수 없다. 돌이킬 수 없는 이 선이 내 전부를 말한다.

*

그토록 드문드문 떨어져 있는 별들. 그토록 거대하게 부풀어가는 0. 어디로 눈을 던져도 만나게 되는 암흑. 아주 뜨겁거나 차가운 별들. 간결하고 아름다운 궤도들.

우주는 처음이 없고 팽창하지도 않는 고요한 무한이라고 모두가 믿었다. 끝없이, 어마어마한 속력으로 생성되는 0 따위는 상상할 수 없었다. 모든 물질이 처음에는 하나였고, 그전에는 하나마저 없었다는 생각은 종교와 신화에서만 허락되었다. 하지만 날마다 밤은 왔고, 하늘은 어김없이 검어졌다. 그것을 설명해내기 위해 모든 생각을 바꿔야 했다. 모든 사실이 다시 씌어져야 했다.

*

아직 밝아지지 않았다.

누운 채로 코트 주머니를 뒤져 손목시계를 꺼낸다. 아침 6시를 막 넘어가고 있다. 이번에는 하루가 더 지나지 않았다.

몸이 휘청거릴 때마다 벽을 짚으며 나는 욕실로 걸어간다. 욕조에 뜨거운 물을 받는다. 아직 차오르지 않은 물속에 몸을 담근다.

언젠가 이런 아침이 또 있었다.

아직 차오르지 않은 뜨거운 물속에, 스패너에 비틀린 것 같은 팔과 어깨를 담갔다. 더듬이가 잘린 벌레처럼, 등에 작살이 꽂힌 고래처럼 집 안 곳곳을 배로 쓸며 다니다가, 내가 가진 가장 날카로운 것을 찾아 코트 주머니에 넣었다. 바싹 마른 햇빛이 구둣발 사이로 뒹구는 지하철 역 계단에서, 끝없이 이어지는 인주의 통화 연결음을 들었다.

*

불이 떨어, 이모.

천장의 형광등을 올려다보며 민서가 속삭인다. 눈을 깜박일 때마다, 세필로 그은 먹선 같은 속눈썹 그림자가 뺨에 새겨진다.

추운가 봐. 계속 떨어.

눈 나빠지겠다. 꺼버리고 스탠드 켜자.

불을 끄려고 나는 일어선다. 조그맣고 따뜻한 손이 내 손을 붙잡는다.

몸에서 불이 빠져나가면, 더 추워하지 않을까?

무심코 나는 웃는다.

느끼지 못하게 되니까 괜찮을 거야.

겁먹은 듯 민서의 두 눈이 커진다. 긴 속눈썹이 움찔 떨린다.

……느끼지, 못하게 돼? 불을 끄면?

*

더 밝아지기를 기다린다.

다시 시간이 흐르기를 기다린다.

끝끝내 힘이 돌아오기를 기다린다.

*

두툼한 털스웨터 위로 코트를 걸친다. 젖은 머리카락을 목도리로 감는다. 책상 위에 펼쳐진 지갑을 호주머니에 넣는다. 이십 년 전의 인주와 내가 찍힌 사진을 들고 망설이다가, 삼촌의 책의 빳빳한 화보 페이지에 끼워 넣는다. 책을 덮으려다 말고 문득 다시 펼쳐 사진을 꺼낸다. 뒤집어서 뒷면을 본다. 잘못 보지 않았다.

11-12 화

어떻게 이제야 이것을 발견했을까.

더 잘 보기 위해 나는 스탠드를 켠다. 허리를 굽혀 바싹 눈을 대고 들여다본다. 흐리게, 스쳐가듯 연필로 쓴 글씨들은 절반 가까이 뭉개어져 있다. 아니, 제대로 쓰고 나서 지우개로 지운 흔적이다. 그래서 어둑한 데서는 보이지 않았던 것이다.

11-12 화 4-5
돈암 2 150 H텔레콤 7-11 5

이해하기 위해 나는 집중한다.

화는 요일인가? 11-12와 4-5 중 하나는 날짜인가? 왜 사진 뒤에 이런 것들이 적혀 있을까. 급하게 이것들을 메모해야 할 때 인주는 이 사진을 보고 있었던 건가. 이것은 중요한 기록일까, 아니면 아무 의미도 없을까.

나는 아랫입술을 문다. 바싹 마른 혀를 내밀어 바싹 마른 입술을 축인다. 의자를 끌어당겨 앉는다. 아직 한 줄도 씌어지지 않은 백지에 빠짐없이 메모를 옮겨 적는다. 연필을 내려놓은 뒤 두 손으로 거푸 마른세수를 한다. 다시 연필을 쥐고 이어서 쓴다.

정선규—아텍, 대학로
검은 스카프 관장(이름?)—갤러리 명
미술정신, 광화문
수유리
작업실, K동
강석원
미시령

*

생수와 두부, 계란 한 줄과 봉지 김치, 들고 올 수 있을 만큼의 감귤을 살 것이다. 다시 토하더라도 먹을 것이다. 움직일 것이다.

현관문을 열고 밖으로 나간 순간 나는 멈춰 선다. 물기 많은 눈이 무겁게 내리고 있다. 내린 지 얼마 되지 않았는지, 아직 아무도 밟지 않은 눈이 보도블록과 주차한 차들 위로 얇게 덮여 있다.

하얀 길 위로 운동화 자국을 물큰하게 새기며 나는 걷기 시작한다. 속눈썹에 맺히는 눈송이가 희다. 광대뼈에 내려앉은 선득한 눈이 천천히 녹으며 뺨으로 스며든다.

먹자줏빛 코트 소매를 내밀어 눈송이들을 받아본다. 대부분의 눈송이는 절반이나 삼분의 일로 깨어져 내려오지만, 드물게 깨지지 않은 것들도 있다. 선명하고 정밀한 육각형의 결정들이 둥글게 녹아 물방울이 된다.

말해봐.
어떤 기도를 더 했는지.
장님처럼 더듬어서 간 길이 어딘지.
나는 어디서부터,
무엇을 써야 하는지.
어디서 흔들리지 말아야 하는지.

슈퍼의 지하 매장으로 내려가는 계단 입구에서 머리와 어깨에 쌓인 눈을 턴다. 뒤를 돌아보자 더 무거워진 눈발이 거리를 덮어가고 있다. 눈송이는 커졌고, 커진 만큼 더 단호하게 떨어진다. 물기가 많아 단단하게 뭉쳐질 눈이다. 어렵지 않게 큰 눈사람을 만들 수 있어 아이들이 좋아할 눈이다. 모든 소리를 빨아들이는 눈, 차들의 경적 소리조차 둔중하고 희미하게 만드는 눈, 인주가 미시령으로 가던 날 서울에 내리고 있었던 눈이다.

6
달의 뒷면

아직 못 만나셨어요? 저런, 점심도 못 드셨겠네요? 기다려보세요. 여보세요? 이 팀장님 아직 안 들어오셨어? 멀리 가셨어? 아까는 회사 근처에 계시다며? 여기 손님 와서 기다리고 계셔. 아니, 미리 약속했던 건 아니고, 정선규 차장님 전화번호 때문에. 그래, 퇴사하셨지. 호주 가셨잖아. 급하게 연락할 일이 있다는데, 정 차장님 연락처 아는 사람은 이 팀장님뿐이라서. 어떻게 무작정 더 있어보라고 해. 11시부터 와서 식사도 않고 여기서 기다리고 있다구. 그럼, 거기서 바로 퇴근하실 수도 있는 거야? 얘기가 다르잖아. 그냥 팀장님 휴대폰 번호 알려드리면 안 될까? 안 돼? 정말? 자기가 무슨 연예인이라구…… 아니, 여자 분이야. 예전에 회사로 전화해서 이 팀장님이랑 통화한 적도 있대. 그때도 정 차장님 전화번호 때문에. 문제는 그 번호로 연락이 안 된다는 거지. 그걸 내가 어떻게 알아. 알았어, 잠깐.

저, 전화번호가 어떻게 되세요? 공일공? 적어봐. 이오……사오칠 공. 아니, 구가 아니라 공. 맞죠? 성함이? 이정희 씨요? 음, 맞아. 이 번호랑 이름이랑 이 팀장님한테 전해줘. 수고.

*

제가 명은숙인데요. 전화 감이 안 좋은데, 어디시죠?

이정희 씨? 서인주 작가 친구분이라구요? 죄송해요. 제가 기억력이 그다지 좋지 않아서…… 무슨 일로 절 보려고 하시죠?

그냥 전화로 말씀하시면 안 될까요?

여긴 지방이에요. 내일 밤 비행기로 올라가요. 간다 해도 주말까진 전혀 틈이 없어요. 지금 간단히 얘기해보겠어요?

강석원 교수의 책에 대해서는 알고 있어요.

『미술정신』에 강 교수가 기고한 것 말이죠?

서 작가가 마지막 해에 그린 그림이라면, 저희도 관심이 있어요.

모레 아침, 화랑으로 오시겠어요?

9시 어때요? 10시에 미팅이 있어요.

*

예, 이정휩니다. 정선규 선생님 연락처 때문에 일전에 전화드렸던…… 그 번호로 연락했는데 다른 사람이 받아서요. 예, 메모 가능합니다. 번호는 맞는데, 집을 옮겼거나 전화번호를 바꾼 모양이에요. 메일도 이 주소로 보냈는데 연락이 안 되고 있어요. ……민서 엄마와 관련된 일이에요. 민서 엄마에 대한 책이 곧 나올 예정인데…… 아니요, 제가 쓴 건 아니구요. 거기 실릴 내용 가운데 문제가 되는 부분이 있어서 유족들에게 알려야 해요. ……해외 출장이요? 그럼 그전에 혹시 정선규 선생님께 직접 메일을 보내주실 수 있을까요? 선생님 말씀대로 모든 사람과 연락을 끊은 건지, 단지 낯선 사람의 메일은 열지 않는 건지, 아니면 무슨 일이라도 생긴 건지…… 어떻게든 빨리 사정을 알려야 하는 상황이라서요. 제 전화번호를 알려주시고, 수신자 부담으로라도 급히 전화 달라고 말씀 남겨주시면…… 예. 그렇게만 해주신다면 정말 감사하겠습니다.

*

내리세요?

죄송합니다. 내립니다.

이번에 내려요.

여보세요?

9시 약속에 맞춰서 가고 있어요. 십 분 전에 도착할 것 같습니다.

……내일이요?

……같은 시간에 찾아뵈면 될까요?

알겠습니다.

아닙니다. 괜찮습니다.

예.

내일 뵙겠습니다.

*

안녕하세요, 이정휩니다.

정선규 선생님과 연락 되셨는지 여쭤보려구요.

아, 아직 메일을 못 쓰셨군요. 언제 출발하세요? 정말 죄송합니다. 한창 경황 없으실 텐데……

예. 기다리겠습니다.

제가 문자로 제 메일 주소를 찍어드릴 테니, 정선규 선생님 답신 받는 대로 간단히 메일을 보내주실 수 있을까요?

아니, 그럴 게 아니라 지금 선생님 메일 주소를 불러주시겠어요? 제가 메일 드리겠습니다.

*

안녕하세요.

두 차례 메일 드렸던 이정희입니다.

선생님께서는 제가 보낸 메일들 중 한 통을 어제 열어보셨습니다. 답을 하시지 않는 것으로 미루어, 어쩌면 선생님께서는 저와 대화할 마음이 없으신 것 같습니다. 하지만 저는 선생님의 답신을 기다리고 있습니다. 아텍의 이중석 팀장님께서 알려주신 번호로 전화도 드렸습니다. 집을 옮기셨는지 다른 사람이 받더군요. 이중석 팀장님이 선생님께 메일을 보내겠다고 하셨지만, 출장 일정 때문에 미루어질 것 같아 제가 먼저, 다시 메일 드립니다.

기억하지 못하시겠지만, 저는 세 차례 선생님을 보았습니다.

처음은 J동 집으로 민서를 데리러 오셨을 때였습니다. 그때 인주는 마지막이 된 개인전 준비 때문에 명 화랑에 나가 있었습니다. 저는 인주의 오랜 친구이고, 그 무렵 일을 쉬고 있었기 때문에 종종 그 집에 가서 민서를 돌보았습니다.

그 토요일 오전, 선생님은 초인종을 누른 뒤 복도 끝의 엘리베이터까지 도로 걸어 나가 계셨습니다. 7층 아파트 복도의 야트막한 난간을 무서워하던 민서 때문에 저는 엘리베이터까지 민서와 함께 걸어야 했습니다. 사실 어떻게 해야 할지 난감했습니다. 인주는 엘리베이터 앞, ㄱ자로 꺾인 콘크리트 벽 뒤에 숨어서 '어서 가'라고 민서에게 말하곤 했던 걸까요? 모습을 나타낸 저를 보고 선생님은 놀란 듯했습니다. 여섯 살 난 민서는 제가 턱까지 친친 둘러준 목도리 속에서 선생님과 저를 번갈아 올려다보았습니다.

선생님은 바로 고개를 돌리고 엘리베이터 버튼을 누르셨지요. 그저 어서 그곳을 떠나고 싶으셨던 것 같습니다. 그러니, 그때 엉거주춤 떨어져 서서 민서를 지켜보고 있었던 제 얼굴은 아마 기억하지 못하시겠지요.

두번째로 선생님을 본 것은 인주가 중환자실에 입원해 있던 속초의 병원에서였습니다. 저는 복도 끝의 긴 의자에 앉아 있었는데, 선생님은 중환자실 앞에서 잠시 서성이다가 제 쪽으로 걸어왔습니다. 제 옆자리에 앉으려나 싶게 가까워졌을 때, 선생님은 갑자기 방향을 틀어 로비와 연결되는 비상구로 빠져나가셨습니다. 선생님이 사라진 캄캄한 비상구를 보며 저는 생각했습니다. 왜 여기까지 와서 인주를 안

보고 가는 걸까. 왜 민서를 데려오지 않았을까. 민서는 지금 엄마가 어떤 상태인지 알고 있을까. 아직도 저는 알지 못합니다. 그때 이미 선생님께선, 민서에게 인주의 마지막 모습을 보여주지 않기로 결심하고 계셨던 건가요?

마지막으로 선생님을 보았을 때, 선생님은 명 화랑 관장인 명은숙 씨와 진지하게 대화를 나누고 있었습니다. 해쓱한 얼굴의 민서가 제 손을 잡고, 제 귀를 끌어내려 귓속말을 하는 것을 선생님은 의심에 찬 눈으로 쏘아보셨지요. 그러나 저에게 가까이 오거나, 소리치거나, 명은숙 씨와의 대화를 중단하거나 하지는 않았습니다. 선생님은 그다지 슬퍼 보이지 않았습니다. 중환자실 앞의 복도에서 보았던 표정과 똑같은 곤혹스러움이 잘생긴 이마를 찌푸리게 하고 있었을 뿐입니다. 민서는 아직도 상황을 잘 모르고 있는 것 같았습니다.

엄마 몸에서 불이 꺼졌어?

민서는 물었습니다.

다신 안 켜져?

제가 대답하지 않자 민서는 다그치듯 다시 물었습니다.

이모도 대답 안 할 거야? 지금 대답 안 하면.

민서가 손가락으로 가리킨 것은 흑백사진 속에서 어슴푸레 웃고 있는 인주의 얼굴이었습니다.

저거 깨버릴 거야. 다 부서버릴 거야.

알고 있습니다.

이런 기억들은 중요하지 않습니다.

선생님께서 인주를 어떤 방식으로 이해했고 어떤 방식으로 결별했는지 역시, 제가 관여할 문제가 아닙니다.

제가 지금 드리고 싶은 질문은, 선생님께서 인주의 그림들을 어떻게 강석원 씨에게 넘기게 되었는가 하는 것입니다. 강석원 씨의 주장대로, 그는 인주가 남긴 모든 것을 자신의 전 재산과 맞바꾼 것입니까? 선생님께서는 그 재산을 담보로 이민을 결행하신 것입니까?

더 중요한 문제는 강석원 씨가 지난 일 년 동안 인주의 평전을 써왔다는 것입니다. 그 책의 출간이 임박했다는 것을 알고 계십니까? 인주가 자살했다고 믿는 그의 견해에 동의하십니까?

저는 동의하지 않습니다. 무엇보다 그 책이 민서에게 미칠 영향에 대해 염려하고 있습니다. 부모의 자살을 경험한 아이들은 일생 동안 한 번 이상 자살 충동을 경험하고, 잘 알려진 헤밍웨이의 경우처럼 동일한 방법으로 실행에 옮기기도 한다는 사실을 선생님도 알고 계실 겁니다. 실제로 인주가 스스로 목숨을 끊었다 해도 그 사실로부터 민서를 보호해야 하는 지금, 증거도 없이 인주의 자살을 전제하는 책이 출판되어서는 안 됩니다.

선생님의 도움이 필요합니다. 유족이 나서서 지금 막지 않으면, 책이 출간된 뒤에 상황을 수습한다는 것은 훨씬 어렵거나 거의 불가능한 일입니다. 원고 전체를 미리 받아 검토해야만 합니다. 단지 죽음의 문제뿐 아니라, 고인과 유족에게 부당한 어떤 내용이 더 실려 있을지 모르는 일입니다.

시간이 없습니다. 선생님의 전화번호를 알려주세요. 콜렉트콜을 이용해 제 휴대폰으로 전화해주세요. 앞의 메일들에도 썼지만 여기 다시 적어드립니다.

*

예, 이정훤입니다.

바깥이긴 한데 통화할 수 있습니다.

죄송합니다. 개인적으로 급한 일이 생겨서 빨리 답을 못 드렸습니다.

이번 달엔 어렵겠는데요.

2월까진 힘듭니다. 그다음도 지금으로서는……

다른 일을 잡은 건 아니고, 개인적으로 해결해야 할 일이 있어서요.

예.

다른 번역자를 찾으시는 게 좋겠습니다.

시간을 끌려는 생각은 아니었습니다.

아니요. 정말로 개인적인 사정 때문입니다.

섭섭하게 해드렸다면 죄송합니다.

그동안 잘해주셨던 것 알고 있습니다.

……죄송합니다.

안녕히 계세요.

*

관장님 조금 아까 나오셨는데 통화 중이세요. 잠시 앉아서 기다리시겠어요? 통화 끝났는지 확인해볼게요.

통화가 길어지시는데, 이거라도 보고 계시겠어요? 다음 주 수요일에 오픈하는 전시 도록이에요.

관장님, 9시에 약속하신 이정희 선생님 오셨습니다.

알겠습니다.

죄송하지만 조금만 더 기다리시겠어요? 차 한잔 드시겠어요?

*

어제는 미안했어요. 급하게 만나자고 하는 고객이 있었어요. 아침에만 시간이 되는 분이라. ……번역가시군요. 이 책은 제목 많이 들었는데. 고마워요. 그럼, 전공은 영문학? 서인주 작가와는 어떻게 만나신 거죠? 정말 오랜 친구였군요.

아까운 사람이죠. 그렇게 될 줄은 아무도 몰랐죠. 그럼요. 인연이 깊었죠. 저흰 서 작가를 발굴한 당사자였으니까요. 강석원 교수요? 물론 그 사람이 K갤러리에 있을 때 기획전에 서 작가 작품을 걸긴 했지만, 서 작가가 꾸준히 주목을 받은 건 저희가 기획 전시마다 끼워 넣고, 네 차례 연거푸 초대하면서였어요. 작품이 처음으로 팔린 건 저희랑 한 마지막 전시 때였어요. 그때부터 상업 화랑들이 서 작가한테 달려들었죠.

모르셨군요. 숲 그림 연작이었는데, 여섯 점 걸린 걸 다 팔았어요. 없어서 못 팔았죠. 서 작가 그림이 좀 지독하잖아요. 그렇게 시커멓고 격렬한 그림을 사서 집에 걸어둘 사람이 어디 있겠어요? 그런데 그 시리즈는, 제목이 「달의 뒷면」이었는데…… 2층에 걸었던 것 맞아요. 처음엔 「무제」였는데 서 작가가 제목을 바꿔 붙였죠. …… 어쨌든 독특했어요. 적막하고 맑은 느낌이랄까. 서 작가 말로는 큰 그림 그리다가 쉬어가는 느낌으로 한 달도 채 안 돼서 여섯 점을 그렸다는데, 항상 그렇게 어깨에 힘을 뺀 것들이 터지더라구요. 트렌드에 도 맞았죠. 명상적인 걸 원하는 콜렉터들이 요즘 꽤 있거든요. 기발한 작품들이 쏟아져 나오니까, 향수도 있고…… 한번 불이 붙으니, 좀 무섭다 싶은 나무 그림들도 덩달아 팔리더군요. 맞아요. 활활 타는 나무들. 그 무렵 서 작가가 작업실을 구한다고 했는데, 꽤 도움이 됐을 거예요.

하지만 그게 저희한텐 안 좋은 일이었죠. P화랑이 서 작가를 데려갔으니까. 한 달에 몇백씩 생활비 재료비 대주면서, 이 년간 제작될 그림들을 독점 계약했다더군요. 사실 난 서 작가 그렇게 안 봤어요. 잘나간다 싶으면 조건 좋은 쪽으로 붙는 거, 못 하는 사람일 줄 알았는데…… 그 시스템으로 들어가는 게 작가한테 꼭 좋은 것도 아니거든요. 일단 거기서만 전시를 해야 하고, 어느 날부터 안 팔린다 싶으면 냉정하게 내쳐버리니까. 사실 우리가 거기처럼 대형화랑은 아니지만 그래도 괜찮거든요? 기획 전시도 많이 하고, 상업적인 것만으로 승부하진 않으니까. 믿었던 사람한테 배신당했다고 생각하니 처음엔 잠이 안 왔어요. 이제는 이해해요. 서 작가 혼자서 아이 키웠잖아요. 무엇보다 경제적으로 큰 유혹이었겠죠.

문제는, 서인주 씨가 정말 그리고 싶은 게 그 시리즈는 아니었을 거란 거죠. 가슴에 불이 타는 사람인데, 그냥 불이 아니라 시커먼 불이 타는데, 그렇게 고요한 숲 그림은 어쩌다 한 번, 문득 마음이 고요할 때 나오는 거지. 그래서 죽은 것 아닐까 싶어요. 자기 안에서 뭐랄까, 분열이 싹튼 거겠죠.

『미술정신』에 실린 작품은 흥미롭게 봤어요. 도판만 봐서 정확히 말하긴 어렵지만, 이미지 자체는 괜찮더군요. 문제는 빨리 자기 작업을 브랜드로 만들어서 팔아야 살아남는 게 이 바닥인데, 구상하다 비구상하다, 난데없이 한지에 먹으로 재료를 바꾸고…… P화랑에선 좋게 보지 않았을 거예요. 그쪽 사람들, 작가들 피를 말리는 걸로 유명해요. 시간을 안 주죠.

강석원 교수를 만나봤지요? 서 작가와 조금이라도 인연이 있는 사람이면 전부 인터뷰했다던데. 거절하고 싶었지만, 고인을 생각해서 저도 인터뷰에 응했어요. 저희로선 강 교수한테 섭섭한 게 많아요. P화랑 대표를 서 작가한테 소개시켜준 장본인이니까. 지금 유고전을 기획하는 모양인데, 물론 일이 이렇게 됐으니 P화랑이랑 하는 게 당연하지만, 저희를 이렇게까지 철저하게 배제할 순 없는 거예요.

서 작가 그림이요? 물론이죠. P화랑하고 강 교수가 나눠 가졌을 거예요. 떠도는 소문으론 강 교수가 서 작가 전 남편한테 자기 집을 넘겼다더군요. 강 교수와 서 작가가 정확히 어떤 사이였는지 알고 계세요? 별의별 소문이 파다해요. 강 교수는 저렇게 서인주 프로젝트에 모든 걸 걸고 있고, 두 사람이 처음 만났을 땐 강 교수에게 가정이 있었으니까…… 소문을 확인하려고 저에게 전화하는 사람도 있어요. 일단 책을 구해서 읽어보려고 해요. 사적인 얘기를 솔직하게 쓰지야 않았겠지만.

모르셨군요. 어제 책이 나왔어요. 벌써 포털에 연합뉴스 기사가 떴던데. 서점에 깔렸는지는 모르겠어요. 그렇죠? 생각보다 빨리 나왔어요. 서인주란 작가는 일 년 전에 죽었고, 작품들의 유통도 그때 사실상 끝났다고 봐야 돼요. 그걸 다시 살려낼 수 있는 책일지 저도 궁금해요. 끝이 아니라 이제부터 시작이라고 판단되면, 강 교수를 설득해서 유고전을 일부라도 끌어올 생각이에요. 저희도 여러 점 소장하고 있으니까요.

의논하고 싶다던 게, 서 작가 마지막 작업에 대한 거라고 했죠? 가지고 있는 그림이 있어요? 아니면 스케치나 엽서라도. 유감이네요. 전화 감이 멀어서 그렇게 들었어요. 꼭 그 무렵이 아니어도, 예전의 사진이나 친필 편지, 쓱쓱 그려준 초상화 같은 것도 괜찮아요. …… 그럼요. 유고전에는 그런 것들도 훌륭한 아이템이 되죠.

*

제목은 모르는데, 저자는 강석원입니다.

어제 나왔다고 하던데, 미술 쪽 책이에요.

비소설일 수도 있어요.

『달의 뒷면』……맞습니다.

잔액이 남아 있을 텐데요.

현금으로 드릴게요.

*

예. 통화 괜찮아요.

저는 잘 지내요.

새언니 건강은 어때요?

그랬군요. 다행이에요. 오빠 일은요?

어머니는 어떠세요?

옆에 계세요?

……정희예요.

……예.

무릎은 좀 어떠세요?

글루코사민 떨어질 때 되지 않았어요?

아니요, 하루에 두 알 드셔야 하는 거예요.

정해진 대로 먹어야 효과가 있는 거예요. 아낀다고 한 알씩 먹으면 소용 없어요.

아니요. 그러면 안 돼요.

……예.

아버지 기일 기억해요.

그전에 급한 일 끝내고 갈게요.

*

원장님 계세요?

몇 시에 오시는지 알아요?

학생들은 몇 학년이에요?

혹시 전에 있던 서인주 선생님에게 배웠던 학생 있어요?

그럼 원장님 휴대폰 번호 알아요?

여기서 가르쳤던 서인주 선생님 친구예요. 상의할 게 있어서 그래요. 원장님 성함이 어떻게 되죠? 주 뭐였는데…… 주승우 원장님. 맞아요.

고마워요.

*

주승우 원장님이세요?

서인주 선생의 친구 이정희라고 합니다.

맞습니다. 예전에 인사드린 적 있어요.

여기 학원인데, 어디세요?

엇갈렸으면 못 뵙고 갈 뻔했네요.

여기서 기다리겠습니다.

*

난 항상 이 시간에 출근해요. 서 선생 나가고 여러 번 사람 바뀌봤는데, 믿을 만한 이를 찾아야 월급 주고 일을 시키지. 애들도 많이 떨어져나갔어요. 아쉬웠지. 서 선생 있을 때 잘해주지 못한 것 후회도 되고. 하지만 어떻게 붙잡겠어요? 그림 그리는 사람, 그림으로 먹고 살 수 있으면 그게 최고지. 가만있어봐라. 믹스커피라도 한잔할래요? 커피 아닌 건 녹차하고 율무차. 아니야, 내가 탈게요. 괜찮다니까.

서 선생 그렇게 된 거 신문에서 보고, 전문대 입시만 아니었으면 당장 내려갔을 텐데, 혼자서 학원을 끌고 가려니 사람 노릇 못 했어요. 세상에 그만한 사람 없었죠. 차돌같이 야무진 사람…… 그림은 좀 좋았어요? 조수들 시켜 밑그림 다 그리게 하면서, 기자들 오면 미리 내보내고 밤새워 손수 밑작업까지 하는 완벽주의 어쩌구 하는 사람들, 전시 때 어떤 그림이 잘 팔린다 싶으면 하룻밤 만에 같은 스타일로 더 그려오는 사람들…… 거기 대면 서 선생은 진짜였죠. 안 팔리는 그림 그리느라고, 맨날 추운 방에서 작업해서 손등이 새빨갛게 터서 다녔지. 장갑 한 켤레 살 돈이 아까워서. 요즘 세상에 손등 그렇게 터서 다니면 다 아토피 줄 알지, 누가 상상이나 하겠어요?

아냐. 내가 눈물이 나는 건 집사람 때문이에요. 남의 초상집 가서 자기 처지에 곡하는 꼴이지. 유방암 판정 받았어요. 일주일 됐어. 한 쪽을 아예 도려내야 하고, 그러고도 살 수도 있고, 죽을 수도 있다네. 젊어선 그림 그린다고 틀어박혀 있는 나 때문에 고생 많이 했죠. 마흔 다 돼 차린 학원으로 입에 겨우 풀칠은 했지만, 입시 땐 아침저녁으로 얼굴 보기도 힘들었고.

가난, 빌어먹을 가난이 죄지. 홍콩에서 경매로 그림 몇 점 판 돈이면 다 메우고 꿰매고, 팔자 고칠 수 있는 가난. 서 선생은 그렇게 손이 터서 추운 거리를 동동거리고 다니다가 딱 일 년 운전했잖아요. 마지막으로 만났을 때 초보 딱지 붙이고 있었는데 그러더라구. 이제 아이한테 덜 미안하다고. 천식 때문에 고생했는데, 차에 태워 어린이집엘 다니니까 기침이 바로 떨어졌다고.

말도 안 되지. 서 선생이 왜 자살을 해. 당연히 사고지. 서 선생을 눈곱만큼이라도 아는 사람은 그런 말 못 해. 얼마나 아등바등 살았어. 얼마나 몸부림을 쳐댔어. 살려고 그렇게 몸부림을 쳤지, 죽으려고 그랬겠어요? 애는 또 얼마나 어리고. 그 애한테 얼마나 끔찍했어? 그렇게 정 많은 사람은 자살 못 해. 여기 배우는 애들한테도 정성이었어요. 안 해도 될 일들을 다 껴안고 골병이 들었지. 다들 그렇게 생각한다구? 데려와봐요. 평론가? 교수? 미술판 사람들? 웃기고들 있군. 미안해요, 내가 요즘 마음이 이래…… 이 빌어먹을 눈물이.

*

혼자예요.

바지락칼국수 한 그릇 주세요.

*

김영신 선생님이시죠?

서인주 씨의 친구 이정희라고 합니다.

명 화랑의 명은숙 관장님께 소개받고 전화드렸습니다.

인주와 절친하셨다고 들었어요. 잠깐 만나 뵙고 말씀 나누고 싶은데요.

……책 때문에요.

아니요. 제가 쓰려고 하는 책입니다.

강석원 씨의 책은 어제 나왔어요.

강석원 씨 만나서 이미 할 얘긴 다 하셨으리라는 것 짐작하고 있어요.

직접 만나 뵙고 말씀드리고 싶어요.

아니요.

누구의 사주를 받거나 돈을 바라고 하는 일 아니에요.

아니요, 그건 제가 가장 바라지 않는 일입니다.

여보세요.

여보세요.

*

여보세요.

방금 전화드렸던 이정휩니다.

선생님의 도움이 필요해요.

잠깐만 만나주시면 안 될까요?

기자가 아니에요.

아니요. 어디에도 소속된 사람 아닙니다.

인주의 친굽니다. 자세한 것은 만나 뵙고……

여보세요, 끊지 마세요.

여보세요.

*

여보세요.

내 말 좀 들어봐.

끊지 말고,

끊지만 말고, 그러니까,

*

모르겠어, 이 모든 게 어떤 미친 짓이었는지. 무엇을 위해 나는 떠벌이고, 미소 짓고, 변명하고, 애원하고, 간절하고, 진지하고, 걷고, 뛰고, 인파를 헤치고, 먹고, 굶고, 목마르고, 계단을 오르고, 엘리베이터 단추를 누르고, 명함을 받고, 화장실에서 루주를 바르고, 눈을 맞추고,

미소 짓고, 고개를 끄덕이고, 결의에 차고, 기다리고, 메모를 남기고, 전화번호를 받아 적고, 사과하고, 감사하고, 수없이 네 이름을 말하고, 휴대폰 배터리를 바꿔 끼우고, 계단을 내려가고, 시계를 보고, 걷고, 간판을 읽고, 발뒤꿈치가 벗겨지고, 그리고

이 책을 펼치고 싶지 않아.

펼치는 순간 책장들이 부스러질 것 같아. 손가락에 엉기며 녹아내릴 것 같아. 촛농처럼 끓어오를 것 같아.

*

그러나 당신의 별을 본다.

두 페이지를 가로질러 빛나는 폭발을, 하얗게 드러난 중심을 본다.

인주의 얼굴을 본다.

그늘진 얼굴, 무엇인가를 진지하게 말하는 얼굴, 볼우물이 파이도록 활짝 웃는 얼굴을 본다.

세 살, 일곱 살, 열한 살 난 얼굴을 본다.

치켜 깎은 머리, 단발머리, 양쪽으로 땋은 머리를 본다.

검은 코트를 입고, 회색 털모자를 쓰고, 전시 작업 중인 명화랑 1층에서 소리쳐 말하는 옆모습을 본다.

검푸른 심해의 밑바닥을 향해 자맥질해 들어가는 육체들, 불붙은 나무들, 고통도 슬픔도 멎은 어두운 숲들을 본다.

*

얼음을 깎은 사금파리 같은 저녁 바람이 목덜미로 파고든다.

바로 지금이 겨울의 정점이다. 곧 가파르게 봄이 올 것이다. 쇼윈도 안에 진열된 저 폭신한 코트들은 한순간 무겁게 느껴져, 햇빛 분분한 가게 앞으로 밀려나가 염가로 팔려나갈 것이다.

더 이상 배가 고프지 않다. 목이 마르지 않다. 목도리를 눈 아래까지 끌어올리고 나는 걷는다. 복면을 쓴 것 같은 내 얼굴이 보석상 진열장들의 유리 위에 어른거리며 앞으로 나아간다. 얼어붙은 보도블록 위로, 비슷하게 얼굴을 가린 행인들이 서로의 어깨를 과격하게 밀치며 걷는다.

바지락칼국수를 파는 한산한 식당에서 읽은 모든 문장들이 나를 향해 이빨을 세우고 있다. 조개껍데기들은 수북하게 앞접시에 쌓여 있었고, 물잔 옆으로는 내가 흘린 물자국들이 의미 없는 무늬를 그렸고, 강석원이 창조해낸 인주는 책장과 책장 사이를 절름거리며 건너다녔다. 강석원의 문체는 딱딱함과 열의, 반짝임과 둔감함, 진지함과 얄팍함이 뒤섞인 묘한 것이었다. 무엇인가가 불쾌했고, 무엇인가가 가짜였고, 동시에 무엇인가가 진짜였다.

흔히 예술혼이라고 불리는 과장된 열정, 새 발자국 같은 필체로 적힌 편지들—그중 어떤 것들은 나를 실망시켰다—, 지인들이 부풀리고 때로 미화한 기억들을 나는 읽었다. 유년 시절은 언젠가 인주가 명은숙에게 지나가며 말했던 한마디 '나는 아주 힘이 센 아이였어요'로, 사춘기는 설치작가 B의 슬럼프를 위로하며 했던 고백 '십대 후반부터 이십대 초반까지 집 안에 틀어박혀 있었어요. 쑥하고 마늘만 먹었던 건 아니구요……'로 요약된 전기를 읽었다. 허점이 드러날 만한 곳마다 수사와 감상이 조악하게, 때로는 말끔하게 덧칠된 책을 읽었다.

아름답게 편집된 책, 방금 세상의 것이 된 책, 인주가 무수히 덧그은 검은 선들이 꿈틀거리는 책을 읽었다. 손가락에 닿은 책장들이 뜨겁게 부스러질 것 같은 책. 불같은 책. 아니, 얼음 같은 책. 소리치는 책. 아니, 아무것도 말하지 않는 책. 벙어리 책. 더러운 책. 피 한 방울 묻지 않은 책. 방금 이 세상에 폭약처럼 던져진 책. 내 두 눈으로 똑똑히 읽은 책. 한 문장 한 문장, 한 단어 한 단어가 짧고 얕은 무수한 칼자국들처럼, 수만 개의 촘촘한 바늘처럼 이마를 가르고 들어와 박힌 책을 읽었다.

*

완전히 어두워졌다. 생맥줏집, 패밀리 레스토랑, 목욕용품점의 네온사인들이 후드득 꺼졌다가 고압의 전류를 뿜으며 타오른다. 근처 여대의 학생들로 보이는 앳된 얼굴의 여자들이, 소매가 부푼 코트에 긴 부츠 차림으로 지나간다.

지하철 돈암역으로 들어가는 입구 앞에 나는 멈춰 선다. 입구 천장에 박힌 4라는 숫자를 곰곰이 올려다본다. 길 건너편을 보자 똑같은 모양의 입구 천장에 숫자 3이 박혀 있다. 행인들로 붐비는 계단을 밟아 나는 지하로 내려간다. 역 주변의 약도가 그려진 안내판 앞에 선다. 가방을 뒤져 두 번 접은 백지를 꺼낸다.

11-12 화 4-5

돈암 2 150 H텔레콤 7-11 5

나는 대각선으로 역사를 가로질러 2번 출구로 올라간다. 몇 걸음 걷지 않아 S텔레콤 대리점이 나온다. 세 명의 여고생들이 쇼윈도 안쪽에서 젊은 점원과 활기차게 대화를 나누며 휴대폰 모델들을 살펴보고 있다. H로 시작되는 이름의 이동통신회사가 있었던가? 쇼윈도 안에 진열된 색색의 최신형 휴대폰들을, 흰 이를 드러내며 통화 중인 광고 모델의 사진을 나는 우두머니 들여다본다.

*

순전한 추측과 육감에 의지해 걷는다. 인주가 길을 알려줄 때면 언제나 야무지고 빠르게 설명하던 방식대로 갈 것이다. 이를테면 이렇게. '돈암역 2번 출구로 나와서 진행 방향으로 150미터 올라와. 그럼 거기 H텔레콤이 보이거든?'

육상선수였기 때문인지 인주는 거리에 대한 감각이 예민했다. 50미터 조금 더 가서, 또는 100미터 조금 못 미쳐서,라는 정도가 아니라 약 70미터, 40미터, 150미터 같은 섬세한 숫자로 거리를 가늠해 설명하곤 했다. 그렇다면 다음에 메모된 숫자 7-11은 번지수, 5는 어떤 골목에서 다섯번째 집을 말하는 것 아닐까.

물론, 메모의 두번째 줄은 장소에 관한 것이 아닐 수도 있다. 2는 2시를, 150은 150만 원을 가리킬 수도 있다. 7-11은 인원에 대한 것일 수 있고, 5는 시간 약속일 수 있다. 말하자면 H텔레콤 근처의 식당을 예약한 메모일 수도 있다. 아니면 H텔레콤에서 뭔가 처리할 일이 있어서 그 앞뒤의 스케줄을 메모해놓은 것일 수도 있다. 그렇다면 7-11은 다음의 일정이 가능한 시간일 것이다. 삼선교에 학원이 있는 것을 고려하면, 처음의 약속 장소는 돈암 2번 출구의 어딘가였고, 150만 원을 받거나 주고—또는 현금인출기로 찾고—, H텔레콤에서 일을 본 뒤 7시에서 11시 사이 삼선교의 학원에서 학생들을 가르치고 집으로 돌아올 계획을 메모한 것인지도 모른다.

그러나 일단 첫번째 추측대로 간다. 보폭 한 번을 1미터로 잡고 정확히 150보를 세고 나자 나는 길모퉁이 언저리에 서 있다. 신호등 없는 횡단보도가 직각으로 두 개 그려진 작은 네거리다. 번화가가 끝나가는 지점이어서 행인들이 많지 않다. 차량의 통행도 뜸하다. 인주가 길을 기억해 설명하는 방식대로라면 이 근처에 H텔레콤이란 곳이 있어야 한다. 길을 건너야 할지, 좌측으로 돌아가야 할지 망설이다 나는 길을 꺾는다. 만일 직진해 길을 건너야 한다면 인주는 굳이 150이라는 거리를 메모하지 않았을 것이다.

*

번화가가 지척인데, 도로와 인도 모두 변두리처럼 한산하다. 오래된 지물포, 철물점 따위의 후락한 가게들이 흐릿한 조명을 밝히고 있다. 이동통신업체의 대리점 따위가 있을 곳은 없다. 한참 더 걸어가자 영세한 수제화점이 나온다. 시멘트벽을 빙 둘러 진열된 남자 구두들은 팔리기 전에 이미 낡아버린 것 같다.

어딘가 건물들에 표시되어 있을 번지수를 찾아내려 나는 애쓴다. 어둡기도 하거니와, 가정집 대문도 아닌 점포들에 번지수나 통 반이 적혀 있을 리 없다. 나는 수제화점 문을 열고 들어간다. 희끗한 머리를 기름 발라 뒤로 넘긴, 회색 점퍼를 입은 초로의 남자가 삼발이 의자에 앉아 구두 밑창을 두드리다 말고 나를 올려다본다.

죄송하지만, 7-11번지를 찾고 있는데요.

뭐요?

이 가게가 몇 번지인가요? 7-11번지를 찾고 있어요.

저기 저, 돈암역 옆에 복덕방 같은 데서 물어봐야지. 요즘 세상에 번지수 들고 집 찾는 사람이 어딨어요?

……제가 근처까지 제대로 온 건가 싶어서요. 여기가 몇 번지인가요?

날도 추운데, 젊은 양반이 사서 고생을 하는구먼. 여긴 274번지요. 274-2.

혹시 이 근처에 휴대폰 파는 데가 있나요?

휴대폰?

휴대폰 매장이 근처에 있다고 한 것 같은데……

아, 그럼 전철역 옆 아니요? 그리로 가봐요.

이쪽으로 쭉 걸어가면 뭐가 안 나올까요?

쭈욱 걸어가면 나오긴 뭐가 나와. 아무것도 없어.

매큰한 석유난로 냄새를 들이마시며 나는 고쳐 묻는다.

혹시 이 근처에 슈퍼 같은 건 없을까요?

슈퍼는 왜.

뭐 좀 사기도 하고, 길도 물어보려구요.

이 사람 답답하네. 이런 데서 백날 물어봤자라니까. 시골서 올라왔나? 시골 점방 같은 건 없어. 좀더 가면 편의점이 하나 있긴 하지.

소리 내어 남자가 혀를 찬다.

쓸데없이 고생하지 말고, 복덕방에 가든지 파출소로 가든지 해요.

구두 밑창에 작은 못을 박았다가 빼고, 다시 겨냥해 박는 남자의 옆모습을 지켜보다가 나는 그곳을 빠져나온다.

*

어두운 보도블록 위로 내 구두 소리가 선명하게 울린다. 적막하게 느껴질 만큼 조용한 거리다. 달의 뒷면처럼, 이라고 생각한 순간 나는 멈춰 선다. 아무도 따라오지 않는 텅 빈 길을 돌아본다. 낮게 엎드린 다세대주택들 위로 달이 떠 있다. 열이틀쯤 된 갸름한 얼굴이, 얼음으로 이루어진 듯 희고 파르스름하다. 둥글거나 길게 파인 분화구들은 움푹한 두 눈과 코, 다물어진 입매 같다.

*

어떻게 옛날 사람들은 달에서 토끼를 봤을까요?

삼촌의 옆얼굴을 향해 나는 물었다.

아무리 봐도 나한테는 사람 얼굴 같아요.

선선히 삼촌은 대답했다.

그렇게 보니, 정말 그렇구나.

인주까지 셋이서 산책을 나갔다 돌아오던 초여름 저녁이었다. 방금 끊은 풀각시꽃으로 반지를 만드느라 고개를 수그리고 골몰한 인주를 앞

세우고 그와 나는 천천히 걸었다. 골목이 좁아지며 그의 깡마른 어깨가 내 어깨를 스쳤다. 어깨가 스쳐서인지, 달 때문인지 삼촌은 부끄럽게 웃었다.

……그럼, 뒤를 안 돌아보는 얼굴이구나.

누가 뒤를 안 돌아본다는 거야?

매듭이 풀린 풀각시꽃을 한 손에 쥐고, 인주가 불쑥 뒤돌아보며 물었다.

*

과장된 연민과 낯익은 수사를 동원해, 강석원은 책머리에 썼다.

……달이 지구를 중심으로 공전하며 우리에게 보이는 면이 언제나 같은 쪽이라는 사실은 잘 알려져 있다. 오랜 세월 운석들과 충돌해 수두를 앓은 흉터 같아진 뒷면은, 오직 우주선에서 찍은 사진으로만 관측할 수 있다.

운이 좋았기 때문에 나는 서인주라는 사람의 가까이에 있었다. 그녀는 타고난 위대함의 씨앗을 가진 예술가였고, 주변을 감화시키는 힘을 가진 특별한 자연인이었다. 바로 그 때문에 그녀의 마지막 선택은 우리에게 더욱 큰 충격이었다. 그녀가 살아 있는 육체를 가지고 우리를 둘러싼 궤도를 돌고 있을 때, 안타깝게도 우리는 그녀의 뒷면을 보지 못했다. 수없이 부서지고 파인 자국들을 어루만져주지 못했다.

그녀 스스로 이름 붙인 「달의 뒷면」 연작은 고요하지만, 그 어두운 숲이 단순한 평화나 도피의 공간이 아니었음을 우리는 이제 짐작한다.

연작을 제작하던 기간, 그녀는 작업실의 달력 가장자리에 적었다. '내가 아픈 곳은 달의 뒷면 같은 데. 피 흘리는 곳도, 아무는 곳도, 짓무르고 덧나는 곳, 썩어가는 곳도 거기. 당신에게도, 누구에게도, 나 자신에게도 보이지 않는다.'

그녀가 떠난 뒤 1년 동안, 그녀를 아끼던 사람들과 함께 서인주미술관을 준비해왔다. 이 책의 출간은 그 미술관을 향한 첫 삽이다. 알고 있다. 로베르 르파주의 일인극 「달의 저편」의 대사처럼, 그녀의 미술관을 지어야 할 진실한 장소는 오직 달의 뒷면뿐이다. 우리들의 시선으로 더럽혀지지 않을, 시시각각 충돌해오는 운석들과 맞서 부서지기를 택해야 할 그 고요한 곳…… 그러나 우리는 서울의 한복판, 가장 붐비는 거리에 그녀의 집을 지을 것이다. 지금 여기, 세상 한복판에 그녀의 이야기를 내놓는 것처럼.

*

강석원은 알지 못했거나, 의도적으로 누락했다.

인주가 달력에 쓴 것은 내가 쓴 대사였다.

십일 년 전 공연되었던, 모두에게서 잊혀진 연극의 무대에서, 이제는 퇴역 배우가 된 여주인공은 객석을 향해 독백했다.

내가 아픈 곳은 달의 뒷면 같은 데예요. 피 흘리는 곳도, 아무는 곳도, 짓무르고 덧나는 곳, 썩어가는 곳도 거기예요. 당신에게도, 누구에게도…… 나 자신에게도 보이지 않아요.

*

수제화점 남자의 말대로 24시간 편의점이 나온다. 따뜻한 공기가 몸을 녹일 때까지 나는 손님 없는 매장 안을 천천히 오간다. 온장고 문을 열고 뜨거운 차 음료를 꺼내 계산한다. 전자레인지 앞에서 그것을 들이켠다.

더 이상은 단서가 없다. 돈암역으로 돌아가야 한다. 할 수 있다면 환승역까지 택시를 타고 나가 한 번에 집 근처의 지하철역까지 가야 한다. 거기서 다시 마을버스에 실려 집에 돌아가고 나면 녹초가 될 것이다.

제대한 지 얼마 되지 않은 듯 짧은 머리에 마른 체격을 한 아르바이트생에게 나는 묻는다.

혹시 이 근처에 택시 잡을 만한 데가 있을까요? 돈암역으로 나가야 할까요?

거긴 지나가는 택시는 많아도 잡기 어려워요. 차라리 길 건너 하나로텔레콤 건물을 돌아서 직진하시면 택시 다니는 길이 나와요.

……하나로텔레콤이요?

저 맞은편 건물이 하나로텔레콤 본사잖아요.

……본사요? 아무 표시도 없던데요.

이쪽으론 출구가 없어서 그렇죠. 저쪽으로 돌아가면 정문 있어요.

더듬더듬 나는 묻는다.

저, 혹시, 여기 주소 아세요?

네?

아르바이트생의 얼굴이 뜨악해지며 미소가 걷힌다.

7-11번지가 어딘지 아세요?

그건 잘 모르겠는데요.

애써 다시 미소 짓는 그의 얼굴에 의심이 어리기 전에 나는 인사를 남기고 편의점을 나온다.

*

하나로텔레콤 본사 건물의 뒷면은 사분의 일만 불이 켜져 있다. 담장 양쪽으로는 캄캄한 주차장과 공사 중인 공터뿐이다.

제대로 왔다.

아까 길을 건너지 않은 것은 잘한 일이었다. 인주는 이 거리 어딘가의 특정한 장소를 메모했다. 이제 7-11과 5를 찾아야 한다. 몇 걸음 걷다 말고 나는 멈춰 선다. 방금 걸어나온 편의점을 돌아본다.

세븐 일레븐. 7-11.

나는 웃고 만다.

*

편의점 옆으로 난 좁은 골목으로 걸어 들어가며 다닥다닥 붙은 다세대주택을 센다. 겉모습만으로는 네번째 집과 구별할 수 없는 다섯번째 집 앞에 선다. 3층 건물이고, 옥탑방이 하나 있다. 2층에만 불이 켜져 있다.

올라가 문을 두드릴 필요가 있을까, 나는 자신에게 묻는다.

어쩌면 이곳은 단지, 인주가 부동산에 연락해 알아보았던 집들 중 하나였을 것이다. 미술학원과 가깝고 전세금이 헐한 집. 헐한 전세금에 비해 넓은 공간이 나오는 집. 방 하나에 민서 책상을 놔주고, 안방에선 둘이 잠을 자고, 거실은 온전히 작업실로 쓸 수 있는 집. 병원에서 나온 내가 민서와 함께 지낼 때, 인주는 K동을 알아보기 전에 먼저 이 근처부터 뒤져나갔는지도 모른다. 그러다 P화랑의 제의를 받고 미술학원을 그만두기로 한 다음, 굳이 학원과 가까워야 할 필요가 없어지자 변두리인 K동에서 좀더 넓은 집과 작업실을 찾기 시작한 것 아닐까.

*

짧은 머리의 점원은 계산대 앞에 어깨를 웅크리고 앉아 만화책을 읽고 있다. 시간을 거슬러 올라온 것 같은 거리의 후락함과 정적 때문에, 눈부시게 밝고 청결한 편의점의 내부는 오히려 비현실적으로 느껴진다.

편의점 건물은 근처의 3층짜리 다세대주택들에 비해 높은 6층이다. 2층에는 탁구장, 3층에는 문구류를 제작 판매하는 업체의 간판이 걸려 있다. 편의점 옆으로 난 현관으로 들어가자, 작은 경비실에 불이 켜져 있고 CC티브이가 돌아가고 있다. 경비원의 모습은 보이지 않는다. 여덟 개로 분할된 화면 속에 내 뒷모습과 옆모습이 보인다.

더 걸어 들어가 승강기 앞에 선다. 미색 회칠이 드문드문 벗겨진 벽 위로, 이 건물에 세 든 사무실들의 상호가 층별로 적혀 있다. 4층과 5층은 이름이 같은 심리상담소다. 6층은 아마 살림집인 것 같다.

다만 확실히해두기 위해 나는 손을 뻗어 버튼을 누른다. 괴괴한 정적에 기계음을 새기며 승강기가 내려온다. 문이 열린 순간 나는 소스라치며 놀란다. 승강기 안쪽 벽의 거울에 비친 내 모습 때문이다. 침침하고 비좁은 구식 승강기 안으로 나는 걸어 들어간다. 인주가 7-11 다음에 적은 숫자, 5를 누른다.

*

사무실에는 불이 켜져 있고, 유리문은 잠겨 있지 않다.

문을 밀고 들어가자, 안쪽의 어느 방에선가 복사기 돌아가는 소리가 들린다. 인조가죽 소파와 소형 정수기, 잡지들을 비치해놓은 짙은 밤색 엠디에프 가구, 책장에 꽂힌 전문서적들을 나는 둘러본다. 복사물을 한아름 들고 나오던 여자가 나를 보고 놀란 듯 멈춰 선다. 연한 갈색 터틀넥 스웨터를 입은, 많게 잡아야 이십대 중반으로 보이는 앳되고 통통한 여자다.

어떻게 오셨어요?

할 말이 생각나지 않아 나는 두 손을 모은 채 잠시 서 있다.

지나가다가 들렀어요.

당혹한 듯한 미소가 여자의 얼굴에 어린다. 생각을 더듬어 나는 말을 잇는다.

저, 상담을 받을 수 있을까요?

업무 시간은 끝났는데……

여자의 얼굴에서 난처함과 귀찮은 마음, 천성적인 참을성이 함께 읽힌다.

나는 소파 앞의 수수한 원목 탁자를 내려다본다. 그 가운데 놓인 작은 나무 접시를, 한 무더기 담긴 자두맛 사탕을 본다. 이상하게 그 사탕들에서 눈이 떼어지지 않는다. 다가가서 그중 하나를 집어 주머니에 넣고 싶은 충동을 나는 억누른다.

여기서 친구가 상담을 했다고 들었어요.

그래요?

여자의 목소리가 조금 부드러워진다.

어느 선생님과 하셨다던가요?

선생님이 여러 분이세요?

모두 세 분이세요.

지금은 친구와 연락이 안 되는데요. 저, 외국에 나가서. 친구 이름을 말씀드리면 찾아봐주실 수 있지 않을까요?

업무 시간이 끝나서 그러는데, 다음에 오시면 안 될까요? 제가 인수인계를 한 지 얼마 안 돼요. 상담은 전화로도 예약 가능하거든요?

그래도 잠깐 찾아봐주시면 안 될까요? 제가 좀……

나는 다급하게 말을 잇는다.

제가 좀 급해서요.

9시가 다 된 시각에 나타나, 처음엔 지나가다 들렀다고 말하고, 그 다음엔 친구의 이름을 찾아보라고 말하고, 이번에는 상황이 급하다고 말하는 삼십대 후반의 여자.

그녀는 비스듬하게 턱을 내민 채 내 얼굴을 살핀다. 나를 경계하거나 얼마간 두려워하는 것 같다. 오늘 밤을 넘기지 못하고 자살을 기도하거나, 느닷없이 이곳에서 행패를 부릴 사람이라고 판단했는지도 모른다.

그분 성함이 어떻게 되세요?

굳은 얼굴로 그녀는 자신의 책상에 복사물을 내려놓는다. 책장 가득 꽂힌 파일들을 향해 손을 뻗는다.

서인주라고 합니다.

여자의 손이 'ㅅ'이라고 적힌 큼직한 견출지를 짚어내고는, 그 칸의 파일들을 수차례 더듬어 꺼냈다가 다시 집어넣는다.

이름이 없는데요.

나는 고개를 가로젓는다.

혹시 등록하지 않고 개인적으로 상담을 하는 경우도 있을까요?

글쎄요. 제가 그런 것까진……

여자는 허리를 펴고, 예의 굳은 표정으로 내 얼굴을 살핀다.

어쨌든 예약을 하시려면 선생님을 정하셔야 해요. 선생님들 간단한 약력이 여기 있는데 읽어보시겠어요?

사진 없이 세 사람의 이름과 약력이 빼곡히 적힌 종이를 나는 받아 든다. 낮게 줄여놓은 내선 벨이 울린 것은 그때다.

예, 소장님. 갑자기 손님이 오셔서요. 곧 가지고 갈게요.

여자가 수화기를 채 내려놓기 전에 나는 마지막으로 묻는다.

그럼, 지금 상담 예약은 정말로 안 된다는 말씀이세요?

저, 잠시만요.

여자의 눈길이 맞은편 벽의 시계에 머문다. 평범하다 못해 삭막한 공간과 어울리지 않게 고풍스러운 괘종시계다. 그녀는 복사물과 다른 책을 챙기고, 포스트잇에 무언가를 메모하더니 복사물 맨 위에 붙이고는 그것들을 모두 한아름 안고 불이 켜져 있는 방으로 간다. 방금 내선 선화를 걸어온 소장의 방일 것이다.

문이 열리자, 머리가 하얗게 센 남자가 컴퓨터 책상을 향해 앉아 있는 뒷모습이 보인다. 후리후리한 체격에 굽은 어깨를 가진 남자다.

내가 돌출 행동을 할 수도 있다고 생각해서인지, 여자는 문을 열어놓은 채 작은 목소리로 남자에게 무언가를 말한다. 남자가 얼굴을 돌려 나를 일별한다. 검은 뿔테 안경을 낀 평범한 얼굴이다. 벽면을 가득 채운 평범한 책장들과 평범한 전문서적들, 평범한 ㄱ자 책상과 목받침이 있는 의자, 평범한 구형 컴퓨터와 키보드를 나는 본다.

여자는 돌아서서 성큼성큼 나에게 다가온다.

일단 어떤 선생님께 상담 받으실지 생각해보시고 월요일에 전화 주시겠어요? 아까 드린 프린트에 전화번호, 홈페이지 있으니까 참고하시구요.

몸을 떨며 나는 고개를 끄덕인다. 여자의 태도가 단호해져서가 아니라, 그녀가 방을 나오기 위해 문을 더 활짝 열고 나서 문이 닫히기까지의 짧은 시간 동안 보았기 때문이다. 컴퓨터 책상 위에 걸린 4호 크기의 액자에 담긴 것은, 얼음에 덮인 미시령의 흑백사진이었다.

7
얼음 화산

빙하기에도 눈이 내렸겠지.

모든 것이 얼음으로 덮여서, 지구의 얼굴은 지금처럼 푸른 게 아니라 달처럼 희끗했겠지.

밤낮을 이어서 눈이 내리면, 그 눈이 다시 얼어붙어 얼음들은 더 두꺼워졌겠지.

마그마의 바다는 깊은 암반 아래에서 여전히 일렁거리고 있었겠지.

허벅지까지 눈이 쌓인 일요일 아침, 면장갑 위에 털장갑을 덧낀 손으로 삽질을 해 현관과 작업실을 잇는 길을 만들어놓고서, 식탁을 마주하고 앉아 뜨거운 물잔으로 손을 녹이다 말고 삼촌은 말했다.

어린 지구는 처음에 마그마가 일렁이는 붉은 얼굴이었다가, 수천만

년 동안 펄펄 끓는 비를 맞고서 파란 얼굴이 되었고…… 빙하에 덮이면 하얗게 얼어붙은 얼굴이 되었다가, 그 얼음이 녹아서 바다가 되면 다시 파랗게 되기를 반복했겠지.

궁금해.

지구가 가장 차가웠을 때, 가장 선명한 흰빛의 얼음덩어리였을 때, 그 위로 눈이 내리는 건 어떤 모습이었을까.

*

어서 들어오세요.

말과는 달리 조금도 반기지 않는 얼굴로 김영신은 작업실 문을 연다.

찾기 어려운 곳인데, 차도 없이 어떻게 왔어요?

생각보다 나이가 많은 사람이다. 사십대 후반쯤 되었을까. 뒤로 묶은 머리는 물들인 듯 어색하게 검고, 깊게 쌍꺼풀 진 눈은 의심하는 듯 내 눈을 들여다본다.

눈 쌓인 논밭 가운데 공장처럼 세워진, 철제 빔 위에 얹힌 백 평 안팎의 조립식 건물이다. 천장이 높은 작업실은 입김이 보일 만큼 춥다. 김영신은 남성용 회색 오리털 파카에 누비바지를 입었고, 더러운 면장갑을 두 손에 끼었다. 현관 옆에서 전기톱으로 목재를 잘라내고 있는 중년 남자의 차림도 그녀와 비슷하다. 한 시간 가까이 눈 속을 헤매느라 발이 얼어붙은 나는 본능적으로 난로를 바라본다.

난로에 불을 안 땠어요. 몸을 쓰고 일하니까, 우린 추운 줄을 잘 몰라요.

전기톱 소리 때문에 두 사람 모두 소리를 질러 말해야 한다.

잠깐 앉아도 될까요?

그녀가 난롯가의 소파를 가리킨다.

여기 앉으세요.

그녀는 목장갑을 벗어 나무 탁자에 올려놓는다. 묵직해 보이는 은가락지 한 쌍을 나눠 낀 두 손 모두 생채기투성이다. 고함치듯 그녀가 묻는다.

뜨거운 것 마시겠어요? 커피 있어요.

*

뜨거운 것을 사양하기에는 너무 추운 곳이었다. 스펀지가 꺼진 소파에 몸을 파묻고 나는 작업실을 둘러보았다. 가로 세로 1미터의 납작한 상자 같은 목재들이 여남은 토막 서 있고, 그것들을 개의 윤곽으로 깎은 뒤 앞면에 개의 형상을 그린 조각 백여 점이 소파를 향해 늘어서 있었다.

목도리를 푸는 것을 잊은 채 나는 그 개들의 얼굴을 건너다보았다. 강한 필선으로 생명을 얻은 검은 눈들이 내 눈을 마주 응시했다. 개들의 발육 상태나 종(種), 표정 들은 제각기 달랐지만, 모두 입을 다물고 있어서인지 형제들 같았다. 이승과 저승 사이의 파르스름한 어스름을 건너가는 개들 같았다. 몇몇은 이미 경계를 넘어가, 이승에서 마지막으로 갈기갈기 몸이 찢겼던 기억을 달래고 있는 것 같았다.

버려진 개들이에요.

종이컵에 탄 커피를 투박한 손으로 건넨 뒤 김영신은 소파 맞은편

나무 걸상에 걸터앉았다.

버려진 것들을 좋아해요. 지금 앉은 소파, 걸상도 주워온 거예요.

걸상 옆에 세워진 먹갈색 개를 턱으로 가리키며 김영신은 무뚝뚝하게 말을 이었다.

이 작업만 삼 년째 하고 있어요. 마지막으로 인주 씨가 왔을 땐 처음 오십 마리 깎았던 걸 태워버리고 새로 시작할 때였는데, 이 녀석을 보고 처음으로 좋다고 하더군요.

가느다란 잔주름들이 김영신의 눈가에 새겨져 있는 것을 나는 보았다. 짐작보다 나이가 많은 사람인지도 몰랐다. 스피츠 종의 먹갈색 개는 검게 벌레 먹어 팔뚝만큼 구멍이 뚫린 널빤지 위에 그려져 있었다. 통증을 느끼는 듯, 그러나 그 까닭을 알 수 없다는 듯 목을 움츠린 채 동그란 눈을 치뜨고 있었다.

그게 언제였나요?

이 년 전 여름.

목감기에 걸린 사람처럼 김영신의 목소리는 굵고 칼칼했다.

아침부터 비가 오던 날이었어요. 아이를 데려와서 한 시간쯤 있다 갔는데, 차를 돌려 나갈 때 폭우가 쏟아졌어요. 그날 새로 생긴 진흙탕에 한쪽 앞바퀴가 빠져버렸죠. 바퀴 앞뒤로 나무토막을 대봤지만 소용없었어요. 아는 사람 트럭을 불러서, 벨트로 연결해서 겨우 차를 끄집어냈어요. 앞바퀴가 진흙탕에서 빠져나오니까 민서가 우산 들고 팔짝팔짝 뛰더군요. 종아리, 허벅지까지 진흙이 튀도록.

민서의 이름이 그녀의 얇은 입술에서 발음되어 나왔을 때 나는 숨을 죽였다.

……이상하네요. 비가 퍼부어서 캄캄한 날이었는데, 굉장히 밝았

던 걸로 기억되니.

김영신은 탁자 위의 담뱃갑에서 담배를 꺼내 물고 불을 붙였다. 담배 끝에 붉은 불꽃이 옮겨붙은 순간, 작업실의 조명이 꺼졌다. 전기톱 소리도 멈췄다. 김영신은 당황하지 않았다. 침착한 동작으로 라이터를 탁자에 내려놓자, 파카 소매가 옆구리를 스치는 소리가 정적 속에 선명하게 들렸다.

전기가 나갔네.

현관 쪽에서 중년 남자가 재차 말했다.

전기가 나갔다구.

김영신이 대꾸했다.

그래. 전기가 나갔어. 나보고 어쩌라구.

여기 문제가 아니야. 다른 집도 다 나갔어.

남자가 소리쳐 말했다. 전기톱 때문에 늘 크게 말하는 버릇 때문인 것 같았다.

알았어. 덕분에 좀 쉬자.

뒷걸음질 쳐 현관 턱에 걸터앉는 남자의 옆얼굴에 피로가 어려 있었다. 오래된 연인이 흔히 갖는 권태와 체념, 해묵은 감정적 긴장이 느껴졌다.

*

이제 작업실은 저녁 무렵처럼 어두웠다. 그늘에 잠긴 개들은 아까보다 저승의 짐승 쪽에 더 가까워졌다. 김영신은 담배 연기를 깊이 빨아들였다가 천장을 향해 뱉었다.

인주 씨 그렇게 되고 다시 피우기 시작했어요. 어렵게 끊었는데.

물기를 머금은 듯 번득이는 그녀의 눈을 피해 고개를 숙이자, 탁자 유리 아래 끼워진 드로잉이 눈에 들어왔다. 낚싯바늘에 입을 꿰여 피 흘리는 고래였다. 그러고 보니 오래전, 죽어가는 동물들을 그리는 작가의 전시 기사를 읽은 기억이 났다. 어렴풋이 기억된 사진의 이미지가 김영신과 겹쳐졌다.

그 고래 때문에 그날 민서가 울었어요.

나는 고개를 들었다.

유심히 그 그림을 들여다보길래 내가 얘기해줬거든요. 고래는 한 번 피를 흘리기 시작하면 멎지 않는다고. 워낙 덩치가 커서 바로 안 죽는 것뿐이지, 결국은 죽고 만다고.

입술을 비틀며 김영신은 반쯤 웃었다.

어린애한테 왜 그런 얘길 했는지, 나도 취미가 이상한 사람이죠. 민서는 그냥 흘려듣는 것처럼 가만히 얼굴을 수그리고 있었는데, 갑자기 속눈썹이 파르르 떨렸어요. 인주 씨는 화를 냈어요. ……그렇게 화를 내는 건 처음 봤어. 아이가 화장실에 간다고 하니까 데리고 들어갔다 나왔는데, 자기 눈이 애 눈보다 더 빨갛더군요. 가봐야겠다면서 민서를 데리고 차에 올라탔는데, 차바퀴가 그렇게 빠지고, 같이 나무토막을 바퀴 밑에 대고 할 땐 마음이 풀려서 서로 얼굴 보면서 웃기도 했어요. 그런데 그렇게 떠나곤, 다시는 찾아오지 않았어요.

푸른 연기가 피어오르는 담배를 재떨이에 걸쳐 세워두고, 그녀는 자신의 왼손 약지에서 은가락지를 빼내 들어 보였다.

……그날 민서가 하도 서럽게 울길래 이걸 빼서 줬어요. 그전부터 그 애가 탐을 냈던 건데, 우리 어머니한테서 물려받은 거라 줄 수 없

었거든. 나는 하나 더 있으니까, 민서 이름을 새겨서 목걸이로 걸고 다니라고, 절대로 잃어버리면 안 된다고 얼렀죠.

그녀는 손가락을 활짝 펼치더니 가락지를 다시 끼었다.

넉 달쯤 있다가, 인주 씨 전시 끝나고 얼마 안 돼 시내에서 차를 마셨는데…… 종이에 싸서 돌려주더군요. 집이랑 작업실을 옮길 거라고, 이제부턴 틀어박혀서 그림만 그릴 거라고, 한동안 못 볼 것 같다고 하면서.

천천히 아랫입술을 씹다가, 뱉듯이 짧게 그녀는 말했다.

……상처받았지.

주름진 눈가를 짚는 그녀의 오른손에 혈관들이 거칠게 튀어나와 있었다. 눈물을 닦으려는 걸까. 그러나 그녀는 울고 있지 않았다.

그렇게 오랫동안 모든 사람과 연락을 끊고 지낸 줄은 몰랐으니까. 하지만, 설령 모두와 연락을 끊는다 해도 나와는 그렇게 하지 않을 사람이라고 믿었는데 말이죠.

뭔가를 더 말하려는 듯 벌어져 있던 그녀의 입이 이내 다물어졌다. 그녀의 눈이 자신이 만든 개들을 더듬고 있는 것을 나는 보았다. 너털웃음이 문득 그녀의 얼굴을 밝혔다.

어리석지 않아요? 저것들을 깎느라 나무 열두 그루를 끝장내다니. 마티카라고, 두 팔로도 다 못 안는 인도네시아 활엽순데…… 열두 그루면 숲이라고 불러야겠죠. 그것들을 다 베어 죽이고, 나는 늙고…… 하나뿐인 친구였던 사람은 날 버리고.

진저리치며 형광등이 켜졌다. 찰칵, 냉장고가 켜지는 기계음이 났다. 현관 턱에 걸터앉아 있던 남자가 유령처럼 소리 없이 일어섰다.

김영신은 담배를 재떨이에 비벼 껐다. 마치 정전과 함께 모든 고백이 끝난 듯 별안간 무표정해진 얼굴이었다.

강석원 씨가 찾아왔을 땐 이런 얘긴 안 했어요.

그 책을 읽으셨어요?

기사만 봤어요.

그 책은 인주가 자살했다고 주장해요.

그렇겠죠.

선생님은 어떻게 생각하세요?

무엇인가에 복수하는 것 같은, 복수하며 스스로 비명을 지르는 것 같은 전기톱 소리가 다시 시작되었다. 김영신의 입술이 움직이며 '모르겠어요'라고 대답했지만 목소리는 들리지 않았다. 두 사람 모두 다시 소리쳐 말해야 했다.

정말 책을 쓸 건가요?

네.

그런 책을 써본 경험이 있어요?

아니요.

오래전에 「닥쳐」라는 희곡을 썼지요?

나는 멍해져서 그녀의 얼굴을 건너다보았다. 살짝 찌푸린 고집스러운 이마 아래, 숱 많은 눈썹의 근육이 미묘하게 움직였다.

인주 씨가 대본을 복사해줘서 읽었어요. 그걸 쓴 친구에 대해서 이따금 이야기했어요. 두번째 전화를 끊고 나서 곰곰이 생각하니까 같은 이름이더군요.

어떤 이야기를 들으셨어요?

대답 대신 그녀는 나를 응시했다. 어딘가 낯익은 눈길이었는데, 자신의 개들의 눈길과 닮아 있기 때문이라는 것을 나는 곧 깨달았다.

더 할 이야기가 있으면 밤에 전화하세요. 낮에는 저 소리 때문에 대화하기 어려우니까.

그녀는 턱을 들어 현관 앞의 전기톱 작업대를 가리켰다.

강석원 씨에게는 아마 내가 가장 불친절한 취재원이었을 거예요. 십 분 만에 여기서 제 발로 나가더군요. 사실 나는 일 중독자예요. 한 번도 한가하게 시간을 보내본 적이 없어요. 지금도 전시를 앞두고 시간에 쫓기고 있어요.

그녀는 걸상에서 일어서더니 뚜벅뚜벅 작업실 중앙의 작업대로 걸어가 섰다. 이제 나가달라는 것이다.

……시간 내주셔서 감사합니다.

나는 소리쳐 인사했다.

김영신은 대답하지 않았다.

다시 연락드리겠습니다.

현관 쪽으로 걸어 나가는 나를 그녀는 시늉으로도 배웅하지 않았다. 느낌이 이상해 뒤를 돌아보자, 그녀는 자신의 작업대 앞에 팔짱을 끼고 선 채 묵묵히 나를 지켜보고 있었다. 특이하게 비사교적인 사람이라던 명은숙의 말대로였다. 현관 앞에서 톱밥을 날리며 톱질에 열중해 있는 남자도 무뚝뚝하기는 마찬가지여서, 문을 열고 나가는 나에게 시선 한번 주지 않았다.

*

성근 눈발이 다시 날리고 있었다. 희끗한 눈송이들을 바라보며 잠시 서 있을 때 등 뒤에서 문이 열렸다.

기다려봐요.

김영신은 소리 내어 문을 닫고 다시 안으로 들어갔다.

차츰 눈발이 촘촘해졌다. 눈 쌓인 자갈밭에 구둣발을 구르며, 그치지 않는 현관 안의 전기톱 소리를 들으며 나는 기다렸다. 십 분여가 흐른 뒤 다시 문을 열고 나온 그녀의 손에 색 바랜 흰 봉투가 들려 있었다.

삼 년 전에 받은 편지예요.

나는 봉투를 받아들었다.

아무에게도 보여주지 않았어요.

봉투 아래쪽에서 동그랗고 단단한 것이 만져졌다.

민서 아빠에게 연락을 취하고 있다고 전화로 말했죠?

나는 고개를 끄덕였다.

연락이 되면 민서에게 전해줘요. 미안하다고 말해줘요. 사실은 인주 씨에게 미안하다고 말하고 싶은 거지만 어쨌든, 어쨌든 미안했다고. 당신이 전해줘요. 내가 왜 당신을 믿는지는 모르겠지만 어쨌든…… 그러니까.

김영신은 고개를 주억거리며, 거의 명령조로 무뚝뚝하게 말했다.

반드시 전해줘요.

내가 무언가 대답하기 전에, 그녀는 몰아붙이듯 덧붙였다.

전화하세요. 밤에.

*

눈발은 날리고, 모든 길을 지우고, 이정표를, 텅 빈 논밭을, 모텔들과 고깃집으로 안내하는 표지판들을 지우고, 뼈대만 남은 나무들을, 내 외투를, 얼굴을 지우고, 버스가 다니는 큰길까지 걸어간 내 모든 발자국을, 이 년 전 여름의 자동차 바퀴 자국을, 폭우를, 와이퍼를, 흩뛰긴 진흙, 얼룩진 운동화를 지우고, 흔적도 없이,

지워지지 않고 나는 끝까지 걸었다. 국도 변의 기사식당을 찾아 들어가 택시를 잡았다. 김영신이 준 봉투를 열고 편지를 읽은 것은, 나를 서울까지 태워주기로 한 택시 기사가 백반을 다 먹기를 기다리면서였다.

*

……그때, 그 빈집에서 삼 년을 보내는 동안 가장 무서웠던 게 뭐였는지 짐작하겠어요?

장롱이었어요.

자개로 장식한 안방의 장롱 문을 열면, 그 여자가 있을 것 같았어요.

8B 연필로 백지에 쓴 편지였다. 강석원의 책에 화보로 실린 인주의 다른 편지들과는 달리 큼직한 글씨들이 백지를 가득 메우고 있었다. 오래전 수유리의 내 집 마당에 던져 넣었던 편지를 연상시키는, 격렬하면서도 정확한 필체였다. 문득 더 읽어서는 안 된다는 생각이 들어, 나는 편지를 접고 한산한 식당을 둘러보았다.

나를 서울까지 태워다줄 기사는 정성껏 갈치 가시를 바르고, 북엇국을 한번 입에 떠넣은 다음, 흰 쌀밥이 담긴 숟가락에 생선살을 올렸다. 세상에서 가장 맛있는 음식을 마주한 듯 빛나는 눈으로 캄캄한

입을 벌렸다.

그 여자는 예뻤다고 해요. 특히 총명하게 반짝이는 눈이. 하지만 그렇게 반짝이는 눈을 나는 보지 못했어요. 오래된 흑백사진에서밖에는.

그 여자는 아침마다 긴 유리병에 소주를 따르고는 종일 들고 다니며, 다시 채워넣어가며 마셨어요. 그게 물이 아니란 걸 나는 이미 알고 있었는데, 혼자서는 날 속이고 있다고 믿었던가 봐요.

어두운 거실을 가로질러 가던 느린 걸음걸이가 생각나요. 아침에 마주칠 때면 알코올이 주는 행복감에, 더 이상 다정할 수 없을 미소를 지으며 내 머리를 쓰다듬었고…… 저녁에는 완전히 풀린 눈으로, 내가 오가는 것조차 모르는 채 소파에 길게 누워 있었어요.

그 여자의 알코올중독을 고치기 위해 삼촌은 할 수 있는 모든 일을 했어요. 정신병원에 수용하는 것만 빼고 모두. 결국 그 여자는 삼촌과 담판을 지었어요.

난 술이 아니면 살 수 없어. 벌써 죽었을 거야. 죽은 엄마와 폐인인 엄마 중에 한 사람을 인주에게 골라줘.

삼촌은 그 여자가 스스로 죽을 수 있는 사람이라는 것을 알고 있었던 것 같아요. 이미 여러 번 죽으려 했다는 것을, 그날의 대화를 엿들으면서 짐작할 수 있었어요. 삼촌은 말했어요. 누나, 내 병을 알잖아. 내가 누나보다 오래 살 거라는 보장이 없어. 누나가 이러면 인주는……

그 여자는 대답했어요. 아주 퇴폐적으로. 아니, 아주 진지하게.

나한테 강해지라고 말하지 마. 난 쓰레기야. 쓰레기를 쓰레기답게 대하는 게 그렇게 어렵니? 난, 죽은 사람의 보상금으로 평생을 까먹는 쓰

레기야. 나는 쓰레기인 게 아주 좋아. 알겠니?

그 여자에겐 무엇이 그렇게 고통이었을까요. 의사였던 아버지와의 행복한 미래가 사라졌기 때문에? 아버지를 교통사고로 죽인 사람이 거부였기 때문에? 그래서 타협의 결과로 막대한 재산을, 평생 먹고 살고도 남을 돈을 받았기 때문에? 그 자괴감으로? 분노로? 무력감으로?

한번은 그 여자가 사라져서 경찰에 신고까지 했는데 장롱 속에서 발견됐어요. 내가 찾았지요. 그 여자는 물에 불린 듯 허옇게 부어오른 얼굴로, 아이처럼 둥글게 등을 말고, 손가락을 빨면서 장롱 속에 웅크리고 누워 있었어요. 내가 장롱 문을 여니까 그 여자가 말했어요.

문 닫아. 너무 밝잖아. 못 본 걸로 해.

그 여자는 그렇게 계속 썩어갔어요. 고인 물처럼. 충치처럼. 감염된 환부처럼. 그러다 죽었지요. 그것 말고는 출구가 보이지 않았던 거예요. 그것 말고는 길이 없었던 거예요. 그 여자에게는.

*

천천히 심장 언저리를 문지른다. 불에서 방금 꺼낸 칼에 가슴을 벤 것처럼, 뜨거운 것인지 쓰라린 것인지 감각을 구별할 수 없다.

나는 봉투 깊이 손을 넣어 은가락지를 꺼낸다. 조심스럽게 왼손 약지에 끼어본다. 무겁고 헐겁다. 오른손 중지에 끼자, 빠질 정도는 아니지만 역시 헐겁다. 증조할머니에게서 할머니에게로, 할머니에게서 어머니에게로 이어온 가락지일까.

다시 택시 기사를 돌아보자. 그는 두 볼 가득 밥을 넣고 우물거리며 남은 갈치의 가시를 바르고 있다. 목이 막히는지 대접을 들고 북엇국을 마셔가며 계속 밥을 씹는다. 천천히 먹으라고 말해줘야 하는 건지도 모른다. 그는 사기잔에 담긴 물을 벌컥벌컥 들이켠다. 길게 트림을 하고는 다시 물잔을 든다. 마지막 한 방울까지 입안에 털어넣는다.

*

눈 덮인 벌판을 가르는 검은 아스팔트 국도가 전주와 가로수들을 양쪽으로 거느리며 구불구불 이어진다. 안개등 불빛을 받은 눈송이들이 하얗게 반짝이며 앞유리에, 와이퍼에 부딪혀 부서진다.

무슨 눈이 이렇게 오나……

기사의 탄식이 엔진 음에 파묻힌다.

그 여자의 총명한 눈을, 오래된 사진에서밖에는 보지 못했어요.

인주의 작업실 책상 서랍에서 보았던, 흰 영산홍 앞에 서 있던 여자의 흑백사진을 나는 떠올린다. 햇빛을 받은 먼지 덩어리가 굴러다니던 수유리 집의 안방을 떠올린다. 그 방의 정적을, 아무도 사용하지 않던 자개장롱을 기억한다.

나는 인주를 몰랐다.

인주가 나를 몰랐던 것보다 더.

인주는 나에게 한번도 어머니에 대해 말한 적이 없었다. 삼촌에 대해 인주가 말할 수 있는 상대가 있었다는 것도 오늘 처음 알았다. 김영신은 인주의 과거의 많은 부분을—나보다 더—알고 있다. 강석원을 십 분 만에 돌려보낸 것은, 그와 인주의 관계에 대해 많은 것을 알고 있었기 때문일 것이다. 그녀가 나에게 이 편지와 가락지를 준 것 역시, 충분히 나를 알고 있었기 때문일 것이다.

눈발이 지워가는 국도 변의 비닐하우스들을, 시선을 둘 겨를도 없이 빠르게 스쳐 사라지는 얼어붙은 나무들을, 인주와 민서가 수차례 다녀갔을 이 길의 모든 것을 머릿속에 밀어넣기 위해 나는 부질없이 애쓴다. 차창에 비친 내 검은 얼굴을 손바닥으로 덮어 가린다.

*

적막에도 형상이 있다고 삼촌은 말했다.

적막은 육각형의 작은 눈송이 하나 속에,
빙하기에 내리는 눈과 다르지 않게,
얼음에 싸인 불꽃처럼 거기 있다고 했다.

차가운 차창의 물기를 손바닥으로 닦으며 나는 오래 눈을 보았다. 눈은 국도를 덮고, 서울로 접어드는 외곽도로를 덮고, 고가도로와 상가, 전신주와 전화 부스를 덮고, 불법 주차 중인 차량들, 교회의 십자가들, 저녁 어스름 속에 서 있는 아파트들을 덮고, 행인들의 우산을, 우산 없이 걷는 사람들의 검은 머리칼을 덮었다.

*

많이 늦으셨네요.

죄송합니다. 지방에 다녀오느라구요.

여섯 시에 다음 내담자가 있어서 삼십 분밖에 상담 못 하세요. 괜찮으시겠어요?

괜찮습니다.

십만 원 선불이에요.

나는 미리 준비한 자기앞수표를 여자에게 내밀었다. 짧게 자른 머리에 큼직한 링 귀고리를 한 깡마른 여자였다. 그날 밤 복사물을 들고 허둥거리던 사람은 오늘 비번인 모양이었다.

이쪽에서 기다리세요.

여자가 안내하는 대로 나는 소장실 옆의 상담실로 들어갔다. 둥근 철제 테이블 하나와 의자 두 개가 가구의 전부인 한 평 남짓한 공간이었다. 테이블을 장식한 작은 조화 바구니가 아니었다면 취조실처럼 보였을 것이다. 일찍 집을 나선 뒤 처음으로 나는 코트를 벗어 무릎에 올려놓았다.

곧 문이 열리고 하얗게 센 머리의 남자가 들어왔다. 흰 셔츠에 짙은 회색 모직 조끼, 밤색 코르덴 바지를 입은, 그날 밤에 본 오십대 후반의 남자였다.

안녕하십니까.

그가 인사했다.

코트를 들고 나는 몸을 일으켰다.

*

어떻게 여기를 알고 오셨지요?

서인주라는 친구 때문에, 여쭤볼 게 있어서요.

알고 있는 것이 없으니, 우회할 길 역시 나에게는 없다. 내 얼굴을 유심히 살피며 소장은 물었다.

……상담 때문에 오신 것이 아닙니까?

그의 목소리는 높지도 낮지도 않은, 그다지 울림이 좋지 않은 딱딱한 것이었다. 말씨는 느린 편이었고, 얼굴에는 잘 가라앉은 침착성이 배어 있었다. 나는 가방에서 강석원의 책을 꺼냈다.

이 책에 대해서 알고 계세요?

나는 책을 돌려 탁자에 놓은 뒤 그가 앉은 쪽을 향해 밀어주었다.

강석원이라는 사람이, 인주가 알고 지냈던 거의 모든 사람을 인터뷰해서 인주의 전기를 썼어요. 여기에 선생님에 대한 부분은 없어요. 하지만, 인주를 알고 계시지요?

뭔가……

그는 두 손을 들어 허공에서 손깍지를 끼고는, 어딘가 방어적인 자세로 입술을 가렸다.

오해가 있는 모양입니다. 저는 그분을 상담한 적이 없습니다.

인주와 상담을 하신 적은 없지만, 이 옆방에서 만난 적은 있으시지요.

……왜 그렇게 생각하는 거지요?

나는 의자 등받이에 상체를 기댔다. 힘주어 두 손으로 팔걸이를 쥐었다.

선생님은, 인주가 왜 미시령에 갔는지 알고 계시죠.

머리 위의 벽에서 돌아가고 있는 시계 초침 소리, 창 아래의 구식 라디에이터가 뱉어내는 무거운 기계음이 똑똑히 들렸다. 그는 여전히 손깍지를 낀 손으로 턱과 입술을 가리고 있었다. 마치 오래 입을 맞추는 것 같았다. 마침내 손을 떼어내자, 세게 누르고 있었는지 턱 언저리가 불그스름했다.

인주는 옆방에서 선생님을 만나고 난 뒤 미시령에 가고 싶어 했고, 두 달 뒤에 정말 미시령에 갔어요. 그 이유를 설명할 수 있으시지요?

……누구십니까?

인주의 친구예요.

상담료는 환불 받으세요.

침착하게 몸을 일으키며 그가 말했다.

미안하지만, 저로서는 아무것도 드릴 말씀이 없습니다.

나는 먼저 일어나 문을 막아섰다. 가방에서 펜을 꺼내, 강석원의 책 속표지에 내 전화번호와 이름을 적었다.

전화 주세요. 언제든지.

당혹감이나 분노의 절제된 표현인 듯 그는 길게 눈을 감았다 떴다. 마치 눈을 감은 사이 내가 사라져 있기를 바라는 것 같았다.

생각해보겠습니다.

그 대답이 승낙인지, 완곡한 거절인지 나는 판단할 수 없었다.

가까이서 본 그의 어깨는 깡말랐고 구부정했다. 뿔테 안경 안쪽의 눈그늘이 검었고, 나머지 피부는 노르스름했다. 평범한 이목구비를 가졌고, 눈빛만은 명석해 보였고, 깨끗하게 면도를 했고, 회색 조끼는 적당히 낡아 있었다.

먼저 나가세요. 제가 환불해드리겠습니다.

*

거리는 어두웠다. 철물점은 셔터를 내렸고, 도배상은 사람 없이 흐릿하게 불이 밝혀져 있었다. 수제화점 남자는 수십 켤레의 허물 같은 구두들을 등진 채 석유난로를 향해 손을 펼치고 있었다. 크고 작은 발자국과 자전거 바퀴 자국이 드문드문 눈 위에 새겨진 인도를 나는 걸었다.

인주가 여기 있었다. 그 머리 흰 남자를 만나고 나서 이 어두운 길을 밟아 돌아갔다. 그가 상담하는 요일은 화요일뿐이다. 인주가 메모한 4-5는 내가 예약했던 시간, 가장 한가하다는 상담 시간이었을 것이다. 11-12는 11월 12일, 인주가 미시령에 가기 두 달여 전의 날짜, 초밥을 사들고 나에게 와 미시령에 함께 가자고 말하기 직전의 어느 날이었을 것이다.

소장은 인주가 그의 내담자가 아니었다고 자신 있게 말했다. 그렇다면 왜? 인주는 왜 오래된 사진의 뒷면에 상담 시간을 메모했을까.

생각해보겠습니다, 라고 그는 나에게 말했다. 무엇을 생각한다는 걸까. 무엇을 말할 것인가를? 무엇을 숨길 것인가를?

*

나는 돈암역 근처의 허름한 식당으로 들어간다. 거리를 향해 놓인 일

자형 탁자 앞에 앉아 뜨거운 우동으로 허기를 채운다. 우동 국물은 조미료를 많이 넣어 밍밍하고, 플라스틱 컵에 담긴 물에서는 세제 냄새가 난다. 우동이 반나마 남은 그릇을 한쪽으로 치우고 나는 공책을 꺼낸다. 연필로 눌러 적는다.

인주의 상담 기록이 없는 것은, 오늘 나에게 그렇게 한 것처럼 소장이 상담료를 환불하고 파일을 파기했기 때문인가?
그렇다면, 상담이 아닌 무슨 용무로 인주는 그를 찾은 건가.

계속해서 나는 쓴다.

인주가 김영신에게 내 대본을 읽게 한 이유,
그 연극의 대사를 달력에 평어체로 옮겨 적은 이유는.
거기서 따온 제목을 그림에 바꿔 붙인 이유는.

*

「닥쳐」는 무대에 올라간 내 첫 희곡이었다. 심리치료의 임상 사례에서 모티프를 따온 것으로, 어린 시절 어머니로부터 은밀히 학대받았던 여자가 주인공이었다. 여자는 누군가와 긴밀한 관계를 맺는다는 것은 곧 지배당하는 것이며 자신을 잃는 것이라는 공포 때문에 고립된 삶을 살아가는데, 어느 날 수수께끼 같은 남자를 만나 그가 제안한 '닥쳐' 게임을 한다. 그가 무슨 말을 하든 '닥쳐'라고 응수하는 것이 그 게임의 유일한 규칙이다.

이리 와. 내가 사랑해줄게.

닥쳐. (조그만 목소리로, 겁먹은 듯이)

내가 돌봐줄게, 부드럽고 아늑하게. 너는 내가 하라는 대로만 하면 돼.

닥쳐.

너는 혼자서는 아무것도 할 수 없잖아.

닥쳐.

네가 살아갈 수 있는 건 오직 나 때문이야. 너라는 존재만으론 아무 의미도 없어.

닥쳐.

너는 인형이야.

닥쳐.

너는 쓰레기야.

닥쳐.

나에게 너무하는구나. 너는 차라리 태어나지 않는 편이 나았겠다.

(눈물을 흘리며) 닥쳐.

네가 불행한 게 내 탓이란 생각은 마. 내가 아니라 누구를 만났어도 네 인생은 똑같았을 거야.

닥쳐.

네가 형편없기 때문이야.

닥쳐.

네가 더럽기 때문이야. 아무짝에도 쓸모없기 때문이야. 끽소리도 못 내는 병신이기 때문이야.

……그렇지 않아. 닥쳐.

너는 아무것도 느끼지 못해.

닥쳐.

너는 살아 있지 않아.

닥쳐.

너 같은 건 차라리 죽는 게 나아.

(울부짖으며) 그렇지 않아…… 닥쳐!

무대 바닥에 엎드려 있던 여자가 어두운 객석을 향해 천천히 돌아앉으며 말한다. 혹시, 이것으로 내가 아픈 데를 다 알았다고 생각하는 건 아니겠죠. 여자는 희미하게 웃는다. 내가 아픈 데는 달의 뒷면 같은 데예요. 누구에게도, 당신에게도…… 나 자신에게도 보이지 않아요.

*

인주는 혼자 와서, 맨 뒷좌석에서 그 연극을 보았다. 배우도 관객도 감정이 격렬해져서 눈물을 흘리는 연극이었는데 인주는 울지 않았다. 그저 담담한 말씨로 잘 봤어, 라고 나에게 말했다.

한 해가 채 지나기 전에 우리가 결별하게 되리라는 것을, 짧지 않은 시간 동안 서로에게 연락하지 않게 되리라는 것을 모르는 채 우리는 분장실 앞에서 악수했다. 부끄러워서 나는 웃었다. 잘 봤어, 라고 담담하게 말하는, 소년처럼 섬세한 인주의 얼굴을 향해. 마치 손바닥의 중심에 불을 지핀 듯 인주의 손은 뜨거웠다.

그런 악수를 십 년 전에도 했었다는 것을 깨달은 것은, 헐렁한 검은 셔츠에 회색 청바지 차림의 인주가 복도 모퉁이를 돌아 사라졌을 때였다.

*

인주가 스물두 살, 나는 스물한 살이던 초가을의 정오 무렵이었다. 내 손에 이끌려 처음으로 낮에 집을 나선 인주는 엉거주춤 내 뒤를 따라 지하로 통하는 계단을 밟아 내려왔다.

내가 레스토랑에 친구를 데려간 것은 처음이어서 어머니는 놀랐다. 이내 점심 손님들이 몰려들어왔으므로 나는 바빠졌다. 인주는 우두커니 홀 가장자리에 서 있다가, 내가 플라스틱 쟁반과 메뉴판을 가슴에 안기자 서빙을 돕기 시작했다.

주문하시겠습니까?

더벅더벅 헝클어졌던 머리를 빗어 질끈 묶고, 화장실 세면대에서 말갛게 씻은 얼굴로, 낡은 셔츠와 청바지 위로 앞치마를 두른 인주는 손님들에게 물었다. 나 역시 쟁반을 들고 테이블과 주방과 카운터를 바삐 오갔다.

점심 손님들이 빠져나간 뒤 우리는 마주 앉아 돈까스를 먹었다. 주방장을 새로 구하지 못해 어머니가 직접 주방 보조 아주머니와 음식을 만들기 시작하던 무렵이었다. 전화위복으로 오히려 손님이 늘어, 간신히 적자만 면하던 레스토랑은 조금씩 활기를 띠어가고 있었다.

주말에 여긴 늘 이렇게 바빠?

인주는 나에게 물었다.

그런 편이야. 그래서 되도록 주말 오후는 여기서 보내려고 노력해.

중학교 때부터 쭉.

정희야, 나……

햇빛을 오래 안 봐 놀랄 만큼 흰 얼굴로 인주는 조심스럽게 말을 꺼냈다.

여기서 아르바이트해도 되겠니?

나는 심상하게 대답했다.

그럴래? 엄마한테 얘기해볼게.

포크를 내려놓는 내 손이 떨렸다. 떨리는 손을 테이블 밑에 감췄다. 인주가, 삼촌이 죽은 뒤 처음으로 무언가를 하고 싶다고 말한 순간이었다.

*

있지, 새벽은 이상해.

여러 주가 지난 뒤, 새벽 2시까지 레스토랑에서 인주와 함께 일하고 돌아가는 길이었다. 어깨가 뻐근하고 다리가 부었다. 단화가 빽빽해 뒤축을 꺾어 신었다. 어머니는 천천히, 발을 떼지 않고 걷는 사람처럼 우리 뒤를 따라오고 있었다. 겨울밤의 공기 속으로 우리 입김이 하얗게 번졌다. 인주는 꿈꾸듯이 중얼거렸다. 처음엔 낮게 중얼거리던 목소리가 점점 열기를 띠며 커졌다.

밤도 이상한데…… 새벽은 더 이상해. 삼 년쯤 잠을 안 자면 사람이 이상해지는 걸까? 그러니까, 내가 이상해져서 새벽이 이상하게 느껴지는 걸까? 밤에는 결이 있고 마디가 있고 틈이 있는데…… 새벽은 안 그래. 어떤 물결이야. 어떤 핏줄, 어떤 생명 같은 거…… 두

근거림 같은 거. 빠담! 빠담! 빠담! 이 노래 가사가 무슨 뜻인지 알아? 심장 뛰는 소리야. 두근두근 뛰는 소리가 아니라, 쿠쿵! 쿠쿵! 쿠쿵! 새벽은 그래. 심장처럼 뛰어. 아무리 죽이려고 해도 죽일 수 없는 게 내 안에 있어. 그게 느껴져. ……내가 미친 것 같니? 이상한 것 같아?

나는 손을 내밀어 인주의 손을 잡았다. 떨리지 않는, 손바닥에 불씨가 지펴진 것 같은 단단한 손이었다. 부끄러운 듯 인주는 웃었다. 나는 따라 웃으려고 했는데, 웃고 있는 입술에 갑자기 눈물이 떨어졌다. 손을 놓고 걷는 동안 우리는 더 이상 말하지 않았다. 이따금 두 사람의 어깨가 부딪힐 때마다, 어깨뼈와 어깨뼈 사이에서 낮은 소리라도 들린 듯 서로의 놀란 얼굴을 바라보았다.

*

소장이 6시 상담을 끝내기 전에 상담소에 가 있으려면 지금 일어서야 한다. 공책을 가방에 넣고 계산을 치른 뒤 나는 식당 문을 나선다. 이제는 눈에 익은 붐비는 길을 되밟아 걸어간다. 몸에서 훈기가 가시고 다시 발부터 시려오기 시작할 즈음 휴대폰이 울린다. 경기 지역의 모르는 번호다.

여보세요.

김영신이에요. 오늘 일은 일찍 끝냈어요. 이제 조용히 얘기할 수 있겠어요.

칼칼하게 가라앉은 김영신의 목소리를 잘 듣기 위해 나는 휴대폰을 바싹 귀에 붙인다. 아직 차량이 많은 거리라 주변이 몹시 시끄럽다.

정전된 작업실에 웅크리고 있던 개들의 얼굴이 불현듯 한덩어리로 눈을 향해 덤벼든다.

아홉 시쯤 전화드리려던 참이었어요.

아홉 시면 나는 자요. 수면제를 먹고. 몇 년 동안 줄곧 그랬어요. 인주 씨 보내고 더 심해졌죠.

차 소리, 음악 소리, 웅성거리는 인파의 소리를 피해 나는 휴대폰을 귀에 댄 채 달리기 시작한다.

「달의 뒷면」 연작에 원래 붙이려고 했던 이름이 「미시령」이었다는 것 알고 있어요?

아니요.

나는 숨차게 대답한다.

몰랐습니다.

아직 이 이야기는 아무와도 해보지 않았어요.

김영신의 목소리가 차 소리 속으로 흩어진다. 갈라진다. 바스라진다. 나는 눈에 띄는 상가 건물의 유리문을 열고 닥치는 대로 계단을 오른다.

누군가와 이야기해보고 싶었지만, 엄두가 나지 않았어요.

아무렇게나 오르고 보니 2층은 비어 있다. 세 든 사람이 빠져나갔는지, 선팅이 벗겨진 유리문 안쪽으로 을씨년스러운 빈 기둥들만 남아 있다. 층계참의 화장실은 커다란 자물쇠로 잠겨 있다.

나보다 잘 알고 있겠지만, 인주 씨는 미시령에서 구조된 뒤 사흘을 버텼어요.

텅 빈 계단에서, 휴대폰 속의 음성은 소름 끼치도록 가깝게 울린다.

만약 빨리 구조되지 않았다면 그 눈 속에서 바로 얼어 죽었을 거예요. 그러니까, 나에게 납득이 가지 않는 것은……

김영신이 혀를 마는 소리, 침을 삼키는 소리까지 선명하게 들린다.

사고가 있었다는 걸 119구급대에 알린 사람이 누구냐는 거예요. 의식을 잃은 인주 씨가 그렇게 했다는 건 불가능한데, 그렇다면 목격자나 동행이 있었던 것 아니겠어요? 사고를 지켜보지 않았다면, 그 어두운 시간에 일부러 부서진 가드레일 앞에 멈춰서 아래쪽을 내려다볼 운전자가 어디 있겠어요?

나는 무릎을 구부려 층계에 걸터앉는다.

장례식에서 정선규 씨를 만났었는데 그걸 묻지 못했어요. 아니, 그게 이상하다는 생각조차 하지 못했어요. 무엇에 홀린 사람처럼, 제대로 된 생각을 할 수 없었어요. 민서 때문에, 서인주 때문에, 나 때문에…… 그러니까, 모든 것이 완전히 부서져버렸기 때문에. 한 사람이 부서짐으로써…… 그러니까,

나는 더러운 바닥에 가방을 내려놓는다. 몸을 틀어 콘크리트 벽에 등을 기댄다. 입천장이 마른다. 온몸이 얼어 있는데 식은땀이 등에 맺힌다는 것이 이상하다. 묵직한 악력의 통증이 심장을 움켜쥐기 시작한다.

이정희 씨.

수화기 저편에서 김영신이 나를 부른다. 대답하지 않는 나에게 다시 명령한다.

듣고 있어요? 정선규 씨와 연락이 되면 그걸 물어줘요. 경찰이 뭐라고 유족에게 말했는지. 무엇을 질문하고 무엇을 조사했는지. 그걸 알고 있는 사람은 현재로선 그 사람뿐이니까. 내 말 듣고 있어요?

*

한 마리를 넘어뜨리면 차례로 쓰러질 위태한 도미노를 이룬 채, 수백 마리의 말 없는 개들이 나를 앞장서 걷는다. 어둠 속에 빛나는 눈. 충직한 눈. 버림받은 눈. 병든 눈. 겁에 질린 눈. 비밀을 알고 있는 눈. 하지만 말할 수 없는 눈. 한마디 말도 뱉어본 적 없는 것들의 눈.

차량과 인적이 뜸해진다. 눈 덮인 텅 빈 보도가 캄캄하게 나타난다. 미끄러지지 않기 위해 보폭을 좁게 하고 나는 걷는다. 왼손으로 가슴을 문지르며, 단단하게 쥔 오른 주먹으로 균형을 잡으며 걷는다. 바람 속에 손등이 아려온다. 손가락의 관절들이 시큰거린다.

*

여보세요.

여보세요.

내 말을 들어봐.

더 이상 알고 싶지 않아.

너를 더 이상 알고 싶지 않아.

나에겐 그럴 권리가 없으니까.

나는 너를 몰랐으니까.

네가 나를 몰랐던 것보다 더.

*

거울 속의 나를 보지 않는다. 얻어맞은 개처럼 젖어 있을 눈을 보지 않는다. 덜컹거리는 소리와 함께 5층에서 승강기 문이 열리자, 유리문을 향해 멈추지 않고 걸어간다.

사무실은 환하게 불이 밝혀져 있지만, 커다란 링 귀고리를 한 여자는 일찍 퇴근했는지 책상이 말끔하다. 상담실 문은 닫혀 있고 안에 불이 켜져 있다. 소장실에는 불이 꺼져 있다. 괘종시계는 6시 55분을 가리키고 있다.

나는 문을 밀고 들어간다. 소파 앞에 놓인 원목 탁자로 다가가 자두맛 사탕 하나를 집는다. 분명하다. 이것과 같은 사탕을 인주의 책상 서랍에서 보았다. 삼촌의 메모가 적힌 갱지, 인주의 어머니의 흑백사진, 민서의 앞니가 담겨 있던 연두색 닥종이 주머니 안에서.

나는 발소리를 죽여 소장실로 걸어간다. 소리 없이 문을 열고 안으로 들어간다. 벽을 더듬어 불을 켠다. 컴퓨터 책상 위쪽의 벽에 걸린 액자를 향해 손을 뻗는다. 발뒤꿈치를 들어도 닿지 않아, 구두를 신은 채 의자 위로 올라간다.

*

잡지나 달력에서 오려낸 프린트물이 아니라 원본 사진이다. 일련번호도, 서명도 없는 것으로 미루어 기성 작가의 것은 아니다.

원경으로 잡힌 미시령은 하늘을 등지고 얼음에 덮여 있다. 희끗하게 눈발이 날리고 있다. 모든 것이 시작되거나 끝나가는 어슴푸레한 시간. 박명 속의 바위는 누군가의 이마처럼 차갑고 반듯하다.

*

둘 다일 수는 없다.

한 사람이, 자살한 동시에 자살하지 않은 것일 수는 없다.

모든 것을 버리는 동시에 버리지 않았을 수는 없다.

갓길 없는 미시령의 눈 쌓인 길에서, 벼랑의 안쪽과 바깥쪽 중 하나를 택해야 하는 단 한순간, 둘 다를 택할 수는 없다.

주저할 수도,

얼버무릴 수도 없다.

*

소장의 책상 위에 강석원의 책이 펼쳐져 있다. 인주의 얼굴이 클로즈업된 사진 화보가 덮이지 않도록, 플러스펜과 휴대폰이 책장 사이에 끼워져 있다. 그 옆에 같은 책이 펼쳐져 있는 것을 나는 본다. 이미 사서 가지고 있었던 책인가. 인주가 재현한 삼촌의 별이 한 면 가득 태어나고 있다. 희고 뜨겁고 타오르는 것, 둥근 불꽃의 적막이 캄캄한 피 같은 먹 속으로 번진다.

*

구형 라디에이터의 무거운 소음 위로, 옆방 문이 열리는 소리가 또렷하게 들린다.

다 퇴근하셨나 보네요.

점잔을 빼는 듯한, 동시에 어딘가 억눌린 듯한 중년 여자의 목소리가 조용한 실내에 울린다.

안녕히 계세요.

예. 다음 주에 뵙지요.

여자와 소장이 주고받는 인사말들을 나는 듣는다.

그런데 선생님.

곧 나갈 것 같던 여자가 말한다.

……제가 정말 그 상황에서, 다르게 행동할 수 있었다고 생각하세요?

여자의 말끝이 울음을 머금은 듯 떨린다. 대답하는 소장의 목소리는 낮아져 잘 들리지 않는다.

하지만 선생님은 분명히, 실망하신 것처럼 보였는데요. 일반적인 이야기가 아니라 분명히 저에게……

조금 커진 소장의 목소리가 들린다.

그런 뜻이 아니었습니다. 다르게 행동하기 어려운 상황이었다는 걸 이해합니다. 미안합니다.

나는 열쇠 구멍에 눈을 대고 바깥을 내다보려 한다. 희끗하고 흐릿한 덩어리뿐, 아무것도 제대로 보이지 않는다. 허리를 펴고 문에 귀를 댄다. 분노인지 슬픔인지, 억울함인지 알 수 없는 흐느낌과 헐떡임으로 여자의 인사말이 토막토막 끊어진다.

아니요, 미안해하실 것 없어요…… 이만 가보겠어요.

죄송합니다. 제가 오늘 너무 앞서 간 것 같습니다. 깊이 생각해보겠습니다.

소장의 착잡한 음성에 못을 박는 여자의 구두 소리, 문이 열렸다 닫히는 소리를 나는 듣는다.

*

문밖의 침묵에 귀를 기울인 채 나는 기다린다.

수술에 실패한 외과의사처럼, 소장은 그 자리에서 꼼짝 않고 서 있는 걸까. 이삼 분이 지나도록 기척이 들리지 않는다.

생각해보겠습니다, 라고 방금 그는 여자에게 말했다. 한 시간여 전에 나에게 했던 것과 같은 말이었다. 그것은 직업적인 습관일까. 변명일까. 진심일까.

나는 허리를 숙이고 열쇠 구멍을 들여다본다. 무엇인지 알 수 없었던 희끗한 윤곽이 그의 회색 조끼였다는 것을 깨닫는다. 그 윤곽이 서서히 움직이기 시작한다. 다가온다. 나는 자세를 바로 한다. 옆구리에 단단히 액자를 끼운 채 뒤로 물러선다. 문을 열고 들어온 그가 지나치게 놀라지 않도록.

8
처음의 빛

생명이 꺼지면 영혼은 고통 없는 곳으로 간다는 말을 당신은 믿습니까.

그 믿음에 의지해 때로 사람들은 피 흘리는 동료, 신음하는 개를 앞당겨 죽입니다. 하지만 사실일까요. 전장에서, 동물병원에서 그들의 고통을 사라지게 할 때, 정말 사라지는 것은 그들을 지켜보던 우리의 고통 아닐까요.

나를 죽이고 싶다고 당신의 친구는 말했습니다. 침착하게, 낮은 목소리로 덧붙였습니다.

증오 때문인지, 돕고 싶어서인지는 죽인 다음에야 알 수 있을 것 같아요.

알고 있습니까. 당신들은 서로 닮았습니다. 생김새가 아니라 눈이.

의문하는 눈. 결단을 준비하는 눈. 천 사람이 걷는 거리에서도 알아볼 수 있을, 물과 불이 이글이글 글썽이는.

하지만 지금이 아니라 다음에요, 라고 당신의 친구는 말했습니다. 그녀의 눈이 뜨거운 대바늘처럼 내 눈을 꿰뚫어, 나는 그 한 쌍의 눈, 글썽이며 타오르는 눈 말고는 아무것도 볼 수 없었습니다.

그때까지 스스로 죽지 말고 기다리세요.

그 명령에 나는 복종했습니다. 잠에서 깨어날 때마다 기도했습니다. 내가 더 늙기 전에, 더 지치기 전에, 아무것도 더 이상 확신할 수 없어지기 전에 그 여자를 다시 만나게 해달라고.

당신의 짐작과는 달리 그 시간은 길었습니다. 넉 줄짜리 사회면 기사에 실린 그녀의 이름을 일 년 뒤 조간신문에서 보았을 때, 아무도 내 기도 따위를 듣고 있지 않았다는 당연한 사실을 깨달았습니다. 둔하고 느린 동작으로 신문을 접어 책상 한쪽으로 밀어놓고 나는 기다렸습니다. 무엇인가가 내부에서 무너지기를. 무너지지 않았습니다. 몸 어디에서건 피가 철철 흘러나오기를. 피 흐르지 않았습니다.

이제 짐작하겠습니까. 나는 늙었고 무기력합니다. 당신이 짐작하는 것보다 더. 당신의 친구가 숨겨둔 연인이 되기에는. 폭설이 내린 그 새벽, 그녀와 함께 그곳을 오르기에는.

*

이 사진을 동봉합니다.

그날 당신이 꺼내놓은 추측들은 모두 틀렸지만, 이 사진을 내가 직접 찍었으리라는 짐작만은 옳았습니다. 오래전, 내가 그곳에서 이 사진을 찍었습니다. 그렇게 했던 것을 후회해왔습니다. 사진을 없애는 것으로 그곳을 잊을 수 있었다면 수십 번 그렇게 했을 겁니다. 그러나 그럴 수 없었습니다. 시시로 그곳을 기억하지 않았다면, 김에 덮인 거울 속의 사람처럼 내 인생은 지워지고 흘러내렸을 겁니다. 당신에게 이 편지를 쓰고 있는 지금, 거울 속의 그 사람이 이제 힘차게 흘러내려 지워지고 있는 것을 느낍니다.

그녀에게 그곳이 어떤 장소였느냐고 당신은 물었지요. 나는 대답하지 않았습니다. 그곳이 그녀의 죽음의 장소가 된 이유를 알고 있느냐고 당신은 고쳐 물었지요. 당신의 입술이 떨리고, 열기 띤 눈이 세차게 깜박이는 사이 나는 조용히 반문했습니다. 그 사람에 대한 모든 것을 알아내 당신의 머릿속에서 합한다 해도, 결국은 순수한 추측만으로 메워야 하는 빈 곳이 남지 않겠느냐고. 강석원이라는 사람이 쓴, 당신이 동의하지 않는다는 저 책과 다름없이.

당신의 눈에서 타들어가고 있는 파르스름한 불을 나는 보았습니다. 경계심을 감추며 나는 이어 물었습니다.

어떻게 여길 찾아왔습니까? 누가 내 이름을 알려주었습니까?

침묵 속에서 우리는 서로의 얼굴을 마주 보았지요. 낯익은 일을 반복하고 있다는 생각이 들었습니다. 십 년 전, 삼십 년 전, 사십 년 전에도 이렇게 침묵하는 여자의 눈을 들여다보았다고.

천천히, 이상하리만큼 솔직한 말씨로 당신은 털어놓기 시작했습니다. 필사적인 전화 통화들, 서신들, 만남들, 텅 빈 거리와 7-11, 마침내 보게 된 이 사진에 대해서. 의심하며 듣고 있던 한순간 나는 어렴풋이 당신을 사랑했던 것 같습니다. 나는 이토록 늙고 무기력한 남자인데, 낯선 여자를 바라보다 문득 사랑에 빠질 수 있는 힘이 아직 남아 있었던 모양입니다.

내 미심쩍은 침묵 탓인지, 이해받지 못했다는 좌절감 때문인지 당신은 갑자기 다른 이야기를 꺼냈지요. 그때까지의 고백과 전혀 맥락이 닿지 않는 이상한 이야기였습니다.

처음 태어난 우주는 너무 작고 밀도가 높아 빛조차도 그 안에서 빠져나오지 못했다고 당신은 말했지요. 우주가 팽창하면서 간신히 활동할 수 있게 된 빛은 엄청난 열기와 함께 뿜어져 나왔고, 그 파동이 아직 완전히 식지 않은 채 온 우주에 퍼져 있다고 했습니다. 우주 어느 곳에나 균일하게 남아 있는 그것이 바로 빅뱅의 증거, 모든 것이 처음에는 하나였다는 증거라고 했습니다. 텔레비전과 전화의 잡음 중에 그 우주 복사로 인한 것이 있다고, 처음 그것을 발견한 사람은 사막에서 전신주를 수리하던 사람들이었다고도 했습니다.

마치 그것이 매끄럽게 연결되는 화제인 듯 당신은 진지하게 말을 이어갔습니다.

우주가 무한하지 않다면, 빛의 속력으로 다다를 수 있는—시각의 힘으로 닿을 수 있는—먼 과거의 우주가 언젠가는 보일 거예요. 가깝게는 빙하기의 지구를 볼 수 있고, 지구가 태어나기 전의 어둠도 볼 수 있겠지요. 말하자면 지금 우리가 살고 있는 지구의 풍경을, 먼 미래의 다른 별에 살아남은 사람이 고배율의 망원경으로 볼 수 있을 거예요. 우주가 유한하고 거대한 입방형의 덩어리라면, 움푹 파이고 휘어진 채 팽창하는 공간 어딘가에 우리의 과거와 미래가……

잠시 당신이 내 내담자라는 착각이 들었습니다. 어쩌면 당신도 그 순간 나를 상담자로 생각했던 겁니까?

그 이야기가 당신에게 어떤 감정을 불러일으킵니까, 라고 나는 정석대로 물었습니다. 흔들리는 눈으로 당신은 나를 마주 보았습니다. 상담자의 의도를 이해하는 동시에 경계하는, 경험 많은 내담자처럼 대답했습니다.

두려움 없이 내가 할 일을 해야 한다는 생각을 하게 돼요.

그게 어떤 일입니까?

인주가 왜 죽었는지 알아내는 거예요. 그 죽음을 왜곡하는 사람들을 막는 거예요.

그리고?

거짓으로부터 인주의 아이를 보호하는 거예요.

당신의 눈에 눈물이 고이는 것을 나는 보았습니다.

그 아이에 대한 생각이 당신에게 어떤 감정을……

그만두세요.

붉어진 당신의 두 눈으로부터 시선을 내리자, 짧고 거친 한마디로 나를 밀어낸 당신의 입술이 보였습니다. 바싹 마른 입술. 오랫동안 누구와도 입맞추어보지 않았을 입술. 거의 중성적으로 보이는 입술. 나는 늙고 지친 남자이고, 내 갈망이 절망적이라는 것을 잘 알고 있었습니다.

침묵, 적의, 어렴풋한 이해, 의문, 지독한 피로가 우리 사이에 가로놓여 있었습니다. 손을 뻗어 책상 위에 놓인 사무실 열쇠를 집으며 나는 말했습니다.

이제 그만 돌아가시지요.

당신은 돌아가지 않았습니다. 대신 갈라진 목소리로 말했습니다.

인주를 만나서 어떤 이야기를 했는지 저에게 말씀해주세요.

그 순간 내가 정말 하고 싶었던 일은 당신에게 격렬히 입 맞추는 것이었습니다. 그따위 어리석고 끈질긴 질문들을 닥치라고, 나를 도와달라고, 그 방법이 나를 죽이는 것이라면 그렇게 해달라고 애원하는 것이었습니다. 사십 년 전, 삼십 년 전, 이 년 전에도 그렇게 하지 못했듯이, 나는 그렇게 하지 못했습니다.

그 밤으로부터 열흘이 지나갔습니다. 그동안 누구를 만나고, 어떤 이메일을 주고받고, 달아오른 휴대폰에 매달려 약속을 구걸했습니까? 몇 개의 퍼즐 조각을 더 찾아냈습니까? 그것이 당신의 친구의 인생에 꼭 들어맞습니까? 장님처럼 더듬거리며 책을 쓰기 시작했습니까? 숭숭 구멍 뚫린 그림을 완성할 수 있으리라고 믿습니까?

나는 믿지 않습니다. 어떤 것도 찾아지지 않고, 어떤 것도 완성되지 않을 것입니다. 만의 하나 완성된다 한들 누구도 당신을 믿지 않을 것입니다. 당신이 진실이라고 믿는 언어를, 눈물을, 피를 믿지 않을 것입니다. 잔인하게도, 내가 당신에게 이 편지를 쓰는 것은 당신이 입을 틀어막힌 사람이기 때문입니다. 누구에게도 내 이야기를 전할 수 없을 것이기 때문입니다. 아니, 덜 가혹하게 말하겠습니다. 당신이 쓸 그 불가능한 책을 연민하기 때문입니다. 아니, 솔직하게 말하겠습니다. 목마른 사람처럼 이 편지를 남김 없이, 삼킬 듯이 읽어가는 당신의 얼굴을 상상하고 싶기 때문입니다. 그 상상 속에서 당신의 입술, 혼란 때문에 벌어진 입술에 내 입술을 문지르고 싶기 때문입니다. 단 한순간, 어리석고 병적인 그 상상이 나를 위무할 것이기 때문입니다. 아니, 위악적으로 말하지 않겠습니다. 당신이, 수십 년의 시간을 건너와 나를, 어깨가 굽고 머리가 희어진 나를 찾아낸 사람이기 때문입니다.

그렇습니다. 수십 년 전의 이야기입니다. 당신의 친구가 태어나기 전의 이야기입니다. 당신이 힘겹게 맞춰온 퍼즐의 어디에도 들어맞지 않을 이야기입니다. 수십 년 동안 서서히 나를 죽여왔고, 이제 새벽이 되기 전에 나를 죽인 뒤 가까스로 끝날 이야기입니다. 한 여자의 눈에서 시작되는 이야기입니다. 총명한 눈, 방금 살얼음이 녹은 것처럼 젖어 있던 눈, 누구도 차마 오래 맞받아 바라볼 수 없었던 눈에서 시작되는 이야기입니다.

*

한 번의 삶에서 여러 인생을 살았다고 느낄 때가 있습니다. 시간은 흐르는 것이 아니라 마디마디 끊어지는 것이었다고, 어떤 마디의 기억들은 전생처럼 멀고 어둑하다고 느낄 때가 있습니다. 그해 11월의 늦은 저녁, 그렇게 멀고 어둑한 성북동 골목을 오르고 있었습니다. 턱 아래까지 머리를 기르고, 풋된 사내다움을 드러내기 위해 턱수염을 거뭇하게 기른 채, 종잇장처럼 바싹 마른 낙엽들을 소리 내어 밟으며 걷고 있었습니다.

골목은 고요했습니다. 담장들은 높고 단단했습니다. 이따금 순찰 중인 경관과 마주쳤지만 고개를 움츠리거나 도망칠 필요는 없었습니다. 그들의 임무는 장발의 젊은이를 단속하는 것이 아니라 고위층 인사들—내가 가르치던 학생의 아버지를 포함한—의 저택을 지키는 것이었으니까요.

마침내 학생의 집 앞에 이르렀을 때, 대문 맞은편의 외등 아래 서 있는 젊은 여자를 보았습니다. 긴 머리를 질끈 뒤로 묶었고, 고개를 깊이 수그리고 있었습니다. 맵시 없는 물 빠진 청바지에 연두색 낡은 반코트를 꼭꼭 여며 입었고, 어깨에는 한눈에도 무거워 보이는 고동색 헝겊 가방을 메고 있었습니다. 초라한 코트 속에서 여자는 추워 보였습니다. 실제로 추운 듯 어깨를 웅크린 채 두 손을 세차게 맞비볐고, 하얗게 입김을 뿜어 손등을 덥히려 했습니다. 저녁 여덟 시 오 분 전, 정보부 간부의 사가(私家) 앞에 서 있는 그 초라한 여자는 어딘가 비현실적으로 느껴졌습니다.

검은 페인트를 칠한 거대한 대문의 초인종을 누른 뒤 나는 기다렸습니다. 그 집에는 가정부가 셋 있었으므로, 여느 때라면 그중 가장 나이가 어린 주근깨투성이의 여자애가 달려나와 '선생님 오셨어요?' 외치며 맞아주어야 했습니다. 기척이 없었으므로 나는 다시 초인종을 눌렀습니다. 이번에도 대답이 없자, 어쩌면 외등 아래 서 있는 여자도 나와 같은 처지이리라는 생각이 들었습니다.

내가 일주일에 두 번 영어를 가르치던 고등학교 2학년생은 그 집의 막내아들로, 본처 소생이 아니라는 사실을 공공연하게 입 밖에 내며 스스로와 가족을 조롱하는 녀석이었습니다. 오래전에 연락이 끊겼다는 친어머니에 대해서만은 입을 꾹 다물었던 것으로 미루어, 경박함으로 무장한 녀석의 내면에는 분명한 고통이 진액처럼 엉겨 있었을 것입니다. 얼굴만 보면 마치 이십대 후반처럼 보이는 조숙한 인상이었지만 뺨에는 솜털이 돋아 있었고, 스스로 나에게 고백한 바에 따르면 중학교 3학년 때부터 수학 가정교사의 얼굴을 생각하며 매일 밤 세 차례의 수음을 하느라 온몸이 앙상하게 여위어 있었습니다. 수학

교사에 대한 그의 성적인 호기심은 우스꽝스러울 만큼 열렬한 것이어서, 마침 그녀가 먼저 수업을 하고 간 날이면 영문법 따위에는 의욕을 잃은 채 그녀에 대한 화제만을 당돌한 익살을 섞어 이어가곤 했습니다.

조금 예뻐요. 예뻐서 어머니가 채용했나 봐요. 내가 가슴이라도 설레서 수학을 열심히 할 줄 알았나 보죠. 그런데 치마 입는 걸 한번도 못 봤어요. 다리에 흉터라도 있나? 약혼도 했다던데. 상대가 레지던트래요. 약혼까지 했으면, 둘이 만날 때마다 키스하겠죠? 후미진 골목에서 여관으로, 자취방으로…… 정말 의대생들은 연애하기가 그렇게 쉬워요? 강의 시간에 성감대도 배우나? 아, 그런 생각 하느라 수학 공부가 더 안 돼. 인제는 방정식만 봐도 그게 선다니까요.

수도 없이 녀석에게서 그런 이야기를 들은 터라, 생면부지의 여학생에게 막연한 선입견을 가지고 있었던 모양입니다. 외등 아래 서 있는 여자를 돌아보며 나는 조금 웃었습니다. 시력이 나쁜 듯 여자는 눈을 가늘게 뜨고 나를 건너다보았습니다. 그 수수한 여자에게서 성적인 몽상의 빌미를 찾는 것은 불가능해 보였습니다. 등록금이 절반인 국립대에 들어가기 위해 악착같이 책상 앞에 붙어 있었을 공부벌레. 고액과외로 집안에 생활비를 대는 맏딸. 세수할 때 말고는 거울 들여다보는 시간도 아까워할 여자.

골목 아래에서부터 엔진음이 들려온 것은 그때였습니다. 당시로서는 거대하다고밖에 형용할 수 없을 검은 크라이슬러가 천천히 언덕을 미끄러져 올라와 대문 앞에 섰습니다. 모든 차창이 검게 선팅되어 누가 안에 타고 있는지 알 수 없었습니다. 순간 나는 놀랐는데, 외등 아래 서 있던 여자가 성큼성큼 크라이슬러를 향해 다가갔기 때문이었습니다.

……선생님.

뒷좌석 차창이 열리며 진수의 얼굴이 나타났습니다.

여태 기다리셨어요?

금방이라도 차 문을 열고 나올 듯, 녀석의 조숙한 얼굴에는 당혹감과 반가움, 숨길 수 없는 연정이 뒤섞여 있었습니다.

아, 저, 영어 선생님도……

여자의 어깨 너머로 나를 발견한 진수가 꾸벅 목례를 했습니다. 전에 없이 억제된 태도는 옆에 있는 누군가 때문인 것 같았습니다. 여자와 나를 번갈아 보며 녀석은 더듬더듬 말했습니다.

할아버지가 위독하셔서 큰댁에 다녀오는 길이에요.

여자는 처음으로 입을 열어 진수에게 물었습니다.

어머니는?

체구에 어울리지 않게 여자의 목소리는 크고 분명했습니다.

아직 큰댁에 계세요.

이거 마저 열어봐.

진수가 차창을 완전히 열자 운전석 옆자리에 가정부가 보였고, 진수 옆에 앉은 사내의 얼굴이 보였습니다. 이 년 가까이 과외를 해왔는데, 진수의 아버지를 본 것은 그날이 처음이었습니다. 정보부 간부에 대해 막연히 상상했던 것과는 달리 퍽 지성적으로 보이는 중년 남자였습니다. 감청색 양복에 회색 타이를 맸고, 파르스름하게 면도한 턱과 입매만은 상상했던 것만큼 냉혹해 보였습니다.

안녕하세요.

조금도 움츠러들지 않은 목소리로 여자는 사내를 향해 인사했습니다. 나도 엉거주춤 고개를 수그렸습니다.

진수를 가르치는 이동선이라고 합니다.

그래, 수고가 많군.

사내는 미소를 머금으며 말을 이었습니다.

들어오라고 하고 싶지만 안사람도 없고, 이 아이도 지치고 해서, 오늘은 그만 돌아가는 게 좋겠어. 미안하게 됐어.

아닙니다, 괜찮습니다.

머뭇머뭇 내가 대답하는데, 여자는 별안간 차창에 얼굴을 가까이 했습니다.

진수 아버님, 드릴 말씀이 있습니다.

여자의 어깨에 가려 사내의 얼굴이 보이지 않았습니다.

오늘은 제가 월급을 받는 날입니다.

불쾌한 듯 차가운 사내의 목소리가 우렁우렁 들려왔습니다.

다음 주에, 안사람이 오면 처리해줄 텐데. 나는 잘 몰라서 말이지.

아니요. 오늘 급하게 쓸 곳이 있습니다. 세 시간 동안 기다렸습니다.

단호한 동작으로 여자는 허리를 활짝 펴고 반걸음쯤 물러섰습니다. 이제부터는 상대가 선택하기 나름이라는 듯, 자신은 돈을 받지 않을 수도, 심지어는 받자마자 도로 얼굴에 흩뿌려줄 수도 있다는 듯 당돌한 자세였습니다.

진수는 금방이라도 울음을 터뜨릴 듯 초조한 얼굴로 아버지와 여자를 번갈아 살폈습니다. 사내의 부드러운 목소리가 들려온 것은 그때였습니다.

……그래, 얼마지?

사천 원입니다.

사내가 코트 안주머니에서 지갑을 꺼내는 것이 보였습니다. 선선한 말씨와 달리 사내의 미소에 경멸이 어려 있는 것을 알아챌 수 있었습니다. 여자는 허리를 굽히고 차창 속으로 두 손을 밀어넣었습니다. 지폐들을 받아든 여자의 손이 부들부들 떨렸습니다.

……그런데, 반말을 하시면 안 되지요.

진수의 얼굴에서 핏기가 가셨습니다. 운전석 문이 벌컥 열리며 검은 양복 차림의 남자가 상체를 내밀었습니다.

아가씨, 듣자 듣자 하니 버릇이 없어도 너무하잖나? 이분이 누군줄 알고.

사내가 손을 들어 기사를 제지했습니다.

놔둬. 차문 닫아.

내 눈과 귀를 믿을 수 없었습니다. 아무도 모르게 끌려간 사람들의 손톱과 발톱이 뽑히고, 거꾸로 매달린 입과 코에서 피가 뿜어져 나오던 때였습니다. 여자가 상대하고 있는 사내는 눈짓만으로 어떤 사람이든 죽일 수 있고, 실제로 죽인 사람이었습니다.

차창이 서서히 닫히는 동안 여자는 뚫어지게 사내의 얼굴을 보고 있었습니다. 마치 사과를 받아낼 수 있으리라 확신하고 있는 것 같았습니다. 거대한 차체가 차고 속으로 사라지고 골목에 어둠과 정적만 남을 때까지, 여자는 한 손으로 지폐들을 움켜쥔 채 꼼짝도 하지 않았습니다.

꿈에서 깨어난 듯 여자는 나를 돌아보았습니다. 그제야 나는 그녀의 눈을 제대로 보았습니다. 총기가 느껴지는, 아직 눈물이 되지 않은 물기가 살얼음처럼 빛을 뿜는 눈이었습니다. 떨리는 손으로 여자는 가방 속에서 때 묻은 헝겊 지갑을 꺼냈습니다. 거기 지폐들을 넣은 뒤 다시 가방을 뒤졌습니다. 여자의 손이 너무나 심하게 떨고 있었기 때문에, 전염된 듯 내 몸도 떨려왔습니다. 여자는 파랗게 곱은 손으로 작은 양주병을 꺼냈고, 익숙한 동작으로 뚜껑을 비틀어 열었습니다. 물을 마시듯 고개를 젖혀 부리째 들이켰습니다.

*

사십 년 전의 일입니다. 너무 오래돼 전생처럼 느껴지는 일입니다. 전생이 아니라는 것을 증명하듯 순간순간 피 흐르며 내 눈꺼풀 안쪽에 고이는 일입니다. 사복 경찰들이 어슬렁거리는 골목을 내려가는 동안 우리가 통성명을 했던 것. 외등이 비추지 않는 어두운 곳에서 그 여자가 위스키 병을 다시 꺼내 들이켜고는 빨갛게 튼 손등으로 입술을 닦던 것. 홀린 듯 지켜보는 나에게 그 여자가 했던 말. 필요해서 마시는 거예요. 그렇게 보지 말아요. 버스 정류장에서 그 여자가 고개를 외틀고 오지 않는 버스를 기다릴 때, 질끈 묶은 머리칼 아래 드러나 있던 소슬한 목덜미. 취기 때문에 흔들리던 상체. 몇 번 버스 타세요? 혀와 입술이 굳으며 내는 어색한 발음. 그녀가 뒤로 넘어지지 않도록 바싹 붙어 서서 함께 버스에 올랐던 것. 그녀의 옆좌석에 앉아 보고 듣고 냄새 맡은 것. 그녀의 달아오른 뺨과 귓불. 밝은 데서 가까이 보자 더욱 형편없던 외투. 끝이 닳은 소매. 군데군데 피딱지가 앉은 손등. 쉰 목소리로 차장이 외치던 오라이와 스톱. 고단한 엔진 소리. 타이어가 노면에 닳는 소리. 누군가가 뒷좌석에서 까먹던 선명한 귤 냄새. 씻지 않은 사내들의 큼큼한 몸 냄새. 차창 안쪽으로 흘러내리는 더러운 물방울들. 그녀가 갑자기 던졌던 질문. 어디서 내리세요? 의심하는 검은 눈이 내 눈을 송곳처럼 찔렀던 것. 주춤주춤 그녀와 함께 내린 뒤, 세 걸음 거리로 그녀를 따라 걸었던 것. 언덕 끝에 버티고 있던 종합병원. 수납 창구에 상체를 기대고, 자세를 흐트러뜨리지 않으려 애쓰며 그녀가 헝겊 지갑에서 꺼내놓은 지폐들. 바로 퇴원하겠어요. 오늘 것까지 내야 한다구요? 아니요, 여기서 한 푼도 더 드릴 수 없어요. 윗사람과 얘기하게 해주세요. 쉴 새 없이 깜박이는 속눈썹. 피딱지 앉힌 주먹이 탁자를 내리치고, 휘청거리던 그녀의 어깨. 제복 차림의 남자에게 무슨 말인가를 속삭이는 수납계 직원. 어둡고 싸늘한 복도. 8인실의 철제 침대들. 온몸이 씨름선수처럼 거대하게 부풀어 오른 소년. 그러나 그녀를 닮은 섬약한 이목구비. 누구야? 내가 가르치는 학생을 가르치는 대학생. 그런데 여긴 왜? 나도 몰라. 그녀를 향해 더듬더듬 내가 던진 말, 돕고 싶어서 따라왔습니다. 도움 같은 건 필요 없어요. 아직 한번도 나를 향해 웃지 않은 검은 눈. 내가 거구의 환자를 부축해 일으키자, 그 눈에 당혹감이 어렸던 것. 택시 뒷좌석에 두 사람을 태운 뒤 나는 운전석 옆좌석에 올랐던 것. 택시가 들어가지 못한 비좁은 골목에서 내가 소년을 부축할 때, 숨길 수 없이 후들거리던 내 두 다리. 얼음장 같은 방에 소년을 눕힌 뒤, 그녀가 능숙하게 불을 붙이자 지하실 천장까지 솟구친 번개탄의 불꽃. 숨을 틀어막는 일산화탄소. 캄캄한 지하실의 고요. 부엌에 돌아와 가방을 뒤적이는 그녀의 떨리는 손.

……언제부터 마신 겁니까?

추워서 한 모금씩 마시는 것뿐이에요.

매일 이렇게 마십니까?

학부생이 벌써부터 상담하는 거예요?

진수가 저에 대해서 얘기했습니까?

그럼요. 저에 대해서도 얘기했겠지요?

약혼자가 레지던트라고 들었는데……

처음으로 웃는 그녀의 방심한 눈.

서너 번 만나다 만 사람이에요. 동생이 그전에 입원했던 D병원에서. 그 댁 어머니가 함부로 못하게 하려고 약혼했다고 했죠. 그쪽한테까지 소문이 났다니, 꽤 효과가 있었네.

그녀의 흔들리는 눈. 호의보다는 취기와 안도감 때문에 흘러나왔을, 갑작스럽게 허물없고 솔직한 말들.

이 집엔 손님한테 대접할 게 아무것도 없어요. 술을 싫어해요? 음악은? 정말? 저 자리에 괜찮은 전축이 있었는데 작년 이맘때 팔았어요. 어머니 장례비가 모자라서. 쓸모없어진 LP판들도 정리했는데, 도저히 팔 수 없어서 남겨둔 게 있어요. 들을 수 없으니까 들여다만 봐요.

휘청거리며 일어나 선반 문을 여는 그녀의 둔한 몸놀림. LP판 한 장을 꺼내 내미는 붉은 손등. 차가운 손끝에 내 손끝이 스쳤을 때, 온몸의 세포가 곤두서며 설명할 수도, 구분할 수도 없는 슬픔과 고통이, 미미한 구역질의 전조 같은 것이 내 목구멍을 단단하게 했던 것.

……이 곡을 알아요?

어느 틈에 살얼음이 녹아 고인 눈. 일어서서 나가는 편이 현명하다는 것을 분명히 알았던 나의 의지. 곧 흘러넘칠 것 같은 그 눈의 광채를 향해 뻗어나가고 싶어 했던 내 죄 많은, 죄 많은 손.

*

그 곡을 압니까.

당신의 친구는 기억하더군요. 소름 끼칠 만큼 정확한 멜로디로 한 소절을 나에게 불러주더군요. 그 목소리, 깊은 알토의 선명한 목소리를 다시 듣게 될 줄은 몰랐습니다. 그러나 사십 년 전 그 어두운 부엌에서 들은 노래만큼 몸을 떨리게 하지는 못했습니다.

촉이 낮은 백열전구를 밝힌 구식 부엌, 싸늘한 댓돌에 걸터앉아 나는 침묵했습니다. 내 옆으로 두 발짝 떨어져 앉은 그녀는 허밍으로 말러 2번 교향곡의 선율들을 들려주었습니다. 취한 사람 특유의 유순하고 부드러운 도취 속에서 그녀는 설명했습니다. 1악장의 회로가 얼마나 복잡하고 극적인지. 그것을 종결하는 방식이 얼마나 미묘한지. 삶과의 춤을 그린 2악장이 얼마나 대조적으로 세속적인지. 반면에 죽음과의 무도인 3악장에 어려 있는 씁쓸한 유머에 대해서. 그리고 4분 55초의 알토 독창으로 처리한, '처음의 빛'이라는 제목의 4악장. 그 견결하고 끔찍한 아름다움에 대해서.

음반을 들여다보는 것만으로 그 곡을 들을 수 있다는 듯, 마치 따라 부르듯 그녀는 소리를 죽여 가성으로 노래했습니다.

오, 붉은 장미여

인간은 거대한 가난 속에 있네.
인간은 거대한 고통 속에 있네.
차라리 나는 천국에 가서 머물고 싶네.

마침내 나는 널따란 길에 다다랐네.

한 천사가 그 길을 막고 나를 돌려보내려 하네.
아, 안 돼.
나를 돌려보내지 말아줘.

나는 신에게서 왔으니 신에게로 돌아가려네.
사랑의 신은 나에게 빛을 비추겠지.
영원한 생명의 축복을 얻을 때까지.

그 노래의 마지막 단어, 리베—생명—를 부르던 그녀의 떨리는 가성을 기억합니다. 지금까지 여러 음반을 찾아서 들어보았지만, 사십 년 전 그녀의 부엌에서 들었던 만큼의 처절함을 느끼게 하는 가수는 없었습니다. 자신이 발음하는 영원한 생명을 향해 오직 절망과 갈망만으로 다다르려 하는, 다시 살아나고 싶지 않아 천사에게 애원할 만큼의 고통을 알고 있는 사람의 목소리.

그렇게 열병의 날들이 시작되었습니다.

휴학과 학자금 대출과 과외 아르바이트로 끊어졌다 이어지기를 반복한 그녀의 대학생활은 육 년째였고, 나는 스물한 살의 철없는 대학 2학년생이었습니다. 인서업, 하고 길게 내 이름의 뒷글자를 끌어 부르던 그녀의 목소리를 기억합니다. 모든 것을 혼자 감당해온 사람의 위엄과 체념이 함께 어린 목소리. 술에 취하면 미묘하게 흐트러지던 발음과 억양. 그처럼 불안과 연민, 친밀감과 존경심을 함께 불러일으키는 목소리를 나는 다시 들어보지 못했습니다.

그 목소리를 듣기 위해 나는 주말마다 그녀의 집을 찾았습니다. 그녀는 언제나 똑같은 물 빠진 청바지와 낡은 스웨터 차림으로 동생을 위해 음식을 만들고, 종종걸음 쳐 지하실로 내려가 연탄을 갈았습니다. 저녁 식사가 끝나고 그녀의 동생이 이부자리에 누우면—그녀의 정성 덕택이었는지, 그의 몸에서 차츰 붓기가 빠지며 자연스러운 체격이 드러났습니다—마침내 둘만의 시간이 찾아왔습니다.

왜 그녀가 내 마음을 받아주었는지는 아직도 알지 못합니다. 깨지기 쉬운 귀한 그릇을 다루듯 그녀는 조심스럽게 내 얼굴을 만지고, 피리 구멍을 하나씩 막아 낮은 음을 내듯 내 등뼈들을 가만가만 눌러주었습니다. 그녀의 따스한 숨, 희미하게 때로는 분명하게 배어 있던 술 냄새, 특별하게 작은 입술과 혀를 나는 사랑했습니다. 나는 어리고 고지식한 남자였습니다. 그 오랜 입맞춤만이 그녀에게 원하는 전부였습니다. 껴안을 때 느껴지는 그녀의 부드러운 젖가슴에도, 단 한 번도 손을 얹어본 적 없었습니다.

아마도 내 성격은 그 무렵 바뀌었다고 생각합니다. 그 모든 달콤한 저녁들이 아득한 벼랑들 사이에 걸쳐 있는 것 같은 불안을 누르기 어려웠습니다. 금방이라도 그 위태한 여자가 부서질 것 같았습니다. 차마 오래 바라볼 수 없는 두 눈의 아름다움을, 특별히 작은 입술 속에 숨겨놓은 내 비밀들을 잃을 것이 두렵고 초조해 잠을 이룰 수 없었습니다.

나는 그녀의 집 곳곳을 샅샅이 뒤져 어딘가에 숨어 있는 술을 찾아내 압수하고, 내가 표현할 수 있는 최선의 간절함으로 술을 끊도록 격려했습니다. 설익은 상담의 기법으로 그녀를 치료하려 애쓰기도 했습니다. 그러나 그녀는 협조하지 않았습니다. 그만해, 라고 말할 뿐이었습니다.

그만, 말하지 말고 가만히 있어봐.

그리고는 내 눈을 감게 하고, 안경을 벗기고, 눈꺼풀 위에 조용히 입 맞추었습니다.

나는 돈을 모으기 시작했습니다. 그녀에게 턴테이블과 앰프를, 음질이 좋은 스피커를 선물하고 싶었기 때문입니다. 고액의 월급을 받는 과외라고 하지만 그것으로 등록금과 생활비를 모두 충당해야 하는 형편이라, 단시일에 목돈을 마련하는 것은 어려운 일이었습니다.

나는 시내의 음악감상실을 찾아가 「부활의 노래」를 직접 들어보았고, 곧 그녀와 함께 그곳을 다시 찾으리라 생각했습니다. 그러나 주중에 그녀는 일과 학교 수업으로 바빴습니다. 저녁이면 동생을 위해 일찍 들어가야 했고, 주말이면 과제와 집안일에 묻혀 결코 집 밖으로 나오려 하지 않았습니다. 지금 생각하면 그녀가 혼자 술을 마신 것은 유일한 일탈, 유일하게 가능한 방식의 자멸이었을 것입니다.

*

성북동 집의 내부는 다른 세계였습니다. 거의 초현실적으로 느껴지는 그 공간 속에서 나는 종종 멀미를 느꼈습니다. 강의실을 네 칸쯤 이어붙인 듯 웅장한 거실. 고풍스러운 피아노. 백자와 분청사기들이 진열된 장식장. 몇 대를 물려 써도 좋을 듯한 소가죽 안락의자들. 국화 문양의 푸른 비단 커튼은 은은한 광택을 품고 햇빛을 투과시켰고, 대리석으로 마감한 창틀마다 아기자기한 청자 화분들이 그 빛을 반사했습니다. 반질반질한 목조 계단을 밟아 진수의 방이 있는 2층으로 오르면 작은 거실이 또 하나 나왔는데, 한눈에도 값비싸 보이는 진공

관 앰프와 턴테이블, 거대한 스피커 두 개가 그 가운데 자리 잡고 있었습니다.

어느 날 나는 진수에게 물었습니다.

누가 저기서 음악을 듣는 거지?

아무도 안 들어요. 매일매일 광만 내구 있죠. 그냥 폼이에요.

들어는 봤니?

진수 녀석은 검지손가락을 들어 제 입술을 가리는 시늉을 했습니다.

아무도 없을 때만.

기묘한 처지의 녀석이었습니다. 그 호화로운 집에서 녀석은 마치 죽은 사람처럼 살아가고 있었습니다. 아버지와 새어머니가 함께 외출할 때만을 기다려 온 집이 떠나가도록 음악을 틀고, 그들이 돌아오면 다시 발소리도 크게 내지 않았습니다.

소리가 어떻더냐?

웬만한 음악감상실보다 낫죠. 들어보실래요?

지금?

오늘은 안 되죠.

녀석은 손사래를 쳤습니다.

보통 금요일 저녁엔 둘 다 없어요…… 항상 그런 건 아니구, 뭐 대체로 그렇다는 거죠. 수학 선생 가고 나서 시간 좀 있으니까 일찍 와서 들으세요. 듣고 싶은 음반 있으세요?

조그만 원숭이처럼 일그러진 녀석의 얼굴을, 퀭한 눈두덩 속에서 빛나는 까맣고 작은 눈동자들을 나는 물끄러미 건너다보았습니다.

지난번에 내가 집 앞에서 네 수학 선생님 만났던 거 기억하지?

물론이죠.

진수는 씩 웃었습니다.

원래 지독하게 깐깐한 선생이라고, 성격이 독한 만큼 공부도 확실하게 시킨다고 변명해주느라 혼났어요. 여차하면 잘릴 지경이었다니까요.

나는 녀석을 따라 미소를 지었습니다.

내려가는 길에 잠깐 이야기해봤는데, 고전음악을 좋아한다고 하더라.

……그래요?

녀석의 눈이 커졌습니다.

그런데 집에 전축이 없는 눈치였어. 네가 한번 같이 듣자고 해볼래?

놀라움과 의심과 기대로 녀석의 입술이 벌어지는 것을 나는 보았습니다.

수학 선생한테 관심 있어요?

아니. 약혼했다며. 임자 있는 사람한텐 관심 없어. 그냥 시간 있으면 같이 듣자는 거지.

내 분명한 대답에 절반쯤만 안도하며, 빈정거리듯 녀석은 응수했습니다.

결혼도 아니고 약혼인데, 까짓 관심 있으면 어때요.

그전에는 주의를 기울이지 않아 눈치채지 못했는데, 주인들이 없는 금요일 저녁의 그 집에는 묘한 활기가 돌았습니다. 선생님! 외치며 반기는 식모 아이의 얼굴에는 구김살이 없었고, 테라스에서 사이좋게 침대보를 털던 늘그막의 가정부들은 간간이 호들갑스럽게 웃기까지 했습니다. 진수는 기다렸다는 듯 위층에서 뛰어내려왔습니다. 얼굴이

상기되어 숨을 고르는 모습을 보자, 녀석이 고작 열일곱 살 먹은 소년이라는 것이 처음으로 실감되었습니다.

음반 가져오셨어요? 올라와서 기다리세요. 지금 끝내자고 해볼게요.

쿵쾅거리며 계단을 오르는 진수를 따라 올라가 2층 거실 소파에 앉았습니다. 얼마 지나지 않아 방문이 열리고, 좀 전보다 더 상기된 얼굴로 녀석이 걸어나왔습니다. 연두색 코트를 팔에 걸치고 나온 그녀는 당혹스러운 표정으로 내 눈을 피했습니다.

서로 아시니까 인사는 안 시켜드려도 되죠?

어색하게 어른 흉내를 내는 진수를 가운데 자리에 앉히고, 나와 그녀는 멀리 앉아 서로에게 목례했습니다. 진수는 내가 가져온 음반을 빠르게 훑어보았습니다.

오토 클렘페러네요. 브루너 발터가 지휘한 것 나한테 있는데. 말러를 좋아하시는 줄은 몰랐어요.

그녀가 가방을 끌어안고 소파에서 일어선 것은 그때였습니다.

저, 나는 지금……

뭔가 더 말하려다 말고 그녀는 계단을 향해 두어 걸음을 옮겼습니다.

그대로 가버리는 줄 알았는데, 그녀는 방향을 돌려 화장실로 향했습니다. 얼마 뒤 돌아와 앉는 그녀의 자세에서 미묘하게 달라진 점을 나만은 알아볼 수 있었습니다. 이제 그녀에게서 초조함과 뻣뻣함은 더 이상 보이지 않았습니다. 자칫 오만하거나 나태해 보일 만큼의 너그러움, 독특한 우아함, 막 취기가 올라올 때 흔히 술꾼들을 찾아오는 쓸쓸함이 그녀의 조용한 태도에 어려 있었습니다.

완전하게 집중한 상태에서 음악을 들을 때 우리의 내면이 겪는 것들을 언어로 바꾼다는 것은 불가능합니다. 그날 그 음악 속에서 우리가 겪은 것 역시, 결코 말로는 설명할 수 없을 것입니다. 위태로울 만큼의 집중력으로 그녀가 음악을 빨아들이는 것을 나는 느꼈습니다. 그러나 그보다 위태해 보인 것은 진수의 반응이었습니다. 누군가와 함께 음악을 듣는다는 것이 그토록 위험한 일이라는 것을 나는 그때까지 모르고 있었습니다. 그 나이에만 가능할, 비뚤어진 조숙함 때문에 더욱 강해졌을 집중력으로, 진수는 음악과 그녀를 동시에 빨아들였습니다. 그녀의 진지함, 그녀의 나약함, 지각처럼 단단한 슬픔 아래 숨겨진 관능까지.

다음은 언제지, 라고 그녀는 진수에게 물었습니다. 부활의 5악장, 격정적인 구원의 혼성 합창이, 그 격정을 손상시키지 않는 뜨거운 기악 코다가 아직 공기 속에 꿈틀거리고 있었습니다. 반짝이던 살얼음이 완전히 녹아 눈시울에 따스하게 고인 눈으로, 그녀는 자신을 사랑하는 두 남자를 번갈아 바라보았습니다. 모든 것을 용서한 듯, 모든 것들로부터 용서받은 듯 고요하게.

다음 주 금요일, 이 시간이요.

서툴러 보이지 않기 위해 애쓰는, 자제하는 어른 남자의 음성으로 진수가 대답했습니다.

그날 이후 진수의 변화가 얼마나 극적이었는지 말해두어야 하겠습니다. 녀석은 더 이상 수학 선생의 조그만 입술, 목덜미에서 풍기는 비누 냄새, 어딘가 흉터가 숨겨져 있을 종아리에 대해 시시덕거리지 않았습니다. 그녀에 대한 농담뿐 아니라, 철부지 식모아이가 울음을 터뜨릴 때까지 놀려대던 습관, 아버지의 여성 편력에 대한 노골적인 헝구도 깨끗이 버렸습니다. 서랍에는 만화책과 포르노 잡지 대신 말린 꽃과 필름을 넣었습니다. 사진을 취미로 배우기 시작했다며, 아버지가 몇 년 전 생일에 선물했으나 처박아뒀다는 일제 카메라를 보여주기도 했습니다.

눈에 띄게 명랑해진 가정부들에게 고개 숙여 인사한 뒤 2층으로 올라가는 금요일들이 계속되었습니다. 차츰 세 사람은 서로의 감정 속으로 들어갔고, 예민한 지진계처럼 서로의 균열을 읽었습니다. 한마디 말없이 눈짓으로 말하는 삼중주단처럼 서로의 고통의 회로를 익혀 갔고, 그렇게 발견한 어떤 감정의 비밀도 입 밖으로 꺼낼 수 없었고, 멈출 수 없었습니다.

*

이제 이야기할 차례인 모양입니다.

마치 세계 전부가 나를 조롱하며 침을 뱉는 듯 크라이슬러의 앞유리에 뭉클뭉클 몸을 으깨던 물기 많은 눈송이들에 대해서. 아니, 그 전에 그녀가 어떻게 나에게서 멀어졌는지에 대해서. 아니, 그보다 더 전에, 어느 늦은 저녁 그녀가 손을 뻗어 내 뺨을 어루만졌던 짧은 순간에 대해서. 가스 풍로에서 끓고 있던 국 냄비. 그녀의 눈그늘을 더 짙게 만들던 백열등. 내 뺨과 그녀의 손이 하나의 영원히 따스한 덩어리로 느껴진 순간, 그것이 다시 올 수 없는 순간이라는 것을 몰랐던 나 자신에 대해서.

그녀가 나에게서 멀어진 것은 점진적인 과정이 아니었습니다. 언제나처럼 일요일 오후를 기다려 집으로 찾아간 나를, 갑자기 대문 안으로 들여보내주지 않았습니다.

동생이 몸이 좋지 않아.

자신의 눈빛과 다른 온건한 변명을 하며 그녀는 나를 건너다보았습니다. 그녀의 눈이 서늘한 과단성으로 나를 밀어내고 있는 것을 분명하게 느낄 수 있었습니다. 무슨 일이에요, 나는 더듬더듬 물었습니다.

늘 있는 일이야. 동생이 상태가 좋지 않아.

들어가서 뭐든 도울게요. 병원에 가야 할 수도 있잖아요. 그럼 부축해서 갈 사람이 필요할 텐데.

안 돼. 지금……

독을 뱉거나 삼키듯이, 화살을 쏘거나 스스로에게 겨누듯이 그녀는 힘주어 말을 맺었습니다.

의사가 와 있어.

그 한마디가 일깨운 내 몸속의 지옥을 그녀는 상상할 수 없었을 것입니다.

나는 집착했습니다. 매달렸습니다. 그녀와 나를 동시에 학대했습니다. 그녀의 집 앞에서, 학교 앞에서, 버스 정류장에서 기다렸습니다. 그녀는 단호했습니다. 마치 군인처럼, 정보요원처럼. 이 세상에서 가장 차가운 여자처럼.

배신감보다 고통스러웠던 것은, 그 레지던트와 그녀가 단둘이서 나누고 있으리라고 내가 순간순간 상상한 모든 것이었습니다. 원한에 가까운 갈망—그녀의 육체에 대한 정직한 갈망 속에서 나는 처음으로 일종의 광기를 경험했던 것 같습니다. 수업을 들을 수도, 도서관에 앉아 있을 수도 없었습니다. 제대로 먹을 수도, 잠을 이룰 수도 없었습니다.

이제 그녀를 만날 수 있는 유일한 곳은 성북동 진수의 집뿐이었습니다. 그러나 그녀는 과외 시간을 바꿔 더 이상 나와 마주치지 않았고, 금요일 오후에 함께 음악을 들으려 하지도 않았습니다. 눈짓으로 말하던 삼중주단은 깨어졌습니다. 그때까지 진수가 우리의 관계를 얼마나 짐작하고 있었는지는 확실하지 않습니다. 나는 갈망과 절망을 조금도 숨길 수 없는 상태였고, 진수 역시 우울하고 혼란스러운 기색이 역력했습니다.

1월 중순, 영하 20도 안팎의 한파가 서울을 찾아왔을 무렵이었습니다. 진수는 수업이 시작되기 전에 내 얼굴을 쏘아보았습니다.

알고 계세요, 라고 진수는 물었습니다. 대답을 기다리지 않고 성큼성큼 이어 말했습니다.

그만둔대요.

누가, 라고 나는 묻지 않았습니다. 번민에 찬 녀석의 표정이 그 이름을, 살얼음이 녹아 부드럽게 고인 두 눈을 말하고 있었습니다.

결혼할 거래요.

금방이라도 책상을 내리칠 듯한 녀석의 깡마른 주먹을 나는 보았습니다. 나는 짐작하고—이해하고—있었습니다. 수년 동안 그녀가 녀석에게 상상 속의 연인이었다는 것을. 그를 버린 젊은 어머니, 버려진 유년, 따스한 것, 빛나는 것, 눈물, 욕정, 구원, 누더기를 입은 천사였다는 것을.

그녀가 왜 진수의 청을 받아들였는지는 분명하지 않았습니다.

그녀에게 마지막으로 말러를 듣자고 했다고, 자신이 가진 모든 2번을 밤새워 들어보자고 제안했다고 녀석은 나에게 말했습니다. 마침 기회가 좋아, 수요일부터 녀석의 부모가 일본으로 여행을 떠났다는 사실이 그녀를 안심시켰던 것 같다고 했습니다. 나는 진수와 다름없는 열망에 사로잡힌 어린 사내였으므로, 그녀의 승낙을 가장 신파적인 방식으로 이해했습니다. 마지막으로, 자연스럽게 그녀도 나를 만나고 싶었던 거라고. 그렇다면 그날은 나에게 유일한 기회였습니다. 그 입술 속에 넣어둔 내 순결한 비밀들을, 음악과 술이 만들어준 무방비 상태 속에서, 다음 날 새벽의 인적 없는 골목에서 되찾아야 했습니다.

그래요, 나는 술을 가져갔습니다.

그녀가 즐겨 마시던 국산 양주를 가방에 넣으며 느꼈던 전율을 기억합니다. 성북동 집의 대문을 열어준 사람은 진수였는데, 그 녀석을 껴안아주고 싶었던 동시에 한 주먹으로 때려눕히고 싶었던, 내 안에서 또렷이 만져지던 이글거리는 광기를 기억합니다.

거대한 집은 텅 비어 있었습니다. 운전기사는 차를 두고 고향에 내려갔고 두 가정부 역시 휴가를 받았으며, 나머지 한 가정부는 자신이 직권으로 쉬게 했다고 진수는 말했습니다. 진수는 항구를 떠나는 배처럼 거실의 호화로운 샹들리에를 밝히고, 욕실들과 부엌, 테라스까지 모두 불을 켜고 녀석의 연인, 엄마, 천사를 기다렸습니다. 그 사이 나는 2층의 소파 탁자에 술병을 꺼내 놓고, 1층의 부엌을 뒤져 크리스탈 술잔들을, 냉장고 가득 들어 있는 알 수 없는 이름의 치즈들, 종류별로 갖춰져 있는 견과류들, 우유와 얼음을 꺼냈습니다.

그녀는 언제나처럼 머리를 질끈 묶고, 연두색 낡은 코트를 꼭꼭 여며 입고, 빨갛게 튼 손등을 주머니에 숨기고, 마치 그 집에 처음 들어오는 사람처럼 어리둥절해하며 계단을 올라왔습니다. 그녀가 마음을 바꿔 달아나는 것을 막으려는 듯 진수는 그녀의 등 뒤에 바싹 붙어 따라 올라왔습니다. 나를 본 순간 그녀는 걸음을 멈췄습니다.

류 선생님이 올 거라곤 안 했잖니.

진수는 넋 나간 듯 웃으며 대꾸했습니다.

안 오신다고도 안 했지요.

학교 진도만 따라가게 보충해달라고 네가 부탁해서 온 거지, 이런 장난을 하려고 온 게 아니야.

아니요. 오늘 수업은 안 해요.

왜 아무도 안 계셔? 아주머니들은? 불들은 왜 다 켜놨어?

어차피 다시는 나를 안 볼 거잖아요. 오늘만이에요. 마지막 소원이라고 생각하면……

진수야.

선생님 위해서 그동안 모아둔 음반이에요. 이거 오늘 밤에 다 들어도 돼요. 이 집엔 앞으로 일주일 동안 개미 한 마리 안 와요.

아니. 이런 거였다면 나는 가겠어.

진수는 얼굴을 일그러뜨리며 그녀를 막아섰습니다.

제발.

녀석의 젖은 눈이 번쩍이는 것을 나는 보았습니다.

한 곡만 듣고 가요.

그녀는 나를 돌아보았습니다. 그녀의 눈이 내 눈과 허공에서 만난 순간, 세차게 가슴이 뛰었습니다. 아무것도 끝나지 않았다고, 모든 것을 다시 시작할 수 있다고 나는 확신했습니다. 그녀의 눈 때문이었습니다. 군인의 눈도, 정보요원의 눈도 아닌, 다만 혼란을 느끼는 눈.

외면하지 않는 눈. 그녀의 눈길이 테이블에 놓인 술병으로 향하는 것을 나는 보았습니다. 비난과 의문을 함께 담은 얼굴로 그녀는 다시 나를 건너다보았습니다.

이제 술을 안 마셔요.

조용하고 단호한 목소리로 그녀는 말했습니다.

끊었어요.

*

그 레지던트는 나보다 나은 사람임이 분명했습니다. 그녀가 술을 끊도록 하는 것은 내 간절한 바람이었는데, 막상 그녀가 술을 끊었다고 말하자 나는 찌르는 것 같은 패배감과 상실감을 느꼈습니다.

그녀는 나로부터 가장 먼 자리의 소파에 몸을 앉혔습니다. 경직되었다고 느껴질 만큼 반듯한 자세였습니다. 음악이 시작되기 전에 나는 위스키 잔에 그득 얼음을 채웠습니다. 흔들고 싶었습니다. 무너뜨리고 싶었습니다. 부둥켜안고 싶었습니다. 소리치고 싶었습니다.

1악장이 끝났을 때 그녀는 말했습니다.

그만 마셔요. 술 잘 못하잖아.

나는 대답 대신 그녀의 잔에 술을 부었습니다.

무너뜨리고 싶었습니다. 부둥켜안고 싶었습니다. 소리치고 싶었습니다.

정말 끊었어요.

한 잔만.

나는 웃었습니다.

이 잔만 마셔요.

나는 진수에게도 한 잔을 따라주었습니다.

술 마실 줄 알지?

그럼요.

녀석은 어딘가 비참한 데가 있는 미소를 지으며 그녀를 보았습니다.

우리 건배해요, 선생님.

나는 알고 있었습니다. 예전에 그녀를 위해 알코올중독에 대한 책들을 읽었기 때문입니다. 단 한 잔이면 충분했습니다. 단 한 모금의 방심이면 되었습니다.

마침내 그녀가 한 모금을 마시는 것을 나는 보았습니다. 그녀가 천천히 취기 속으로 가라앉는 것을 보고 싶었습니다. 내가 그토록 사랑했던 느슨하고 쓸쓸한 미소를 짓는 것을 보고 싶었습니다. 더 흔들고 싶었습니다. 더 무너뜨리고 싶었습니다. 소리치고 싶었습니다. 부둥켜안고 싶었습니다.

세 사람의 잔이 영원히 비지 않도록 술을 따르고, 내 잔의 술을 눈에 띄지 않게 버리는 동안 2악장과 3악장이 흘러갔습니다. 나를 제외한 두 사람은 천천히 방임의 나라로 들어섰습니다. 그녀의 얼굴이 슬픔으로 부드러워지는 것을 나는 놓치지 않고 바라보았습니다. 4악장이 시작되자 그녀는 문득 손을 뻗어 내 손끝에 자신의 차가운 손가락들을 댔습니다. 낚아채듯 나는 그 손을 움켜쥐었습니다. 진수의 시선 따위는 아랑곳하지 않고 손등에, 손목에, 손톱마다 입 맞추었습니다. 5악장이 끝날 때까지 그녀는 내가 그렇게 하도록 내버려두었습니다. 나는 그녀의 손을 힘주어 끌어당겨 내 뺨에 닿도록, 내 눈꺼풀을, 콧날을, 이마를 어루만지도록 했습니다. 손가락 하나하나에 분홍빛 이

빨 자국을 내주었습니다. 마침내 코다의 잔향이 가라앉았을 때에야 그것을 놓아주었습니다.

완전히 경계를 넘어가버린 멍한 눈으로 그녀는 소파 등받이에 몸을 파묻었습니다.

진수야. 다른 연주 틀어봐.

네.

얼마나 송곳니로 짓씹었는지, 진수의 아랫입술에 검붉은 핏자국이 앉아 있었습니다. 녀석은 비틀거리는 걸음걸이로 전축을 향해 나아갔습니다. 벌써 밤이 깊었습니다. 창밖에는 영하 20도의 바람이 불고 있었고, 두 사람은 형편없이 취했고, 나는 취하지 않았습니다.

……진수야,

문득 다정하게 그녀는 불렀습니다.

있지, 나는 저 가사를 모두 거꾸로 들어.

내 쪽으로 시선을 주지 않으며 그녀는 말을 이었습니다.

원래 가사는 이렇거든.

너는 결코 모든 것을 잃지 않았다.

너의 존재, 너의 고통은 헛되지 않다.

고통, 모든 사물에 깃든 이 고통.

나는 너를 극복했다.

죽음, 모든 것을 정복하는 이 죽음.

나는 너를 이겼다.

어딘가 무표정한 데가 있는 웃음을 머금으며 그녀는 말했습니다.

그런데 난, 이렇게 모두 반대로 바꿔 들어.

이 모든 것을 너는 잃었다.
너의 존재, 너의 고통은 헛되다.
고통, 모든 사물에 깃든 이 고통.
나는 너를 이기지 못한다.
죽음, 모든 것을 정복하는 이 죽음,
나는 너에게 패배한다.

두번째 음반에 바늘을 올려놓으려다 말고 진수는 멍하게 그녀의 웃는 얼굴을 바라보았습니다.

이런 음악은 말이야. 사실은 가짜야.

그녀는 반쯤 고개를 돌려 나를 보았습니다.

언제나 시작은 정직하지. 인간을 들여다보고, 고통을 직시해. 그런데 그 절망으로부터 이런 5악장에 이르는 과정은 말이지…… 순수하게 음악적인 거야. 삶의 힘이 아니라, 음악 자체의 힘으로 밀고 가는 거야. 차라리 저 가사를, 내가 했던 것처럼 모두 거꾸로 했더라면 ……가혹함만으로 끝까지 나아갈 수 있다고 믿었다면.

비틀거리며 그녀는 일어서려 했습니다.

……이제 돌아가야 해. 동생이 기다려.

동생이 있어요?

너랑 나이가 같은 녀석이야. 물론 너보단 훨씬 착하지. 아니, 거의 천사라고 할 수 있어.

갑자기 그녀는 고개를 저었습니다.

아니, 그런데 지금 당장은 안 갈 거야. 다른 연주…… 다른 연주를 틀어봐.

그녀는 두 손으로 세수하듯 얼굴을 거세게 문지르며 소파 등받이에 몸을 파묻었습니다.

……왜 술을 마시느냐고 나한테 물었지?

갑자기 그녀는 나를 향해 말하고 있었습니다.

불안 때문이야…… 불안을 알아? 진짜 불안이 뭔지 알아? 돈. 빌어먹을 추위. 가망 없는 그 애의 병. 내가 인간이라는 거. 이 모든 걸, 빌어먹을 누구와도 나눠서 짐 질 수 없다는 거.

더 흔들고 싶었습니다. 더 무너뜨리고 싶었습니다. 부둥켜안고 싶었습니다. 나는 그녀의 잔에 술을 부었습니다.

마셔요.

싫어.

그녀는 고개를 저었습니다.

이 잔만 비워요.

망설이던 그녀가 잔을 비웠습니다. 입가에 묻은 술을 손등으로 닦으며 진수에게 말했습니다.

다 들을 시간은 정말 없어. 4악장, 4악장만 전부 틀어봐.

*

나 역시 천천히 취해가고 있었기 때문에, 그날 밤의 모든 것을 온전히 기억해낼 수는 없습니다. 다만 어떤 부분들은 놀라울 만큼 생생합니다. 당신이 말한 우주 배경 복사가 내는 것 같은 침묵 속의 잡음

들. 수많은 흰 점과 검은 점들이 소리치며 싸우는 텔레비전 화면 같은 대화들.

이상하게, 이 음악을 들을 때마다 생각나는 곳이 있어.

통행금지 시간을 훌쩍 지났고, 그녀는 아직도 동생에게 돌아가지 못했습니다.

내가 정말 가고 싶은 데는 거기야.

진수는 턴테이블 앞에 들고양이처럼 웅크려 앉아 있었습니다. 나는 조금씩 더 가까이 그녀에게 다가앉고 있었습니다. 오직 한 사람, 누군가를 갈망하는 지옥에 빠져 있지 않은 그녀만이 마침내 그 처절한 음악 속에서 일종의 균형을 얻어낸 것 같았습니다.

……아니, 가장 가고 싶지 않은 데가 거기야.

천천히, 또박또박 그녀는 말을 이었습니다. 속초 시내에서 보낸 어린 시절. 어려서부터 아팠던 남동생. 그 남동생을 돌보는 데 최선을 다한 어머니가 그녀에게는 거의 무관심했던 것. 아버지가 병으로 죽은 뒤 속초의 집을 팔고 서울로 오던 길, 미시령을 넘은 버스가 교각을 받으며 벼랑에 반쯤 걸쳐졌던 것.

절반은 허공에, 절반은 땅에 걸쳐져 있던 버스에서…… 서른 명 남짓한 승객들이 내리려고 아우성을 질렀지. 버스는 금방이라도 절벽 아래로 떨어질 듯 마구 흔들렸어. 한 명씩! 천천히! 운전석에서 기어 나온 기사가 외쳐댔어. 빵모자를 쓴 차장이 제일 먼저 뒷문으로 뛰어내렸지. 그 아수라장에서 빠져나가는 동안 어머니는 동생을 놓치지 않았어. 내 몸을 밀치며 내리던 어른들의 거친 몸짓이 생각나. 마침내 모든 승객들이 뒷문으로 빠져나가고 나만 남았지. 버스는 균형을 잃고 기우뚱하게 절벽으로 기울었어. 뒷문 쪽이 허공으로 떠올라서,

나는 그쪽으로 몸을 숙이고 기어갔어. 난 고작 아홉 살 난 아이여서, 내 몸무게만으로 다시 버스가 기울어질 리 없었어. 뒷문 옆에 세워진 봉을 붙잡고 반쯤 몸을 일으켰어. 천천히 버스가 회전하며 절벽 쪽으로 좀더 기울었지. 방금 차에서 내린 모든 사람들이 나를 보고 있었어. 동생을 안은 엄마가 무어라고 소리를 지르고 있었어. 하지만 누구도 다시 버스에 오르려고 하지 않았어.

……그들의 눈, 공포와 죄와 망설임으로 번쩍이던 눈들을 잊을 수 없어. 나는 필사적으로 기어올라 뒷문 계단으로 빠져나가려고 했어. 하지만 땅이 너무 멀었지. 우우우, 사람들의 함성 속에서 버스는 더 회전하며 절벽으로 기울었어. 뛰어! 뛰라고! 허공을 향해 주먹질하며 외치던 운전기사가 생각나. 나는 울면서, 오줌을 쌀 것 같은 공포 속에서 땅을 향해 몸을 던졌어. 다시 한 번 우우우, 함성 속에서 버스가 벼랑 아래로 떨어졌어. 나는 바로 기절했어.

나는 그녀의 잔에 다시 술을 부었습니다. 둔해진 발음으로 그녀는 말했습니다.

어머니를 이해했지만, 이해하고 싶지 않았어. 용서했지만, 용서하고 싶지 않았어. 어머니가 죽는 바로 그날까지…… 그날의 기억은 내 지옥이었어.

그녀는 보일 듯 말 듯 체머리를 떨었습니다.

……그런데, 이상한 게 있어. 그날, 버스가 회전하며 절벽을 향해 기울어가던 그 순간을 생각할 때마다, 눈을 뜰 수 없을 만큼 강한 빛이 그곳에 흘러넘치고 있었던 것처럼 기억돼. 마치 거대한 천사 같은 게 날 막아서 돌려보내고 있었던 것처럼.

그녀는 소리 내어 웃었습니다.

……그러지 않았다면 좋았을 텐데.

*

통금이 끝나기를 기다려 우리는 어두운 차고로 들어갔습니다. 내가 부축해야 걸을 수 있을 만큼 그녀는 취해 있었습니다. 진수는 흥분해 있었습니다. 카메라 가방을 앞좌석에 놓고, 값비싼 위스키 병들을, 수입산 건포도와 호두, 아몬드 봉지 따위를 크라이슬러의 트렁크에 그득그득 실었습니다.

가는 길을 아세요?

물론이지.

안 취하셨어요?

전혀.

그러나 나 역시 얼마간 취해 있었습니다.

그녀를 뒷좌석에 먼저 태우고, 진수가 차고 문을 열고 안내하는 대로 나는 크라이슬러를 몰고 골목으로 나왔습니다. 엄지와 검지손가락으로 동그라미를 그려 보인 뒤 진수는 내 옆좌석에 올랐습니다.

광기에 휩싸인 세 사람이 이상한 소풍을 떠나고 있었습니다. 혹한이 덮친 서울의 일요일 새벽은 음산하게 고요했습니다. 뒷좌석에 쓰러져 잠든 그녀를 연신 돌아보는 진수를, 잊을 만하면 위스키 병을 홀짝거리는 녀석을 의식하며 나는 차를 몰았습니다. 원주를 지날 때쯤 눈이 내리기 시작했습니다. 물컹거리는 커다란 눈덩어리들을 와이퍼로 닦아내며 나는 달렸습니다. 마치 온 세계가 나를 환멸하며 침을 뱉어대는 것 같았습니다.

여기가 어디야?

잠에서 깨어난 그녀가 물었습니다. 거대한 덤프 트럭이 반대 차선에서 우리와 맞부딪칠 기세로 달려오고 있을 때였습니다.

어디로 가고 있는 거야?

미시령에요, 라고 진수가 꼬부라진 혀로 대답했습니다.

갓길에 차를 세워두고 우리는 소리쳐 싸웠습니다.

내가 언제 거길 가자고 했어? 나는 집에 가야 해. 동생이 기다리고 있다구.

아까 분명히 함께 가자고 했잖아요?

이건 미친 짓이야. 난 돌아갈 거야. 어디든 버스를 탈 수 있는 곳에 내려줘.

그러나 아직 그녀가 혼자 걸을 수 없을 만큼 취해 있다는 것을 알아볼 수 있었습니다.

그러지 말아요.

나는 진수의 위스키 병을 빼앗아 그녀의 손에 쥐어주었습니다.

이걸 더 마셔요. 기분이 좋아질 거예요. 점심 무렵이면 돌아올 수 있을 거예요. 가고 싶다고 했잖아요. 단칼로 끊어낸 것처럼 죽음과 삶이 갈라지던 순간을 다시 경험하고 싶다고 했잖아요. 거기서부터 새로 시작하고 싶다고 했잖아요.

그녀는 나에게서 위스키 병을 받아 들더니 차문을 열고 내던졌습니다. 요란한 소리와 함께 유리병이 산산조각 났습니다.

나한테 이러지 마. 술을 권하지 마.

끈질긴 와이퍼 소리 속에서 세 사람은 침묵했습니다.

어쨌든 이대로 돌아갈 순 없어요, 중얼거리는 진수의 목소리가 뜨거운 침묵 가운데 새겨졌습니다.

*

꼭 한 번 직행 버스를 타고 갔던 기억을 되살려 나는 설악산에 들어섰습니다. 눈발이 거칠게 날리고 있었습니다. 일차선 도로에는 우리 말고 어떤 차도 보이지 않았습니다. 수묵화를 그대로 옮겨놓은 것 같은 설경이 굽이마다 펼쳐졌지만, 한가한 감흥 따위를 느낄 수 없었습니다. 체인을 감았다곤 하나 경사진 길의 노면은 미끄러웠습니다. 제발, 그만 돌아가. 그녀가 말할 때마다 이를 악물고 액셀러레이터를 밟았습니다.

퍼뜩 공포가 엄습한 것은 폭설이 퍼붓기 시작했을 때였습니다.

나는 어떤 종교도 가지고 있지 않지만, 기독교에서 말하는 성탄제의 의미에 대해서는 들은 적이 있었습니다. 인간의 육체로 신이 태어난 날. 그 통로로 단 한 번 하늘과 땅이 연결된 날. '하늘과 땅이 연결된다'는 말을 글자 그대로 실감한 것은 그날이 처음이자 마지막이었습니다.

차를 세워야 했습니다. 시동을 끄고, 사이드브레이크를 올리고 나는 차문 밖으로 나갔습니다. 그녀도 따라나왔습니다. 진수는 카메라를 들고 나왔습니다.

빽빽한 눈발이 허공을 지우고 있었습니다. 커다란 눈송이들 사이의 틈을 찾을 수 없었습니다. 잠깐 서 있는 동안 무릎 아래까지 눈이 차올랐습니다. 세 사람 모두 눈에 덮여 얼굴조차 알아보기 어려웠습니다.

못 찍겠어요.

진수가 고개를 흔들었습니다.

이런 풍경은…… 무서워서 못 찍겠어요.

나는 카메라를 건네받아 목에 걸었습니다. 넋을 잃고 눈발을 바라보는 그녀를 찍고, 원숭이처럼 겁에 질린 진수의 옆얼굴을 찍었습니다. 그 전에 진수가 여러 장을 찍었는지 곧 필름 한 롤이 다 되려 했습니다. 잠깐 사이 얼어붙은 손을 점퍼 호주머니에 찔러 넣으며 나는 진수에게 물었습니다.

필름 더 가진 거 있어?

진수는 내 말을 듣지 못했습니다. 그의 눈길이 닿은 깎아지른 벼랑 아래를 나는 내려다보았습니다. 발을 끌며 벼랑을 향해 다가가는 그녀의 위태한 걸음걸이를 보았습니다.

기적처럼 한순간 눈발이 성글어졌습니다. 마치 태풍의 중심 속으로 들어온 듯 사위가 고요했습니다. 나는 카메라 앵글을 높게 했습니다. 아스라이 서 있는 눈 덮인 미시령을 끌어당겨 찍었습니다. 무서운 적막에 잠긴 바위라고 얼핏 생각했던 것을 기억합니다. 필름을 다 쓴 것을 확인하고, 끝까지 감은 뒤 카메라에서 꺼내 점퍼 앞주머니에 넣었습니다.

*

오전 10시경이었지만 마치 새벽이나 저녁처럼 어두웠습니다. 다시 눈이 퍼붓기 전에 돌아가야 했습니다. 두 사람을 태운 뒤 나는 차를 돌렸습니다. 오직 집중력과 육감에 의지해 벼랑으로 떨어지지 않고 내려가야 했습니다. 10여 미터를 가까스로 기어 내려갔을 때 다시 폭설이 퍼붓기 시작했습니다. 바퀴가 맹렬히 헛돌 뿐 더 이상 차가 움직이지 않았습니다.

눈이 그치지 않으면 안 되겠어. 더 이상은 불가능해.

숨 막히게 고요한 비탈길에서 나는 사이드 브레이크를 올렸습니다.

오늘 중으론 눈이 그칠 거야. ……이렇게 계속 퍼부을 수는 없어.

나는 시동을 껐습니다.

기름을 아껴야 할 것 같아, 조금 추운 채로 견디는 게 낫겠어.

뒷좌석의 그녀를 룸미러로 보자, 그녀는 한 손으로 얼굴의 절반을 감싸쥔 채 차창 밖을 내다보고 있었습니다.

이제 어떻게 되는 거예요?

겁먹은 목소리로 진수가 물었습니다.

기다려야지.

누군가 올까요?

눈이 그친다면.

무의미한 우리의 대화를 그녀가 불쑥 끊었습니다.

진수야.

네.

술 남은 거 있니?

낮게 탄식하듯 그녀는 말했습니다.

……나 좀 마실게. 따뜻해지게.

진수와 그녀는 뒷좌석에 앉고, 나는 운전석 등받이를 뒤로 젖힌 뒤 몸을 틀고 그들을 향했습니다. 위스키가 얼마 남지 않았으므로 우리는 한 모금씩 아껴 마셨습니다. 천천히 건포도를 우물거렸습니다.

한숨 자고 일어나면 눈이 그쳐 있을까요?

진수가 물었습니다.

그래. 한숨 눈을 붙여봐.

핏발 선 눈으로 진수는 고개를 저었습니다.

아니, 제가 아니라.

진수의 눈길이 가리키는 그녀를 나는 보았습니다. 그녀는 굳은 자세로 무릎을 세워 안은 채 이마를 차창에 대고 있었습니다. 나는 외투를 벗어 그녀에게 건넸습니다.

자요. 너무 춥지 않게 가끔 히터를 틀 테니까.

그녀는 그렇게 하겠다고도, 그러지 않겠다고도 하지 않았습니다. 내 외투를 받아들지도 않았습니다.

차 밖의 세계는 폭설에 덮여가고 있었습니다. 눈송이들 하나하나가 얼마나 크고 느리고 고요했는지, 마치 내 눈이 확대경이 된 것 같았습니다. 나무들도, 절벽도, 맞은편의 산들도 그 커다란 눈송이들에 가려 보이지 않았습니다. 차 안으로 다시 고개를 돌리자 그녀는 좀 전의 자세 그대로 잠들어 있었습니다. 진수 역시 등받이에 고개를 기대 잠을 청하고 있었습니다.

그러나 나는 잠들 수 없었습니다.

우리가 탄 차를 천장까지 덮어버린 뒤에도 눈은 그치지 않을 것 같았습니다. 그 단호하고 적막한 눈송이들의 움직임이, 한번도 느껴보지 못했던 성스러움을 느끼게 한다는 것을 나는 깨닫고 있었습니다.

막막한 경탄과 공포 사이에서 몸이 떨려왔습니다. 마치 내 몸이 어떤 경계 위에 서 있는 것 같았습니다. 무엇인가가 내 안에서 격렬하게 무너지고 있었습니다. 다시는 무너지기 전의 상태로 되돌아갈 수 없을 것 같았습니다.

꼬박 한 시간 가까이 눈송이들을 바라보던 한순간 더 이상 나는 집중할 수 없었습니다. 눈발이 성글어지고 있었지만, 이미 차 문을 열 수 없을 만큼 눈이 쌓인 뒤였습니다. 뒤를 돌아보자 두 사람 모두 잠들어 있었습니다. 나는 시동을 걸고 히터를 틀었습니다. 더 이상 눈송이들을 보지 않기 위해 눈을 감았습니다. 서서히 몸이 훈훈해짐과 동시에 걷잡을 수 없는 잠이 밀려왔습니다.

*

식은땀을 흘리며 나는 퍼뜩 잠에서 깨었습니다. 눈이 그친 것부터 확인하고 시동을 끄려던 순간, 룸미러 속에서 진수와 눈이 마주쳤습니다. 녀석의 손이 그녀의 뺨에 얹혀 있는 것을 나는 보았습니다.

언제부터 그렇게 하고 있었던 것인지 알 수 없었습니다.

내가 보고 있는 것을 아랑곳하지 않고, 아니, 마치 제대로 보라는 듯이 녀석은 잠든 그녀의 입술에, 목덜미에 대담하게 입 맞추었습니다.

……이 자식.

그녀가 깨어나기 전에 녀석을 제지해야 한다는 생각에 내 목소리는 낮았습니다.

무슨 짓이야. 그만둬.

녀석이 반항하듯 그녀의 의식 없는 몸을 껴안는 것을 본 순간, 나는 뒷좌석으로 뛰어들어 녀석을 떼어놓으려 했습니다. 녀석은 완강했습니다. 마치 물에 빠진 사람이 튜브를 껴안듯 필사적으로 그녀를 껴안고, 그녀의 눈을, 코를, 입술을 빨고 깨물고 상처를 냈습니다. 세 사람이 한몸뚱아리처럼 비좁은 공간에서 뒤엉켜 뒹굴었습니다. 정강이와 어깨, 허리와 머리 들이 깨어질 듯 차체에 부딪쳤습니다.

그만!

그녀의 비명 소리가 귀를 찢었습니다.

……제발, 그만!

동시에 세 사람의 동작이 멈추었을 때까지도 진수는 그녀의 허리를 안은 팔을 놓지 않고 있었습니다.

이거 놔, 진수야.

그녀는 숨을 고르며 말했습니다.

여기까지 너를 데려오다니, 류 선생도 미치고 나도 미쳤어. 하지만 네가 이러면 안 돼. 이거 놔.

진수는 결사적으로 그녀를 부둥켜안았습니다. 옷 속으로 무작정 두 손을 밀어넣었습니다. 그녀가 상체를 빼내고 그의 머리를 밀어내는데도 막무가내였습니다.

……이러면 안 돼!

안간힘을 다해 그녀가 소리쳤습니다.

나 임신했어. 이러면 안 돼.

*

빠르게 날이 저물고 있었습니다.

하늘과 땅이 한몸의 서늘한 육체가 되어 펄펄 흩날렸던 기적—재앙—은 끝났습니다. 누군가가 미시령을 넘어 속초로 가서 구조를 청해야 했지만, 진수나 그녀를 보낼 수는 없었습니다. 그렇다고 그들 둘을 남겨두고 내가 갈 수도 없었습니다. 나는 운전석을 바로 세워 앉았고, 그녀는 내 옆좌석에, 진수는 내 뒤에 앉도록 했습니다. 굳게 약속한 듯 세 사람 모두 입을 열지 않았습니다.

추위보다, 공포보다 견디기 어려웠던 것은 내 상상력이었습니다. 이제야 모든 것을—그토록 뻔한 신파의 내막을—이해할 수 있었지만, 이해할 수 없었던 지옥이 지금의 지옥보다 나은 것이었습니다. 눈꺼풀 속에서 조용히 불꽃이 타올랐습니다. 만취한 그녀를 임신시키는 남자의 이미지는, 좀 전에 보았던 진수의 행위와, 절망적인 나의 수음 속에서 이루어졌던 숱한 상상의 세부사항들과 뒤섞여, 악마의 꼬챙이처럼 내 눈을 찌르고 꿰었습니다.

당시의 도로 사정으로 미루어, 한 번 더 눈이 내렸다면 세 사람 모두 그곳에서 살아나오지 못했을 것입니다. 진수는 아무 말도 하지 않은 채, 마치 죽은 사람처럼 숨소리도 내지 않은 채 어두운 뒷좌석에 웅크려 앉아 있었습니다. 갑자기 차 문을 여는 녀석에게 나는 물었습니다. 어디 가니. 감정 없는 목소리가 돌아왔습니다. 오줌 누고 올게요. 녀석이 돌아온 뒤 얼마 지나지 않아 그녀도 문을 열고 나갔습니다. 그녀가 돌아올 때까지 진수와 나는 말하지 않았습니다. 내가 나갔다 돌아오는 동안에도 그들은 말하지 않았을 것입니다. 칠흑같이 캄캄한 눈밭에서 이따금 오줌을 누는 것 외에, 우리가 할 수 있는 일은 차창 밖의 어둠을 뚫어지게 내다보는 것뿐이었습니다. 내 고통은 생명을 가진 짐승처럼 밤새워 나를 파먹어갔습니다. 그녀의 숨소리와 살 냄새, 옷 스치는 소리가 회칼처럼 내 몸을 가르고 살을 발랐습니다.

새벽녘이 되어서야 나는 까무룩 잠들었습니다. 눈을 떴을 때는 사위가 눈부시게 환했고, 제설 차량의 책임자가 운전석 차창을 두드리고 있었습니다.

깜짝 놀랐습니다…… 세 사람 다 얼어죽은 줄 알았어요.

털을 댄 제모를 쓴 중년 남자는 귀신들을 본 듯 질린 얼굴이었습니다.

*

처음 나타난 휴게소에 차를 세우고 기름을 넣은 뒤 세 사람은 우동 한 그릇씩을 말없이 비웠습니다. 차에 오르기 전 그녀는 공중전화 부스에 들어갔습니다. 오랫동안 두 군데에 통화한 뒤 무거운 얼굴로 걸어 나왔습니다.

가는 길에 D병원에 내려줘.

동생이 아파요?

아니.

그녀는 담담하게 대답했습니다.

그 사람이 집까지 데려다 주겠대.

그녀가 먼저 운전석 옆좌석에 오르고 나자, 진수와 나는 말없이 서로를 마주 보며 서 있었습니다.

……알코올중독이죠, 그렇죠. 짐작하고 있었어요.

진수가 중얼거렸습니다. 마치 중년 남자처럼 이마에 주름이 새겨진 조그만 얼굴을 나는 연민 없이 건너다보았습니다.

맨정신으로 그짓을 하진 않았을 거야.

가만히 있어도 일그러진 것처럼 보이는 입술을 비틀며 진수는 불량배처럼 가래침을 뱉었습니다. 어떤 더러운 것도 묻지 않은 두 손을 코르덴 바지에 문질러 닦았습니다.

애를 배고도 기억도 못했을지도 몰라요. 아까처럼……

왜 날 가만 놔두지 않았어요, 라고 항의하듯 녀석은 나를 올려다보았습니다. 어쩌면 우리는 그 눈 속에서, 사이좋게 저 여자의 안에 들어갔다 나올 수 있었는지도 몰라요. 그 의사 새끼가 그렇게 했던 것처럼. 나는 수없이 꿈꿨던 진짜 악마가 되고, 우리는 서로를 증오하는 공범이 되고, 사이좋게 그 새끼를, 쥐도 새도 모르게 죽였을지도 모르고, 그리고 우리는……

*

남은 것도 없고 잃은 것도 없어, 라고 문득 운전석에서 입속으로 중얼거렸던 기억이 납니다. 그러면 된 거라고. 기억들은 모두 잊으면 되는 거라고.

그것이 얼마나 비겁한 자기 위안이었는지 깨닫는 데 두 시간이 채 걸리지 않았습니다. D병원 현관 앞에 서 있는, 흰 가운을 입고 눈살을 찌푸린, 이 세상 모든 모범생들의 얼굴을 합해놓은 것 같은 남자를 보았을 때 나는 구역질이 났고, 목구멍이 터질 듯 아파오는 것을 느꼈습니다. 갈게요, 라고 그녀가 인사할 때, 나는 내 더러운 사랑을, 더러운 눈물을, 더러운 토악질을 참기 위해 고개를 돌렸고, 그녀가 그 남자를 향해 바쁘게 걸어가는 동안 차 문을 열고 나와, 허리를 수그리고 승합차 뒤로 숨어 들어가 우동 한 그릇을 남김없이 토해냈습니다. 굉음에 놀라 몸을 일으켰을 때에는 모든 것이 끝나 있었습니다. 그녀는 누구의 것인지 알 수 없는 피를 온몸에 뒤집어쓴 채 비명을 질렀고, 흰 옷 입은 남자는 이미 절명했고, 진수는 한 번 더 전속력으로 액셀러레이터를 밟아 병원 외벽에 차체를 들이받았습니다.

*

어떻게 당신의 말을 믿지요, 라고 당신의 친구는 나에게 물었습니다.
침착한 말씨로, 조용히 나를 쏘아보면서. 그것이 나에게 얼마나 고통스러운 질문인지 미처 알지 못한 채.
그때 운전대를 잡은 사람이 당신이 아니었다는 걸 증명할 수 있나요, 라고.

내가 그 자리에서 달아났다는 것이 증거입니다.
조금의 상처도 입지 않았다는 것이 증거입니다.
달려나온 의료진들이 그 남자와 진수를 들것에 싣고 가는 것을, 그녀가 부축 없이 비틀거리며 그들을 따라가는 것을 지켜보다 나는 달아났습니다. 미친 사람처럼 허공을 향해 중얼거리며 언덕 아래의 버스 정류장에 다다르는 동안, 내 소지품 중 어떤 것도 차 안에 남아 있지 않았다는 사실을 기억 속에서 확인하고 또 확인했습니다.

사실이었습니다.
어떤 죄도, 혐의도 나에게는 없었습니다.
오직 악몽만이 내 무죄를 인정하지 않았습니다. 학교 앞 자취방에서 이불 속에 웅크려 보낸 며칠 동안, 나는 그 흰옷 입은 남자를 절명시킨 사람이었습니다. 피투성이가 된 앞범퍼를 병원 외벽에 들이받은 사람이었습니다. 까마득한 벼랑에 걸쳐져 휘청거리는 버스에서, 출구를 향해 기어가는 계집아이를 밀치고 뛰어내린 사람이었습니다.

일주일이 채 지나지 않은 새벽, 나는 누군가 내 방을 향해 다가오는 기척을 들었습니다. 두 명의 건장한 사내가 미닫이문을 밀어 넘어뜨리며 들어오는 것을 보았고, 그들이 허리에 발길질을 하는 대로 방바닥을 굴렀습니다. 어두운 취조실에서 내 죄목을 들었고, 이미 모든 말을 알아들었음에도 열 개의 손톱을 뽑혔습니다.

그녀를 처음 만났던 날 성북동 집 앞에서 진수의 아버지를 보았을 뿐, 나는 두 번 다시 그를 보지 못했습니다. 범인에서 목격자로 뒤바뀐 진수의 증언 역시 직접 듣지 못했습니다. 그녀를 포함한 어떤 증인도 출석하지 않은 텅 빈 법정에서 나는 자술서의 진술을 번복했습니다. 단지 술에 취해 있었다고, 후진하려던 것이 그만 앞으로 차를 몰게 된 것이라고, 누군가를 죽일 의도는 조금도 없었다고 끝까지 주장해 형량을 줄였습니다. 오직 그것만이 그 순간 나를 지킬 수 있는 최선의 방법이었습니다.

*

당신도 나를 믿지 못합니까.

당신의 친구가 믿지 못했듯이.

끝까지 의심하며 내 눈을 들여다보았듯이.

하룻밤의 광기와 맞바꿔야 했던 수형 생활의 기억 따위는 당신에게 의미 없는 것이겠지요. 이런 고백은 더욱이 의심스러운 것이겠지요. 그 시절, 닳지 않는 샘처럼 내가 꺼내 마신 기억이 어리석게도 그녀와 함께한 시간이었다는 것은.

그녀의 차가운 손이 내 뺨에 머물렀던 순간.

내가 아직 진짜 고통을 몰랐으며, 내 인생의 모든 것이 아직 순결했던 순간.

가스 풍로의 따스한 빛.

감겨 있던 내 눈꺼풀.

이따금 나는 의문했습니다.

그녀는 어떻게 되었을까.

등록금이 절반인 국립대에 들어가기 위해 책상 앞을 떠나지 않았을 공부벌레.

모든 것을 혼자 감당해내는 사람의 위엄과 체념이 어린 목소리를 가졌던 사람.

못 쓰는 칼, 못 쓰는 불같은 내 의지와 욕망을 휘둘러 망가뜨려놓은 그 사람은.

*

이제 당신에게 대답할 차례입니다.

어떻게 당신의 친구가 나를 찾아낸 것인지.

나를 만나 무엇을 확인하고 싶어 했는지.

4년 8개월 만에 나는 감형을 받고 세상으로 나왔습니다. 까다로운 재입학 절차를 밟아 1학년부터 다시 학교생활을 시작했습니다. 나는 그녀를 찾지 않았습니다. 구치소에서와는 달리, 더 이상 애써 기억하려 하지 않았습니다. 그 무렵 나에게 정말 필요했던 것들은 따로 있었습니다. 이른 새벽 내 책상에 밝혀놓은 스탠드의 불빛. 깨끗한 솜이불의 훈기. 도서관 유리창 밖으로 우거진 나무들이 바람에 흔들리던 모습. 그 정적 속에서 나는 서서히 회복되었습니다. 다시 마음의 평온을 잃고 싶지 않았습니다.

유신정권이 무너진 것은 그렇게 대학원에 진학한 뒤 석사논문을 준비하던 4학기였습니다. 세밑의 토요일 늦은 오후, 나는 텅 빈 합동연구실 창밖으로 내리는 눈을 바라보고 있었습니다. 뒤숭숭한 시절이었지만 논문은 무사히 통과되었고, 1월부터 수도권 대학병원의 임상팀으로 출근할 날을 기다리던 참이었습니다. 우연히 연구실 서가에서 꺼내 읽던 책을 덮어둔 채, 나는 그 눈송이들에서 시선을 떼지 못하고 있었습니다.

누군가의 젖은 눈 같은, 얼어붙은 하나하나의 심장들 같은 커다란 눈송이들이 단호하게 땅을 향해 낙하하고 있었습니다. 나는 주섬주섬 가방을 챙긴 뒤 연구실 문을 잠그고 나왔습니다. 속눈썹에 눈송이가 맺힐 때마다 세차게 눈꺼풀을 깜박이며 교문까지 걸었습니다. 어떤 목적도 없이 성북동으로 가는 버스에 올랐고, 차창 밖으로 내리는 눈이 일깨우는 서늘한 고통을, 몸속 어딘가가 예리하게 갈라지며 피 흐르는 감각을 똑똑히 들여다보았습니다.

사복 경찰들은 예전보다 수가 늘었고, 예전과 달리 성북동 골목 아래까지 내려와 있었습니다. 직급이 높아 보이는 은청색 파카 차림의 사내가 나를 막아서며 주민증을 요구했습니다. 또렷한 붉은 줄로 표시된 내 전과 기록을 훑어본 뒤, 즉시 돌아가라고 명령했습니다.

그날 연구실에서 읽다 덮어둔 작고한 심리치료사의 회고록을 나는 그날 이후 다시 펼치지 않았습니다. 저자는 책의 한 장을 할애해 자신이 실패했던 케이스들을 기록해두었고, 수년 전 한 고위층 인사의 자택에 드나들며 십대 후반의 자제를 상담했던 경험을 언급했습니다. 누구의 실명도, 집의 정확한 위치도 밝혀져 있지 않았지만 나는 그곳이 어디인지 직감했습니다. 번역투에 가까운 문장으로, 감정을 절제하며 저자는 그 장의 말미에 썼습니다.

……설령 애정을 가지기 어려운 내담자였다 해도, 그가 자살했다는 소식은 상담자에게 지워지지 않는 상처를 남긴다. 두 사람이 나누었던 모든 대화를 일일이 복기하며, 끈질기게 반복되는 자책에 사로잡혀 수개월을 보낸 뒤에야 다음 상담에 몰입하는 것이 가능하지만, 어떤 의미로든 그것이 극복을 의미하지는 않는다.

*

그 겨울이 끝날 때까지 나는 앓았습니다. 일을 할 수 없을 정도는 아니었지만, 해 질 무렵이면 원인을 알 수 없는 38도 내외의 발열이 시작되곤 했습니다. 감쪽같이 덮어두었다고 믿었던 무력감과 억울함, 죄의식과 혼란이 생생하게 되살아나 명치를 짓눌렀습니다. 오래전 그녀의 동생이 입원했던 병원으로 실습을 나가 있다는 후배를 만났을 때 나는 마침내 부탁하고 말았습니다. 어렵지 않았습니다. 그녀의 동생은 아직 그 병원을 통원하며 진료받고 있었습니다. 그동안 바뀐 주소와 전화번호까지 손에 넣을 수 있었습니다.

아무것도 바라지 않았습니다.

그녀에게 말하고 싶었을 뿐입니다.

내가 저지르지 않은 죄 때문에 오 년 가까운 시간을 감옥에서 견뎠다고. 마음으로 저지른 죄까지 모두 치러낸 셈이 되었다고. 당신이 진실을 말하지 않은 것을, 나를 변호해주지 않은 것을 이해한다고. 다만 아직 내가 살아 있고, 그동안 당신 역시 살아내주어서 다행이라고.

갑자기 따뜻해진 4월 하순의 토요일 오후, 비쩍 마른 체구가 된 그녀의 남동생을 처음에 나는 알아보지 못했습니다. 막 초등학교에서 돌아온 짧은 단발머리의 여자아이가 턱을 들고 나를 올려다보았습니다.

그녀는 만취해 있었습니다. 몰라보게 부풀어 오른 얼굴과 상체를 소파 등받이에 파묻은 채 희미한 미소를 지으며 나를 건너다보았습니다. 서서히 그녀의 얼굴에서 미소가 가셨습니다. 잠시 두 눈에 광채가 돌아오는 듯했습니다.

가.

그녀는 조용히 내뱉고는 다시 예의 희미한 미소를 지었습니다. 내가 머뭇거리자 분명하게 내뱉었습니다.

……꺼져.

대문까지 따라나온 그녀의 동생에게 나는 이름과 집 주소, 직장의 전화번호를 적은 쪽지를 내밀었습니다.

생활하는 데 어려움이 있으면 연락하세요.

괜찮습니다, 어렵지 않습니다, 라고 그는 대답했습니다. 그녀를 부끄러워하지도, 나에게 미안해하지도 않았습니다. 다만 기억을 더듬으며 내 얼굴을 유심히 바라보았습니다.

분명히 예전에 뵈었을 텐데, 잘 기억이 나지 않네요.

의문을 품은 그의 눈이 잠자코 내 눈을 응시했을 때, 그 시선을 끝끝내 피하지 않고 버텨내는 데 나는 성공했습니다.

*

이제 짐작하겠습니까.

당신의 친구는 그 메모를 간직했던 것입니다.

어린 시절 잠깐 보았을 뿐인 그 이상한 손님을 기억했던 것입니다.

어머니의 과거에 대해 알고 있으리라 짐작되는 유일한 사람, 나를 추적해 만나려 했던 것입니다.

왜냐구요.

이것은 당신이 품고 있는 의문과 직접 연결되는 대답이겠지요.

자신의 어머니가 술 마시기를 멈추지 않았던 이유를 당신의 친구는 알고자 했던 것입니다. 당신의 친구의 끔찍한 표현에 따르면, 감염된 환부처럼, 죽은 짐승의 육체처럼 서서히 썩어가기를 스스로 택했던 이유를 알아야만 했던 것입니다.

왜냐구요.

바로 자신 안에 그런 충동이 비명을 지르고 있었기 때문에.
똑같은 방법으로 죽어가고 있다고 느꼈기 때문에.

당신은 그걸 부인하고 싶어 하지요.
이렇게 말하는 나를 견디기 어렵겠지요.
그러나 나는 알고 있습니다.
그녀들은 똑같은 눈을 가졌습니다.
그녀들은 살아남지 못했습니다.

*

아직 밝아지지 않았습니다.

가까운 지하철역으로 첫 열차가 들어오는 소리가 들립니다.
고요한 음악이, 운석과 운석 사이의 침묵처럼 희박해지며 끝나가고 있습니다.

유년 시절에 경험한 형제들의 죽음 때문에 말러는 '죽은 아이들을 기리는 노래' 연작을 썼습니다. 그것이 저주처럼 자신의 어린 딸의 죽음을 불러오리라고는 결코 예상할 수 없었겠지요. 마지막 심장 발작을 앞두고 교향곡 9번의 4악장을 쓰며, 옛 연작 중 한 곡의 선율을 빌려 그는 독백합니다. 아이들은 산책 나갔고, 다시는 돌아오기를 희망하지 않는다고. 성글게 잦아드는 눈발처럼 고요하고 서늘한 선율입니다.

오래전 그녀가 음악을 들었던 방식으로 바꿔 들으면, 거기 숨겨진 진실은 이제 그가 산책 나가리라는 것입니다. 처음의 빛 속으로 걸어 들어가기를, 다시 돌아오지 않기를 희망한다는 고백입니다. 어스름 속의 후회, 잔혹하게 몸을 으깨는 진눈깨비, 핏기 잃은 질문들, 무한히 시간이 느려지는 밤 속에서 더 찢기지 않겠다는 결의입니다.

그래요. 그녀는 산책 나갔고, 다시 돌아오기를 희망하지 않았습니다.

*

이 사진이 어떻게 살아남았는지 말하지 않았군요.

학교 앞 자취방에 웅크려 누워 파국을 기다리던 그 며칠 동안, 내가 자신을 위해 한 유일한 일은 그 폭설 속에서 찍은 필름—점퍼 안주머니에 넣어둔—을 두툼한 영어사전 케이스 깊숙이 숨겨놓은 것이었습니다. 출감 후 고향에 내려가 짐을 정리하다가 그 필름을 발견했고, 읍내에 하나뿐인 사진관에 인화를 부탁했습니다. 며칠 뒤 다시 읍내로 나가 사진을 찾은 뒤, 대합실에서 버스를 기다리며 한 장씩 확인해갔습니다.

앞쪽에 인화된 것들은 진수가 찍은 보잘것없는 작품사진들이었습니다. 그녀와 진수의 옆모습은 노출을 잘 맞추지 못해 새하얗게 날아갔습니다. 오직 하나, 당신이 지금 보고 있으며 당신의 친구를 그곳으로 데려간 마지막 사진만이 남았습니다.

허락된다면, 내가 할 수 있는 유일한 조언—당신의 친구에게 똑같이 던지고 싶었던 조언을 당신에게 해도 될까요. 아니, 허락 따위는 구하지 않고 말하겠습니다.

모든 죽은 사람의 관 뚜껑을 닫고, 거칠게 못질을 하고, 영원히 버리십시오. 그 얼굴을. 눈동자들을. 끈덕진 자책과 결의 따위를.

이제 나는 어리석은 산책길로 들어서려고 합니다. 오해하지는 않기를 바랍니다. 그녀 때문도, 당신의 친구 때문도, 그렇다고 당신 때문도 아닙니다. 단지 오랫동안 지쳐왔을 뿐입니다.

이제 나는 늙었지만, 어떤 위엄도 깨달음도 마침내 얻어내지 못했습니다. 만나온 사람들과 주어진 시간을 서서히 파괴해왔고, 자신 역시 무사하지도 온전하지도 못했습니다. 어떤 교훈도 치유도 돌이킴도 없이, 지금까지 그래왔던 것처럼 흔들리며 끔찍하게 어두운 길을 가겠습니다. 어떤 사람과도, 어떤 전생의 기억과도 마주치지 않기를, 다시는 돌아오지 않기를 기도합니다. 믿지 않는 영혼과 천사들을 위해, 내가 그르친 모든 것을 위해, 당신을 위해, 아멘.

9
파란 돌

올록볼록한 비닐 포장지를 뜯자 얄따란 골판지 상자가 나왔다. 단단히 봉해진 비닐 테이프를 가위로 가르고 상자를 열자 미시령의 사진이 끼워진 액자가 담겨 있었다. 원목 액자는 평범하고 깨끗했다. 수십 년 전에 만들어진 것이라는 생각은 들지 않았다. 액자를 꺼내 들여다보았다. 흠집 하나 없는 유리와 그 안의 사진을 들여다보고 있자니, 편지에 적힌 모든 것이 거짓이라는 생각이 들었다.

서향 1층집의 오전은 어둑하고 쌀쌀했다. 동쪽 부엌으로 난 작은 창으로 가냘픈 햇빛이 들어오고 있었다. 나는 책상으로 걸어가 앞서랍을 열었다. 세 명의 상담가들의 약력이 적힌 유인물을 찾아냈다. 선 채로 수화기를 들고 하단에 적힌 전화번호를 눌렀다. 낯익은 목소리의 여자가 응답해왔다.

류인섭 소장님 부탁드립니다.

실례지만 어떤 일로 그러시죠?

나는 준비한 대답을 했다.

소장님과 내일 점심 식사 약속을 했는데, 날짜를 바꿨으면 해서요.

저, 소장님은……

나는 기다렸다.

*

나는 겁먹지 않았다. 설득되지 않았다.

횡단보도의 신호가 바뀌기를 기다리는 동안 가방에 담긴 서류봉투를 확인한다. 인주의 집 앞마당에서 인주와 나란히 찍은 사진. 30페이지 분량의 프린트물과 5페이지의 축약본. 간밤에 충전해놓은 디지털 카메라.

모든 것이 제대로 있다.

책은 모두 네 개의 장으로 이루어질 것이다. 각 장은 바람과 물, 불과 흙의 이미지를 빌려올 것이다. 지난 열흘 동안 첫번째 바람의 장의 초고를 썼다. 아직 인주가 그림을 그리지 않던 때, 시베리아 무당처럼 장대를 짚고 허공으로 날아오르던 때의 일들을 담았다. 두번째 물의 장은 삼촌을 잃은 뒤 마치 깊은 물속에 가라앉은 사람처럼 보냈던 인주의 삼 년에서 시작될 것이다. 90년 가을의 폭우가 쓸어간 삼촌의 그림, 그후 인주의 그림에 나타난 물의 이미지—가라앉고, 헤엄치고, 어두운 물 아래의 빛을 향해 손을 뻗는 검은 육체들—에 대해 쓸 것이다. 세번째 불의 장은 물의 그림들 속에서 태어나기 시작한 불꽃들을 담는다. 담금질한 것 같은 나무들이 붉은빛을 발하고, 뿌리와 가지가 위로, 아래로 활활 뻗어나간다. 인주가 가장 활발하게 활동했던 시기이기도 하다. 마지막 흙의 장에서 인주는 다시 1년 동안 은둔한다. 삼촌의 먹그림을 재현해, 물과 먹으로 별을—불타는 공기이자 거대한 흙인— 그린다. 네 원소가 만나 하얗게 폭발하는 순간들을 뚫고 나가, 돌연히 육체가 부스러져 진흙이 된다. 썩는다. 사라진다.

서류 봉투 옆에 넣어둔 류인섭의 편지까지 확인한 뒤 나는 가방의 지퍼를 잠근다.

그가 편지에 쓴 사실들을 토대로 1장의 앞부분을 더 길게, 극적으로 장식할 수 있을 것이다. 어떤 사람은 그 일이 매우 중요하다고, 매력적인 일이라고 느낄 것이다. 이를테면 강석원 같은 사람은.

약간의 구역질을 느끼며 나는 횡단보도 맞은편을 건너다본다. 여러 개의 보습학원들이 모여 있는 5층 건물이 보인다. 일찍 찾아온 봄처럼 찬란한 날씨지만, 공기만은 매섭게 차다.

이것으로 내가 아픈 데를 다 알았다고 생각하는 건 아니겠지요.

건물 유리창들이 힘차게 되쏘는 오전의 햇빛을 올려다본다. 흑백사진 속 영산홍 앞에 서 있던 젊은 여자의 얼굴이 선명하게 눈앞에 새겨진다.

닥쳐. 도취하지 마. 앞지르지 마. 그녀들은 당신이 원한 것만큼 약하지 않았어.

*

붉은 불이 켜진 횡단보도를 눈을 감고 건넌 적이 있다.

중앙선쯤이라고 생각하고 눈을 뜰 때마다 차들이 눈앞을 달려 지나갔다. 걸을수록 좁아지는 평균대 위를 나아가는 것 같았다. 횡단보도를 다 건너거나 건너지 못할 것이다. 평균대에서 벗어지거나 떨어지지 않을 것이다. 내가 무슨 짓을 하고 있는지 분별할 수 없었다. 눈을 뜰 수 없었다. 장님처럼 손을 앞으로 뻗으며 횡단보도를 다 건너자 등이 흠뻑 젖어 있었다. 부끄러움으로 달아오른 두 뺨이 얼얼하게 뜨거웠다.

지금은 그런 순간이 아니다.

눈을 뜨고, 손톱 끝 하나 다치지 않고 건너야 한다. 류인섭의 얼굴과 필체가 눈앞을 가릴 때마다 나는 입술 안쪽을 악문다. 빠른 걸음으로 횡단보도를 건넌다. 신호에 걸린 마을버스의 앞문을 두드린다. 중년의 운전기사가 마지못한 듯 문을 열어준다. 나는 코트 주머니에서 지갑을 꺼내 단말기에 찍는다. 흐려진 안경을 벗어들고 빈자리에 앉는다. 가방을 바싹 끌어안는다.

*

여기 앉으시겠어요?

검은색으로 염색한 듯 칠흑 같은 단발머리를 한 삼십대 중반의 여자가 회의용 탁자를 가리킨다. 여자의 태도에는, 명석하고 활동적인 사람들에게서 흔히 보이는 군살 없는 자신감이 어려 있다. 탁자 위의 가습기가 뭉클뭉클 흰 수증기를 토해내고 있다. 편집부 직원들의 책상은 파티션 대신 벤자민 화분들로 가려져 있다.

내가 탁자 앞에 앉자 여자도 맞은편에 앉는다. 나는 서류봉투를 열고 사진과 원고를 꺼내 탁자에 올려놓는다. 여자는 선뜻 손을 뻗어 프린트된 원고를 훑어보기 시작한다. 나는 기다린다. 원고를 내려놓으며 여자가 말한다.

서인주 씨를 만난 적이 있어요, 잠깐이었지만.

나는 잠자코 고개를 끄덕인다.

참 인상적인 사람이었는데 말이죠. 뭐랄까, 사진을 찍어두고 싶은 사람이었어요.

여자는 호기심 어린 표정을 짓는다.

혹시 강석원 선생님과 아는 사이세요?

예, 몇 번 만난 적이 있어요.

사실 그분은 저희 필자이기도 해요. 이정희 씨가 이 책을 작업하고 있다는 걸 강 선생님도 알고 있나요?

아마 모를 겁니다.

이번에 나온 강 선생님 책 읽어보셨지요?

예, 읽었어요.

저는 아직 읽어보지 못했어요. 사실, 이 원고에서 가장 중요한 건 그 책과 얼마나 차별화되는가 하는 거예요.

나는 신중하게 대답한다.

……그 책을 반박하기 위한 책이라고도 할 수 있습니다.

여자가 고개를 끄덕인다. 감정이 드러나지 않는 눈으로 내 얼굴을 곰곰이 살핀다.

명 관장님 말씀이, 올 하반기에 서인주 씨 유고진을 계획하고 있으시다던데요.

이 출판사를 소개해준 사람은 명은숙이지만, 나에게 그런 말까지는 하지 않았다.

이 책을 출판한다면, 기왕이면 그전에 나오는 게 좋겠어요. 그럼 전체 원고는 늦어도 석 달 안에 들어와야 해요. 가능하겠어요?

……가능합니다.

그전에 먼저 원고를 검토해보고 연락드릴게요. 저뿐 아니라 눈 밝은 직원들도 보게 할 테니까 시간이 좀 걸릴 수도 있어요.

괜찮습니다.

나는 선선히 대답한다. 내가 지어 보일 수 있는 가장 느긋한 미소를 머금는다.

기다리겠습니다.

*

달은 기계적으로 반듯하게 지구를 중심으로 공전하지 않는다. 수없이 흔들리며 뒷면을 조금씩 드러낸다. 그 때문에 지구에서 관측할 수 있는 달의 표면은 50퍼센트가 아니라 59퍼센트다. 흔들리며 드러난 약간의 뒷모습을 따라 9퍼센트의 불완전한 지도를 그려갈 수 있다.

출판사에서 가까운 지하철역으로 걸어가는 동안, 허전하게 가벼워진 가방을 두 팔로 끌어안는다. 지난 열흘 동안 내가 짚어간 허술한 문장들을 생각한다. 집요하게 손가락 사이로 미끄러지던 단어들을 생각한다. 서성거리며 마주한 집안의 가구들, 때 묻은 벽지와 못 자국들을 생각한다. 냉장고 문을 열 때마다 하얗게 밝아지던 어둠, 싸늘하게 뿜어져 나오던 냉기를 생각한다. 기운이 빠질 때마다 이십 분씩 웅크려 누워 잠을 청하던 까슬한 담요를 생각한다. 세면대 위의 김 서린 거울 속에 서 있던 흐릿한 사람, 끝내 지워지지 않던 사람을 생각한다.

검은 피 같은 수성 사인펜으로 빽빽이 써내려간 류인섭의 필체를 생각한다.

눈앞의 모든 것이 사라져 있기를 바라는 듯 길게 눈을 감았다 뜨던 얼굴을 생각한다.

사십 년 전의 눈 덮인 미시령을,

캄캄한 앞유리를 향해 어둠이 뱉어낸 침 같은 눈발들을 생각한다.

내 짐작은 틀렸다.

인주가 류인섭을 찾아간 11월 12일은 작년이 아니라 이 년 전 11월 12일이었다. 인주의 마지막 개인전이 열리기 약 한 달 전, 「달의 뒷면」 연작 여섯 점을 몰아치듯 그리기 직전이었다. 정선규가 민서를 돌려준 뒤 육 개월 남짓한 시간이 지났을 무렵이었다.

*

민서를 다시 데려오기까지 팔 개월 가까이 인주는 거의 먹지 않았다. 하루에 한 시간도 채 잠들지 못했다. 그 상태로 학원 일을 그만두지 않았고, 그림도 계속 그렸다. 죽은 나뭇가지처럼 몸이 여위었다. 얼굴은 안에서부터 검게 타들어갔다.

늦은 밤 내가 인주의 집에 들르면 인주는 반가워하며 활짝 웃었다. 내가 싸간 음식들을 식탁에 펼쳐놓고는 마치 자신이 준비한 것처럼 '어서 먹어'라고 했다. 하지만 정작 자신은 젓가락을 들지 않았다. 이따금 인주는 내가 앞에 앉아 있다는 것을 잊은 듯 성냥불 장난을 했다. 성냥개비의 머리를 성냥갑 옆면에 부딪히고는, 탁, 소리와 함께 불꽃이 일어난 뒤 손가락까지 타들어오는 것을 지켜보았다. 더 견딜 수 없을 만큼 뜨거워지면 성냥개비를 흔들어 불꽃을 껐다.

*

그 무렵, 때로 늦은 시간에 인주는 나에게 전화했다.

첫 마디는 언제나 정희야, 였다.

정희야, 자니?

한동안은 전화가 매일 밤 계속돼, 깊이 잠들고 싶은 날은 전화선을 빼두고 자야 했다. 한번은 새벽에 깨어서 전화선을 꽂았는데 바로 벨이 울리기도 했다.

*

……정희야, 자니?

얘기할 게 있어서 전화했어.
나쁜 일이라고도 좋은 일이라고도 할 수 없어.
민서가 왔어.
어제. 짐 다 싸서 데려왔어.
민서가 아팠어. 그래서 민서를 돌려준대.
코피를 많이 흘렸는데, 그게 멈추지 않았어.
그걸 감당할 수 있는 사람이 그 사람들 중엔 없었나봐.
그래. 유전적인 거야.
퇴원시키고 바로 데려왔어.
그럼. 아주 온 거야. 다시는 헤어지지 않아.
어제 오늘 널 안 부른 건, 그냥 둘이 좀 있고 싶어서.

……잠이 안 와.
어제 낮부터 민서 안고 계속 잤거든. 점심 먹고 자고, 저녁 먹고 또.
깨보니까 지금이야.

정희야.
……민서 못 만나고 지낸 몇 달 동안, 다 끝났다고 생각했어.
남김없이 파괴됐다고, 완전하게 죽었다고 느낀 순간도 있었어.
그때 내가 정말로 죽었던 거라면, 이제 나는 어떻게 해야 하는 걸까?

아니, 죽기 전의 어딘가로 돌아갈 수는 없어. 되돌아가는 길 따위는 없어. 난 이미 다른 사람이 되어버렸으니까.

다시 시작하는 게 가능하다면…… 정말 가능하다면 말이야. 뭔가를 되살리는 게 아니라, 복원하는 게 아니라, 오히려 더 부서야 하는 것 같아.

아니, 그건 달라.

끝내기 위해서가 아니라, 다시 시작하기 위해서 부서야 하는 거야.

누군가가 지금 내 안에서, 꿈틀거리며 말해. 지금까지 내가 그렸던 그림들…… 살아내려고, 어떻게든 존재해내려고 필사적으로 그렸던 모든 것들이, 다 가짜라고.

아니, 아무것도 안 무서워.

아무것도 후회 안 해.

지금부터 시작이야.

*

지하철 유리창 밖의 어둠을 보고 있다.

캄캄한 터널의 내벽이 이따금 어슴푸레 밝아진다. 금속으로 된 핏줄 같은 맞은편 선로가 번득이며 드러난다. 콘크리트와 철근과 어둠의 나라, 어떤 생명도 살지 않는 나라를 가로질러 열차가 달리고 있다.

서울의 북쪽으로 올라가는 승객들이 두꺼운 외투 속에 웅크려 앉아 있다. 중국산 밴드와 볼펜 한 다스를 묶어 파는 중년 남자가 커다란 트렁크를 끌며 내 앞으로 지나간다. 아무도 남자를 불러 세우지 않는다.

사진 자료가 더 필요하다는 단발머리 편집장의 말에 나는 1부에 넣을 몇 장의 사진을 더 찍을 것이라고 대답했다. 수유리에 남아 있을 인주의 집을 찍어오겠다고 말했다. 중학교와 고등학교의 정경도 담아오겠다고, 가능하면 생활기록부 사본들까지 구해보겠다고 했다.

인주가 수유리의 집을 판 것은 늦깎이 미대생으로 3학년에 올라가던 겨울이었다. 어머니에게서 물려받은 돈이 바닥나, 등록금을 내려면 집을 팔 수밖에 없다고 나에게 말했었다. 그때 나는 이미 수유리를 떠나 J동의 원룸 아파트에서 자취를 하고 있었다. 인주가 집을 판 뒤 일 년이 채 지나지 않아 내 어머니는 아버지와 사별했고, 집과 가게를 함께 정리한 뒤 일산의 오빠 집으로 들어갔다.

이제 그곳에는 아무도 살고 있지 않다.

날마다 가차 없이 낡은 것을 부서뜨리고 새로 세우는 이 도시에서, 거기 남아 있는 흔적은 얼마나 될까.

*

지하철 수유역사를 빠져나가기 전, 어느 출구를 택해야 할지 몰라 나는 멈춰 선다.

그 사이 시내버스의 체계가 바뀌었다. 이제는 다른 번호들이 되었을 8번과 6번 버스의 종점 사이에 인주와 내가 살던 골목이 있었다. 가까이 23번과 28번 종점이, 방학동 고개를 넘어 연산군 묘 쪽으로 가면 333번 종점이 있었다.

변하지 않았을 구청의 위치를 기준으로 방향을 가늠해 역사를 빠져 나온다. 부산하고 살풍경한 변두리 번화가가 눈앞에 펼쳐진다. 나는 손을 들어 택시를 세운다. 저녁 교대시간인지 두 대가 연이어 지나쳐 간다. 마침내 한 대가 깜박이를 켜며 다가와 멈춰 선다.

옛날 8번 종점이요.

기사가 고개를 끄덕인다.

서서히 움직이는 차창 밖의 풍경을 나는 본다. 20여 층의 주상 복합 건물이 네거리에 들어서 있다. 커다란 간판을 매단 닭갈비집이 한산한 실내를 밝힌 채 이른 저녁 손님을 기다리고 있다.

*

기억한다.

알록달록한 캐시미어 담요 아래, 인주와 민서까지 여섯 무릎을 맞대고 앉아 끝없이 웃으며 이야기하던 저녁.

이따금 민서가 고집을 부릴 때 인주의 입가에 파이던 주름. 치켜 올라간 숱 많은 눈썹. 지지 않으려고 더 힘껏 찌푸린 민서의 얼굴. 꼼지락거리던 낟알 같은 발가락들.

군고구마가 식지 않게 종이봉지째 외투 속에 넣고 거리를 걷던 저녁. 몸속으로 지펴지던 열기. 보도를 울리던 발소리. 인주의 집으로 데려다 줄 엘리베이터가 내려올 때까지, 두 개의 거울 사이에서 서성거리던 짧은 시간.

이모, 하고 부를 때 새 부리처럼 뾰족해지던 민서의 입술.

작고 투박한 나무 드라이버로, 나무 나사못을 돌려 알록달록한 책상을 조립하던 손.

동그란 계란 노른자를 좋아하는 민서를 위해 라면을 끓일 때 마지막에 세 개를 넣고, 노른자가 깨지지 않도록 집중하던 몇 초간.

*

……정희야.

넌 아마 아주 오래 살 거야.

모든 걸 기억하면서.

지금보다 더 추위를 타면서.

백 살, 백이십 살씩 사는 할머니들 봐.

다 체형이 너 같아.

*

인주의 텅 빈 숲 그림을 기억한다.

이른 아침의 박명이 화면 가득 검푸르게 배어 있었다. 무수히 크레용으로 덧칠해 검어진 나무들은 침묵에 잠긴 사람들 같았다. 한 나무의 그림자가 다른 나무에게로 파르스름하게, 다른 나무의 그림자가 또 다른 나무에게로 더 파르스름하게 번져갔다. 바람이 불지 않았다. 어슴푸레한 빛이 영원히 움직이지 않았다.

알 수 없다.

류인섭의 피투성이 고백이 그 적막한 그림들을 불러낸 까닭을 알 수 없다.

그 그림들의 첫 제목이 미시령이었다는 것을 납득할 수 없다.

류인섭이 말한 대로일지도 모른다.

내가 찾을 수 있는 모든 퍼즐 조각을 합한다 해도, 결코 알아낼 수 없는 것들이 고스란히 남게 될지도 모른다.

*

약국이었던 곳은 식당으로, 식당이었던 곳은 부동산으로, 목욕탕과 개척교회가 있던 낡은 2층 타일 건물은 새것으로 보이는 5층짜리 건물로 바뀌었다. 형제가 함께 운영하던 큰길가의 슈퍼만은 그 자리에 그대로 있는데, 내부는 말끔하게 새로 단장되어 있다. 골목에 들어서자 대부분의 집이 새것이다. 몇 채의 집이 허물린 자리에 들어선 빌라들도 있다.

인주의 집이 있어야 할 곳에 채 이르기 전에 나는 비탈길에 멈춰 선다. 오십 세대쯤 되어 보이는 빌라가 인주의 집을 포함해 인근의 집 대여섯 채를 허물고 들어서 있다.

언덕길을 더 올라 내가 살던 집 앞에 이른다. 옛집은 허물리고 없다. 제법 멋을 부린 2층집이 그 자리에 지어져 있다. 뜰에는 잔디가 노랗게 죽어 있고, 오색의 파라솔이 먼지 낀 흰 접이의자들과 함께 뜰 한켠에 치워져 있다. 지금 이 집에 사는 사람들은 여름이면 저 파라솔 아래에서 고기를 구워 먹는 걸까.

비명 같은 바람 소리가 밤새워 창틀 사이로 파고들던 그 집은 없다. 살아 있기 때문에 어떻게든 나아가야 했던 그 시간은 없다. 그림 없이, 삼촌 없이, 오후의 산책과 따뜻한 김이 오르는 감자 소반 없이도 모든 것이 그대로이던 시간은 없다. 보이는 모든 사물이 주먹질하듯 내 얼굴을 향해 달려들던 시간, 힘껏 부릅뜬 내 눈을 통과해 흩어지던 시간은 없다.

나는 뒤돌아서서 언덕길을 내려온다. 신축 빌라 앞을 지날 때는 고개를 돌린다. 면장갑을 낀 채 목련나무 아래에서 하늘을 올려다보던 삼촌의 옆모습이 조용히 눈을 가린다.

*

……우주공간을 적외선 촬영하면, 빅뱅의 흔적으로 남은 배경복사를 우주의 모든 곳에서 크고 작은 점들의 형상으로 볼 수 있어. 절대온도

300도의 무수한 빛점들. 사실은 차갑지만, 더 차가운 우주공간의 온도에 비하면 뜨겁다고도 할 수 있지. 우주가 유한하고 굴곡진 다면체라고 믿는 사람들은 그 빛점들의 형태와 무늬를 연구해. 평생을 바쳐서 가설을 세우고 천체망원경에 매달리지. 그 점들의 형상이 퍼즐처럼 이어 맞춰지는 부분을 우주공간 속에서 찾아내려고 하는 거야. ……오직 그것만이, 거대한 전체 우주의 형상을 그려낼 결정적인 단서가 될 테니까.

*

삼촌의 병과 삼촌을 어디까지 분리할 수 있을까를 생각한 적이 있었다. 삼촌의 성격과 관심사, 말투와 걸음걸이는 그의 병과 깊게 연결된 것이었다. 만일 그가 아프지 않았다면, 하고 상상하면 혼란스러웠다. 아픈 그를 지워버린 뒤에 남는 그의 정수, 그 위로 겹겹이 쌓였을 또 다른 그의 모습들은 내가 알던 그와 얼마나 같고, 얼마나 달랐을까.

좀처럼 드러내지 않았지만 삼촌은 동경했다. 피 흘리며 아이를 낳는 여자를. 면장갑을 끼지 않은 맨손으로 책장을 넘길 수 있는 자유를. 달리고, 자전거를 타고, 헤엄치고, 넘어지는 위험을. 그가 한번도 누려보지 못한 삶 전부를.

*

감자 쪄먹을까?

차츰 더워지는 초여름 오후면 삼촌은 가만히 묻곤 했다. 붓을 쥔 손에 집중력이 떨어지고, 겨드랑이와 목 줄기에 땀이 맺힐 즈음에.

이마가, 영특하게 생겨서.

그의 손이 무심코 내 이마에 닿은 순간, 그가 먼저 놀라 물러서며 변명했다.

처음 내 어깨를 안았을 때, 어깨를 안고도 그의 몸은 내 몸에 닿지 않았다. 금방이라도 부서질 물건을 만지는 듯, 그의 팔에는 얇은 손바닥만큼의 무게도 실려 있지 않았다.

*

옛 6번 버스의 종점을 향해 언덕길을 거슬러 올라간다. 풀각시꽃을 꺾어 손목시계를 만드는 데 열중한 인주를 앞세우고, 먹을 섞은 분채 물감처럼 어두워져가는 석양을 보며, 삼촌과 어깨가 스칠 때마다 숨죽여 떨며 걸었던 길이다.

밭이거나 버려진 땅이었던 모든 곳에 집들이 들어서 있다. 야생 벌집이 있을 만한 큰 나무들은 모두 베어졌다. 주인 없는 무덤이 있던 자리에 대형 주차장이, 밭두렁을 따라 물이 흐르던 곳에 포장된 시멘트 길이 펼쳐져 있다.

이곳에서 나는 태어나고 자랐다.

휴일 아침 식구들이 둘러앉은 식탁에서 묵묵히 숟가락을 입에 넣었다. 위가 나빠 소처럼 오래 찰밥을 씹는 아버지의 얼굴을, 파스 냄새가 풍기는 어머니의 구부정한 육체를, 상추를 손바닥에 펼치고 구운 고기를 얹는 형제들의 손놀림을 지켜보았다.

좀 웃어봐라.

아버지는 말했다.

딸아이 하나 있는 게, 웃음이 없어.

숨을 쉬기 어려울 때마다 삼촌의 방을 생각했다. 내가 그은 먹선들을, 얼음바위 아래 핀 붉은 꽃들을, 부드럽고 끈덕진 침묵을 생각했다. 불타는 별들을, 쓰디쓴 약냄새를, 부끄럽도록 커다랗게 들리던 두 사람의 숨소리를 생각했다.

그 모든 것들로부터 인주는 멀찌감치 떨어져 있었다. 속력이 다른 세계 속에서 인주는 살았다. 달렸고, 높은 휘파람을 불었고, 덤블링을 했다. 사소한 일에 큰 소리로 오래 웃었고, 선선히 타인을 받아들였다. 그 시절 이후로 인주의 속력은 눈에 띄게 누그러졌지만, 사람을 대하는 그 자세만은 변하지 않았다. 자신의 몸을 그득 채운 뒤 흘러 넘친 빛을 누구에게든 흔쾌히 내밀었고, 결코 여분을 걱정하지 않았다.

*

너, 지각 많이 하지.

조용한 골목이었다.

구성지게 휘파람을 불며 뒤따라오던 인주가 다가와 처음으로 내 어깨를 두드렸다. 소스라치며 놀라는 나에게 대뜸 물었다.

너, 지각 많이 하지?

장난꾸러기처럼 생글생글 웃는 얼굴이었다.

벌칙으로 아침에 운동장 도는 거 자주 봤어. 늦게 자는 버릇 있니?

동생 것까지 도시락을 싸느라 늦는다는 말 따위는 하고 싶지 않았으므로, 나는 얼굴을 붉힌 채 대꾸 없이 서 있었다.

혹시, 괜찮으면 지금 우리 집에 같이 갈래?

인주는 콧잔등을 찡긋 추켜올리더니, 마치 나를 따라하듯 조금 얼굴을 붉혔다.

오늘이 내 생일이야. 친구 있으면 한 명이라도 데려와보라고 삼촌이 그랬거든. 소심한 사람이라, 아무도 안 데려가면 내가 따돌림당하는 줄 알 거야.

갈래? 다시 물으며 인주는 다시 웃었다. 볕에 그을린 얼굴이 소년 같았다. 가무잡잡한 콧잔등과 인중에 잔뜩 땀이 맺혀 있었다. 내가 곧 고개를 끄덕여줄 것을 기대하는 듯, 장난스레 두 눈을 깜박였다.

*

인주에게는 등산화가 필요 없었다.

등산 배낭과 수통 따위도 필요 없었다.

백운대 꼭대기까지 올라갔다 내려오는 데 두 시간이 채 걸리지 않았다.

삼촌과 내가 먹 냄새에 잠겨, 원하는 형상에 이르려고 아픈 고개를 수그리고 있는 동안.

김치로 속을 넣은 만두를 세 판도 채 찌지 않았을 때.

인주는 얼음이 언 봉우리까지 펄쩍펄쩍 뛰어올라갔다 뛰어내려왔다.

그 날카로운 막대가 허벅지를 꿰뚫기 전에.

선명한 피가 더러운 회색 매트를 흠뻑 적시기 전에.

소리 없이, 매 순간 네가 다리를 절게 되기 전에.

*

졸업을 앞둔 석 달 동안, 선생들도 학생들도 나에게 말을 붙이지 않았다. 누구도 인주에 대한 이야기를 꺼내지 않았다. 인주가 휠체어를 타고 다닌다는 소문, 다리를 자르는 수술을 받았다는 소문, 나와 인주가 그렇고 그런 사이라는 소문, 인주가 정신병원에서 입원치료를 받았다는 소문, 밤거리를 미쳐서 쏘다니는 것을 누군가 목격했다는 소문 들은 수년이 지난 후에야, 수차례 걸러져서 내 귀에까지 들어왔다.

*

목줄이 묶이지 않은 개가 낮게 짖으며 길을 막아 나는 걸음을 멈춘다. 오래 버려져 있었던 듯 눈이 번득이는 개다. 나는 개의 얼굴을 들여다본다. 녀석이 으르렁거리는 소리가 커진다. 곧 달려들 것처럼 몸을 낮추고 나를 쏘아본다.

언제부터 저 두 눈에서 파르스름한 불이 타기 시작했을까.

한 걸음을 앞으로 내디딘다.

녀석이 물러선다.

한 걸음 더 내디딘다.

녀석의 이가 하얗게 드러난다.

한순간 녀석의 소리가 잦아들며 눈이 설핏 흐려진다. 꼬리가 다리 사이로 내려간다.

내 눈이 무서운 것이다.

내가 녀석을 쏘아보고 있었던 것이다.

*

……꼭 죽여야 한다면 내가 죽일게, 네가 죽는 건 싫으니까.

이미 누군가를 죽이려 해본 사람처럼, 오랜 시간 수없이 그 결과를 앞질러 짚어본 사람처럼 인주는 나에게 말했다.

단호하고 침착하게.

떨리지 않는 목소리로.

*

나는 너를 몰랐다,

네가 나를 몰랐던 것보다 더.

하지만, 어쩌면 너도 나를 모른다고 느낄 때가 있었을까.

내가 너를 몰랐던 것보다 더.

*

인주에게 말하지 않았다.

세 아이를 잃었다는 것을. 모두 내 뱃속에서였다는 것을. 한 아이는 칠 개월까지 버텼다는 것을. 삼촌과 나이가 같았고 비슷하게 마른 어깨를 가졌던, 그 외에는 어떤 것도 닮지 않았던 K의 아이들이었다.

어떤 관계는 고인 물처럼 시간과 함께 썩어간다는 것을, 거기 몸을 담근 사람까지 서서히 썩어가게 한다는 것을 나는 몰랐다. 소유와 의존, 집착과 연민, 쾌락과 무감각과 환멸, 한줌의 간절한 진실이 한 무더기의 뱀들처럼 서로의 꼬리를 물고 얽히는 동안, 땅 밑에서 하나씩 뿌리가 문드러져가는 나무처럼 어깨가 굽고 목소리가 잦아들어 가리라는 것을 몰랐다. 마침내 아들과 아내를 버린 K가 나와 함께 살았던 마지막 삼 년이 가장 나빴다.

그는 나에게 말하곤 했다.

네가 뭘 안다고.

귀엽다는 듯 웃으며 내 뺨을 툭툭 쳤다.

네까짓 게 뭘 안다고.

그것이 그가 애정을 표시하는 방법이었다.

*

그를 만나는 나를 인주는 이해하지 못했다. 더 이상 희곡을 쓰지 않는 나를 이해하지 못했다. 그와 결혼이란 걸 할 것 같다고 말했을 때 인주는 침착하게 말했다.

우리, 서로 연락하지 말아보자.

그렇게 냉정한 인주의 목소리를 그때 처음 들었다.

……고등학교 때 물리 선생이 입버릇처럼 하던 말 기억나니? 이해가 안 되면 그냥 외우라고 했잖아.

반쯤 웃으며 인주는 나를 건너다보았다.

그렇게 너를 그냥 외워볼게. 대신 시간을 좀 줘.

한두 달 정도의 시간일 줄 알았다. 그렇게 오랫동안 인주가 돌아설 거라고는 예상하지 못했다. 첫해는 설마 하는 기대 속에, 두번째 해는 원망과 은밀한 분노 속에, 세번째 해의 절반은 오래 같은 자세로 앉아 피가 통하지 않는 다리 같은 무감각 속에 지나갔다. 인주가 다시 전화를 걸어온 것은 역한 거품처럼 대기가 끓어오르던 8월이었다. 에어컨의 냉기도 지긋지긋해, 차가운 마룻바닥에 속옷 바람으로, 끈적끈적한 땀이 등에 배는 것을 느끼며 누워 K가 돌아올 밤을 기다리던 오후였다.

정희야.

나는 귀를 의심했다.

……인주니?

전화 받을 수 있어?

사흘쯤 전에 통화했던 사람처럼 심상하게 인주는 물었다. 나도 최대한 심상하게 대답했다.

……더워서 집에 있었어. 잘 지냈어?

너는?

난 잘 지냈어.

난 그동안 아이를 낳았어. 아이 아빠와는 두 달 전에 헤어졌어. 그쪽에서 아이를 원해. 아직은 내가 키우고 있어.

인주의 말씨는 침착했다. 만약 다른 사람이었다면 그저 침착한 말씨일 뿐이라고 생각했을 것이다.

지금 어디야, 라고 나는 물었다. 잠시의 침묵 뒤 인주가 주소를 불렀다. 나는 전화를 끊었다. 샤워도, 세수조차 하지 않았다. 티셔츠와 반바지를 걸치고, 샌들을 꿰어 신고 나갔다.

서울 동북쪽 외곽의 복도식 아파트였다. '문을 두드려주세요. 아기가 있습니다'라는 낯익은 필체의 메모가 초인종 위에 붙어 있었다. 문을 두드리자 인주가 나왔다. 그사이 머리를 길러 묶었고, 기미가 가득한 뺨은 바싹 여위었고, 눈만 커다랗게 빛나고 있었다. 포대기에 업혀 잠든 아이의 머리칼은 흠뻑 땀에 젖어 있었다. 인주의 귀밑머리로도 땀이 흘러내렸다.

안 들어오고 뭐 해? 그러고 있을 거야?

인주의 입가에 주름이 파였다. 지난 삼 년간 수없이 꿈에 보았던 강인하고 따스한 빛이 기미투성이의 얼굴을 감쌌다.

*

이런 이야기를 넌 이해하지 못하지.

나약한 사람들의 이야기,

그래서 어리석은 사람들의 이야기를.

까마득히 어린 여자라서 그는 나를 욕망했어. 골격이 작은 여자라서, 그가 좋아하는 형태의 쇄골을 가진 여자라서 욕망했어. 하찮은 여자라서, 어떤 미래도 생각지 않는 여자라서 욕망했어.

두껍게, 더 두껍게 화장을 했어. 사산할 때마다 멈추지 않는 피를 흘렸어. 애써 경멸을 감추는 그의 가족에게 큰절을 했어. 얼굴을 감추려고 두껍게, 더 두껍게 화장을 했어. 삼 년의 결혼 생활 동안, 아니, 그를 알았던 십 년 동안 나를 죽였어. 비명 소리도 없이. 그토록 낱낱이. 다른 누구도 아닌 바로 내 손으로.

내가 그에게 헤어지자고 말했을 때, 그는 주의 깊게 내 말에 귀를 기울였어. 잠시 침묵한 뒤 차가운 목소리로 물었어.

어떤 놈이야?

내가 대답하지 않자 그는 내 뺨을 쳤어. 단단한 팔이 스패너처럼 내 어깨를 비틀었어. 옆구리가 공처럼 차였어. 내 몸은 고무가 아니라서 튀어오르지 않았어. 내 침묵이 부정(不淨)의 근거라고 확신하며, 그는 내 얼굴에 침을 뱉었어. 내 옷을 벗기고 차가운 거실 바닥에 눕혔어.

*

이런 이야기를 넌 이해하지 못하지.

끔찍하게 나약한 사람, 나약해서 어리석은 사람의 이야기를.

사산한 아이들을 꿈에 봤어. 피투성이 갓난아이들이 희미한 소리로 칭얼거렸어. 단 오 분만이라도 꿈 없이 잠들 수 있었더라면. 악몽이 생시까지 파고들어와 모든 생각과 감각을 먹어버린 그때, 갈 수 있는 길은 하나뿐이었어. 오직 하나뿐인 출구였어.

*

짐작할 수 있겠니.

나약함이 죄의 시작일 수 있다는 걸. 간절함이 알 속의 죄를 깨어나게도 한다는 걸. 문밖이 낭떠러지인 줄 알면서 필사적으로 문을 두드리는 어리석음을. 모든 일들의 시작이 자신이었음을, 그러니 자신을 제거하는 것만이 단 하나의 논리적인 길임을 확신하는 순간을. 무의미로 무의미를, 어리석음으로 어리석음을 밀봉하려는 마지막 결단을.

너를 낳은 여자.
영산홍 앞에 서서 웃고 있던 여자.
아침마다 커다란 유리병에 소주를 채우던 여자.
장롱 속의 여자.
엄지손가락을 빨며 햇빛을 피한 여자.

삼십 년 전 그 여자가 걸어 들어간 곳,
이 년 전 새벽 내가 다녀온 곳은 그런 곳이었어.

*

어스름이 내리는 널찍한 공터에 여남은 대의 버스들이 엎드려 있다. 군청색 페인트칠이 드문드문 벗겨진 승차장의 팻말 앞에 나는 멈춰 선다. 버스를 기다리는 사람은 없다. 차고지 사무실의 문은 닫혀 있다. 도심보다 3, 4도는 낮을 산바람이 공터의 어스름을 쓸고 간다.

나는 한쪽 무릎을 세워 쪼그려 앉는다. 코트가 흙바닥에 끌린다. 날카로운 손톱들이 가슴 안에서 심장을 움켜쥔다. 손의 악력이 가장 강해지는 순간을 통과할 때까지 나는 발치의 검누른 흙바닥을 내려다본다.

내 몸속에 날카로운 것이 들어 있다는 것을 알고 있다. 점점 더 날카로워지다가 어느 순간 바스라질 것이다. 자신이 가장 예리하게 벼려진 순간 사라지는 칼날처럼.

*

내 인생 물어내, 더러운 년. 인생 다 조져놓고 혼자 가겠다는 거야?

목을 조르며 그는 잇사이로 내뱉었다.

익숙한 손의 감촉이었다. 차갑지 않았다. 축축하고 따스했다.

*

피로한 얼굴의 운전기사가 휴게실에서 걸어 나온다. 조립식 컨테이

너 건물의 사무실 창문을 열고 장부를 밀어 넣는다. 안에 있는 누군가와 몇 마디 인사말을 주고받은 뒤 느릿느릿 공터를 가로질러 걷는다. 가장자리에 엎드려 있던 버스에 오른다.

버스에 시동이 걸린다. 안개등을 켜고 나를 향해 다가온다. 어느 결에 어둠에 묻힌 공터 뒤편의 나무들을, 회색의 납작한 조립식 건물들을 나는 돌아본다.

버스가 D여대 앞의 한적한 카페 거리를 지날 때, 어머니의 레스토랑 간판이 흔적 없이 사라진 것을 나는 본다. 허리까지 빗물이 차올랐던 그곳을, 어머니와 함께 새벽까지 양동이로 물을 퍼냈던 밤을 기억한다.

삼촌의 방이 무사한지, 백여 장의 먹그림들이 물에 젖지 않았는지 인주에게 전화할 겨를도, 방법도 없는 밤이었다. 자정을 넘기자 두 무릎, 두 팔이 남의 것처럼 후들거렸다. 왜 아버지는 거기 없었을까. 오빠는, 남동생은 뭘 하고 있었을까. 마침내 새벽 2시경, 1층으로 올라가는 층계참에서 어머니는 주저앉아 울었다. 머리부터 발까지 까맣게 젖은 몸이 번들거리며 들썩였다. 못 본 척 레스토랑으로 되돌아가 혼자서 양동이에 물을 퍼담았다. 물속에 쓰러진 의자들에 정강이가 찍혔다. 테이블보들이, 플라스틱 재떨이들이, 담배꽁초와 풀어진 휴지들이 무섭게 차오른 물 위를 떠다녔다.

*

……아파서 힘들었던 적은 없어요?

내가 물었을 때 삼촌은 얼른 대답하지 않았다.

화가 났던 적은 없어요?

없어, 라고 그가 대답했을 때 나는 퉁명스럽게 말했다.

거짓말.

거짓말을 하는 그가 어쩐지 실망스러워서 나는 화를 내고 싶었다.

내가 화를 내기 전에 그가 불쑥 말했다.

……차라리 죽는 게 낫겠다고 생각한 적은 있지만.

웃어야 하는 농담인지 알 수 없어 나는 그의 얼굴을 들여다보았다.

*

……너만 한 나이였어.

이 년 가까이 스테로이드 제제로 치료를 받았지. 부작용으로 온몸이 백 킬로그램 가까이 부풀어 올랐어. 견디기 어려웠어. 그렇게 육중한 몸으로, 조그만 상처도 내지 않으려고 절절매면서, 어린 누나가 안간힘을 다해 벌어오는 돈으로 생명을 부지하고 있다는 게.

그러던 어느 날 밤 꿈을 꿨어. 꿈에 보니 난 이미 죽어 있더구나. 얼마나 홀가분했는지 몰라. 햇볕을 받으면서 겅중겅중 개울가를 뛰어갔지. 시냇물을 들여다봤더니 바닥이 투명하게 보일 만큼 맑은데, 돌들이 보였어. 눈동자처럼 말갛게 씻긴…… 동그란 조약돌들이었어. 그중에

서 파란 빛이 도는 돌을 주우려고 손을 뻗었지.

그때 갑자기 안 거야. 그걸 주우려면 살아야 한다는 걸. 다시 살아나야 한다는 걸.

……*그게 무서워서, 꿈속에서 나는 조금 울었던 것 같아.*

*

흰 지팡이를 짚은 노파가 더듬더듬 안전선을 향해 걸어간다. 지팡이 끝이 플랫폼 아래의 허공에 닿은 순간, 노파의 몸이 균형을 잃고 휘청거린다. 나도 모르게 다가가서 그녀를 붙잡는다. 흠칫 고개를 쳐든 그녀의 먹색 안경을 본다. 내 코트 주머니에서 휴대폰이 울린다. 나는 노파의 어깨에서 손을 뗀다.

고맙소.

노파의 목소리는 카랑카랑하다.

아닙니다.

나는 분명한 목소리로 대답하고 몸을 돌린다.

7로 시작하는 종로구의 번호다. 전화를 받자 야무진 여자 목소리가 내 이름을 부른다. 귀에 익다고 느낀 순간 나는 두 손으로 휴대폰을 움켜쥔다.

원고 검토했어요. 다소 지루하지 않을까 염려했는데, 예상 외로 빠르게 읽혔어요. 직원들도 괜찮다고 하구요. 기왕이면 유고전보다 빨리 출간했으면 하는데, 남은 원고는 시간이 많이 걸리겠어요?

……아닙니다.

나는 대답한다.

빠르면 두 달 안에도 쓸 수 있습니다.

*

날카로운 경고음을 뒤따라 지하철이 승강장으로 밀려들어온다. 나는 고개를 돌린다. 흰 지팡이를 짚은 노파가 안전한 곳에 서 있는지 확인한다. 수유역에서 시내로 나오는 지하철은 한산한 편이었는데, 이 환승역의 객차는 발 디딜 데 없이 붐빈다.

나는 노파에게 다가간다.

열차에 사람이 너무 많아요. 어디까지 가세요?

노파는 움찔 떨며 내 쪽으로 얼굴을 돌린다.

아니오.

사투리가 억센 억양이다.

안 탑니다. 여기서 누가 내리기로 했어요.

경계하는 노파의 귀밑에 돋은 검버섯들과 겹겹이 주름진 이마를 들여다보다가 나는 객차 안으로 들어간다.

혼탁한 공기 속에서 사람들은 가슴과 얼굴을 짓눌린 채 견디고 있다. 촘촘한 그물에 걸린 물고기들처럼 허공으로 코와 입을 들어올리고 숨을 쉰다. 마침내 사람들에 휩쓸려 내린다. 환승구간을 한 번 더 건너, 더 붐비는 객차에 몸을 싣는다. 몸을 으스러뜨리는 사람들의 압력을 견딘다.

지하철 역사를 빠져나오자 9시가 지나 있다. 마을버스는 학원에서 돌아오는 고등학생들로 가득하다. 버스에서 내리자 변두리 거리는 텅 비어 있다. 모퉁이 슈퍼에 들러 쌀 4킬로그램과 김, 참기름을 산다. 앞으로 두 달 안에 책을 완성하려면 아파서는 안 된다. 지금처럼 잠을 자지 않고, 제대로 먹지도 않으며 버틸 수는 없다.

묵직한 비닐봉지를 바꿔 들어가며, 가로등들이 드문드문 서 있는 인적 없는 보도를 천천히 밟아간다. 흰 지팡이를 짚고 걷던 노파의 뒷모습이 떠오를 때마다, 악몽 속에서 헛발질을 하듯 디리가 움찔 떨린다. 마치 세상에서 가장 선한 사람인 듯 그 어깨를 붙잡았던 나는. 뒤를 돌아보지 않고 그 혼잡한 승강장을 떠난 나는.

*

……두려움 없이 내가 할 일을 해야 한다는 생각을 하게 돼요.

그게 어떤 일입니까?

거짓으로부터 인주의 아이를 보호하는 거예요.

*

이상하다.

밤이 될수록 기온이 올라가고 있는 것처럼 느껴진다.

눈비를 부르는 습기 찬 바람이 조용히 일고 있다. 먼 것과 가까운 것을 뒤섞는 바람. 차가운 것과 뜨거운 것을 뒤섞는 바람. 살갗 속으로 파고드는 바람. 온몸의 실핏줄들을 서서히 부풀리는 바람.

내 몸에서 열이 오르는 걸까. 아니면 봄이 오고 있는 걸까. 믿을 수 없다. 내 입에서 뿜어져 나오는 흰 김이 닥쳐, 라고 말하는 것 같다.

마침내 집이 가까워진다.

가방 안주머니에서 열쇠를 꺼내려는데, 빌라 담장 뒤에서 거무스름한 사람의 형체가 몸을 드러낸다. 큰 보폭으로 나를 향해 다가온다. 나는 본능적으로 열쇠를 호주머니에 넣는다. 밝은 쪽으로 몸을 옮긴다. 가로등의 희부연 빛에 사람의 얼굴이 드러난다.

강석원이다.

10
바람이 분다, 가라

검은 코트 위로 강석원의 얼굴은 마치 죽은 사람처럼 창백하다. 열기를 띤 두 눈만이 흔들리며 안경알 뒤에서 나를 건너다보고 있다.

이야기를 좀 하지요.

한 발 뒤로 물러서며 나는 대답한다.

……시간이 너무 늦었어요. 이 근처엔 들어갈 만한 곳이 없어요.

어떻게 내 집을 알아냈을까.

골목에는 인적이 없다. 빌라의 1층과 2층은 모두 불이 꺼져 있다. 3층의 창들만은 환하다. 내가 소리를 지른다면 듣고 나올 사람이 있을까. 가로등이 비추지 않는 캄캄한 담벼락으로 그가 한 발 물러선다. 이제 어둠에 잠긴 그의 표정을 읽을 수 없다.

1970년 11월 27일생, 2남 1녀 중 둘째. 오 년 전에 결혼해 삼 년 만에 이혼했고, 자녀는 없더군요.

검은 비닐봉지의 가느다란 끈이 손가락 마디들 사이로 파고들어온다. 나는 강석원에게서 비스듬히 몸을 돌린다. 4킬로그램의 쌀을 비닐봉지에서 숄더백으로 옮겨 넣는다. 유일하게 둔중한 물건인 기름병을 바로 꺼낼 수 있도록 가방의 입구에 놓는다.

그는 코트 주머니에 두 주먹을 찔러 넣은 채 천천히 말을 이어간다. 여전히 그의 표정은 보이지 않는다.

자살을 기도한 경력, 전 남편의 전 부인으로부터 위자료 청구소송을 당한 경력이 있더군요. 그쪽에서 곧 소를 취하하긴 했지만.

그가 서 있는 어둠 속을 들여다보려 애쓰며, 나는 그가 말한 사실들이 모두 정확하다는 것을, 동시에 타인의 과거처럼 상투적인 것으로 들린다는 것을 깨닫는다.

……어떻게 제 뒷조사를 하셨나요?

당신이 오늘 만난 편집장과 내일 저녁 약속이 잡혀 있습니다. 당신이 얼마나 신뢰할 수 있는 사람인지, 터놓고 함께 이야기해볼 생각입니다.

그 생각을 미리 알리기 위해 여기까지 올 필요가 있었을까. 나는 아랫입술 안쪽을 짓씹는다. 촉이 낮은 비상등이 켜진 빌라 현관으로 시선을 돌린다.

말씀 끝나셨으면, 들어가보겠습니다.

제지하듯 그는 좀더 빠르게 말한다.

당신의 집요함에는 놀라운 데가 있습니다. 서인주가 누군가의 그림을 따라 그렸다고 주장하는 것이 얼마나 심각한 훼손인지 아직도 이해하지 못합니까? 그 주장을 증명하는 것은 오직 하나, 당신의 불안정한 정신뿐인데 말입니다.

그래서, 저에게 원하는 게 뭔가요?

상대의 가슴에 꽂은 칼을 돌려서 후벼 파듯 그는 짧게 잘라 내납한다.

……헛수고하지 말라는 거요.

큰 보폭으로 그가 나를 향해 다가온다. 나는 뒤로 물러선다. 오른손을 가방 속에 넣는다. 단단한 유리병을 움켜쥔다.

류인섭이 누굽니까?

가까이 다가온 그의 얼굴을 나는 똑똑히 본다. 그가 이렇게 생긴 사람이었을까. 갑각처럼 단단한 얼굴의 윤곽을, 순수하고 맹렬한 악의를 드러내고 있는 두 눈을 본다.

……그 이름을 어떻게 아세요?

그자가, 서인주 씨가 일 년 동안 만났던 사람입니까? 마지막까지 만나려고 망설였던 사람입니까?

나는 무엇인가 대답해야 한다고 생각하지만, 굳어버린 듯 입술이 움직이지 않는다.

벌써 잊은 건 아니겠지요. 당신은 나에게 말해주어야 할 것들이 있습니다.

침착하려 애쓰며 나는 반박한다.

……말씀하신 책이 이미 나왔지 않나요? 더 이상의 인터뷰는 필요 없지 않나요?

그의 악물린 입술이 대답을 뱉어낸다.

필요한지 아닌지는 내가 결정합니다.

더 가까이 다가선 그가 손을 내민다. 검지손가락과 엄지손가락 사이에 은색의 반짝이는 물체가 매달려 있다.

내가 손을 내밀지 않자 그는 내 얼굴 바로 앞까지 그 물체를 들이민다.

열쇠다.

내가 유리병을 놓고 주춤 오른손을 내민 순간, 그의 손이 내 손을 으스러뜨릴 듯한 악력으로 거머쥔다. 열쇠의 날카로운 날이 손바닥을 찌른다. 저항할 틈 없이 그가 손을 뗀다. 성큼성큼 어둠 속으로 사라진다. 나는 떨리는 손을 펼친다. 발갛게 달아오른 손바닥에 놓인 열쇠를 본다.

그제야 나는 이해한다. 현관으로 걸어가 열쇠를 꽂는다. 은빛의, 번쩍이는 새 자물쇠에 열쇠는 꼭 들어맞는다.

*

어지럽게 찍힌 흙발자국들을 따라가 책상 앞에 선다.

편지들을 보관하는 서랍이 활짝 열려 있고, 그 안의 편지들이 모조리 끄집어내져 바닥에 널려 있다. 따로 맨 앞에 두었던 인주의 편지들은 사라지고 없다. 김영신이 준 봉투에서는 편지를 빼가고 은가락지만 남겨두었다. 나는 은가락지를 꺼내 움켜쥔다. 어느 사이 거무스름하게 변색된 그것을 만지작거리다 다시 봉투에 넣는다. 의자에 걸터앉는다. 안경을 벗고 두 눈꺼풀을 문지른다.

그는 류인섭이 누구인지 몰랐다.

그가 류인섭이라는 이름을 발견한 것은 여기서였다.

그래서 나에게 물었던 것이다.

나는 앞서랍을 열고 상담소의 유인물을 찾는다. 없다. 거기 류인섭의 이름과 내선 번호, 상담소의 주소 아래 나는 밑줄을 그어두었다.

마지막까지 만나려고 망설였던 사람입니까.

강석원이 어둠 속에서 뱉어낸 말을 나는 곱씹는다.

책상 옆에 세워둔 미시령의 사진만이 무사하다. 류인섭의 편지를 아침에 가방에 넣었고, 발신인의 이름이 적힌 소포상자는 부엌 뒤편에 치워두었기 때문이다.

*

아직 외투를 벗지 않은 채 노트북 컴퓨터를 열려다 나는 손을 멈춘다. 컴퓨터의 바깥 부분에 고루 물이 묻어 있다. 모니터를 열자 안쪽까지 흥건하게 젖어 있다. 전원은 뽑혀 있다. 언뜻 현실감이 느껴지지 않아 나는 머리를 흔든다. 입을 열면 왈칵 웃음이 터져나올 것 같다. 이것은 가장 확실하게 데이터를 파괴하는 방법이다. 그는 컴퓨터에 담긴 문서들을 모두 확인한 뒤, 여기 물을 가져다 부은 건가?

서랍들을 수차례 구석구석 뒤진 뒤에야 나는 외장하드와 메모리 디스크가 사라졌다는 사실을 인정한다.

책의 1장은 출판사에 넘겼으니 살아 있다. 나머지 장들은 아직 메모뿐이니 기억을 되살려 쓸 수 있다. 그 밖에 노트북과 외장하드에 들어 있었던 것은 지난 이십 년간 써온 모든 조잡한 것들—번역 원고들, 띄엄띄엄 써온 일기, 중요한 편지들의 초고, 무대에 올리거나 올리지 못한 십여 편의 희곡들—이었다. 그 의미 없는 문서들 속에 내 용렬한 인생의 대부분이 담겨 있었다.

*

어떤 생각이 떠올라 나는 숨을 멈춘다.

그가 인주의 방을 넘겨받은 뒤, 그에게는 오늘 이 방에서 저지른 것과 같은 일을 할 충분한 시간과 자유가 있었을 것이다.

인주는 나를 포함한 많은 사람들에게 편지를 썼고, 책을 읽다가 여백에 메모하는 습관이 있었다. 매일은 아니지만 일기를 쓰기도 했다.

그렇다면, 삼촌의 그림에 대한 생각을 어딘가에 밝혀두지 않았을까.

그는 이미 짐작하고 있었던 것 아닐까.

김영신이 그랬듯이, 나에 대해 이미 알고 있지 않았을까.

내가 그를 만나자고 했을 때 그는 너무 쉽게, 급하게 시간을 내주지 않았던가.

*

나는 고개를 뒤로 꺾는다. 형광등의 빛이 눈부셔 눈을 감는다. 목 뒤의 뻣뻣한 근육들을 손끝으로 문지른다. 휴대폰을 코트 주머니에서 꺼내 들고, 심호흡을 한 뒤 강석원의 번호를 누른다.

네.

세 번 신호가 가기 전에 그의 목소리가 응답해온다. 거두절미하고 나는 말한다.

류인섭이 누구인지 알고 싶으세요?

그는 대답하지 않는다.

인주와 어떤 관계였는지, 정말 알고 싶으세요?

갑각처럼 딱딱한 음성으로 그가 대답한다.

그렇습니다.

그는 지금 운전 중이거나 택시 안에 있다. 시내 교통을 안내하는 여자의 목소리가 수화기 속으로 새어들어온다.

내일 뵙고 말씀드리겠어요. 지난번에 뵈었던 카페에서.

그는 대답한다.

좋습니다.

열두 시에 가능하세요?

좋습니다.

나는 인사 없이 전화를 끊는다.

*

그는 미쳤고 동시에 미치지 않았다. 내가 미쳤고 미치지 않은 것처럼. 어떤 생각의 소용돌이가 그의 행위로 이어지는지 추측해내야 한다. 그의 분노, 그의 헌신, 그의 집중력이 움직이는 방향을 알아야 한다. 그러려면 그가 되어야 한다.

그가 되어야 한다.

*

어질러진 책상, 장판 바닥에 찍힌 구둣발 자국들 위로 고막을 찢을 듯한 침묵이 웅웅거리고 있다. 지난 열흘 동안의 잠을 모두 합한다 해도 채 서른 시간이 되지 않을 것이다. 나는 코트를 벗어 의자에 걸고 욕실로 들어간다. 칫솔을 꺼내려다 말고 세면대를 돌아본다. 비누곽 옆에 외장하드의 은색 케이스가 있다. 회색의 몸체는 세면대의 맑은 물속에 잠겨 있다.

나는 그것을 건져내 수건으로 물기를 닦는다. 아직 안에서 물이 떨어지는 외장하드를 눈높이로 들어올린다. 기계로 만든 인간의 뇌수처럼 그것의 형상은 흉측하다.

세면대 위의 거울을 본다. 어제보다 나이 들어 보이는, 속내를 보이지 않는 얼굴의 여자가 나를 바라보고 있다. 나는 외장하드를 선반에 올려두고 욕실을 나온다. 스웨터를 벗지 않은 채 침대 위로 엎드려 눕는다. 수분 만에 기를 쓰고 잠에서 빠져나온다. 다시 코트를 입고, 지갑을 호주머니에 넣고, 단화를 꿰어 신는다. 활활 불타는 어둠을 뚫고 걷는다. 지하철역까지 세 정거장을 내처 걸어, 창백하게 간판을 밝힌 피시방을 발견한다.

*

이정희 씨.

이렇게 답메일을 쓰는 것은, 더 이상 서인주라는 사람에 대한 이야기를 듣고 싶지 않다는 말씀을 전하기 위해서입니다. 그 사람의 친구로서 이정희 씨가 나를 어떻게 생각하고 있을지 짐작하고 있습니다. 내가 하는 모든 말을 왜곡해서 이해하리라는 사실 역시 알고 있습니다. 다만 그 모든 일들로 인해 나 역시 상처받았고, 오랜 시간에 걸쳐 치유되었다는 말씀을 처음이자 마지막으로 드리겠습니다.

그 사람의 죽음에 대해 왈가왈부하는 것은 내가 가장 하고 싶지 않은 일입니다. 말씀하시는 그 책에 대해서도, 나로서는 다른 할 말이 없습니다. 그저 내버려둬달라는 부탁밖에는 말입니다. 다만, 강석원 선생에게는 차마 말할 수 없었던 사건에 대해서만은 이야기해둘 필요가 있겠습니다.

우리가 헤어지기 직전, 그 사람은 십삼 개월 된 민서를 업고 아파트 10층에서 뛰어내리겠다고 나를 위협했습니다. 아무리 아이를 빼앗기고 싶지 않았다 해도 결코 어미로서 할 수 없는 행동이었습니다. 그 순간 이미 그 사람은 어미로서의 자격을 잃었던 것입니다. 여섯 살이 된 민서를 내가 강제로라도 데려온 것은 합리적인 결정이었습니다. 아이의 건강 문제가 그렇게 심각하지 않았다면, 그토록 애타게 어미를 찾지 않았다면 다시 양육권을 포기하는 일은 상상할 수 없었을 것입니다.

그 사람의 사고 소식을 들은 순간 내가 떠올린 것이 바로 그 사건이었다는 말씀을 드리고 싶습니다. 형언하기 어려운 분노와 절망을 느꼈다는 말씀도 함께 드립니다.

이해하시겠습니까.

언제나 그 사람의 방식은 그렇게 극단적이었습니다. 그 사람을 더 이상 견딜 수 없었던 것으로 인해, 더는 누구로부터도 비난받고 싶지 않습니다.

이곳의 생활은 조용하고 평화롭습니다. 우리 부부와 민서가 이룬 가정은 화목합니다. 민서는 건강합니다. 무엇보다, 그곳의 학교에 비해 신체적 배려를 충분히 해주는 학교에 다니고 있다는 점이 안심입니다.

염려해주신 것은 감사하지만, 책이 출간될 경우 민서가 받을 충격에 대한 걱정은 더 이상 하지 않으셔도 되겠습니다. 십 년쯤 지나면 민서는 한국어를 잘 하지 못하게 될 것입니다. 어미에 대한 기억도 점점 희미해져 흔적만 남게 될 것입니다.

나에게 연락하지 말아주십시오. 내 주변 사람들에게 전화해 폐를 끼치지 말아주십시오. 충분히 조심하면 민서는 오십 세까지 살 수 있을 거라고 주치의는 말했습니다. 그곳의 의사보다 십오 년을 더 불렀습니다. 최소한 그때까지 우리는 그곳으로 돌아가지 않을 것입니다. 아니, 정확히 말씀드리겠습니다. 우리는 영원히 그곳으로 돌아가지 않습니다.

*

네 시간도 채 잠들지 못했다.

서향의 베란다로 나는 걸어간다. 금방이라도 눈이나 비가 쏟아질 듯 무겁게 내려앉은 하늘을 올려다본다. 욕실로 들어가 샤워를 하고 머리를 감는다. 소름이 돋는 맨몸으로 나와 가장 깨끗한 옷들을 꺼내 입는다. 충전시켜둔 배터리를 휴대폰에 갈아 끼우고, 안경을 쓰고 어둑한 동쪽 창을 내다본다.

창밖의 나무들은 아직 죽어 있다.

검고 두꺼운 저 껍질들 아래 수액이 흐르고 있다는 사실을 믿을 수 없다. 다시 봄이 되리라는 사실을 믿을 수 없다. 죽은 것들을 뚫고 신 것이, 딱딱한 것들을 뚫고 부드러운 것이 치밀어 오르리라는 사실을 믿을 수 없다.

아파트 10층의 난간을 붙잡고 소리치는 인주의 얼굴이, 아무것도 모르는 채 인주의 등에 업혀 있었을 어린 민서의 얼굴이 서늘하게 눈을 가린다.

*

아니,

너는 그런 사람이 아니었는데.

언제든 꺼내 쓸 수 있는 여러 겹의 침착함과 강인함을, 몸속 어딘가에 차곡차곡 지니고 다니는 사람이었는데.

*

책상 위에 엎드린 삼촌의 책을 본다.

강석원이 부은 물 때문에 뒤표지가 둥글게 부풀어 오른 책을 본다.
그 모습이 삼촌의 수굿한 어깨를 연상시킨다는 것을 깨닫는다.
희고 붉은 별무리가 침묵하며 사진 속을 흘러가는 것을 본다.
때 묻은 책의 옆면에 손을 얹었다 뗀다.
펼치지 않는다.

*

류인섭을 만나기 위해—죽이기 위해—다시 오겠다고 인주는 말했다.
그러나 가지 않았다.

대신 새로 얻은 작업실에 일 년 동안 틀어박혔다.
폭설이 예보된 미시령으로 혼자 차를 몰고 갔다.

더 이상은 갈 수 없는 건가,
나는 생각한다.
여기서부터는 흔들림으로도 보이지 않는 완전한 뒷면인가.

*

알고 싶었다.
그 새벽 인주가 나에게 전화했을 때, 그곳이 어디였을지.

내가 잠들어 있었을 때.

진동으로 맞춰놓은 휴대폰 소리를 끝까지 듣지 못했을 때.

원주나 치악 어디쯤의 휴게소에 차를 세우고 뜨거운 국수를 먹은 뒤였을까.

정희야, 자니, 라고 언제나처럼 물으려고 했을까.

폭설 직전의 밤은 어두웠을까. 숨 막히게 고요했을까.

텅 빈 주차장에는 거대한 덤프트럭들이 웅크린 채 잠들어 있었을까.

파란 실정맥들이 솟아오른 손으로 너는 앞머리를 쓸어올리고, 끝나지 않는 신호음에 귀를 기울였을까.

휴대폰 폴더를 덮은 뒤 나타난, 배경화면으로 저장된 민서의 옆얼굴을 곰곰이 들여다보았을까.

*

일곱 시.

자신의 꼬리를 뒤쫓는 개처럼 나는 거실을 빙글빙글 돈다. 선잠에 들려 할 때마다 조각조각 부서졌던, 꿈도 아니고 기억도 아닌 파편들을 더듬는다. 흰 물감을 칠한 안경을 쓴 것처럼 모든 사물이 새하얀 빛을 머금고 있었다. 어디선가 새 울음소리가 들려 고개를 들었다. 흰 새라서 보이지 않는 건가. 울음소리가 허공을 긋는 곡선을 따라 더듬더듬 몸을 움직였다. 한순간 발 아래가 텅 비었다. 벼랑인가, 생각한 찰나 플랫폼 아래로 곤두박질쳤다. 차가운 동맥 같은 선로들이 어둠 속에서 빛났다. 여전히 보이지 않는 새가 사납게 죽지 치며 내 눈을 향해 날아들었다.

책상 앞에서 걸음을 멈추고 나는 휴대폰을 집어 든다. 김영신의 전화번호를 누른다. 열 번까지 신호를 듣다 폴더를 접는다.

마지막까지 만나려고 했던 사람이 그 사람입니까.

강석원이 이글거리는 눈으로 내뱉은 그 말은, 인주의 마지막 날을 그가 알고 있었다는 것을 뜻한다.

마지막 날 인주가 강석원과 함께 있었다면, 어디까지 함께였을까. 돈암동의 어디쯤, 류인섭의 사무실 근처까지였을까. 그렇지 않으면,

휴대폰이 갑자기 토해내는 진동 소리에 나는 소스라친다.

*

여덟 시.

류인섭의 편지를, 이미 외워버린 몇 개의 구절들을 생각하며 나는 거실 가운데 서 있다. 당신이 그 운전대를 잡고 있지 않았다는 것을 어떻게 믿지요, 라는 인주의 질문에 그는 대답했다. *내가 조금의 상처도 입지 않았다는 것이 그 증거입니다.*

강석원이란 사람 이야기라면 그만둬요, 라고 김영신은 경멸하듯 빠

르게 말했다. 두 사람의 관계를 이정희 씨까지 의심하는 건가요? 자신의 친구에 대해서 아무것도 모르고 있군요. 정말 인주 씨에게 고통을 준 사람은 따로 있어요.

그게 누군가요, 라고 내가 물었을 때 그녀는 떨리는 목소리로 말했다.

이것 봐요.
나는 마지막 일 년 동안 인주 씨를 단 한 번도 만나지 못했어요.
어째서 내가 이정희 씨보다 많은 걸 알고 있을 거라고 생각하지요.

엉망으로 흐트러진 편지들 사이를, 강석원이 찍어놓은 흙발자국 사이를 나는 맨발로 서성인다.

왜 당신의 친구가 나를 찾았느냐고 나에게 묻는 겁니까.

그 사람 안에도 어머니와 같은 충동이 비명을 지르고 있었기 때문에.

똑같은 방법으로 죽어가고 있다고 느꼈기 때문에.

당신은 그걸 부인하고 싶어 하지요.

*

아홉 시.

나는 전화기가 놓인 책상 앞에 앉는다. 인주가 마지막으로 입원해 있었던 속초의 병원 번호를 강원도 114에 물어 알아낸다. 메모한 번호대로 다시 버튼을 누른다.

병원입니다.

원무과 부탁드립니다.

죄송합니다, 곧 연결해드리겠습니다,라고 반복해 말하는 과장되게 친절한 여자의 목소리에 나는 귀 기울인다. 마침내 연결음이 들린다. 수수한 목소리의 여자가 응답해온다.

원무팝니다.

문의할 게 있어서 전화드렸는데요.

말씀하십시오.

나는 숨을 들이쉰다.

작년 1월에 남편이 근처에서 사고를 당해서 거기서 치료를 받았어요. 후유증이 있어서 다시 물리치료를 받고 있는데, 보험 때문에 문제가 좀 있어서요. 혹시 진료기록을 열람할 수 있을까요?

환자분 성함이 어떻게 되시죠?

나는 또박또박 말한다.

강석원입니다.

주민번호는요?

제가 외우고 있진 못한데…… 사고 날짜는 작년 1월 14일입니다.

*

속초 시내에 종합병원은 S병원뿐인가요? 다른 큰 병원은 없나요? 예. 모두 말씀해주세요.

*

원무과 부탁드립니다.

문의할 게 있어서 전화드렸어요.

남편이 작년 1월에 교통사고를 당해 입원했었는데, 후유증이 있어서 다시 물리치료를 받고 있어요. 보험 때문에 진료 기록이 필요한데, 확인할 수 있을까요?

강석원입니다.

주민번호를 제가 외우지 못해요. 일단 기록이 있는지만 확인해보려구요. 사고 날짜는 작년 1월 14일입니다.

*

아홉 시 이십 분.

수화기를 거머쥔 손아귀에서 땀이 배어나온다.

강석원 환자님…… 2007년 1월 14일, 전치 12주 나왔고 일주일 입원해 계셨어요. 증빙자료 떼어가시려면 본인이 오시거나, 신분증과 주민등록등본 지참한 가족이 오셔야 합니다.

감사합니다.

수화기를 바꿔 쥐며 나는 말한다.

이삼 일 안에 찾으러 가겠습니다.

수화기가 똑바로 놓이지 않아 두 차례 고쳐 놓는다.

덜덜 떨리는 턱과 입술을 감싸 쥔다.

*

그가 인주와 함께 있었다.

인주를 차 속에 버려두고, 혼자서 사투를 벌여 미시령을 넘어갔다.

그가 인주의 장례식에 참석하지 않은 것은, 그 역시 인근의 병원에 입원해 있었기 때문이다.

그 모든 흔적을 그날 새벽 내린 폭설이 덮었다.

*

일전에 전화드린 이정희라고 합니다.

정말 감사했습니다, 출장 때문에 바쁘셨을 텐데 연락을 넣어주셔서.

예, 덕분에 정선규 선생님께서 메일을 보내주셨습니다.

……바뀐 전화번호로 정 선생님께 급하게 연락드릴 일이 있는데, 선생님께선 번호를 알고 계시지요?

죄송합니다. 이번이 마지막입니다.

다시는 전화드리지 않겠습니다.

긴급하게 한 가지만 확인하면 됩니다.
약속드립니다.

*

열두 개의 버튼 음이 이상한 멜로디를 만든다. 나는 기다린다. 전화를 끊고 다시 전화번호를 누른다.

더 기다린다.

*

바람이 불고 있다.

간밤보다 강하고 습해진 바람이다. 거리를 걷는 모든 사람들의 체취가 섞이며 흩어진다. 마른 것과 축축한 것, 더러운 것과 깨끗한 것, 부서지는 것과 영원한 것이 힘차게 뒤섞이며 날아간다.
버스 정류장의 푯말 아래에서 나는 코트 주머니를 더듬는다. 조심스럽게 칼자루를 어루만진다. 끝이 뾰죽하고 칼날이 예리한 과도다. 칼자루를 놓고 손을 꺼내 들여다본다. 열쇠의 날이 파고들었던 손바닥이 아직 희미하게 불그스름하다.
고개를 든다. 바람의 온도와 습도를, 방향과 속력을 어림한다. 영상 3도쯤, 습도는 90퍼센트에 가깝다. 풍속은 초속 2미터쯤이다. 지금 내가 들이마셨다 내쉰 공기의 입자들은 한 시간 뒤면 8킬로미터

남쪽으로 날아가 있을 것이다.

이런 날에, 인주는 대체로 말이 없었다.

*

……이런 바람이었어.

잠든 민서를 포대기로 업은 인주가 버스 정류장에서 나를 배웅하던 축축한 여름밤이었다.

꼭 이만큼의 바람 때문에, 장대가 뒤로 넘어가지 않고 앞으로 기울었어.

그날의 일을 인주의 목소리로 들은 것은 그때가 처음이자 마지막이었다.

억울하지 않았어. 내가 바를 넘지 못해서였어. 바를 넘었다면, 아무리 바람이 불었다 해도 장대는 나를 찌를 수 없었어.

수없이 돌이켜보았기 때문에 다른 결론은 없다는 듯, 인주의 침착한 말씨에는 완고한 데가 있었다.

기억해. 바람이 부니까 뛰지 말까, 그때 생각했었어. 하지만 그럴 수 없었어. 넘어가고 싶었어. 정말 넘어가고 싶었어.

나 역시 기억했다.

나는 9월의 따가운 볕이 내리쬐는 스탠드 앞쪽에 앉아 인주의 연습이 끝나기를 기다리고 있었다. 한 번의 시도가 성공할 때마다 5센티미터씩 높게 올려지는 바는 그날 3미터 45까지 들어올려졌다. 머리를 치켜 깎은 육상부 남학생들이 수군거리는 소리가 들려왔다. 이거 넘으면 아시아 최고기록 아니야? 쟤는 정말 일본 보내야 하는 거 아니야?

인주는 손에 송진가루를 묻힌 뒤 장대를 움켜쥐었다. 습한 바람이 인주의 짧은 머리카락을 날렸다. 운동장 가의 나무들이 솨솨 소리쳤다. 바람이 멈추기를 기다리던 인주가 맹렬한 힘으로 달려 나갔다. 허벅지 근육이 꿈틀거렸다. 박스에 장대가 꽂혔다. 힘차게 몸이 날아올랐다. 2, 3초 사이에 모든 일이 일어났다. 바가 떨어졌고, 장대가 인주의 허벅지를 찔렀다. 인주의 몸이 매트 위로 나동그라졌다. 장대는 허벅지를 관통했다. 매트 바깥까지 분수처럼 피가 튀었다.

그것이 끝이었다. 삼촌이 죽었을 때도, 인주가 혼자서 뼛가루를 뒷산에 뿌리고 왔다고 말했을 때도 끝나지 않았던 그 시절이 그날 끝났다. 기적적으로 인주의 다리뼈는 부러지지 않았고 인대도 무사했다. 그러나 허벅지 근육이 돌이킬 수 없이 손상되었다. 육상선수로서의 생명은 끝났다. 한 달간의 입원과 육 개월 가까운 재활치료 끝에 인주는 거의 눈에 띄지 않을 만큼 다리를 절게 되었다. 일상생활에 아무런 문제가 없다고 의사가 말했지만 인주는 일상으로 돌아오지 않았다. 그 텅 빈 집에 삼 년 동안 틀어박혔다.

이런 바람이 불면 말이야.

민서를 고쳐 업으며 인주는 말했다.

이만큼의 습기를 품은 바람이, 이만큼의 세기로 불면 말이야……

혈관 속으로 바람이 밀고 들어오는 것처럼 느껴져. 모든 것이 커다란 전체로 느껴져. 언제고 내 다리를…… 단박에 목숨까지 꿰뚫을 수 있는 삶을 지금 살아내고 있다는 게, 무섭도록 분명하게 느껴져.

더위 때문에 질끈 묶은 인주의 꽁지머리를, 민서의 체온 때문에 이마에서 흘러내리는 땀을 나는 보았다. 나는 손을 뻗었다. 인주의 입술에 들어간 잔머리를 꺼내 귀 뒤로 넘겨주었다. 문득 견딜 수 없는 간절함으로, 그 기미투성이의 뺨에 내 뺨을 문지르고 싶은 충동을 느꼈다.

*

강석원과 만나기로 한 시각, 지갑 속의 동전 주머니에 담아둔 다섯 번째 열쇠로 나는 인주의 작업실 문을 열고 들어간다.

어둡지만, 뭔가 달라졌다는 것을 나는 곧 깨닫는다. 다급히 스위치를 더듬어 켠다. 인주의 그림들이 없다. 수없이 둘둘 말려 있던, 값싼 산성지에 크레용을 겹겹이 덧그어 그린 그림들이 한 점도 남아 있지 않다.

먹그림들만은 벽에 붙어 있다. 마지막까지 작업을 한 흔적 역시 그대로 있다. 나는 단화를 벗지 않은 채 실내로 들어간다. 책상 서랍을 열어본다. 인주의 도록들, 엽서들이 없다. 자두맛 사탕이 없다. 연두색 닥종이 주머니가 없다. 거기 담긴 말린 산수유꽃 한 줌과 민서의 앞니, 네 겹으로 접은 삼촌의 쪽지가 없다. 영산홍 앞에 서 있던 여자의 흑백사진이 없다.

*

시간이 없다. 어서 인주의 편지들을 찾아야 한다. 강석원이 얼마나 오래 그 카페에서 나를 기다려줄지 알 수 없다. 나는 코트를 벗어 의자에 걸쳐놓는다. 셔츠 소매를 걷어올린다.

두번째 서랍을 열어보고 나는 흠칫 놀란다. 낯선 스케치북 한 권과 공책 한 권이 나란히 놓여 있다. 두툼한 스케치북은 손때가 제법 묻었다. 옛날식 장정의 공책은 몹시 낡아 있다.

스케치북을 펼치자 먹그림의 별들이 스케치되어 있다. 한두 장이 아니라 수십 장에 걸쳐 제각기 다른 형태로 그려져 있다. 인주의 필적도 군데군데 눈에 띈다.

화학섬유 재질의, 부드럽지 않은, 흡습성이 좋은 담요가 필요하다.
보통의 담요는 먹을 빨아들이지 않아 그림을 통째로 망쳐버린다.
벌써 석 장째 실패했다.

한 페이지 가득 필요한 물품들의 목록이 적혀 있다. 동대문 근처로 보이는 여러 개의 전화번호가 상호와 함께 메모돼 있다. 표시한 사람만 의미를 알 수 있을 체크와 동그라미들이 일목요연하게 그려져 있다.

*

왜, 어디로 인주의 물건들을 옮겼나.
왜 그날 내가 보지 못한 것들만 남아 있을까.

시간이 없으므로 나는 후루룩 페이지를 넘겨간다. 인주의 필치로 쓱쓱 그려놓은 삼촌의 옆얼굴을 발견한 순간 멈춘다. 기억만으로 이렇게 또렷하게 되살려냈을까. 프로필 아래 인주는 거칠게 흘려 적어 놓았다.

삼촌.

왼쪽 가슴을 급하게 주먹으로 누른다. 스케치북의 다음 페이지에 인주가 푸른색 물감으로 칠한 그림을 본다.

눈을 들어 왼쪽 벽을 본다. 스케치북의 푸른 그림은 저기 걸린 푸른 먹그림의 초안이다. 인주가 유일하게 서명을 남긴 그림, 이제 막 조용하게 첫 목소리를 내는 것 같은 그림이다. 크기도 작아서, 이백호가 넘는 다른 먹그림들의 절반밖에 되지 않는다. 얼음 같은 흰 별 대신 파란 별로 변주하기 위해 먼저 푸른색 물감을 한지에 입힌 그림이다. 물감이 완전히 마른 뒤 먹을 입히고, 물길이 밀려나간 자리에 서늘한 푸른색 불꽃이 타오르게 한 그림이다.

*

결국 알아낼 수 없을지도 모르겠다.
끝끝내 짐작해낼 수 없을지도 모르겠다.
네가 왜 이 그림을 그렸는지.

분노 대신 은둔을 택한 이유를.

짧은 머리를 쓸어올리며 나를 건너다보던 얼굴을.

내 병실 문 앞에 완고하게 서 있던 깡마른 어깨를.

물기 없이도 착잡하게 빛나던, 빛나던 네 두 눈을.

*

스케치북을 덮고 낡은 공책을 펼친 순간 내 눈을 믿을 수 없다.

한눈에 알아볼 수 있는 삼촌의 필적이다. 긴 방정식의 수식들, 하루 동안 할 일들의 계획, 월요일부터 일요일까지의 식단들이 꼼꼼히 적혀 있다. 호박전, 청국장, 수제비, 라고 또박또박 적힌 대목이 눈을 찌른다. 뒤로 갈수록 그림들의 스케치가 상세하게 되어 있다. 별들이 타오르는 형태를 무수히 변형시킨 드로잉들. 식물을 키운 관찰일지를 연상시키는 날짜와 시간들. 면밀하게 적어내려간 작업의 세목들. 거듭된 시행착오의 기록들.

이 공책이 어떻게 살아남았을까. 폭우가 삼촌의 반지하 작업실을 삼켜버린 밤, 이 공책은 1층에, 인주와 함께 있었던 걸까. 공책을 접으려는 순간, 마지막의 빈 페이지에 붉은색 수성펜으로 써내려간 인주의 필적이 보인다.

방금, 꿈에 우리는 만났지. 꿈에서도 어둑한 새벽이었지. 어떤 사물도 보이지 않았지. 무게도 냄새도 소리도 없이 삼촌은 서 있었지. 이상하지. 삼촌은 고작 서른일곱에 죽었는데, 머리가 하얗게 세어 있었어.

너무 짧은 꿈, 어떤 내용도 없는 꿈이었지. 손을 뻗어 잡지 못했지. 말 한마디, 눈짓 한번 주고받지 못했지. 사라졌지. 깨어났지.

왜 가끔 이렇게 오지 않았어? 아무 말 없이라도 나타나주지 않았어? 그랬다면 좀더 견디기 쉬웠을 텐데. 환멸을. 증오를. 고통을. 믿을 수 없을 만큼 망가진, 그 여자만큼이나 부서진 정희의 얼굴을.

*

공책을 덮는다.

열쇠 소리 때문이다. 나는 코트를 들고 책상 옆의 각진 기둥 뒤로 몸을 감춘다. 마른 침을 삼키며 코트 주머니에서 칼을 꺼내 쥔다. 코트를 발 옆에 내려놓는다. 수천 킬로미터 밖에서 수화기 속으로 새어 들어오던 민서의 목소리가 예리한 빛처럼 눈을 찌른다. *누구야, 아빠? 나 아는 사람이야?*

네 개의 문 모두 안쪽에서 잠겨 있었습니다. 함께 탔던 사람 따위는 없습니다. 차는 완전히 훼손됐습니다. 엔진과 연료가 폭발하지 않은 것이 기적이었습니다. 대체 왜 이제 와서 그런 것을 묻는 겁니까? 그럼, 단순한 사고사였다고만 해두지요. 그럼 되는 겁니까?

낮고 확고한 발소리가 다가온다. 이곳에 들어오자마자 나는 불을 켰으므로, 그는 누군가 여기 들어와 있다는 것을 이미 알고 있다. 책상 아래의 틈으로 그의 검은 구두가 보인다. 구두의 방향으로 미루어 그의 몸은 그림이 걸린 벽 쪽을 향하고 있다. 기회를 놓치지 않고 나는 일어선다. 힘껏 팔을 뻗어 그의 목을 뒤에서 감는다. 턱 아래의 경동맥에 칼을 바싹 붙인다.

그의 몸은 젖어 있다. 머리카락도 검은 코트도 구두도 젖었다. 밖에 비가 내리는 모양이다. 내 손등으로 차가운 물방울이 떨어진다.

……당신이 죽였지.

이를 악물고 나는 내뱉는다.

당신이 인주를 죽였지, 인주의 차를 당신의 차로 뒤쫓아갔지. 인주를 들이받은 충격으로 당신도 허리를 다쳤지.

그의 목울대가 경련하는 것이 느껴진다. 다음 순간 내 손등으로 떨어지는 더운 물방울은 비가 아니라 그의 피다.

이, 이거…… 놓고 얘기합시다.

왜?

더 세게 이를 물며 묻는다.

……왜 죽였어.

칼을 쥔 손에 힘을 준다. 그의 목에서 신음 소리가 새어나온다. 더운 물방울이 더 떨어진다.

그, 그렇지 않아. 내가 보는 앞에서 그 차가 가드레일을 뚫고, 절벽 아래로……

닥쳐.

이 사람을 죽일 수 있을까. 지금 이 순간 죽일 수 있을까. 내 손등으로 느껴지는 그의 더운 숨, 미지근한 그의 체온을 내가 끊어버릴 수 있다는 것, 영원히 차갑게 만들어버릴 수 있다는 사실이 소름 끼치게 뚜렷하다.

후…… 후회하는 것은 한 가지뿐이야. 왜 내가 그때 따……따라 죽지 못했는지. 왜 브레이크를 밟았는지. 뒤, 뒤늦게 핸들을 틀었지만 가드레일을 부수지 못했어.

그의 몸이 떨고 있다. 설마, 우는 건가. 목소리의 끝이 연약하게 뭉개어진다. 내 손에서 채 힘이 빠지기 전에 그가 강한 완력으로 내 손목을 움켜쥔다. 칼이 떨어진다. 나보다 먼저 그가 칼을 집는다.

그는 칼을 겨누지 않은 손으로 얼굴을 닦아낸다. 눈물인지 빗물인지 알 수 없게 뒤섞여 젖은 얼굴이 일그러져 있다.

주, 주, 죽을 거다, 나도…… 오, 오래 기, 기다리지 않을 거야…… 지, 지금까지 해온 일들은, 주, 죽기 전에 내가 해야 하…… 할 일이었을 뿐이야.

그는 심하게 말을 더듬는다. 예리한 과도 끝에 그의 피가 맺혀 있다. 그의 목에서 흘러내린 핏방울이 흰 셔츠를 적신다.

……이, 이상하지.

그의 목소리가 갈라지며 기이한 열기를 띤다. 갑자기 더 이상 말을 더듬지 않는다.

……이 방에서 밤을 새우고 있으면, 살아 있는 서인주를 내가 알았던 게 현실이 아니었던 것 같았어. 그 체온, 차가운 입술, 악수할 때 느껴지던, 여자답지 않게 세찬 악력…… 그 모든 게 날아가버리고, 서인주의 이미지, 서인주의 필적, 서인주의 그림…… 그러니까, 서인주의 깨끗한 흔적들만 남았지. 그것들이 오히려 나에게는 안전하고…… 말로 할 수 없을 만큼 평화로웠어.

그는 손등으로 목의 피를 닦아낸다. 대답해봐, 잇사이로 내뱉는다.

우리는 닮은 데가 있어, 그렇지? 적당히 미쳤고 끈질기고 나약해.

나는 뒤를 돌아본다. 다시 눈을 돌려 그의 시선을 붙잡는다. 뒷걸음질을 친다.

……그렇지 않아.

나는 완강하게, 그러나 끝이 떨리는 목소리로 대답한다.

나는 어떤 사람도 죽이지 않았어. 하지만 당신은 인주를 죽였어.

아니, 어떤 것도 확실치 않아. 그 사람은 굳이 그곳에서 핸들을 꺾을 필요가 없었어.

당신이 밀어붙였겠지…… 당신한테서 도망치는 인주를 견딜 수 없었겠지. 죽여서라도 갖고 싶었겠지. 어떤 남자를 만나러 가는 여행인지, 생각하면 미칠 것 같았겠지. 인주는 당신을 피했을 테니까. 당신뿐 아니라 모든 사람과 연락을 끊었으니까. 젖 뗀 어린아이처럼 울부짖으면서, 당신은 인주를 밀어붙였겠지.

그만해.

그는 떨며 나에게로 다가온다. 떨리는 칼끝이 내 목을 겨눈다.

네가 그 사람의 코트를 입고 있었을 때…… 그 사람이 살아 돌아온 줄 알았어. 아니, 귀신으로 돌아온 줄 알았지. 그때부터 너를 죽이고 싶었어.

내 목의 살갗이 가늘게 그어지며 피가 맺히는 것이 느껴진다. 견디기 힘들 만큼 쓰라리다.

네가 여기 올 줄 알고 있었어.

그의 얼굴에 차가운 미소가 어린다.

류인섭은 얼마 전 죽었더군. 서인주는 그자에게 상담을 받은 적이 없었어. 최근까지 상담을 받은 건 너였어. 서인주는 단지 너 때문에…… 네가 걱정스러워서 마지막까지 그곳을 찾으려 했던 거야. 그렇지 않나?

칼날 때문에 나는 고개를 저을 수 없다.

……내가 네 말을 믿을 거라고 생각했나? 오후 내내 그 카페에서, 오지 않는 너를 기다리고 있을 거라고 생각했나?

핏물이 홍건히 괸 듯 충혈된 그의 눈을 나는 들여다본다.

그해 내내…… 서인주가 맴돌았던 사람은 바로 너였어. 나는 그걸 몰랐어. 최근까지도, 그 빌어먹을 상담소를 찾아간 오늘 아침까지도 확신할 수 없었어. 어떤 남자를 만난 거라고만 생각했지. 지친 얼굴로 돌아와서…… 지극한 사랑 때문에 고통받은 얼굴로 돌아와서 날 밀어내는 걸 견딜 수 없었지. 미칠 것 같았지. 그런데 왜 너였지? 왜 너는 그 사람에게 그렇게 중요했지? 너 따위, 더러운……

그는 칼을 내 목에서 잠시 뗀다. 힘을 주어 찌르려는 건가. 나는 벼락같이 몸을 숙이고 담요를 향해 몸을 던진다. 스프레이통을 들어 그에게 물을 뿌린다. 그가 눈을 뜨지 못하는 사이 현관으로 달려 나간다.

*

기다려.

돌아보지 말았어야 했다. 그는 젖은 얼굴을 코트 소매로 문질러 닦고는, 칼을 들지 않은 왼손으로 라이터를 꺼내 스케치북과 공책의 귀퉁이에 차례로 불을 붙인다. 천천히 타오르기 시작하는 그것들을 책상 위로 던진다.

내 것 같지 않은, 목을 졸리는 것 같은 신음이 내 입에서 새어나온다.

이것들이 없으면 네 모든 주장은 의미 없는 정신병자의 독백이 돼.

그리고 더구나, 이것들까지 사라지면.

그는 침착한 동작으로 담배를 꺼내 문 뒤 성큼성큼 뒤돌아서 걸어간다. 벽에 걸린 가장 큰 먹그림의 가장자리에 라이터로 불을 붙인다. 불꽃이 올라오는 것을 확인한 뒤 자신의 담배에도 불을 붙인다.

보고만 있을 건가? 이 그림들을 무척 아끼는 줄 알았는데.

그는 담배 연기를 들이마신다.

사실, 이런 화재 사건은 꽤 흥미로운 뉴스가 될 거야.

그의 입술이 일그러지며 기이한 미소를 띤다.

……처음부터, 이 그림들은 서인주에게 어울리지 않았어. 초월하지 말았어야지. 끝까지 껴안았어야지. 싸웠어야지.

서서히 불길이 올라오는 그림을 꿈꾸듯 바라보다 그는 중얼거린다.

바깥쪽은 천천히 타는군. 먹의 밀도가 높아선가? 하지만 가운데에 불을 붙이면…… 물이 번졌던 길을 따라 불길이 번지겠지.

내가 벼루를 등 뒤에 숨긴 채 숨죽여 다가온 것을 그는 의식하지 못한다. 라이터를 켜 든 손을 길게 뻗어, 그림의 핵, 별의 중앙, 하얗게 비어 있는 자리에 다시 불꽃을 놓으려 한다. 나는 힘껏 벼루를 들어 그의 머리를 내리친다. 순간 그가 고개를 외튼다. 벼루가 어깨에 빗맞고 떨어진다. 그의 손에서도 칼이 떨어진다. 칼을 주우려 뻗어나간 내 손을 그의 구두가 밟는다.

그는 내 손등을 짓밟은 채 침착하게 벼루를 움켜쥔다. 정확하게 두 번, 벼루로 내 두 어깨를 내리친다. 나는 비명을 삼킨다. 그는 두 번 더 내 허리를 내리친다. 내가 엎어지자 구둣발로 옆구리를 차서 바로 눕히고는 허벅지, 무릎, 발등을 차례로 내리찍는다. 힘이 빠진 내 손에서 칼을 빼간 뒤, 두 손바닥 위로 벼루를 쳐 손등을 짓이긴다. 이제 머리를 치겠구나, 생각했을 때 그의 가격이 멈춘다.

내 손으로 널 죽이고 싶지 않아. 너에게 연민을 느끼거든. ……더구나, 이 그림들의 마지막을 지켜봐줄 사람이 필요하니까.

*

나는 의식을 잃지 않았다. 몸의 어떤 부분도 움직일 수 없지만 눈은 뜰 수 있다. 지옥같이 생생한 통증이 그가 내리친 몸 구석구석에서 타오른다. 가물거리는 시야 너머로, 그는 마지막 먹그림의 중심에 불을 놓고 있다.

또 다른 평전을 쓰다니, 제법 재미있는 생각이었어. 하지만 이제 너는 방화범, 미친 여자, 자살자일 뿐이야. ……억울한가? 그럼, 이 년 전에 가려고 했던 길을 지금 간다고 생각하지.

정신이 흐려지려 할 때마다 나는 이를 악물고 눈을 뜬다. 그의 발소리가 다가온다. 담배 냄새와 젖은 옷의 물기가 느껴진다. 그의 따스한 손이 소름 끼치는 부드러움으로 내 뺨을 쓸어내린다.

닮았어.

낮은 목소리가 땅속에서처럼 울려온다.

조금도 비슷한 데가 없는데…… 무언가가.

안간힘을 다해 눈을 부릅뜨고 나는 그의 얼굴을 올려다본다.

믿을 수 없어. 너 같은 인간을, 그토록 서인주가 사랑했다니……내가, 단 하룻동안 가져보았던 여자가…… 평생을.

둔중한 것이 내 이마를 내려찍는다. 더운 피가 얼굴로 흘러내린다. 의식 아래로 나는 미끄러진다. 그의 발소리, 밖에서 열쇠로 문을 잠그는 소리가 한순간 까마득해진다.

*

눈을 떴을 때 나는 지옥에 와 있다고 생각했다.

어두웠다. 숨을 쉴 수 없었다. 아직 불타고 있는 그림들을 보고서야 오랜 시간이 지나지 않은 것을 깨달았다. 그의 말대로 불길은 먹의 밀도가 높은 곳에서 더디 탔다. 그러나 인주의 마지막 그림, 푸른 별만은 빠르게 활활 타오르고 있었다. 새파란 결정의 형상이 무수한 혀 같은 불꽃을 뿜었다. 떨어져 날린 불티들이 시시각각 담요에 옮겨 붙었다. 숨을 쉴 수 없을 만큼 유독한 연기는 그 담요에서 뿜어져 나오는 것이었다.

몸을 움직이려 했지만 팔도 다리도 꼼짝하지 않았다. 고통스러운 기침이 목구멍을 막으며 토해져 나왔다. 어떻게든 숨을 쉬어야 했다. 물이 담긴 양동이가 1미터 거리에 있었다. 거기서 현관까지는 7, 8미터 거리였다. 가슴을 찌르는 통증을 느끼며, 다시 기침을 토하며 몸을 엎었다. 배와 가슴으로 기었다. 한 번에 한 뼘씩도 나아가지지 않았다. 피가 눈으로 흘러들어 눈을 뜨기 어려웠다. 더듬더듬 양동이를 머리로 밀어 물이 반쯤 담겨 있는 것을 확인했다. 온힘을 다해 이빨로 셔츠 소매를 찢었다. 두 손 모두 말을 듣지 않아, 찢긴 소맷자락을 집을 수 없었다. 소맷자락을 입에 문 채 양동이의 물로 적시려고 했다. 순간 양동이가 엎어지며 얼굴과 상체를 한꺼번에 적셨다. 제발,

한 손만이라도 쓸 수 있다면. 고통스러운 왼손을 필사적으로 움직였다. 마침내 젖은 소맷자락으로 코와 입을 틀어막았다.

빠르게 번지는 불꽃 때문에 실내는 이제 아주 환했다. 벽에 붙은 별들의 형체를 알아볼 수 없었다. 스케치북과 공책의 종잇장들은 재가 되어 불길에 날리고 있었다. 책상이, 담요가 활활 타오르며 검은 연기를 뿜었다. 엎드린 채 현관 쪽으로 몸을 틀었다. 오른팔은 아무 쓸모가 없었다. 코와 입을 소맷자락으로 막은 왼팔의 팔꿈치, 쓰라린 배만으로 기었다. 불길이 뒤쪽에서 뜨겁게 몰아쳐왔다.

살고 싶다.

포기하고 싶다고 생각할 때마다 가슴과 배가 벌레처럼 필사적으로 꿈틀거렸다. 한 뼘, 또 한 뼘. 폭발하는 소리를 내며 책상이 부서져 내렸다.

살고 싶다.

살고 싶다.

불길은 이제 발뒤꿈치를 태울 듯 뜨거웠다. 굉음을 내며 다른 무언가가 터져나갔다. 눈을 뜨지 못한 채 몸부림치며 더 기었다.

얼마를 더 기었을까. 차가운 감각이 배로 느껴진 순간 눈을 가늘게 떴다. 피와 연기 때문에 불분명한 시야로 번득이는 바닥이 보였다. 현관 바닥의 타일이었다.

코와 입을 막았는데도 연기를 견디기 힘들었다. 마지막 힘을 다해 더 앞으로 기었다. 숨을 들이마셨다. 복받치는 기침을 참으며 소맷자락을 버렸다. 왼손으로 문고리를 움켜쥐고 가까스로 몸을 반쯤 일으켰다. 자물쇠는 더 위쪽에 있었다. 어깨를 움직일 수 없었다. 팔이 더 뻗어지지 않았다. 조금만, 조금만 더 높이.

자물쇠가 비틀린 순간 나는 기침을 토해내며 바닥에 엎어졌다. 욱신거리는 상체를 뒤틀어 일으켰다. 숨을 멈춘 채 턱과 왼손으로 문고리를 잡고 비틀었다. 문고리가 도로 제자리로 돌아오기 전에 가슴으로 문을 밀었다. 바깥의 빛이 느껴졌다. 머리부터 밖으로 내밀었다. 문 사이에 낀 몸을 벌레처럼 밀어내며 기었다. 불길의 열기는 하반신을 태울 듯 뜨거웠다. 빗소리가 들리는 바깥으로 내밀어진 머리는 믿을 수 없을 만큼 차가웠다. 눈을 흠뻑 적신 피 때문에 아무것도 보이지 않았다. 눈을 감은 채 나는 앞으로, 깨끗한 공기가 있는 쪽으로, 차가운 쪽으로 기었다.

*

머리카락을 적시는 이 더운 것은 비가 아니라 내 피다.

통증은 모든 곳에 있다.

팔과 다리가 어디 있는지 짐작할 수 없다.

그것들을 움직일 수 없다.

맑은 공기가 폐 속으로 들어왔다 나가는 감각만이 얼음처럼 또렷하다.

*

눈을 뜨지 못한 채 나는 위층에서 뛰어내려오는 발소리들을 들었다.

119! 신고부터 해야지!

했어! 물! 물 더 가져와!

젠장, 호스 같은 거 없어? 양동이라도!

2층에 남은 사람 없는 거 확실해?

어떻게 확인해…… 들어갈 수가 없다구!

방독면, 방독면 어디서 봤는데, 어디였지?

총무한테 물어봐!

저 사람은!

누군가의 팔이 내 목 아래로 들어와 나를 들어올리려 한다. 나는 기침을 토해낸다. 한순간 의식을 잃었다 되찾는다. 소리들이 하얗게 끊어진다. 쐐엑, 쐐엑 하는 소리가 불현듯 어디선가 들려온다. 숨이 막힌다. 나는 눈을 뜨려 애쓴다. 가까스로 눈꺼풀이 벌어졌다 닫힌다. 누가 피를 닦아준 건가. 바닥이 흔들린다. 내가 구급차에 실려 있고 인공호흡기가 내 얼굴에 씌워져 있다는 것을 깨닫는 데 오랜 시간이 걸린다.

*

고개가 흔들어지지 않는다.

온몸의 통각들이 비명을 지른다.

구급차가 뱉어내는 사이렌 소리가 고막을 찢다 잦아든다.

다시 모든 것이 멀어진다.

고통이 흐릿해진다.

*

인주도 이 모든 소리를 들었을 것이다.

쉐엑, 쉐엑 소리가 인주의 얼굴에서 터져 나왔다. 내가 중환자실 문을 열어젖히기 무섭게 간호사들이 밀고 들어왔다. 당직중인 의사도 뛰어 들어왔다. 아무것도 묻을 수 없었다. 벽에 바싹 붙어 설 수밖에 없었다. 처치가 끝나길 기다릴 수밖에 없었다. 마침내 의사가 나에게 빠르게 말했다.

환자가 갑자기 스스로 숨을 쉰 겁니다.
그게 인공호흡기가 넣어주는 숨과 부딪친 겁니다.
일단 호흡억제제를 투여했습니다.
그래도 계속 부딪치면 호흡기를 뗍니다.

*

더 낮은 곳으로 가라앉는다.

고통이 더 멀어진다.

*

노란 위액을 끝없이 토해냈다. 차라리 죽어서 끝내고 싶은 통증이었다. 눈두덩을 후벼 파는 안두통, 펴지지 않는 허리, 헝클어진 머리로 차가운 방바닥을 뒹굴었다. 처음으로 문을 열고 나가자 햇빛이 눈을 찔렀다. 다시 치밀어 오르는 구역질 때문에 허리를 접고 걸었다. 보도블록들 틈으로 파릇한 싹이 돋은 것을, 가로수 밑동에 물이 오른 것을, 사람들이 봄옷 차림으로 걸어가는 것을 흔들리는 시야로 봤다. 미친 여자처럼 겨울 외투를 껴입은 채 그 눈부신 거리를 걸어 올라갔다.

……봄이 왔어.

너를 잃은 뒤 처음으로 입술을 열고 새어나온 말을 믿을 수 없었다. 내 혀를 믿을 수 없었다.

*

……삼촌.

수유리 집에서 새우던 밤들을 기억해.
캄캄한 거리를 헤매다 돌아온 새벽,
수도꼭지를 틀어 찬물을 마시고, 얼어붙은 얼굴을 씻고,
건너편 동네에 불빛들이 밝혀지는 걸 지켜봤어.
정희네 부엌에도 불이 켜졌을까, 생각하면서.

무한히 번진 먹 같은 어둠 속에 우리가 살고 있다고 삼촌은 말했지.
생명이란 가냘픈 틈으로 이 모든 걸 지켜보고 있지만,
언젠가 우리한테서 생명이 꺼지면 틈이 닫히고,
흔적 없이 어둠 속으로 스며들게 될 거라고.

그러니까, 생명이 우리한테 있었던 게 예외적인 일, 드문 기적이었던 거지.

그 기적에 나는 때로 칼집을 낸 거지. 그때마다 피가 고였지. 흘러내렸지.

하지만 알 것 같아.

내가 어리석어서가 아니었다는 걸.

피할 수 없는 길이었다는 걸.

……지금 내가, 그 얼음 덮인 산을 피하지 않으려는 것처럼.

*

다시 수면으로 떠오른다.

통각들이 생생히 되살아난다.

짓이겨진 데서 다시 더운 것이 흐른다.

*

빗발이 차창을 때리는 소리가 들린다. 끈덕지게 와이퍼가 빗물을 닦아내는 소리가 들린다. 차체가 거세게 흔들린다. 나는 숨을 토한다. 쐐액 쐐액, 거친 숨이 허파를 찢으며 울린다.

두 눈을 홉뜬다. 고개를 비튼다. 빗소리가 멈추지 않는다. 울부짖는 사이렌이 멈추지 않는다. 누군가가 부풀어 오른 팔로 물속에서 파란 돌을 건져 올린다. 누군가가 무릎이 짓이겨진 채 뜨거운 배로 바닥을 밀고 간다.

* * *

• 이동주의 그림은 화가 한은선의 작업에서, 서인주의 그림은 김명숙의 작업에서, 김영신의 조각은 윤석남의 작업에서 깊은 감동을 받은 뒤 쓴 것임을 밝힙니다. 작업실에서 오래 그림을 바라보게 해준 이분들께, 이 자리를 빌려 깊은 감사를 드립니다.

• 박창범의 『인간과 우주』, 재너 레빈의 『우주의 점』, 칼 세이건의 『에필로그』, 이우환의 『여백의 예술』을 비롯한 여러 책들을 참고했습니다. 가능한 한 녹여서 새로 썼기에 주를 달지는 않았습니다.

• 강석원의 평론 중 네루다의 시로 피아졸라의 음악을 말하는 부분은 피아졸라에 대한 정윤수의 글에 인용된 부분을 다시 빌려온 것임을, 희곡 「닥쳐」의 일부는 김정규의 『게슈탈트 심리치료』의 한 임상 사례에서 모티프를 빌려와 새롭게 쓴 것임을 밝힙니다.

작가의 말..

어두워지기 전에, 하얗게 얼어붙은 강을 전철로 건넜다. 강의 가운데는 얼지 않아서, 얼음 가장자리에 물살이 퍼렇게 빛났다. 이제 정말 이 소설이 내 손을 떠난다는 사실이 실감되었다.

네 번의 겨울을 이 소설과 함께 보냈다. 바람과 얼음, 붉게 튼 주먹의 계절. 이 소설 때문에, 여름에도 몸 여기저기 살얼음이 박힌 느낌이었다. 때로 이 소설을 내려놓고 서성였던 시간, 뒤척였던 시간, 어떻게든 부숴야 할 것을 부수며 나아가려던 시간 들을 이제는 돌아보지 말아야겠다.

많은 분들께 소중한 도움을 받았다. 머리 숙여 감사드리며, 책의 말미에 따로 밝혀둔다. 거기 밝히지 못한, 오래 마음으로 격려해준

이들께는 어떻게 인사를 건네야 할지.

이 소설은 일 년 반 동안 계간『문학과사회』에 중반까지 연재했고, 그 후 다시 일 년 반쯤 처음부터 새로 고치며 써갔다. 예정보다 무척 더디었던 과정을 따뜻이 지켜봐준 문지의 여러분께 감사드린다.

이천십년 초입, 눈 내리는 새벽

韓江